暴马丁香

吕凤君◎著

时代文艺出版社

图书在版编目（CIP）数据

暴马丁香 / 吕凤君著. —长春：时代文艺出版社，2020.8（2021.5重印）

ISBN 978-7-5387-6453-6

Ⅰ.①暴… Ⅱ.①吕… Ⅲ.①长篇小说－中国－当代 Ⅳ.①I247.5

中国版本图书馆CIP数据核字（2020）第103751号

出 品 人　陈　琛
责任编辑　王金弋
装帧设计　孙　利
排版制作　隋淑凤

暴马丁香

吕凤君　著

出版发行 / 时代文艺出版社
地址 / 长春市福祉大路5788号　龙腾国际大厦A座15层　邮编 / 130118
总编办 / 0431-81629751　发行部 / 0431-81629755
官方微博 / weibo.com / tlapress　天猫旗舰店 / sdwycbsgf.tmall.com
印刷 / 保定市铭泰达印刷有限公司
开本 / 710mm×1000mm　1 / 16　字数 / 253千字　印张 / 19.25
版次 / 2020年8月第1版　印次 / 2021年5月第2次印刷　定价 / 49.80元

图书如有印装错误　请寄回印厂调换

目　录

引　子

　　眼看着谷雨都过去好几天了，吕家岗子的山谷里还悄无声息地像睡着了一样。在村东头的一个山坡上，一圈石墙围着一间土屋，土屋的周边有一些树，树的上空是灰色的云彩。随着几声惊雷响起，云层被闪电划开一道裂痕，山谷里立刻飘起了小雨。

　　春雨淅淅沥沥地下着，渐渐地洗亮了窗子，洗亮了一片天空，连藏在云里的太阳也被洗了脸。吕老蔫儿盘腿坐在土炕上，一边喝着茶一边往外看，河边的柳树已经绿了梢儿，嫩黄黄的像落满了刚出窝的雀儿；山头上的达子香正在泛红，远远地看去好似一些刚刚擦了胭脂的脸蛋儿。这花红柳绿的情景让他想起了许多陈年旧事。

　　又一阵炸雷响起，吕老蔫儿感觉到土屋轻轻地晃了几下，棚上的灰尘像落沙，一点点地掉到他的头上。屋子里的一条小狗狂躁地叫了几声，院子里的鸡、鸭也叫了起来。

　　雷电很快就消失了，天空变得越来越明朗。吕老蔫儿放下茶杯，将屋里的两盆花搬到屋檐下，又往地炕里扔了几块柴。随着木柴的噼啪声响起，土屋里变得温暖了。他伸手摸了摸炕面，又往杯里续了点儿水，然后坐在窗前像打量儿女似的看起了院子里的树。院子里除了两棵李子树、一棵山楂树，还有一棵杏树，剩下的都是暴马子树。杏树高大，像一把粉红色的伞立在最西边，那树的年龄和老蔫儿的岁数差不多，和老房子的岁数一般大。据说还是老蔫儿出生那年他爹特意栽的。父母不图别的，就图个子孙满堂的那种喜气。山楂树是他为儿子栽的，儿子爱吃山楂，他便想方设法地弄了棵大旺山楂栽下了。哪曾想，树栽活了，儿子却没了踪影。李子树是野生的，黄干核，是甜软的那种，也是儿子最爱吃的。至于那些暴马子树，那就是个意外，是老蔫儿命中缺少不了的一种树。

记得还是"大帮哄儿"时的事儿，自从他被从学校撵回到生产队就有些发蔫儿。不仅常常忘事丢东西，竟然稀里糊涂地在家门口将儿子弄丢了。自从儿子丢了之后，他一股急火得了浮肿病，并且喉咙也像被结扎了似的喘不上气来。在走了几家医院之后，被确诊为心脏病和气管炎。为了治病和找儿子，他花光了所有的钱，还拉了不少饥荒。后来多亏了一个哥们给出了个偏方，让他喝暴马子树皮熬水，喝暴马丁香花茶，这才救了他一命。

那哥们姓朱，叫朱洪福，现在是村里的养猪大户。朱洪福祖籍河北，至于哪县哪庄的早就不记得了。因为祖上跟个唱戏的名角能扯上点儿关系，所以他爹给他起名时就想到了关汉卿的一句戏文，这才有了朱洪福这个名字。从朱洪福往上推，大概是爷爷的爷爷再往上一点儿，朱家这一支总是独苗，一直单传了多少代。后来那地方大旱，旱得颗粒不收，又赶上兵荒马乱的。那个老祖为了活命，便带领一家人逃离了那个绝户地，逃到了东北，逃到这吕家岗子。

吕家岗子在这一带是个老村了，有几百户人家，吕姓居多，其他张王李赵遍地刘的啥姓都有几户，论土著老吕家算是老资格，其次是老刘家。这村子隶属霜城市的一个县，后来因为与城区仅有一江之隔，随着一座现代化桥梁的建成，吕家岗子便被区划给青龙山后的南城区了。吕家岗子分沟里、沟外两个自然屯，沟外紧临九龙江，地势平坦，土地肥沃，自然条件好一些。沟里过了江还要爬上一座小山，再拐个犁杖弯才能到。过去这里离市区稍远，土地也不够平整，由于长年累月使用化肥和农药，造成腐殖层严重板结，生产条件相对差一些。又因为有九龙江隔着，有青龙山挡着，村民始终过着一种"日出而作，日落而息"的近乎原始的生活。

随着九龙江大桥建成通车，沟外很快被区划给南城区，大规模的房地产开发覆盖了半个村落，吕家岗子村就只剩下沟里这部分了。沟外的人转瞬间变成了城里人，过上了悠闲的生活，沟里的这些人则仍然风里来雨里去，"面朝黄土背朝天"地过着原来的日子。

第一章　春天的记忆

一

　　吕新林自从转业回到地方以后，已经很长时间没和战友聚会了。尤其是当上了村主任，整天累得腰酸腿疼的，根本就没时间顾得上这些事儿。尽管如此，战友情谊却是长久的，是他想割舍都割舍不了的。

　　战友从外地专程来看吕新林，趁着周六休息日，吕新林先是在家招待吃了顿农家菜，又到青山湖吃了顿鱼，然后便被战友拉到市里去了。第二天晚上好不容易回到家，刚想睡一会儿电话便打了进来。

　　战友说："你咋不接电话？当个主任就牛哄啦？你还拿我这个班长当回事儿吗？"吕新林便赶紧解释说喝多了，刚刚醒酒。那边说："就你那酒量，说喝多了鬼才信呢！"

　　吕新林说话不爱磨叽，就干脆地问他："你啥指示？"

　　对方说："你打车到市里来，我们在北极串店等你。"

　　收起手机，吕新林有些犹豫，这几天村里正忙，这一出去就得闹腾半夜，明天还咋工作啊？他晃悠着来到路边，只见黑暗中连个人影都见不到。

他想给老班长打个电话，说这地方根本打不到车，却又不好意思开口。他站在路边给自己点了一支烟，刚刚抽了两口，突然听到一阵警笛传来，并看到了山坳里升起的火光。这时电话又响了，他一看是另一个战友打来的。

吕新林说："我去不了啦，村里着火啦。"

或许是那警笛的声音过于尖锐，通过电话钻到了对方的耳朵里，吕新林听到了战友们的嘀咕声。

战友说："你等着，我们一会儿都过去帮你救火。"

吕新林说："等你们来，这边早烧落架子了。"

因为离得很远，吕新林急忙抓住刚刚走出院子的邻居，让他骑摩托车把自己送到火灾现场。到了地方才发现是驻村的秸秆加工厂着火了，除了那些已打包好的原料，两个车间也开始烧起来了。因为现场缺少水源，火情已经难以控制。厂长见情况危急，便赶紧放弃了那些烧着了的秸秆原料，集中抢救生产车间。眼看着自己的心血就要化为泡影，厂长心疼得直骂自己。消防车的警灯在远处闪闪发亮，那阵阵刺耳的笛声也让那老板十分焦躁，他一边跟着村民灭火，另一边也开始不停地埋怨消防人员太拖沓。这时，一些消防战士跑步赶到了现场，说因为河道上的桥梁被毁消防车无法通过，有的路还设了限高栏杆，消防车根本过不来。

在消防战士的帮助下，车间的火很快被扑灭了，这时消防车也绕道进了现场。经过几台水枪的轮番扫射，不仅两个车间保住了，那些原材料的火也被彻底扑火了。看着眼前的狼藉景象，吕新林心里像是打翻了佐料瓶子说不出是个啥滋味儿。他想，这乡村的事儿太复杂了，有些事儿婆婆妈妈的需要商量着处理，也有些事儿就得快刀斩乱麻，来不得一点儿犹豫。

去年秋天，市里要在南城区搞创城活动，打造个高档的绿化园区。园区的投资者是个从国外回来的东北画家。这画家要根据东北的特点建立两个园区，一个叫丁香园，另一个叫香枫园。他要在丁香园内栽满暴马丁香树，说要让人们在夏天就领略到北方文化特点，闻到大雪漫天飘舞的味道，看到那些凝固在树上的符号，激发人们对自然的虔诚与崇拜，净化人们的心灵。而香枫园顾名思义是跟枫树有关系的，画家要在园中遍植枫树，地面爬满三叶草，草地上卧有奇石怪陶，墙上攀有老藤野花。他说枫桥夜泊太过于婉约，只有这枫林如火才大气高雅，高大的枫树代表北方的粗犷与热情，绿荫背景下的小草、奇石和老藤则显示出一种聪明与智慧。

设计方案出台后得到了省市领导和商旅文化部门的高度赞誉，项目开工以后相关领导多次指示要做好这件文化大事。因为吕家岗子一带的山林里长有暴马丁香，并且有成片的柞树林子，项目主体竣工后，负责绿化的队伍便进了吕家岗子的山林里。

几台钩机和大车直接进了林子，设备履带不仅碾坏了林中的植被，还碾压了许多村民的庄稼。树被一棵棵地挖出来，用草绳缠裹住根部拉走了，留下许多坟坑一样的老穴烂在那里。因为一切都是背着村民进行的，村里的青壮年又都到城里打工去了，所以这场拉树活动并没引起村民的注意，连吕新林和村委会成员都毫不知情。

当两个园区绿化项目进行到一半时，当地突然下起了暴雨。由于山林植被受到了破坏，大量的黄泥被雨水冲了下来，冲进了村民的菜地，冲进了院子，还埋住了几段水泥路面。这种反常现象引起村民的重视，离山林住得近的几户人家实在没法住了，便跑到乡里告状，说是村委会在偷偷卖树，并把矛头直接指向了吕新林。乡政府开始也不知情，接到举报立刻约谈吕新林，吕新林便领着乡长去实地察看，几个人进了山才发现事情的严重性。

虽然国有林地不归村里管，但环境却是大家的，面对村民那些愤怒的眼神吕新林没有犹豫，他立马叫人开来一辆破汽车停在进山的路口，然后一头扎在车里等待着。他知道正是植树的时候，那些绿化队伍不可能一下子就拉够所需的树木。他也向村民打听了，拉走的都是柞树，也有少量的暴马丁香树。

事情正如他想象的那样，天气刚刚晴朗，地皮刚刚晒干一些，几台大车便相继开进山林。他和几个人悄悄跟在后边，这才发现林子里还藏着钩机。当那台钩机又挖出一棵树，那树又被草绳包裹好装上车之后，吕新林上前叫住了那些人。其中的一个人告诉吕新林，他们也是给别人打工的。吕新林叫说了算的人露个面，否则就扣车、扣人，那个人便当着他的面打了个电话。

过了约半个小时，一台丰田霸道牛哄哄地进了山。看见前面有水坑挡着，那车离老远便停了下来。只见后山农家乐山庄的贺知章和一个穿休闲服的人下车走了过来。

贺知章曾叫贺红卫，是吕家岗子的老户。他爹叫贺有财，算盘打得好，人们都叫他"老算盘"。"老算盘"曾给人当过会计。可惜的是他算来算去却没算过命，在改革开放前的那段时间里，意外死于心脏病。"老算盘"死后，贺红卫随他妈改嫁搬到沟外，后来他又跟个唱二人转的走了。多年以后他又回到村里，身份证上写着贺知章的名字，人却长成黑李逵的样子，并且瞎了一只眼睛。

吕新林问贺知章："你来干啥？"

贺知章说："给你介绍个朋友，这是许哥。"

见那个人主动伸出了手，吕新林便很不情愿地跟那人拉了拉手。

吕新林问："找我啥事儿？"

贺知章嬉皮笑脸地指了指那些设备和已装好的树木说："就这事儿，许哥是搞绿化的。人家拉树是有手续的，也是交了钱的。"

吕新林说："这可是重点保护林区，没有林业局的批件砍一棵都会坐牢的，别说拉走了这么一片。你干点儿啥不好，跟着瞎掺和啥？"

贺知章说："人家真有批件。谁都知道这是国有林地，又不是村里的，你这不是多余吗？"说着便让那人拿出一张纸在吕新林面前晃了晃。吕新林一把抓过那张纸，仔细一看上边果然盖着林业局的大印。

吕新林说："林子虽然是国有，但这环境却是大家的，他们拉树把环境破坏成这样，这肯定不是文件批示的内容。"

贺知章说："哥们，给个面子，别较真好不好，要不然大家都不好混！"

听了贺知章的话，吕新林沉默了一会儿。

贺知章以为说动吕新林了，便向那几个人挥了一下手，林子里立刻就噗噗地冒出了几股烟。吕新林见他们发动了设备，便很不痛快地问："你们啥意思？谁让你们动手了！"说着，他便几步蹿到一台钩机前，伸着胳膊拦住那正要启动的车辆。贺知章见吕新林不给面子，以为是想别点儿钱，就拉着他的手说："你抬抬手，放人家一马，别挡了人家的财路。有事儿咱们桌上说去。"说着，他还用三个手指做了个捻钱的动作。

吕新林用眼睛斜了他一下说："你少扯没用的。"

吕新林跟贺知章的关系说不上好，也说不上坏。吕家岗子的人都知道这两个人面上能过得去，心里却都较着劲儿。贺知章办事胆大敢花钱，吕新林办事较真认死理，时间长了没有舌头不碰牙的。吕新林转业前贺知章就从外边回村搞投资，因为先前的一些事儿，村民都隐约感到他心里憋着一股气，似乎非要弄出点儿惊天动地的大事情。

吕新林有好长时间没见到贺知章了，光听说他在外边包到活儿了，没想到他吃里扒外在打山林的主意。一想到这些，吕新林就恨得牙痒痒，那张脸便拉得长长的。见吕新林不给自己面子，贺知章便拉着那个人走了。临走时扔下一句话说："少跟我装，你以为你是谁？"

见贺知章走了，看热闹的村民这才七嘴八舌地议论了一阵子。有说要扣车的，有说要赔偿的，还有要接着去告状的，也有人骂贺知章太那个了。

吕新林看了看几个村民，又看了看那几个司机，然后让人打发那几辆设备赶紧走。看着那远去了的背影和车辆，吕新林心里十分烦恼，城市化建设不仅让村里的土地减少了一半，村里人的心也被搅散花了。看到沟外人突然间就住上了暖气楼房，点上了天然气，具有了城里人身份，剩下的人眼睛都成了兔子眼。大伙儿都盼着能早点儿动迁，趁着动迁占地多弄点儿钱，然后过上城里人的小康生活。因为心思突然被转移了，村里的好多事情自然就难办了。吕新林觉得，眼前最大的事儿就是要看好眼前的山林和土地，如果连这点儿家底都丢了，吕家岗子就算彻底完蛋了。

吕新林本以为拉树的事儿就这样结束了，哪曾想没过几天那伙人又来了。那个领头的先找到吕新林，当着他的面打了个电话，然后说乡长让他接电话。乡长在电话里告诉他，说那批件上面有主管市领导的签字，那些树是拉到市里的两个样板小区，事情涉及招商引资，让他赶紧放手不要管了。

吕新林说："像这样棘手的事儿哪个愿管？可环境破坏成这个样子，村民连门都出不去，你让我咋跟人家解释？"

乡长说："你让人先把树拉完，那树又不是村里的。你现在就统计一下，看看每家的损失情况，等过了这阵子跟开发商算账就是了。"

吕新林说："要算就现在算，等过了这阵子，谁还认账！"

乡长说："吕新林，你真是头倔驴。跟你实说了吧，如果这事儿办不好，你我这芝麻官就别当了。"

听了这番话，吕新林知道了事情远非他想象的那样。他隐约感觉到只要涉及贺知章，这沟里的水便浅不了。有的人不仅自己得罪不起，当领导的也只能睁只眼闭只眼地装糊涂。面对眼前的这些特殊人物，他只能让乡长赚足面子。

放下电话，他说："既然乡长都发话了，你们就赶紧拉吧。不过，你们那几台大型车就不要进村子了，植被压坏了不说，那些泥水淌下去对农田和乡道破坏太大，村民连路都没法走了。"

因为有了尚方宝剑，拉树的人胆子就大了起来，不但没有把吕新林的话当回事儿，还增加了两台大型设备，想尽快把活儿抢完。没过两天，村民又找到吕新林，说这伙人胆也忒肥了，根本就没把咱们当回事儿。吕新林跟着村民到现场一看，只见有一段路被压裂了，林子里被铲车推出了许多黄土坑，几眼暗泉被推了出来，一些黄黑色的泥水屎尿般地顺着山坡往下淌。吕新林让那些人赶紧停下来，那些人知道事情的前因后果，知道后边有人给老板撑腰，便跟他说："我们就是些打工的，你找我们头儿去好了。"吕新林又给乡长打电话，乡长却死活不接。他又给林业站站长打电话，那哥们却说："人家手里有批件，我都没管，你管那么多干啥！"

眼前的事儿让吕新林十分为难，他赶紧召集几个村委商量，想弄些村民制止这些人，却又怕弄出治安事件来。管治保的王大嗓说："赶紧写个状子，到市里告他们。"吕新林想了想还是决定忍了。因为他知道，如果那样的话得罪的就不是几个人，而是糖葫芦似的一长串关系，以后这村里的事儿就都不好办了。

陈晓冬提议说："实在不行就找媒体，让报纸给曝曝光，领导最怕曝光了，问题一摞到桌面上事情或许就好解决了。"

吕新林没有采纳陈晓冬的建议。他说："等等看，办法一定会有的。活人哪能让尿憋死。"

说来也巧，就在那天傍晚，天气突变，吕家岗子的上空电闪雷鸣，瓢泼大雨持续下了几个小时，沟里唯一从山里淌下来的河流柳条沟因雨水暴涨，几乎淹没了河床。

按照乡里的防洪规定，吕新林带领几个人沿着堤岸巡护着。在几次经过那座小桥之后，他突然做出一个大胆的决定，他叫附近的一个钩机司机把设备开到桥头准备着，万一桥洞被垃圾堵住了就在小桥的一端狠狠地铲两下。

那司机听了他的话说："你疯了吧，见过拆房拆庙的，哪有拆桥的？"

吕新林说："我让你准备着，又没有让你马上拆。哪来的那么多废话！"

吕新林说完这句话就走了，刚转了几圈又回到桥头。见司机坐在车里瞅着已经快漫过河床的洪水吓傻了，便拍着车窗喊道："你咋还不动手啊，再不动手就来不及啦。"这时，司机才看清垃圾已经堵住了桥孔，大水就要漫过河床，再不拆桥恐怕河堤就要被冲毁，林片下那几十垧地就要泡汤了。吕新林顾不了许多了，他一把扯下司机，然后跳上车亲自动手，只勾了几下那引桥便和被憋疯了的洪水猛兽一道冲了下去。因为离得太近，洪水差点儿连钩机带人也一起吞了去。

看到三孔桥瞬间塌了两孔，河道里的水消退了一半，吕新林赶紧向防汛办报告灾情，说："洪水太大，通往山里的唯一桥梁被冲断了两孔。由于全体村民的努力抗洪，河堤没有决口，庄稼没有受淹，村庄也安然无恙。"

听到消息，乡长带人很快就赶到了现场，他看了看那个很大的缺口，又用手电向四周照了照说："这桥坏了可以再修，只要人没出事就好。"说着又看了一眼没来得撤走的钩机和车辆说："工作做得挺细，连设备都弄上来了。"

吕新林说："这洪水太大了，当时就怕河堤决口，所以就提前把设备准备好了，实在不行就把车开进去。"

洪水消退之后，那些拉树的人又开着设备进山来了。断桥像拦路虎把他们挡在了河边。

带队的人站在桥头说："秋天下大雨，真邪门了！"又说，"这水真大，竟然冲断了桥梁。"

吕新林站在河对岸说："我正想找你们呢，如果不是你们的大车压坏了引桥，这桥是冲不垮的。要不然，这桥都挺了多少年了，怎么说垮就垮了呢？你们给捎个话儿，看看怎么再给修个桥吧。"那些人听了，便悄悄地把车倒离桥头，然后一溜烟地开走了。

自从桥被水冲毁之后这一带算是安静了。眼看着就要到秋季植树的时候了，吕新林一直担心那伙人还会来山上拉树，所以就没急着修桥。不知不觉地竟然拖了一冬天。

二

天都大亮了，朱洪福才佝偻着腰钻出了猪圈。他怀里抱着个猪崽儿，大呼小叫地一连喊了好几声老伴儿。见没人肯搭理自己，他又赶紧来到屋门前，一手掀开厚厚的门帘，再次吼了一声老伴儿的名字，屋里仍然没人搭理他。

直到这时，他才猛然想起老伴儿早就到闺女家去了。

朱洪福悻悻然进了屋，只见炕上老伴儿的被褥规矩地叠放在柜子上，只有自己的被褥像狗窝似的堆在炕头。他一屁股坐在炕上，又斜楞着身子拉过被子，然后把一个湿漉漉的猪崽儿放到被窝里。猪婆子下了十二个崽儿，这是最后一个，也是最小的一个，不仅找不到奶头，还哆嗦着像个冻死鬼似的。多亏了老伴儿事先有准备，弄了个奶瓶，还准备了奶粉。

这边刚安顿好猪崽儿，外边突然传来母猪的叫声，听到这叫声朱洪福忘了放下手中的奶瓶，一边骂着一边往猪圈跑。到了猪圈旁才发现，不仅门帘子没放好，连门都没关严实。他弯腰进了猪圈，只见母猪焦躁地趴在那里直勾勾地望着什么，几只小猪因找不到奶头正像瞎猫似的乱拱。朱洪福警惕地顺着母猪的眼神望去，只见一只半尺多长的大耗子正在猪食槽子里偷吃东西。见到有人来了，那耗子便贼溜溜地跳了出来，它顺着墙根往外逃，眼看着就要顺着门缝跑出去了，朱洪福顾不得许多了，扬手就将奶瓶像炸弹似的砸了过去。因为用力过大，玻璃瓶子被摔碎了，奶也白花花地撒了，那耗子连根毛都没伤着，他自己却把膀子给闪了。

看着猪婆子那惊慌的样子，他有些怕了，怕自己刚才的举动吓着了产后婆。如果是那样的话，猪婆子就会没奶，这些猪崽儿就会断粮。到时候再找十个奶嘴，也难以奶活这些宝贝疙瘩。朱洪福曾估算过，一窝猪平均下十个崽儿，每个崽儿两个月出栏，至少能长到二十斤，每斤一百元，那就是两千元，除去费用至少能赚一千多块，十个崽儿就值一万多块钱。一个猪婆子两年平均能下五窝崽儿，算下来可是一大笔钱啊！自从养上黑毛猪，他就好像上了金光大道似的。去年他养了八十头猪，除了杀猪卖肉，最赚钱的就是猪崽儿。他靠卖猪崽儿盖了新猪舍，又还了不少债。他跟老伴儿说，怪不得有人愿意当人贩子呢，这卖孩子比种地强多了。他老伴儿说，那人贩子是要挨千刀的，你也想挨千刀吗！朱洪福知道老伴儿喜欢猪崽儿，平时伺候猪婆子像伺候月子似的，听老伴儿这么说，他立刻就没电了。

朱洪福有些后悔，悔不该放老伴儿去闺女家，也不该支持闺女香草要这第二胎。俗话说少养孩子多养猪，现在一家一个都累个半死，四个老的忙活一个小孩子，如果再生一个那才叫吃二遍苦、遭二茬罪呢。

朱洪福的闺女香草大学毕业去了天津，姑爷是土生土长的坐地炮。闺女生外孙时他和老伴儿都去了，当时春耕正忙，他只待了两天就回来了，只留下老伴儿陪着女儿。他刚到家，就赶上几个猪婆子产崽儿，他半夜起来给猪接生，白天又要忙着种地、侍弄菜园子，忙得连饭都吃不上。要不是儿子隔三岔五地回来照看，他差点儿就跑去朱家老坟了。

朱洪福的儿子冬生高中没念完就跑出去打工了，先是给修理工打下手，后来自己租房开了家修车店。虽然赚不了多少钱，但总比在家种地强多了。去年盖猪圈时，如果不是儿子领着儿媳回来帮一把，这些猪婆子真得住露天地了。儿子给猪婆子设计的新式产床，使他再也不用担心猪婆子翻身压到猪崽儿了。在老伴儿临走之前，儿子还拉了一车过期面包给猪婆子下奶。

朱洪福弄来几个面包，他一边哄着猪婆子，一边用电吹风给猪崽儿取暖。为了让猪婆子舒服一点儿，他在产床上铺了张旧毯子，特意换了个大灯泡，还用上了老伴儿的电吹风。猪崽儿从猪婆子肚里出来是湿的，接生出来除了要擦干身子，还要用电吹风吹，只有这样才能干得快，猪崽儿才能不冷。猪崽儿弄干净了，还要麻溜地放到猪婆子跟前，这样它们才容易找到那已肿胀起来的猪奶子。

经过大半夜的折腾，猪婆子哼哼着终于安静了，猪崽儿也咬着奶头睡着了。朱洪福强打精神直起腰，也许是肠肚被抻长了的缘故，肚子咕咕地叫了几声，然后便很响地放了一个屁。当那混浊的气味散尽之后，朱洪福这才觉得肚子里空落得连屁都放不出来了。他看了一眼放在猪婆子身后的盆子，那里边还有半个面包。

朱洪福是真的饿了，半块面包捏成团还没个鸡蛋大，他扔到嘴里咬了两口就吞下去了。因为吃得急了点儿，他抻了抻脖子那东西才进肚。这时，肚子又咕咕地叫了两声，随着那叫声响起，手机也号叫起来。

电话是儿子冬生打来的。儿子告诉他今天是周日，想要回家看看，问家里需要什么东西，他好顺便带回来。

朱洪福说："正要给你打电话呢，你顺便给买个奶瓶，再弄几袋奶粉来。"

儿子问："家里又没吃奶的孩子，你买奶瓶干什么？"

朱洪福说："让你买你就买，你问那么多干什么？"

儿子说："不干什么，就是问问。"

朱洪福说："生了……"

儿子问："谁生啦？"

朱洪福说:"老母猪生了。"

儿子说:"你就说老母猪下崽儿了,干吗非要说是生了,弄得跟伺候人似的。"

朱洪福说:"我就乐意这么说。"

儿子说:"那你就是个月婆子。"

三

吕老蔫儿的家离朱洪福家不远。用老蔫儿的话说,坐在炕头上能看到老朱家的大门冲哪儿开。站在院子里,老朱家放个屁这边都能闻到味儿。

正是备耕的时候,都一连好几天了,老朱家仍然大门紧闭,很少有人进出。除了朱洪福偶尔露个面,其他人连个影子都没见着。朱洪福老伴儿是个撂下筢子就拿扫帚的勤快人,平时院里院外忙忙活活的动静最大,可这几天却像让大风刮走了一样不见半点儿踪影。这小老太太能去哪儿呢?该不会出什么事儿吧!朱洪福比吕老蔫儿小一岁,论理老蔫儿该叫那小老太太弟妹才对,可他却喜欢叫她嫂子。起初她还提醒老蔫儿说该叫弟妹,后来两家走动得亲密了,她便觉得叫嫂子更亲切一些。

这一天吃完早饭,老蔫儿连水都没顾得上喝一口,放下饭碗就想去老朱头家看看究竟。因为走得急了一点儿,并且这几天他背树苗时又累着了,气管里便有些烟熏火燎的。他站在路边像个公鸡似的抻着脖子干咳了几嗓子,又狠劲在喉管上用手捋了捋,这才感到好受些了。

早春的太阳一升起来就像喝醉了酒,跌跌撞撞地在天上游走,几片玫瑰色的云朵慢慢地拉成天幕。暖风吹拂着大地,山谷里飘荡着嫩草的香味。老蔫儿快步来到朱洪福家门口,他正要敲门,随着吱嘎的一声门响,只见冬生一脚门里一脚门外地出现在眼前。见到老蔫儿站立在门前,冬生惊讶地叫了一声"大爷"说："你咋来了？"

老蔫儿说："这几天总没见你爸面，来看看他干啥呢。"

冬生说："还能干啥，老母猪下崽儿了，我妈又不在家，他一个人忙得顾头不顾腚的，连做饭的工夫都倒不出来。"

老蔫儿问："你妈呢？"

冬生说："去我姐家了。我姐又要了个二孩儿。"

听了冬生的话，老蔫儿知道来得不是时候。他本想转身离去，不再打扰正在接生的老朱头，前脚却已经踩到大门槛上了。既然已经到门前了，哪有不进去的道理。就在这时，冬生突然指了指他家的方向说："你家后边的林子里，啥时候建了那么大的一个坟，那是谁家的坟啊？"

听了冬生的话老蔫儿心里猛然打了个激灵，他赶紧停下了脚步，并转身向自家的方向望去。老蔫儿家坐落在一个山坡上，房后几十米的地方是个陡坡，坡上是一片树林。尽管那林子十分稠密，但仍然能清楚地看到一片灰色的墓地藏在里边。从远处看，那坟墓像一个大大的锅盔扣在山上，又像一块石头压在老蔫儿家房顶上。

"这是哪个缺德鬼干的啊！再怎么着也不能把阴宅修到人家房顶上去呀！"眼前的一幕让老蔫儿感到晦气、诧异、气愤。他嘴上没说，心里已经骂上了大街。

看到老蔫儿气愤的样子冬生问："那林子不是你们家的吗？别人在你家的地里修个墓你咋会不知道呢？"

老蔫儿说："那才不是俺家的地呢。要是俺家的地，无论是谁，他胆儿再肥也得上门跟俺打个招呼吧。"

冬生说："无论是谁家的地，也不该把坟埋在人家房后，弄到人家的眼睛里，这事儿办得太缺德了。"

老蔫儿说："那是村里的林片，说不定是哪个村干部干的，不是收了人家的好处，就是让人抓到了什么把柄。"

冬生说："我想起来了，前些时候我听人说贺知章要给他爹迁坟，他爹的坟早先埋在后坡，他嫌那地方背阴见不着太阳。说不定那坟就是他家的。"

老蔫儿说："管他谁埋的呢，那坟总得有个记号吧，咱们看看那碑上写的什么不就明白了吗。"两个人说走就走，冬生在前，老蔫儿在后，没用一袋烟的工夫就爬上了山。他们进了一片黑松林，来到一座被铁丝网和花岗岩石栏围起来的墓地。那墓地里的坟也是石头砌的，圆圆的像个大馒头，墓碑高高大大的，前边还有阶梯和用石头打磨的香炉。坟前有烧过的纸灰，香炉里有燃烧完的灰烬。因为眼花，那碑上的字又过于讲究，老蔫儿认了半天也没读懂碑上的内容。到底是年轻人的眼神好，冬生只扫了一眼就读出了墓主人的名字和部分内容。

"贺有财？这不是贺知章他爸的名字吗？"冬生指着墓碑上的字问老蔫儿。

老蔫儿说："是啊，他不是埋在后坡吗，啥时候弄这儿来了？"

冬生说："你可真够大意的，在你家后院埋个坟你都不知道。"

老蔫儿说："可不是，这一冬天也没咋出屋，过了年又赶上倒春寒，啥也干不了，除了去买了点儿树苗子，剩下的时间尽在屋里待着了。"

冬生说："这事儿不能算完，你得找贺知章，凭什么把坟埋到人家房后了？政府早就不让土葬了，他贺知章凭啥啊！"

冬生是出了名的急性子，说着说着就要拉老蔫儿去找贺知章。贺知章的山庄就在坡那边，出了黑树林顺着山坡往下走，转几个弯就能看见那片木房子了。两个人正说着话呢，突然从林里钻出三个人来，一个剃着平头，穿着黑色的西装，大饼子脸上满是痘痘，厚嘴唇向外翻翻着，嘴里似乎正在嚼着什么。另外两个都拎着锹，满身灰土暴尘的，怎么看都眼熟却一时想不起在哪儿见过。厚嘴唇来到冬生跟前，很干脆地吐掉嘴里的东西说："你刚才说什么啦？你能不能再重说一遍？"冬生看见那人一副凶巴巴的样子，心里就有些胆怯，可他不想认怂，便喃喃地说："再说一遍能咋地，谁还怕你啊！"说着就把刚说完的话又重复了一遍。

听了冬生的话厚嘴唇说："你真是吃饱了撑的，这里盖个炼人炉跟你有半毛钱关系吗！"

冬生说："咋没关系？政府早就不让土葬了，你们这不是顶风上吗？"说完这句，还没等对方回话又赶忙问道，"你是谁啊？这坟是贺家的，你凭啥出来挡横！"

厚嘴唇说："这地现在归贺老板了，这墓地是私家地盘。"见那家伙撸胳膊挽袖子有动手的意思，老莺儿知道自己不能再躲了，再往后靠冬生难免要吃亏。想到这儿，他便上前拉冬生，冬生却仍然不服气地往前凑合。

冬生说："你少扯，这地才不是贺家的地盘呢。如果是他的地，为啥人家不给他确权？"

厚嘴唇说："你人不大，管闲事倒不少，确不确权关你屁事。你不是想找麻烦吗？我让你找个够……"

吕老莺儿见对方真动了手，便赶紧上前挡在冬生和那个厚嘴唇之间说："俺们不是要找麻烦，是这坟正对着俺家的后窗户……"

厚嘴唇说："你这不明摆着瞪眼说瞎话嘛，你现在就指给我看，你告诉我，你家窗户在哪儿呢？"

老莺儿本来是想好说好商量把事情化解了，没想到反倒给自己挖了个坑。他被厚嘴唇拉到山边往下看，只能看到自家的屋顶和一些树梢儿。这时，旁边一个岁数稍大一点儿的男人说："这里谁说深了说浅了都可以，就你不行，你可能忘了，俺可没忘。"他指了指坟头，又指着老莺儿说，"这里边埋着的人，就是你给气死的……"。

老蔫儿说:"你咋说话呢!你这不是埋汰人吗!"

老男人说:"就埋汰你啦!你敢说当年贺有财的死跟你没关系吗!你领着一帮孩子上人家门口闹去,铲人家园子……你忘了,别人可忘不了。"

听老男人这样说,冬生有点儿迷惑了。他只知道贺有财当年是气死的,从没听说他的死还跟老实巴交的吕老蔫儿有关。他呆愣愣地站在那里,一时竟不知说什么才好。

这时,老蔫儿终于认出老男人是谁了。他清楚地记得贺有财出殡时的情景,因为人走得匆忙,老贺家又穷得叮当响,生产队便临时伐了两棵枯死的榆树做棺材。当时,因为村里没有会做寿材的木匠,便派人到邻村请了一个。

那个人不是别人,正是眼前这个眼睛有玻璃花的老男人。

站在玻璃花眼旁边的是个小伙子,这小伙子老蔫儿看着也眼熟,似乎是他的一个远房亲戚。小伙子见老蔫儿有点儿激动,干嘎巴嘴却说不出话来,一看就得过什么大病。他怕弄出点儿什么事儿来,便说了玻璃花眼几句,然后推着冬生他俩离开了墓地。

就在快要走下山的时候,冬生猛然醒悟了,这两年村里尽闹拆迁了,村干部光顾着忙沟外边的事儿了,那贺知章便趁着没人注意把坟迁到这来了。他恍惚记得那坟去年秋天的时候就已经在那儿了。

四

吕新林早晨起来刚端起碗猛然想起土地确权的事儿,这次土地确权,除沟外被占地拆迁上楼的那些户,剩下的村民大部分都参加了确权。但也有没参加的,除了房子还在那儿,人却咋也找不到了。为了摸清底数,不出现遗漏,吕新林已经挨家逐户地走了几天,但仍然没能把人找齐。昨天他从一个山沟里回来时已经很晚了，在那个山旮旯里猫着两户人家，按照村里的大户口登记一户姓朴，另一户姓金。吕新林好不容易敲开一户人家的大门，一打听才知道，那人既不姓金也不姓朴，更不是那房屋的主人，而是老朴家过去的一个酒友。他知道那一家子都去韩国打工了，已经很多年没回来过，便擅自搬了过来。而旁边姓金的那户人家，也已经很多年没人住了。据说两户人家是亲戚，都先后去了韩国。与朴姓人家不同的是，那院门上留了电话号，通过电话沟通才知道，老金家委托了代理人，全权处理他家的事务。为了确保村民的利益不受到侵害，吕新林与代理人约好上午见面。

吕新林狼吞虎咽地扒拉了半碗饭，然后又给王大嗓打了个电话，让他在村口等自己，打算两人一块儿去见那个人。马上就要出门了，吕新林却怎么也找不到那双穿顺脚了的旅游鞋。头天晚上刚脱下来的鞋，怎么说没就没了呢？他屋里屋外又找了好几遍，也没找到那双臭鞋的影子。这时，老妈从院外回来了。

老妈问他："找啥呢？"

吕新林说："妈，你看到我那双旅游鞋没？我昨天还穿着呢。"

老妈说："没看见。是不是又让黑子给叼去玩了？"

黑子是老妈养的一只小狗，是老妈的心尖儿，除了喜欢玩毛茸茸的玩具外，没事儿就爱啃鞋玩。过去家里缺只鞋、少双袜子首先想到的就是它。可眼瞅着黑子就趴在院子里，正虎视眈眈地看着一只小公鸡用劲儿，院子里也没见有鞋的影子。吕新林断定，这鞋肯定是老妈给扔了。为了让老小孩儿开开心，吕新林一副信以为真的样子跑到院子里，然后把黑子抱了起来，一边往屋走一边问："你个鬼东西，快说，把鞋叼哪儿去了？"说着，还扯了扯小狗的耳朵。狗被扯疼了，便汪汪汪地叫了起来。老妈上前一把将狗抱过去，然后生气地说："你那鞋让我扔了。臭烘烘的放在那儿，我本想给你刷干净了，拎起来才看到，那鞋底都折裂了。"

吕新林问："妈，你给扔哪儿了？那鞋就是那样式的，鞋底透气凉快。那是新买的新版鞋。"

老妈说："你少唬你妈，我眼睛又不瞎，再新版鞋也不能设计出鸳鸯底来。你那脚就像长了牙似的，才几天啊？那鞋硬是给嗑坏了。"

见老妈实在不给拿出来，吕新林也知道那鞋底确实裂了一道缝儿，便只好找了双皮鞋穿上了。老妈见了说："我儿子还是穿皮鞋好看，那裤子也换了吧。挺大个小伙子，不穿漂亮点儿，哪个姑娘能喜欢？"

听了老妈的话吕新林笑了。他说："妈，我知道你啥意思。今天就不换了，我有事儿，得赶紧出去。人家在沟里等着我呢。"

老妈放下怀抱着的狗说："就你有事儿，天天忙得像没头的苍蝇，也不知道都忙个啥？"

在老妈的唠叨声中吕新林出了屋，又快步出了院子。出了院子没多远他不得不放慢了脚步，因为穿惯了那种宽松的鞋，这皮鞋再怎么漂亮也是不舒服。

在王大嗓家的老房场跟前，吕新林遇见了陈晓冬。

陈晓冬说："你去沟里确权走访咋不告诉我？"

吕新林说："没告诉你，你不是也知道了吗。"

两人正说着话呢，王大嗓急火火地从后边赶来了。

王大嗓说："让他们直接来村部多省事，干吗非得跑一趟山旮旯儿？"

吕新林说："有的事儿在村部能说清楚，有的事儿非得到家里、到地头了才能说清楚。"

陈晓冬说："我特意换了双鞋。来这么长时间了，还是头一次听说那里边藏了两户人家。主任是坐地户，你应该早就知道才对。"

吕新林说："我也是头一次听说。我没当兵前就顾着上学了，村里头四邻八舍的还能叫出名字，离得远了就都不认识了。现在正好借着开发征地和土地确权的机会，得好好走走。如果连家底都说不清楚，这村干部就没法干下去了。"

王大嗓说："还能咋说清楚，那房子不是还在那儿嘛！跑了和尚还能跑了庙？"

吕新林说："和尚都没了，那庙还有意义了吗？"

因为这两户人家过于隐蔽，几个人便顺着一条小道上了山，打算穿过一片森林直接到达要去的地方。在山顶上，王大嗓又指着山坡下的几个屋顶说出了另外几户人家的情况。吕新林嘴上虽然没说什么，但心里对王大嗓还是挺服气的。因为这几户人家他都走过很多次了，跟大嗓所介绍的情况基本都吻合。他想，作为主管治保的村干部，这大嗓还是蛮可以的。如果不是沟外动迁的事儿，他也不会有撂挑子的想法。

穿过树林，几个人很快就到了那两户人家的跟前。站在院门前，吕新林看了看山沟里的一片田地，又看了看那具有朝鲜族特点的蘑菇头似的草屋，心想："这跟前也种不了稻子，两户人家怎么会住在这里？"

随着一阵摩托车声响，一个男人出现在眼前。那人看了看他们几个说："来半天啦？"吕新林说："刚到，还没几分钟呢。"

因为相互不用介绍便都知道各自的来意，那男人便没再客气什么。只见他费了很大劲儿才打开锈蚀了的锁，推开门才发现旁边半扇门的钉锔只挂了一枚钉子，推开门便塌了膀子。那男人说他还是去年秋天来这里住过，没想到这门上的钉子竟会锈蚀成这样。站在院子里，吕新林看到几棵果树已经快要开花了，一些枝条蓬乱地生长着，纠缠得没了样子；窗前有两簇灯笼果，同样是乱蓬蓬地长满了刺儿。那男人开了屋门，屋子里摆放得简单、整齐。两只柜子贴墙放着，炕上放着一张小桌，桌上落满灰尘。墙上有只蜘蛛，像个豆粒大的黑字，懒懒地躲在糊墙纸上。

王大嗓是最后一个进屋的。他里外转了一圈说："屋里啥也没变，还是老样子。"那男人说："我认识你，为这房子的手续我找过你。"

吕新林问他要这房子的产权证，他磨磨蹭蹭地从一个包里掏出两张纸说："房子没有证，只有这个。"

吕新林接过一看，是村里同意盖房的手续，另一张是规划部门的处罚单。吕新林说："我要的是房产证。"

那人看了看王大嗓说："这个就是房子的手续，当时说好了的，交了罚款，这房子就算合法了。"

王大嗓说："你记错了。当时让你去规划部门补办手续，因为你不是房主本人，这房证才没办成。"

听了王大嗓的话，那男人似懂非懂地点点头。

吕新林说："这次确权就涉及房屋和房基地的事儿，这房子都建了这么多年了，你得赶紧去补办手续。最好跟房主联系一下。"说着，他又把那人领到院外，然后指着山沟里的一片树苗问了一下土地的情况。那男人说先前那地曾经种过稻子，后来因为连续几年干旱，上边的一个小水库没水了，便改了旱田。自从房主出国打工，那地便让别人给栽上了树苗。他最初以为是村里给收回去了，后来才知道是一个姓贺的人给占用了。吕新林猜测是贺知章借机侵占了土地。

吕新林问："那姓贺的跟房主之间签没签过什么手续？"

那人说："好像没有。因为人没回来，咋签呢？"

吕新林说："连土地确权这么大的事儿你都不过问，你算什么委托人？"听了这问话，那人立刻红了脸。

陈晓冬管他要有房主签字的委托书。

那人说："我是房主的大表哥，还用得着这么复杂吗？"

吕新林说："这还复杂？再这样继续下去，房子和土地都得让你给看丢了。这土地是农民的命根子。无论房主飘到啥年月，他总归是要回到这个家的。土地和房子要是没了，到时你让他咋落脚？"

见吕新林一副很认真的样子，那哥们便抄起手机开始打电话。电话好不容易打通了，他跟对方哇里哇啦地说了好半天，这才告诉吕新林说他表弟刚刚猝死在国外，现在弟媳正愁着该如何安排后事呢。

吕新林说："还能咋安排？再怎么着他也是中国人。他人虽然出国了，根不是还在这儿吗？"

离开两户人家，吕新林顺着山沟又回访了散落着的几户人家。与前两户朝鲜族人家不同的是，这些家的年轻人都在附近的城里打工，农忙时他们请假回来跟老人一起忙活儿，地种完了、收完了便赶紧回到城里。有条件的在城里租了房，让孩子跟着自己在城里上了学；没条件的便只能把孩子扔给爷爷奶奶了。

走完几户人家已经晌午歪了。

王大嗓说："早知道走这么晚，带点儿吃的东西就好了。"

陈晓冬说："我带了。我这儿有巧克力，还有矿泉水。"

王大嗓从陈晓冬手里接过一块巧克力扔到嘴里，又灌了半瓶水。吕新林没有接那已经递到跟前的巧克力，他跷着脚紧走几步一下子坐到树墩上，然后脱下鞋赶紧把脚晾到外边。

看到吕新林那被皮鞋边沿磨出血的脚后跟，王大嗓笑嘻嘻地说："你臭美也不挑个时候，这回遭罪了吧？还能走吗？实在不行，我把你背下去吧。"

见王大嗓说话没深没浅，陈晓冬上前扒拉他一下说："哪有你这样当哥哥的？说兄弟的风凉话也不怕牙疼。"说着，她从随身的挎包里拿出几块创可贴，然后蹲下身，小心翼翼地把伤口封好。帮吕新林处理好伤口，她又从包里取出两片消毒餐巾垫衬到鞋后边。

从山沟里出来，吕新林又顺路去看了看厂处被拆得七零八落的破房场。他知道有一条铁路要经过这地方，但房子都拆了有一段时间了，也没见有人来这里施工。据说是涉及县里和区里的相互协调问题，因为协调不到位，失地农民的问题解决不好，农民该得的利益得不到，这工程自然就不会顺利开工。

五

朱洪福曾患有奶粉过敏症，闻到奶粉味浑身就痒得厉害。那种痒不挠受不了，一挠就起包，是一种抓心挠肝的感觉。

当年为了给他治病，他爹费尽了心思。去县城，去省城，不知踏破多少医院的大门口。最后还是一个要饭的出了个偏方，这才治好了他的病。当时他犯病正痒得满地打滚，那老叫花子问明情况后便让人去韭菜地割了些开花的韭菜，然后亲自动手加盐、捣烂，再添些童子尿抹在他前胸后背。起初，那老朱头有些将信将疑，但抹过几次之后，儿子不仅不痒了，还试探着喝了些羊奶。

事后，老叫花子告诉他说："你儿子那病就是奶喝多了，喝坏了经络，喝坏了心智，是一种矫情病。怪病用烂方，如果用臭鞋底子在后背再敲一通，那效果会更好。"虽然这话有点儿扯，可老叫花子那时已经当上了村医，在那缺医少药的年代，村医的话哪怕有点儿屁味，那也是香的。

通过治病朱洪福和老叫花子成了朋友，用暴马子皮治病的偏方就是老叫花子告诉他的，他又把偏方给了吕老蔫儿。这偏方是他和老叫花子吃饭时套出来的，虽然没经过验证，但他还是跟老蔫儿说了。哪曾想，老蔫儿死马当作活马医，喝了两个月暴马子树皮泡水，竟然治好了皮肤病，后来又喝上了暴马丁香茶，连气管炎都好了。

出了猪圈朱洪福操起扫帚开始清雪。雪下得并不是很大，还没到推不开门的地步，可他一直觉得扫雪就跟擦脸、擦屁股没什么两样，擦脸是顾及面子，擦屁股是为了干净，无论再怎么忙也是要紧的事儿。他一边扫一边想，这也许是最后一场雪了，春打六九头，这都啥时候了，天气还不见转暖，这节气肯定差远啦！

扔下扫帚，朱洪福进屋又冲了一碗奶粉，端起来刚喝了一口，被窝里的猪崽儿便哼唧着钻出来了。这让他又想起奶瓶的事儿。他又抓起扫帚来到猪圈，先是把那些碎瓶碴扫到一起，又仔仔细细地在猪食槽子里找了一遍。最后终于找到那个已经破裂了的瓶口，让他感到意外的是，瓶口的胶质奶嘴竟然完好无损。他很高兴地取下那个奶嘴，回到屋里又找了个玻璃瓶子试了试，当那个软软的东西终于严丝合缝地套上瓶口时，他很舒坦地叹了一口气。

朱洪福的儿子回来了，看见他笨手笨脚地给猪崽儿喂奶，便嬉皮笑脸地说："爸，你抱猪崽儿的样子跟抱孩子似的，还真挺像那么回事儿。"

朱洪福说："东西买来了吗？"

冬生说："买来了。"又说，"就那么个猪崽儿，你把它往猪圈一放，让它找老母猪去。你这么伺候它，也不怕人家笑话你。"

朱洪福说："那有啥笑话的，这猪崽儿小，抢不上槽，你不操点儿心，还不得饿死啊！"

儿子凑到跟前吭哧瘪肚地似乎还要说点儿什么，朱洪福用脚踢了他一下说："别没事儿瞎嘎嗒牙，去给我把饭热热。"

儿子去厨房转了一圈，然后端着一盘黑乎乎的东西说："这都啥样了？还能吃吗？"

朱洪福说："那是小鱼炸的酱，还是你妈临走时给我弄的呢。"

儿子听了没吱声，转身去冰箱翻了一会儿，然后去厨房叮叮当当地敲打起来。

猪崽儿吃了一会儿奶，竟然含着奶嘴睡着了。朱洪福栽棱着膀子放下它，又像抱孩子似的把它送到被窝里。这时他儿子端着一碗蛋炒饭和一盘白菜炒肉片进来了。朱洪福端起碗吃了两口，又出去端回那个酱碗和一根大葱。他咬了一口大葱一边嚼一边问："我孙子咋没回来呢？"

冬生说："跟他妈去姥姥家了。"

朱洪福问："跟你媳妇吵架啦？"

冬生说："没有。"

朱洪福说："没吵架干吗老往娘家跑！"

冬生说："她这段时间活儿多，宝宝课后又加了美术课，我们俩都没时间陪，只能让他姥姥、姥爷接送了。"

听儿子这么说，朱洪福立刻就没了言语。虽然孙子是他的心肝宝贝，可他这个当爷爷的却没享受到多少天伦之乐。那孩子生下就住在姥姥家，直到要上学前班了，这才租了个学区房住进去。为了这事儿，亲家母没少挑他的理：因为闺女和你儿子相互对了眼，所以彩礼钱就免了，可这房子问题总得解决吧？买不起大房子，还买不起小房子吗？实在不行就买个便宜一点儿的总该可以吧。可眼看着孩子都要上学了，这当爷爷的却连个话都没有。

其实，朱洪福不是没攒过钱，可靠种地赚的那点儿钱，人吃马喂的还不够个奶嘴钱。后来靠养猪又赚了些钱，他咬咬牙想再借点儿钱给儿子买套房，一打听城里那房价高得能淹死人，他这仨瓜俩枣的还不够几块砖钱。一个猪贩子告诉他，说你再贷点儿钱，加上你现有的钱，交个首付就能住上房。剩下的让你儿子再一点点还呗。

朱洪福说："过去吃不饱饭天天混日子，现在饿不着了却要给儿子弄房子。过去城里城外买个房价格都差不多，现在咋一个天上，一个地上。你说，这为啥啊？"

那猪贩子说："不为啥，就为这社会走得太快了，咱们赶不上趟啦。你看，过去没地种饿得慌，现在自己有了承包田却跟不上形势了。脑瓜灵光的都发了财，能出力的都跑城里去了，剩下的都是老弱病残守在村里……人都扎堆似的往一个地方钻，那地方叫个狗窝也值钱呢。"

朱洪福说："可不是，狗尿苔不济长在金銮殿上，这要想有发展就得往城里跑，我砸锅卖铁也得在城里买套房，不为别的，就为将来孙子好有个出息。"

猪贩子说："你这样想就对啦，这农村咋好，那教育也不如城里。趁着你能动弹，就赶紧多赚钱，要不然那花钱的地方可多了去啦！"

按照那猪贩子说的，朱洪福以扩大养猪规模为理由，以房子做抵押贷了八万元。他兴高采烈地找到一家地产公司，并且选到一套十分称心的住房。当他打算办理手续时，售楼小姐管他要城市户口。

朱洪福说："我这是给儿子买。"

售楼小姐问："你儿子有城市户口吗？"

朱洪福说："没有。"

售楼小姐说："霜城已经变成闻名全国的旅游文化名城，又被国家命名为宜居人文城市。现在政府正实行限购，没有城市户口你办不了首付。"

听了售楼小姐的话朱洪福有点儿蒙，但他还是稳住了情绪。不知怎么的，他猛然就想到了亲家，亲家住在沟外，属于那种街边子房，后来变成了"城中村"。城里一拆迁，他一家人就随大流混进城里人队伍了。

朱洪福满怀希望地问："那用别人的名字办首付行不？"那售楼小姐还是蛮有耐心的，微笑着说："只要对方不存在二房问题，你也不担心产权问题，那就能办。"

朱洪福问："那该咋办？"

售楼小姐说："需要对方的身份证、户口本，还有银行的流水记录和单位的收入证明。"

听到这些朱洪福彻底傻了。因为他知道亲家虽然混进了城里，并且也有了城市人的名分，却仍然是个老眉咔哧眼的泥腿子。至于那些个银行流水账、单位固定收入证明，这些他恐怕跟自己一样，连听都没听说过。

六

自打见了那个眼睛有玻璃花的木匠之后，吕老蔫儿没再往山上去过，也没去找贺知章理论。几十年了，关于贺有财的死，一直是他心里的一个疙瘩。当年如果不领学生去他家割资本主义尾巴，不砍倒那片青苞米，贺有财会上那么大的火吗？还有后来偷苞米的事，如果他儿子不偷那几穗老苞米，那结果又该怎样？

那天从山上下来，冬生问他当年贺有财的死跟他有关系吗？问他当年到底是咋回事？老蔫儿没有回答冬生的问话。对于生长在这样一个社会环境的青年人来说，一切解释都是多余的。饥饿会使人麻木，会使人疯狂，会使人变得不可理喻。冬生是一个没有挨过饿的人，他不可能理解那个时代发生的事儿。从那天晚上开始，老蔫儿一连多日睡不着觉，睁开眼睛闭上眼睛都能看见贺有财那张脸。有时刚刚打个盹儿，便能听到山后有什么动静，听到贺有财在房后喊自己。

都好多年了，老蔫儿本来已经滴酒不沾了，这回却开了戒。他去村里的超市买了烧酒，又弄了些咸鸭蛋、花生米，在酒精和安眠药的作用下，他总算使自己安静下来了。

夜深人静时候，老蔫儿没事儿就在心里放电影，过去的事儿就一幕幕地出现在眼前了。按照老理，老蔫儿也算是个识文断字的先生，虽然文化不高，但那些年写大字报练下的功底让他有了名气。在大帮哄那阵子，除了跟着社员种地，平时练练毛笔字，哪家有个大事小情的给抄个礼单子，逢年过节写个春联弄几句歪诗，在村民的眼里他就是个先生、是个秀才。后来村里办学，大队领导让他去当了民办老师，从种地的农民到教书先生，这可是个让人羡慕得淌口水的事儿，不仅每年能拿到跟大队干部一样的工分，每月还有六块钱的民办教师现金补贴。最重要的是他有了练书法的桌子，可以大大方方地写字了。但令他没想到的是这孩子王并不是那么好当的，这些土里土气的熊孩子个个机灵得像猴似的，如果没有实实在在地喝过几瓶墨水根本就摆不平。起初这些孩子还给先生面子，他教什么就学什么，让怎么念就怎么念，后来时间长了就都不耐烦了。

先是有女生给他挑错说："老师你教错了，是彩裙飞舞，不是彩君飞舞。"听了学生的话，他想了想说："这是个多音字，有时念裙，有时也念君。等以后弄到字典，你看看就知道了。"

关于裙字发音的事刚过几天，又有男孩儿挑毛病。这孩子是班里学习最差的一个，平时逃课的时间比上学的时间都多，课本发到手没几天就看不出啥模样了。

他问老蔫儿说："老师你家养过猪吗？"

老蔫儿说："你问的这叫啥话，咱村里叫个人家就养过猪，不养猪过年拿啥包饺子？"

那男孩儿说："老师家养的猪肯定跟别人家的不一样。"

老蔫儿问："都是老母猪下的，有啥不一样的？"

那男孩儿说："别人家的小猪叫猪羔子、猪崽儿，你咋管小猪叫猪丝儿？"听了那孩子的话，满屋的孩子笑得直拍桌子。这些猴崽子本以为老师会下不来台，没想到老蔫儿根本就没在乎。只见他想了想说："山字头，底下加个思想的思，你说不念丝念什么？"说着就让学生举手表决：同意念丝的举手。见大部分学生都举了手，老蔫儿就想接着念下去，后来一个学生不知从哪儿弄出一本老旧的新华字典说："我都查了，就念'崽'，猪崽儿的'崽'儿。"看见学生都翻出字典了，老蔫儿说："既然都翻到字典了，那就念崽吧。"

不知是哪个学生回家把猪崽儿故意叫成猪丝儿了，家长们知道了事情的原委立刻炸了锅，纷纷找大队领导让撤了老蔫儿的职，说他欺骗贫下中农，是想祸害革命下一代。

后来实在是找不到能替代他的人，这事儿才被大队书记给摆平了。大队书记跟那些家长说："孔子也有说错话的时候，别说一个只会写毛笔字的土老蔫了！毛主席说一个人犯错误不怕，改了就是好同志。老蔫儿人老实，咱们得给他一个重新当好老师的机会。"

事后，书记托人从市里弄了几本新华字典分给老师。他把老蔫儿叫到大队部，亲手把字典交到他手里。他说："你是我找来的，你得给我长脸。俗话说干啥吆喝啥，字好不当饭吃，你写出来的字别人都不认识，那你就是个棒槌。"

又说："这字典就是你的经书，你得好好念，那些常用的话你得背下来。如果再出现差错，你就只能回生产队去修理地球了。"

老蔫儿说："经书再好也怕嘴歪，我好好念就是了。"

书记说："再念不好，就只能扇你嘴巴了。"

七

一提起贺知章的名字吕新林就觉得好笑，他真想不明白当初贺有财怎么会给儿子起这么个名字？一个历史上的伟大诗人，一个社会上的混混儿，这风马牛不相及的两个人却鬼使神差地给联系在了一起，真是想都不敢想的事情。是贺有财存心想埋汰埋汰文化，还是他想实现某种寄托？或许这其中的奥秘只有贺知章才能体会到。

那天去山里走访回来，吕新林给王大嗓交代了个任务，让他务必弄清那两户朝鲜族人家的土地是租给了贺知章，还是被他无偿占为己有。给王大嗓安排完任务，他又给那个大表哥打了几次电话，询问韩国那边死者处理的情况。让他提醒那一家人，无论他们啥时候想回来，村里人都会热情欢迎，欢迎他们回来跟大家一道建设美丽乡村。

就在吕新林给那个大表哥打完电话之后，大表哥突然找到村里来了。他说弟媳来电话说暂时回不了国，让他赶紧找村里帮着把被贺知章占了的土地要回来。那大表哥按着别人给的号码给贺知章打电话，说起土地被占用的事，没想到却挨了一顿骂，那知章说他跟那两家都签有协议的。大表哥提出要看看那协议，贺知章说："你算老几？这协议是你随便看的吗？"后来，大表哥又给贺知章打了两次电话，贺知章说："你再多管闲事，当心打断你的腿！"

大表哥的叙述使吕新林十分气愤。他本想直接给贺知章打电话过问此事，可电话号码都按完了，却不得不打消了原来的想法。他领着那个大表哥找到王大嗓，问他那地的情况了解得怎样了。

王大嗓说："我找过贺知章，那家伙说他和老朴家、老金家都签了协议。那两块地是他租来的，租期是五十年。"

吕新林问："你看见协议啦？"

王大嗓说："那倒没看见。咱既不是公安，又不是法院的，人家房主都没追究，咱有啥权利看这个啊？"

吕新林说："你真是个倭瓜。人家两句话就把你打发了。你咋忘了自己的职责？你是主管治安的村干部，是替村民说话的代表，找他调查情况是你的责任，他也有配合调查的义务。"

王大嗓说："我不是不想看那个协议，我也知道这豆包干粮的分量。我都干了几届治保啦！这点儿觉悟还是有的。可光凭我想有啥用，那贺知章死活不露面，你就是有天大的本事又能怎样！"

见话都说到这个分儿上了，吕新林也就不好再说什么了。他向王大嗓要来了贺知章的手机号码，然后很快就拨通了。电话在嘟嘟地响了两下之后，很快就传来"您所拨打的电话已关机，您所拨打的电话已关机！"吕新林说："这贺知章，要这电话有屁用！我都打过多少次了，每次都是这句话。"

王大嗓就站在吕新林身边，那手机的声音又很大，所以他也听到了那所熟悉的"您所拨打的电话已关机"。听了两遍电话回音之后，又看见吕新林一副气恼的样子，王大嗓告诉吕新林说："你接着打，再打两遍试试。"

吕新林说："贺知章的手机明明关着，你还让我打，你想逗哥们乐也该挑个时候。"

王大嗓说："我让你打你就接着打，等你打通了，你就知道咋回事儿了。"听王大嗓这么说，吕新林半信半疑地想，这大嗓平时爱开玩笑不假，但现在守着个告状的，他还不至于开这种玩笑。吕新林按照大嗓说的又打起了电话。在接连响了几遍"您所拨打的电话已关机"之后，对方竟然奇迹般地接起了电话。

只听一个陌生的声音问："你找谁？"

吕新林说："我找贺知章，贺老板。"

对方问："你是谁？你找他有啥事儿？"

吕新林说："我是吕家岗子的村主任。找他有急事。"

对方沉默了一会儿，然后一个粗哑的声音说："你打错啦！这个电话不姓贺。"说完就把电话挂断了。吕新林以为真的打错了，他特意让王大嗓重新核对了一下电话号，王大嗓仔细对了一下说："就是这个号码，我前两天还打过呢，不可能隔天就换了。"说着，他用自己的手机重新拨了一遍，这回对方不仅没接电话，还干脆关机了。

王大嗓合上手机压盖说："这回你亲眼看到了吧，不是咱不想办事，是贺知章这小子太滑头，太不讲究。你说谁能想到他把电话铃声设成这样？这牌出的，也太不正常了！"

因为事情的整个过程那大表哥都看到了，该说的话自然就省了不少。吕新林安慰对方说："你先回去等等，把该找的材料都找齐了。那姓贺的嘴说有啥没啥的不好使，这确权的事儿得拿出真实凭证。你再打电话催催你弟妹，她最好能回来一趟。另外，你也得做好准备，有些事儿还得依靠法律才能解决问题。"

王大嗓说："这回你都看见了吧，这村干部多难当啊？不是咱不想办事，是有些事儿太复杂了。不过，你也别着急，这土地确权的事儿才刚刚开始，只要土地承包给咱了，别人说啥都没用。"

听了两个村干部的安慰那大表哥的脸上多了些暖色。他磕磕巴巴地说："这姓贺的，心地坏了，良心不好。"

八

眼看猪婆子都满月了，朱洪福老伴儿仍然不见踪影。他给老伴儿打电话，催她赶紧回来。

朱洪福说："家里都忙开锅啦，你再不回来，这日子就没法过了。"

老伴儿说："我不是不想回来，是这边的日子也不好过。闺女得了抑郁症，并且贫血弄得脸像张白纸似的。闺女整天哭哭啼啼地抱着孩子不撒手，你让我这当娘的咋办？"

朱洪福说："嫁出去的姑娘泼出去的水，知道你心疼，可你能跟她一辈子吗？他们那么一大家子，不是还有亲家、亲家母吗！伺候儿媳妇是他们分内的事儿，你个丈母娘总陪着算是咋回事儿？家里这地、这猪总得有人管吧？"

老伴儿说："亲家起早贪黑地忙着接送外孙子，亲家母虽然干不了啥，也得跟着保姆忙里忙外的。姑爷更是忙，姑爷要是不忙了，那日子才叫没法过了……"

朱洪福说："不是都雇保姆了吗？有保姆照顾闺女，你还有啥放心不下的？"

老伴儿说："雇保姆咋的，保姆能代替俺这个亲娘吗？"

朱洪福说："你闺女不是小孩儿了，都俩孩儿的娘了，还那么哄着，你就哄吧，我看你啥时候能撒手……"

老伴儿说："你少说些没用的，要么你把猪卖了，到这儿跟我一块儿照看闺女；要么，你把俺们娘几个一块儿接回去照看……挺大个爷们，你唠叨唠叨没完没了，有你这样当爹的吗？"

老伴儿那边啪地把电话撂了，朱洪福的脸立刻阴沉得变了颜色。这天晚上，因为当天卖出去几个猪崽儿，他那长脸才有了些笑模样。他知道这都是沟外被开发的结果，沟外被拆迁了，变成了大工地，隔三岔五地便有人要改善伙食，所以这买猪的自然就多了。眼看着那些大楼盖起来了，沟外逐渐热闹起来，朱洪福的心里也越来越亮堂了。

喂完猪，又给猪煮了些苞米，他这才想起应该犒劳一下自己。他炒了个白菜火腿肠，然后从冰箱里掏出个咸鸭蛋切成两半，弄完这些他又出去插好院门，这才端起酒盅。用了几十年的牛眼珠子酒盅，他仍然像宝贝似的用着。冬生曾经给买过几套酒具，他看都不看一眼。他嫌那玻璃杯子太大，装满酒能吓着人，装少了又挂不住脸，只有这种两三钱的小东西用起来才好玩，才过瘾。一个黑不溜秋的锡酒壶就坐在大碗里，只有这样的酒壶才配那种两三钱的东西。他用两个指头掐着那小盅子，一连滋溜了好几个，随着那种温热的感觉升起，他开始盘算未来的日子。他从怀里掏出一叠票子，先是放在桌上看，又开始一张一张地数，确信没有缺失之后，这才放到一个装猪药的盒子里。他又给自己斟上一眼珠子酒，滋溜了一下之后突然想起来，明天得找空去一趟银行。

朱洪福就那么一滋溜一滋溜地喝着，能装三两酒的锡酒壶很快就被喝倒了。他迷迷糊糊地看到孙子正在画画，在画一幢很好看的大楼，那楼里住着一家三口，还有四个张着嘴的老头老太太。他有些看不明白，那些张着的嘴，是在唱歌呢？还是在等着灌雨呢？太阳升起来了，阳光下老伴儿领着两个孩子在草地上跑，闺女在后边追，草地上有那么多蝴蝶在飞……

朱洪福正云里雾里地睡着，突然一阵刺耳的声音打破了他的美梦，他呼地从桌上爬起来，径直扑向门边。头被门撞得山响，这下他彻底地清醒了。消防车的警笛响彻夜空，几辆消防车正呼啸着从门前经过。他打开大门，看到远处的山坳里，大火已烧红了半个天际。他知道那地方是个玉米秸秆加工厂，过去满地的苞米秸秆无处放，现在都卖到那地方加工成烧锅炉的燃料了。那厂长他认识，以前也是养猪的，干事儿啥都好，就是有些马大哈，有一次来他这儿买黑猪崽儿，交完钱把猪崽儿拉走了，却把三岁的儿子扔在猪圈了。

看着那熊熊燃烧的火焰，朱洪福想，农民赚钱不容易，但愿烧着的不是厂房……

朱洪福一边祈祷着一边回到院子，他围着猪舍转了又转，见实在没什么可燃烧的，便又出了大门。他望着那渐渐阴暗下来的火光，心里突然又有了幻想：都说火烧旺运，这或许是个好兆头呢。

朱洪福这边正算计着呢，邻居张老大叼着烟卷凑了过来。张老大抽了一口烟，然后用夹着烟头的手指了指远处的火光说："这回那几个哥们可惨了，几百万就那么扔了，这够咱赚几辈子的啊！"

朱洪福本不想搭理张老大，张老大是那种看热闹不怕事儿大，说大话不怕风闪了舌头的主，可碍着情面又不得不说两句："可不是，现在政策这么好，没钱帮你贷款，没地方帮你找地方，这样的条件再不好好干点儿啥，那脑袋纯属让驴给踢了。"说完了，他又有些迷糊，这究竟是说给自己听的呢，还是说给张老大听的？连他自己都没弄明白。

张老大见他自言自语唠叨两句便成了闷葫芦，并且闻到了一股酒味，便像馋猫似的往前凑了凑，他用手捅了朱洪福一下说："你喝了吧？你喝酒咋不叫俺一声呢？"

朱洪福说："没事闲的，喝点儿酒解闷。"

张老大说："你还能没事儿？是想大嫂想的吧？"

朱洪福说："有事儿说事儿，没事儿少扯淡。"

张老大说："正好碰到你了，要不，我才懒得告诉你呢。"

张老大告诉朱洪福，说他跟朋友去城里办事，无意中听人家说起动迁的事儿。意思是这沟里也要动迁，要建一个最大的火车编组站。这地方的户口和建房马上就要冻结了。

朱洪福说："你这哪是什么新闻啊？这都是快烂成猪粪的事儿了。你不在家这两年，咱这地方早就冻结好几次了，但肯定不是你说的要建什么站，你也不动动你那狗脑子，这老山沟里火车能拐过弯吗？不过话得说回来，不管建啥早晚得建，这拆迁也是迟早的事儿。"

听了朱洪福的话张老大把烟头往地上一扔说："这回我可亏大了，知道这样提前回来像沟外那样多栽点儿树，再建几间房，那得值多少钱啊！"

朱洪福说："那能怪着谁啊？你低着灌铅的脑袋到处跑，就好像到哪儿都白捡钱似的。你在家老实干点儿啥，能这样吗？"朱洪福嘴上这样说，心里却暗暗骂道："你个八竿子扶不起来的懒鬼，你就吹吧，狠劲儿吹。"

张老大说："我也想在家里待着，可就那巴掌大块地，种点儿东西还不够塞牙缝的。现在农民工多值钱啊！我在家待一年，还不如到外边干几个月，遇到点儿高的时候，说不定还掏上了呢。"

说到掏上了，张老大突然想起了什么，他一把扯住朱洪福的袖子说："听说你亲家他们闹拆迁，家家都发个稀里哗啦的，你没去取个经啥的好好学学，到那时咱这沟里的地可就值大银子啦。"

朱洪福甩掉那只鸡爪子似的手说："那地方拆迁不假，都闹腾了好一阵子了，抢建、抢种的，弄得人心惶惶的，闹心着呢。"

张老大说："闹不闹心都无所谓，只要能弄到钱，把心割下来都行啊！"

听张老大这么说，朱洪福呸了一声说："瞅你那点儿出息，为了弄到钱你连心都不要了，人要是没了心，那还叫人吗！我不知你们家是咋回事儿，我们老朱家自打山东搬到这儿，都靠土里刨食吃。俺们家老爷子在世时，常提着耳朵告诉说庄户人干啥都要煞下心，心煞不下来，整天像遛狗似的东一榔头、西一扫帚的，给你个金元宝也得嘚瑟丢了。"

朱洪福这连珠炮似的一番话，轰得张老大张口结舌，嘎巴了好半天嘴也没弄出个动静。他用手指了指朱洪福，一连说了好几个"你"，最后终于蹦出一句话："我算服了你啦……"

朱洪福听他这样说，便想借题发挥再损他几句，可还没等话说出口，那张老大竟然先放了个屁。听到响声朱洪福皱了皱眉说："瞧你这点儿出息，啥活儿没干动静倒出来了。"

张老大说："我可不跟你闲扯了，再扯下去锅该煳了。"

张老大回家就着烧煳了的菜饭喝了点儿小酒。酒后又做了个梦，梦里吕家岗子全部拆迁了，他那点儿地得了一百万块钱。他用这钱娶了个漂亮媳妇，还买了台大奔车。

九

因为拆迁的事儿，贺知章曾找过鸭球子好几次了。他想合伙在鸭球子地盘上抢建几座大棚。建大棚的事儿鸭球子妈坚决反对，说贺知章根本就没安好心，哪有养鸭场里盖大棚的。还有那打井的事儿，弄个汽油桶灌满水，再插根铁管子，埋在地里就是井，那不是忽悠傻子吗？到时钱弄不着，还惹一身麻烦。见大棚没盖上，贺知章又给鸭球子出主意。

贺知章说："老农民千载难逢遇到这么个机会，可别轻易就答应人家了。咱们干了一辈子，不就房子值点儿钱吗！还有土地，那可是老农民的命根子！这时候你不多要点儿，以后就没机会了。"

鸭球子家在沟外有两处房子都赶上动迁了。有一套是为了将来方便孩子上学，就在学校附近盖了间房子，这套房子手续齐全没啥争执，在第一期拆迁时就拆了，并且已经住了进来。剩下的那块地是他家的老房场，也是养鸭子的地方，属于第二期动迁项目。因为拆迁价格和条件达不到要求，双方始终没能达成协议。为了这他送过礼、求过人，就想多弄点儿钱。起初，贺知章满口答应找人帮忙，告诉他只要坚持住，补偿的钱连下辈子都够花了。还说老农民好不容易碰到这样的机会，是几辈人修行修来的，这要是错过了连个念想都没了。可拆迁到了节骨眼儿上，这贺知章却玩起了失踪。

透过窗户，鸭球子隐约能看见高架桥上路灯在疲惫地眨着眼睛，而迎面而来的汽车则抻长眼睛像贼似的进行踩点儿。鸭球子歪着身子靠在桌子上，一边喝着啤酒一边数盘子里的花生米，他一粒一粒地数着，偶尔会往嘴里扔上一颗，然后扬脖灌一口啤酒。盘子里的花生米越数越少，他始终没能弄清一盘花生米应该是多少。

当鸭球子要再次从头数起时，突然传来敲门声，因为那声音敲得火燎腚似的急躁，鸭球子便扯着嗓子喊了一声："谁呀？这半夜三更的。"外边说："物业的。"鸭球子知道是来收物业费的。

鸭球子居住的小区叫幸福小区，名义上是高档住宅区，其实是商品房和回迁房的混合居住区。业主的身份素质也各不相同，富的穿貂皮开宝马，穷的蹬"倒骑驴"、电瓶车，靠卖菜维持生活。这两样人混到一起，没用多久便把小区弄得乌烟瘴气的不成样子，今天草地上突然栽出两垄葱、种几棵苞米，明天窗户上突然伸出一截炉筒子，后天老张家的三轮车把老王家的轿车划了，老李家扔的苞米棒子砸了老赵家孩子的头，物业保安忙得团团乱转，也弄不出个子午卯酉来。

物业的见屋里没什么动静，便又狠敲了两下门说："赶快开门，你都快一年没缴物业费了，再不缴就给你断水断电。"鸭球子一边用光着的脚丫子踢了踢桌下的啤酒瓶，一边说："俺在农村住了一辈子，房前屋后的想干啥就干啥，从来也没交过什么费，现在给赶到这巴掌大的地方，啥也干不了不说，还得交物业费。整天这个费那个费的，再这样下去，这房子还住得起吗？"

鸭球子的话刚刚说了一半，屋子里的灯突然灭了。随之而来的是走廊里响起急促的脚步声和一阵喧哗声。鸭球子以为发生了什么事儿，先是有些手足无措，但很快又镇定下来。黑暗中他想点支蜡烛，他摸着黑找了一会儿，这才猛然想起早先存着的那些红蜡烛早就使没了。

因为补偿价格谈不拢，鸭球子是他们那一片最后搬迁的。为了做他的工作，从村干部，到他的同学朋友，甚至他的远房亲戚，拆迁公司动员了很多力量，最后由开发区干部对他的工作进行了包保。包保人员轮流上门征求意见，可他死活就是不搬。

鸭球子说："我那鸭子都是种鸭，是很值钱的。"

动迁员说："不是给你评估了吗，价钱比普通鸭子多给出那么多，你还不满足？"

鸭球子说："你们要是不动迁，我那些鸭子能生多少蛋，蛋又能孵出多少种鸭，那是你们能补偿得了的吗？"

动迁员说："你那是下金蛋的鸭吗？"

鸭球子说："差不多吧。"

动迁员说："没见过你这样的。"

鸭球子说："我那么大面积的房子，你才给评了那么点儿钱，是不是太黑了吧？"

开发区干部说："你那些房子除了主房有证，其他都是违法建筑，违法建筑你懂不懂，不是违章建筑，违法是要受处罚的，没有处罚你不说，还给了你补偿，你该偷着乐才是。"

鸭球子说："我那房子都这么多年了，盖房子时没人说违法，现在动迁了说违法，当初你们都干啥了！"

村干部说："当初哪来这么多说道，现在形势不是变了吗。"

鸭球子说："还有我家后园子里的祖坟，你们该不会也给平了吧？"

动迁员说："不会，你们自己进行迁移，我们出费用。"

鸭球子说："现在的人工费多贵啊！你们给的钱，还不够跑腿钱呢。"

动迁员说："这就不错了。这是开发区制定的标准，够照顾的了。"

鸭球子说："往哪儿迁呢，找块地还得花钱吧，我总不能把祖宗挖出来就地烧了吧。"

动迁员说："这我管不着，当初又不是我让你土葬的。"

听了动迁员的话鸭球子觉得又可气又可笑，心想，那时你还在娘肚子里转筋呢，怎么会知道人死了非得火葬呢。那时人死了不埋行吗？难道扔到大街上喂野狗吗？但鸭球子还是忍住了气。

鸭球子说:"我那坟里埋的不是死猫烂狗,不是搬块砖头那么容易的事儿,我家祖宗在里边睡一百年了,那是我们家的根,能那么随便就刨开吗?这精神损失和感情补偿你总得给吧?"

动迁员说:"我们拆了这么多房子,还头一次遇到像你这样蛮不讲理的。你应该理解我们的工作,这是开发建设需要,是按城市规划进行的,不是想拆谁的房子就拆谁的。你看别的人家早就签订拆迁协议了,就差你一家了。"

鸭球子说:"别人是别人,我是我,我们家情况特殊。现在是你们主动要拆我的房子,我干吗要看别人家脸色。"

经过几次交涉,最后的焦点是土地补偿问题。鸭球子家占地面积比较大,除了当初承包的水塘和涝洼地外,后来还回填了一些河滩,并且占了点儿荒地。

鸭球子说:"这么大块地你只给地上附着物补偿是不讲理,房基地、承包地,还有后来回填的那部分,你们都得给补偿。"

动迁部门却说:"你那承包地眼看到期了,包括房基地,那都是集体的,我们跟村里算账,跟你说不着。至于你占用的荒地和回填的滩涂地,那本来就不是你的,河边的那块属国有地,荒地是村里的,跟你有关系吗?"

鸭球子急了,说:"你们这是睁着眼睛瞎算账,就不怕昧良心吗?我那承包地只要合同没到期你就该给钱;那些回填的滩涂地和荒地,毕竟是我一点儿一点儿地花力气弄出来的。你可以打听打听,当初那么些兔子不拉屎的土坑,我们用了几年时间才填平,这些钱你总不能让我打水漂吧?"

动迁员说:"该给你的一定给你,不该给的,我们想给也给不了。这都是有规定的。土地是国家和集体的,又不是你个人的,你想狮子大开口,想要多少就要多少,那是不可能的。"

鸭球子说:"我就不爱听你们说这话。也说句你们不爱听的话,打一百年前我们家老祖宗就在这里开荒种地。这地就是我们的命根子，你不给赔偿也可以，顶多我们搭上两条命就是了。"

动迁员说："你别扯远了，你也少吓唬人，只要你拿不出合法手续，你找谁出来替你说话也不好使。"

鸭球子说："我告诉你，我该说的都说了，你们只要一天不解决问题，不给我个明确说法，就别想让我搬家。"

经过多次交涉，动迁人员不再上门了。眼看着周边的人家逐渐搬走了，房子也被一点点地拆掉了，只剩下他家的老房子和鸭舍、鸡舍孤零零地站在残垣断壁中间。

鸭球子妈见日子没法过了，便劝鸭球子说："咱别死扛了，你去找找吧。"又说，"拆了也好，咱们尽早离开这块地。你可别听贺知章胡咧咧了，他一点儿也不出好主意。"

见妈妈一脸愁容的样子，鸭球子只好硬着头皮找到了拆迁部门。鸭球子本来打算说些软话，在补偿价格上退让一些，心平气和地把协议签了，然后搬家走人。可一进了拆迁办，见到几张缺少表情的脸，他立刻有了一种热脸贴上冷屁股的感觉，说起话来也就走了板。

鸭球子说："你们把电给停了，自来水也没有了，连条道都不给留，还让不让老百姓活了！"

动迁员说："水电都不是我们停的，你去找电业局、自来水公司；道路也不是我们堵的，我们才不干那违法的事儿呢。现场有那么多拆房子的队伍，你看看是不是拆除公司那些人干的。你要弄清楚，动迁是一回事儿，拆房子是另一回事儿，这拆房子的事儿跟我们没关系。"

接着，动迁员还告诉他两个电话号码，一个是自来水公司的，另一个是电业局的。

鸭球子先给自来水公司打了个电话，对方回答的口气像吃了枪药："你说为什么停水？这停不停水还得请示你们吗？你睁大眼睛到现场好好看看，那房子都拆得差不多了，现场却连个管事儿的人都找不着。那些捡破烂的把我们的设施都给砸了当废铜烂铁卖了，管线也让你们的推土机给推得乱七八糟的，弄得到处都像喷泉似的，再不停，那跑冒滴漏的损失你给赔吗？"

自来水公司的回答让鸭球子有些摸不着头脑，他想问问对方，知不知道在跟谁讲话呢？手机里却啪的一声没了动静。鸭球子又给电业局打电话，对方的回答出乎意料地客气。

对方说："我们也是不得已，一台拉残土的车碰倒了拆迁现场的电线杆，砸死了拴在线杆下的一头驴。我们局长发火了，说几千米的设备线路凭什么就那么空挂着，我们又不是慈善机构。就为给你留这条线，出了这么大的事儿，赔偿了那么一大笔钱，还害得我们差点儿丢了饭碗，你说我们有多倒霉！"

鸭球子碰了个硬钉子之后又碰了个软钉子，心里实在窝火，便找动迁员大喊大叫：你们这样做是违犯物权法。

动迁员说："好像就你一个人懂法，别人都不懂法，同样的补偿标准，这周边上百户人家都搬家了，就等着你搬家腾地方盖回迁房呢。你说谁违法？物权法是保护大多数人利益的，不是保护你一个人的，你懂不懂？"

鸭球子本来还想说点儿硬气的话，可动迁员告诉他说："我们已经不能再等了，你要是再不签订协议快点儿搬家，我们只能请求相关部门进行强迁了。"

听说要强迁，鸭球子一赌气干脆就不谈了。他转身回到家，自己灌了一顿酒之后站在院子里生闷气，看着几十年辛辛苦苦建立起来的家园就要毁灭了，心里说不出有多纠结。

当肚子里的酒水都变成屎尿之后，鸭球子决定赌一把。他开着拖拉机来到市里，拉回几大捆鞭炮和二踢脚。他用二踢脚和鞭炮做了件大背心。除此以外，他在房子周边又加了道铁丝网，在屋前挂上有反对强拆、保护家园字样的标语。

十

因为岭后有人办猪场，朱洪福的黑猪崽儿一下子就被抢购一空。猪崽儿没了，朱洪福自然要轻松许多。趁着老母猪还老实着，朱洪福赶紧买种子、拉化肥、联系雇工做好春耕的准备。用他的埋汰说法，别等屎憋到粪门再找手纸，那就啥都来不及了。

朱洪福家的地都是山坡地。除了村里分的，他还偷偷刨了一点儿荒地。因为年年施化肥、打农药的，那地便被喂馋了，只长苞米，不长别的。起初，他用那些苞米喂猪，后来老母猪总是揣不上崽儿，兽医说恐怕跟饲料有关，于是他便知道了有关转基因的说法。这下可让他为难了，这地不种苞米吧，每年得多出一大笔饲料钱；要是坚持种下去，这打出的粮食又没法处理。据说，这转基因的东西人吃绝后，猪吃不下崽儿。朱洪福曾想过把地租出去，却没人肯租他的地，山坡地不仅耕种费工费力的，水土流失也严重。后来，如果不是附近新建了大酒精厂，专门收这种苞米做汽油，那地就只能种些树苗了。

种子和化肥都置备齐了，终于到了种地的时候。

开犁那天本来天清气朗，却抽风似的刮起了大风。朱洪福领着儿子冬生，还有雇来的一个农民，一个负责犁地，一个负责撒底肥。冬生不懂农活儿，算是半个人，过去被称作"半拉子"，只能打打下手。由于那风刮得太大，拖拉机又爬不了大坡，三个人便都围着拖拉机转，上坡时一个人在前边狠劲儿用绳拽，一个在后边用力推。阴坡的地方由于风干得不到位，湿漉漉的泥土翻滚着，弄得拖拉机直放黑屁。黑烟和风沙吹打着人们，将人喷涂得只剩下两道白牙。

冬生放下绳子说："别干了，这哪是人干的活儿？"

拖拉机的嘭嘭声吞吃了他的话。

朱洪福说："再坚持一会儿，过了这阵子就好了。"又说，"这活儿是耽搁不起的……"话还没说完，一阵旋风刮过，沙土堵住了他的嘴。

风终于小了些，冬生接了个电话，然后告诉他说："店里有点儿急事，得回去看看。"朱洪福看了看雇来的帮工，然后冷冷地跟儿子说："等蚂蚱子爬上坡再走。"

风终于停了，拖拉机也终于爬到了坡顶。冬生扔下绳子就往山下走。这时，一辆出租车停在了坡下的路边，从车上下来三个小青年，其中一个冲上去一把揪住了冬生的领口，并大声嚷嚷着什么。朱洪福见儿子要挨打，便不管不顾地扔下手里的活儿往坡下跑。那雇工见他跑，也跟着跑。

朱洪福上前一把拽住那小伙子的手说："有话好好说，可千万别动手。"

那小伙子看了他一眼说："老头儿你离远点儿，跟你没关系，我就问他……你凭啥打我姐？"

朱洪福说："什么没关系？他是我儿子！"

听了朱洪福的话，那小伙子扭头看了看他那张黑脸说："我才不管他是谁儿子呢，打我姐就不行！"说着就打了冬生一巴掌。见儿子挨了打，朱洪福急眼了，他一把抱住小伙子，然后冲着旁边的人骂道："你们傻啊，快拉架啊！"

听朱洪福这么一喊，旁边的人似乎明白咋回事了。跟来的小伙子悻悻地往后躲了，那雇来的帮工赶紧掰开那年轻人的手把冬生拉走了。朱洪福仍然紧紧地抱着儿子的小舅子，嘴里不停地唠叨着："他打人不对，他混蛋，他不是人……"

见人都走远了，小伙子说："你还不撒手啊？你弄得我都喘不上气啦。"

听小伙子这么说，朱洪福这才松开手。

朱洪福说："你告诉大叔，他俩到底因为啥打架啊？"

小伙子说："你真得管管你儿子了，哪有他这样不讲究的？他们一家三口，不说天天吃住在俺家，那娘俩简直就长在那儿了。我爸我妈天天替接送孩子，还要替交这费那费的……好不容易攒几个钱，都搭进去了不说，还不领情、不道谢的……"

那小伙子的话，像巴掌抽脸，让朱洪福恨不能找个地缝钻进去。这时，他突然看见张老大正一路小跑地往这边赶来，知道那狗日的又想看热闹。他拉着小伙子的手说："都到家门口了，再咋的那也是你姐夫，到家里坐坐吧，赶明儿个我亲自去你家赔礼道歉。"

那小伙子见他这样说，便有些不好意思了。这时，跟来的两个小伙子似乎有种上当的感觉，其中一个说："人家自己的事儿，咱跟着瞎掺和啥？"另一个则上前推了那小舅子一把说："走吧，再不走，我们可走啦。"见有人跟着劝，朱洪福也顺水推舟说："都是家里事儿，没有啥解决不了的，两口子打仗炕头打到炕梢，屁大工夫就好啦。"

三个人都走到坡下了，朱洪福突然想起了什么，他跌跌撞撞地跑下去，心有不甘地拉着那小舅子的衣袖说："你先别走，你还没告诉我呢，到底因为啥啊？"

那小舅子说："还不是因为几句话。"

朱洪福问："那小子到底说啥了？"

那小舅子说："我姐问他买房的事儿，说房子买不了，孩子就上不了学。他说没钱买什么房？我姐说你为啥不管你爸要？他说家里也没钱。我姐说，你爸有钱给猪盖宾馆，却舍不得给孙子多花点儿钱，咱这孩子还不如个猪崽儿……"

听了那小舅子的话，朱洪福激动地说："那哪是什么宾馆啊，那不就是个猪圈吗……就那点儿钱，还是从银行借来的呢。"

"把猪圈建成红砖大瓦房，啥猪啊？享受那么高的待遇……"听到有人插话，朱洪福气愤地回过头，只见张老大早就站到自己身后了。

张老大的这两句噎脖子话气得朱洪福浑身发抖，眼睛发蓝，嘴角直颤，他攥紧拳头照着那张瘦脸打过去，骂道："你个二流子，咋不吃口饭噎死你！"张老大没想到朱洪福会急眼，更没想到这老东西会动手，还没等他反应过来，眼眶上已经重重地挨了一下子。他一边揉眼睛一边说："闹笑话抠眼珠子……你下手也太狠了。"

朱洪福说："我打牲口打惯了。"说着，就又要动手。张老大知道这是惹麻烦了，他想要一走了之，却已经来不及了。只见朱洪福干咳两声，又响喽一声吐出一口鲜血……

冬生的小舅子本来是找姐夫说理的，没想到没把控好自己把事儿弄大了。更没想到会让张老大节外生枝插这么一杠子。眼看着朱洪福一下子倒了下去可把他吓坏了。这时候倒是张老大比较清醒，他上前扶朱洪福坐起来，又冲着那小舅子喊："还愣着干吗，快打120啊！"说着便想抱起朱洪福，哪曾想自己竟然慌乱得没了力气。这时那小舅子终于清醒过来了，他急忙向张老大摆摆手让他不要动，然后赶紧拨通120电话。

十一

借着土地确权的机会吕新林领着村委班子几个人，把旮旯胡同的那些散户都走访了一遍。尤其是划归给开发区的边缘部分，他领着陈晓冬从头到尾又走了两遍。他早听说在这城市与村庄的结合部位，市里要修一条绕城铁路。但铁路到底怎么个走向？什么时候开始征地拆迁？始终没能定下来。

通过走访和实地探查，村里基本摸清了土地的现有情况。房屋的情况也顺带着都有了底数。除了沟外划给南城区的那部分，沟里剩余土地是原来的三分之二多一点儿。土地虽然减少了，但人均土地面积却上升了。通过探查也发现了一些可开发利用的土地和人为闲置的土地。

听到别人承包的土地都拿到了国家颁发的大照，有的在外边打工的村民赶紧跑回来办了手续。剩下个别手续有问题的，村里也都力所能及地提供了帮助。对于出国打工的两户村民的土地确权问题，还有贺知章承包山林办山庄的手续问题，因为贺知章与当事人一直没有露面，自然就拖了确权工作的后腿。

针对这些存在的问题，吕新林召集村干部和党员开了个会。在会上他讲了参加县里"三农"会议的体会，介绍了振兴乡村的精神，和他所理解的"产业兴旺、生态宜居、乡风文明、治理有效、生活富裕"的总体要求。介绍完了参加会议的情况，吕新林说："我们原来的村规划早都给弄乱了，我们得按照振兴乡村的要求重新规划出一个吕家岗子。"

吕新林刚说完，王大嗓便接话说："那还不简单，原来的图纸就挂在那儿，把划走的部分剪下去，重新再放大一张不就行了嘛。"

老党员吕永贵说："那可不行，过去那张图太简单了，跟现在的要求也不一样。过去是讲温饱，农民能吃饱饭就算赢。现在讲振兴，讲富裕，讲现代化。这样的图可不是什么人都能画的。"

王大嗓说："那也简单，找规划部门，让他们再给派两个大学生来，咱们原来的那张图就是他们给画的。"

陈晓冬说："光靠他们可不行，他们不了解咱村的情况。他们哪知道哪几块地的土肥、水好，适合种水稻？哪些地适合种苞米、大豆？还有那些山坡地，不能都栽树，应该多栽种些经济作物。另外，我们吕家岗子山林里长了那么多的暴马丁香，这树从花到叶子都是可开发利用的宝贝，这些都应该列到规划发展当中。"

吕新林说："我说的规划可不是随便画几条路，然后再把房子摆上就了事。那种规划叫建筑规划，咱要说的是土地规划布局。咱得根据村里的发展目标、土地的现有状况重新规划一下。当然，村容村貌是一个方面。可光图外表好看还不行，房子修了，路也通了，可钱包瘪瘪的，肚子里缺少油水，肩膀上还是一副榆木脑袋，大伙儿说这能叫振兴吗？所以党员干部都得出主意、想办法，看怎么能带头发家致富？怎么能让吕家岗子人打腰提气地站在别人面前？"

吕永贵说："咱就是个农民，除了土里刨食就不会别的了。孩子们年轻可以出去打工，可光靠打工又能赚几个钱？所以，咱们只能在土地上下功夫了。现在开发区都把买卖送到家门口了，咱们不能再种那些只能喂牲口的老苞米了，得种些城里人喜欢的东西，种些值钱的东西。"

王大嗓说："老吕头说的倒没错，咱们要种些城里人喜欢的东西，可你咋知道城里人都喜欢啥？再说了，即使你知道城里人喜欢啥，那东西种出来没人买咋办？总不能一家家的拎筐挎篓地到处跑着卖吧？"

吕新林说："好酒不怕巷子深。只要东西好，就不愁没人买。城里人不外就那几样日常需要，柴米油盐酱醋茶的，我们能提供什么？还不是大米、豆油和蔬菜，再就是鸡鸭肉蛋。关键是怎样才能把东西种好，种出品牌来。只要种好了，还愁卖不出去？现在早就有网上销售了，到时让晓冬给咱弄个网店，不用去城里就把东西卖出去了。"

王大嗓说："你再能卖出去又能咋的？每家就那些地，你就是种金子产量也是有数的。咱这儿又不是关里，每年能多种两茬庄稼。"

听了王大嗓的话陈晓冬心里很不舒服，心想："都是村委会干部，就你总跟村主任抬杠，这哪像个党员样啊？"她本想把心里的话说出来，想了想却没敢张嘴。其实，王大嗓爱抬杠是出了名的，为这他没少挨老婆呲儿。可在家保证完了，到外边仍然我行我素的口无遮拦。时间久了大伙儿就习惯了，他要是不抬几句杠反倒没意思了。

大家伙儿又七嘴八舌地议论了一会儿。见有人把话题引领到产业化发展和因地制宜搞种植、养殖上了，吕新林便赶紧抓住话题说出了自己的想法。

吕新林说："大家既然说到产业化了，就不用我多说了。产业化要求的是产供销一条龙服务，讲究的是品牌意识。咱们过去都是单打独斗的小面积种植，根本没法形成产业，更扯不上发家致富。我们现在要做的就是根据现有的地块情况，看看哪些地方最适合种稻子，哪些地方适合搞蔬菜大棚，还有那些养猪养鸡的也都要规划出各自的地方。把地方摆放明白了，就得有人带头进行规模化种植养殖了。只有这样才能尽快形成产业链，才能有影响。"

听了吕新林的话大家终于明白今天会议的主要意思了。

吕永贵说："要讲种水稻，那还得老泥鳅他家周边那几垧地，土质好，离水近，离乡道也近，不说别的，稻子扬花时那股香味就够吸引人的。老泥鳅又是庄稼把式儿，他只要起个头，那些户都得跟着入股。到时就看着咋种了。"

王大嗓说："挨着我家的那些山坡地适合套种，除了种些苞米留着喂牲口，再套种些黄豆，到时村里开个油坊，城里人不是讲究笨榨吗？咱就弄个笨榨油坊。还有，村边靠城区那一大圈都建蔬菜大棚，那样的话离城市就更近了……"

吕永贵说："城边子那一条子你想都别想，说不定哪天又给动迁了，我们不是白操心了吗？"

王大嗓说："那有啥？谁动迁谁拿钱，钱给不到就不动，开发商咋的？开发商再牛他敢把咱老农民给活吃啦？"

看见老吕头和王大嗓又掐起来啦，吕新林说："你们哥俩见面就掐，要掐回家掐去。咱这是开党员干部会呢！"说完这话，他又问了到场的党员干部今后致富的打算。都问完了，他又针对现有土地情况，动员大家充分利用好资源，搞好绿色生态种植产业。

吕新林说："党员干部就要带头搞发家致富，如果你连自己都赚不到钱，你还咋带别人？"吕新林这话才说了一半，立刻就有人问他说："主任你先别说别人，先说说你自己，俺们知道你城里有个装修公司。你放着公司不好好干跑回来到底图个啥？另外，你让俺们带头致富，你咋个带大家致富法？"

王大嗓见有人给村主任提意见立刻来了精神，他说："你们是咋的啦？主任让咱说说打算，你们咋跑题啦？"

吕新林说："这有啥跑不跑题的，既然大家让我先说说，那我就先说说吧。我那装修公司成立没几年，钱是赚了些，但钱赚得再多也替代不了吕家岗子在我心里的位置。我早晚都得回来，因为根在这呢。现在我那公司让别人打理着呢，等能脱手啦，我打算把资金投入到乡村旅游上，项目基本有眉目了，到时候我再跟大家说。另外，我那装修公司还能用些人，有年轻人愿意去城里打工，我也能帮上忙。"

见村主任都带头说了，其他人也都说了打算。按照大伙儿说的，吕新林让陈晓冬弄了个吕家岗子乡村振兴方案出来。养殖大户重点放到朱洪福身上了。过去村里最大的养殖户是鸭球子，现在那地方没了，便想让朱洪福带个头，将来搞个规模化养殖。种粮这一块考虑到老泥鳅是行家里手，准备让他牵头成立绿色稻米种植合作社。王大嗓手里有机械设备，他想牵头干个队伍，但具体想干点儿啥还没想好。除了这些，吕新林和陈晓冬还想到了旅游开发、农家乐等项目产业。

会议眼看着就要完事了，王大嗓突然又放了一炮。他说："这会也开了，炮也放了，那些想法都是好的。这些项目钱也花了，劲儿也没少使，可如果哪天市里又要把咱沟里划分了咋办？现在这修铁路的事儿早就哄哄了，这不是扔只靴子折磨人吗？如果是那样，咱还不如等着呢。"

听了王大嗓的话，别人也有同样想法。都说这几年让拆迁闹得人心不稳，村里好多事儿都耽误了。别的村早就搞生产合作社，种植养殖公司了，还有的办了不少网店。再这样下去还咋搞美丽乡村建设了，还不如一下都划归城里得了。

吕新林觉得王大嗓的话不是没道理。当下这拆迁征地的事儿真得确定下来，如果不给大家一个定心丸，人心总是惶惶着，早晚得出毛病。想到这里，他拍拍王大嗓的肩说："大嗓提得对，征地的确误了些事儿。但有一点可以肯定，除了建铁路的事儿，这三五年的还动不着咱沟里。你想想，弄条铁路放在那儿，还咋开发啊？这事儿我都考虑多少回了，那铁路就是咱村的防护线，只要不越过那两条线，我们就放心大胆地干。其实，那铁道线就是咱吕家岗子的大门槛，愿意打工的迈过铁路就进城上班了，晚上干完活儿跨过铁道再回来。人家规划部门考虑得够周到的了，铁路里边是城市，高楼大厦的壮观着呢。铁道外边就是美丽乡村。眼前最大的事儿就是铁道的位置。咱们先按说好了的，尽可能把事情操办起来，铁道边上的地方就不考虑了。等位置定下来了，那地方栽树、建大棚都是好地方。"

听了吕新林的话王大嗓说："听你这一说，我这一炮又白放了。"

吕永贵说："就你那嘴，哪次不是白放炮？放就放了，就当听个响。"

吕永贵的话音还没落，大伙儿哄的一声都笑开了。

十二

朱洪福在医院只住了几天就要出院，医生告诫说他的肝出了问题，消化系统也有毛病，最好是多住几天。朱洪福犹豫了一下，但还是趁着晚上人少偷着跑了出来。

　　出了医院，他觉得轻松了许多，真有点儿像出了监牢似的。尽管自己并没有进过大牢，但他仍然有这种感觉。朱洪福没有打车回家，他像个游神似的走在大街上，那些漂亮的街灯晃得他眼花缭乱，路边的烧烤让他闻到了一股股燎猪毛的味道。在一个街口，一群人正在跳舞，老头儿老太太相互搂着，脸和脸对着，好像在说着什么，又好像在亲嘴。嗨，都是些什么人啊！

　　看到那些男男女女，他突然有些担心，老伴儿这么长时间不愿回来，该不是也学会了这个吧。想到这儿他加快了脚步，想抄近路赶回家去。走在江桥上，朱洪福的心情突然放松了，脚步也慢了下来。许多年了，每天除了养猪，就是种地，竟然没想起来到这桥上看看。他像个傻子似的站在那里，看看小月亮似的路灯，又看看天上的星星；看看远处的万家灯火，又看看满江的流水，看着看着心里便充满了喜欢。

　　回到村里已经是早晨了。朱洪福没有进家门，而是直奔地里。他从坡下走到坡上，又从坡上下到另一边的坡底。地已经种完了，垄还算直溜，土翻得也还均匀，垄台上虽然有点儿土坷垃，但不会影响出苗。

　　回到家里，还没进家门呢就闻到了一股熟悉的香味，那香味让他精神焕发，身上也多了些力气。他知道这是暴马丁香开花了。那一年他帮老蔫儿家割夹杖子的树条子，无意割了一棵暴马子苗。那棵无根的树苗后来竟然长成了树，并且成了吕老蔫儿的救命树。这暴马子是串根子的，每年那棵老树周边会长出一些小树苗，只要把那些树苗弄出来栽到别的地方，用不了几年就长成大树了。老蔫儿见他喜欢，便挑了一棵粗壮些的树移到他的猪圈旁。

　　那棵暴马丁香很快就扎了根，开了花，并且又多出了两棵小树苗。自从院子里有了这开花的树，不仅空气清爽了，连猪崽儿都更加活蹦乱跳了。

朱洪福像往常一样先在树下站了一会儿。他抬头看看树上，又伸手摸摸树身，然后又掐一朵花蕾扔到嘴里，这才到猪圈看了看。他站在外边看了一会儿房子，心想，就这么几间房子，竟被说成宾馆！有些人只知道猪肉香，却不知道养猪的辛苦，既想把猪养好赚钱，又舍不得花钱盖个像样的猪圈，这世界上哪来那么多天上掉馅饼的好事！他恨恨地回想着痛打张老大的情景，然后很痛快地走进猪圈。里边的猪本来都在趴着，见了他像见着了亲爹似的都哼哼着站了起来，然后又亲热地凑到他跟前。猪的这些惯常反应，竟然让他有些感动。他拿起一个家什，想给猪添点儿饲料，一弯腰竟然弯不下去了，那半个膀子也凑热闹似的疼起来。这时，儿子推门进来了。

儿子说："我一听到猪叫唤，就知道是你回来了。"

朱洪福骂道："你个小兔崽子，把你爹比成什么了。"

儿子说："我可没那意思……人家医院刚刚来过电话，说你从医院跑了。我跟我妈刚要去找你，这猪圈门就响了，猪也叫了起来，连狗都哼唧着往屋里跑。"

朱洪福问："你妈回来啦？"

儿子说："回来啦。刚刚回来，屁股还没沾炕，你就跟腚似的到家了。如果不是听到猪叫唤，我们都走老远了。"儿子嘴里说着，腿已经往出迈了，他一边往出走一边喊，"妈，我爸回来啦！"

随着儿子的叫喊，只见老伴儿焕然一新地从屋里跑了出来。她用一种陌生的眼光打量着朱洪福，然后说："你咋瘦了呢？我这才离开几天啊，你就变成这样啦……"说着，眼角竟然湿润了。

朱洪福看了看老伴儿，又看了儿子一眼说："不是不让告诉你妈吗？"

儿子说："我才没告诉呢，是她自己回来的。"

朱洪福对老伴儿说："回来就好，看来你这老妈子是当够了，要不然你才不会回来呢。"

老伴儿说："哪儿好也不如家里好，谁亲也不如俺老头亲，在闺女家住几天新鲜，住长了舌头就硌牙啦。"

其实，老伴儿并不知道朱洪福有病的事，也没有人给她打过电话。不知为什么，她最近总是做怪梦，不是猪得了瘟病，就是老母猪压死猪崽儿了。最让她感到奇怪的是有关奶嘴的梦。梦里边村主任知道朱洪福的奶粉过敏症又犯了，竟然给他买了个奶嘴，让他含在嘴里有事没事地裹两口。哪曾想，朱洪福裹上了瘾，见谁有奶子都想裹一口，最后病得只能靠人喂着吃了。看着朱洪福那可怜的样子，她去找村主任吕新林讨要说法，村主任当时正在给一户人家测量房基地，听了她的话放下手里的绳尺说："当初给个奶嘴就是让他裹着不饿，谁知道你们往瓶里都装了些什么……"

梦醒之后，她把这些说给闺女听。闺女说："你那是想家了，想我老爸了。实在不行，你就回去吧。反正我的病也好多了，趁着我休假你先回去看看……"说着，她又不管不顾地玩起了手机。见闺女有些带搭不理的，她便想跟姑爷说说，这时她才发现姑爷也在玩手机，无论她怎样说，也没有搭理自己的意思。

看到自己的儿子、儿媳妇没有搭理亲家母，姑爷的老妈有些挂不住脸了，那老太太抓起一个橘子扔向她亲儿子，也不顾外孙子还在睡着，便亮起嗓门大声说："你是聋啊还是哑巴？你妈跟你说话呢，你没听见吗？"

听到老妈的喊话，那当儿子的嘴里连说"知道啦，知道啦"，却仍然低头玩着。这回姑爷的老爸也看不下去了，上前捶了儿子一下说："你撂下饭碗就玩，连你妈跟你说话都愣装听不见，你这几年大学算他妈的白念了……"

因为挨了一下子，姑爷总算抬头了。他拍了拍身边已经醒来的小儿子，然后面向她媳妇说："有人得注意了，现在正是小孩子长智力的时候，说脏话会把孩子熏染坏的。"

姑爷说完拿着手机走人了。姑爷的老爸看着桌上的残羹剩饭气得说不出话来。姑爷的老妈叹了口气跟朱洪福老伴儿说："姐姐不怕您笑话，这都是从小惯的……过去只关心他念书了，衣来伸手、饭来张口的日子过惯了，直到现在还是一副断不了奶的样子……"

亲家、亲家母都送孩子去了。朱洪福老伴又跟闺女唠叨起做梦的事。她说："闺女你可快点儿好吧，要不，我这当娘的心里没着没落的，家里扔的东一堆西一块的，你这又病快快的……"说着，她就又忍不住掉下几滴泪珠子。

闺女说："没事儿，你走吧。我真的好多了。过几天我把宝宝往托儿所一送，剩下的事有他奶奶爷爷呢，他们要是忙不过来，不是还有保姆吗？"

闺女边玩边说，轻松得跟过家家似的。说完，还没等自己的老妈回话，她便从网上把车票给抢到手了。

闺女说："妈，票给你抢着了，你明天就可以走了。"

闺女的话可把她吓着了，这孩子真是魔怔了！眼瞅着她坐在屋里连腚都没动一下，却硬说票给抢着了。这车票还有抢的吗！想到这儿，她跟闺女说："这手机你可别玩了，你再玩下去……妈就让你玩疯啦。"

闺女说："车票真的给你买了。"

当妈的说："一早晨了，你连炕都没下一趟，怎么就把票买着了？票在哪儿呢？你拿出来让俺看一眼，俺好把心放到肚里去。"

闺女说："真的，真的买到了。这票就在这里呢。"

闺女说着又特意摇了摇手里的那东西。看到闺女那副认真的样子，她真的害怕死了。

她想立马抢下闺女的手机，省得她瞪着眼睛说瞎话，却又怕吓着了孩子和大人。她就那么犹豫了一下，泪珠子就在脸上犁出了两道沟。

十三

因为这段时间忙着写材料，陈晓冬便在家待了两天。看着闺女头不梳、脸不洗地趴在电脑前写东西，当妈的便唠叨说："这是咋的啦？咋班都不上啦？"

陈晓冬说："吕家岗子那段农电线路维修，微机上不了网，我得赶紧把汇报材料写出来。"

老妈说："天天忙这忙那的，啥时能忙点儿自己的事？你看咱村老王家大丫头，人家上大学就把对象找好了，还没毕业就抱上孩子了。"

陈晓冬说："妈，你别听他们瞎说好不好，哪有没毕业就抱上孩子的？如果都像别人说的，考大学就是为了搞对象，整天尽想着玩了，爸妈不是白供我们上大学了吗？"

老妈说："你这几年大学可算没白念，念完了反倒念回到家门口了。俺们本以为你会在大城市找个工作，以后好带带你弟弟。哪曾想你却又跑回来了。"

陈晓冬说："妈，你咋又提起这事儿来了？咱们不是都说好了吗，不许再提这事儿了。那大城市有啥好的？到处都是人，开车没地方放，挤车一身汗，自己好不容易买个房还得交物业钱。即使结了婚，还得给孩子找托儿所、上学前班，反正那些难事儿太多了。到那时我就得把你和老爸接过去，整天帮我接送孩子料理家务，天天在人堆里挤着，你说那得多难受？"

老妈说："别人都能过那种日子，咱有啥过不了的？"

陈晓冬说："我可不想过那种日子。我就想回到家里来，回到老妈身边。现在的农村多好啊！村村通公路，家家能上网，空气新鲜，房前屋后种满蔬菜，想吃了就进园子摘一些，用井水洗洗就下锅了。这日子简单快乐，我就想过这种生活。"

老妈说："我不是反对你回来，我是盼着早点儿抱上外孙子……"

陈晓冬说："妈，你放心，一定会让你抱上的。"

老妈说："你才不让妈省心呢。眼看着我和你爸都老啦，你再不抓紧结婚要孩子，到时候我们想给你看孩子也看不动啦。你想想，那时候我们眼花腿软的，你是照看孩子啊，还是照看你爸妈？"

听了老妈这一番唠叨，陈晓冬笑着说："妈，你只管放心好啦，到那时这农村的各种设施就都配置齐全了，医院、学校，还有养老院都建在家门口，有了这些就不用你操心啦。你愿意在家我们就陪着你，你想到养老院去陪着老姐妹，我们就天天接送你去那儿。"

听了陈晓冬的这一番絮叨，老妈终于露出了笑脸。当初陈晓冬大学毕业后曾经想到北京、上海等大城市去工作。在一连走了几个地方之后，她觉得还是回到家乡好。通过别人介绍她参加了大学生村官的考试。她以为能够被安排到陈家窝棚村，回到父母身边跟乡亲们一道创业，没想到却被安排到了吕家岗子。

老妈唠唠叨叨地挎着筐走了，陈晓冬想赶紧静下心来把东西写完。她打开笔记本找到已经写了一部分的文章，刚刚接续了一段便不得不停下来了。她发现自己不知啥时候成了错别字专家，短短的几行字里竟然打错了好几个字，连标点符号都点错了地方。她长长地吐了口气，让自己尽量放松心情，然后又开始重写。她刚写了几个字便赶紧停了下来。在一段材料中，她本来是想写吕家岗子四个字，但竟鬼使神差地写上了吕新林的名字。

陈晓冬无奈地合上笔记本电脑，走出院子想看看老妈干什么去了。她房前屋后地找了一圈也没见到老妈的影子。在房后的一条小路旁，她看到有个小姑娘挎筐在剜野菜，便猛然想起老妈早晨曾说起要给自己剜柳蒿芽的话。

在陈晓冬的记忆里，家乡最好闻的野菜莫过于柳蒿芽了，那种淡淡的、散发着野蒿味道的嫩芽是她童年的最爱。每到春天来临时，在村子的小河边、涝洼地里就会冒出许多嫩嫩的蒿芽来，与其他野蒿芽不同的是，柳蒿芽光滑没有绒毛，而其他蒿芽却是绒绒的，像长了一层汗毛。柳蒿芽是最珍贵的节气菜，稍一疏忽便会长成没法食用的蒿草。而抓住了时机便可采到成片的柳蒿芽，吃到柳蒿芽蘸酱、炝拌柳蒿芽、土豆炖柳蒿芽等菜肴。

陈晓冬虽然已经回乡很久了，她却没能随心所欲地围着村子走一走，仔细地看一看村庄的变化。她问那小姑娘看见老妈没？那小姑娘便朝河边指了一下。陈晓冬顺着村道向河边走去。村道早已修成水泥路面了，道两边还用石头砌了排水沟，栽了绿化树，每家的房子和院墙被涂了统一的颜色。陈家窝棚与吕家岗子相比虽然离城里远一些，但却显得更规整一些，更僻静一些。

初春的小河安详静谧，春草嫩黄，柳枝婆娑，河水在汩汩地说着情话。站在河岸上，陈晓冬远远地就看见了妈妈那熟悉的背影。老妈依旧披着自己穿过的那件淡红色外套，在一片朦胧的绿色之中，那淡淡的色彩像一朵花，又似一小片云。

陈晓冬迈着轻快的脚步跑下河岸，又踩着松软的草毯来到妈妈身边。她蹲在妈妈的身边看着妈妈剜野菜，嫩草的芬芳和妈妈身上的气味让她陶醉。

妈妈说："你不是急着写这写那吗？"

陈晓冬说："不写了。我就想陪陪妈妈。"

听了女儿的话妈妈又笑了。

陈晓冬陪着妈妈挖野菜，带在身上的手机连续响了好几遍她也没看一眼。妈妈说："你咋不接电话？"

陈晓冬说："大概是催着要材料的吧？材料没写完，接了没法说。"

妈妈说："那你还待在这儿干啥？赶紧回去写吧。"

陈晓冬说："不知道为啥，这段时间脑子里乱乱的，总像是有个人在里边乱搅和。"

妈妈笑着说："搅和点儿好，你身边就缺个搅和你的人。"

母女两人正说着话呢，陈晓冬的手机又响了。听手机的铃声她就知道是弟弟打来的。她接起手机问弟弟什么事。

弟弟说："你们在哪儿呢？家里的门咋没锁？"

陈晓冬说："和老妈在河边挖野菜呢。马上就回去。"

弟弟说："你赶紧回来吧。我的电脑坏了，你得跟我去趟城里，我得换块主板，要不然网店就得关门了。"

弟弟中专毕业曾经在南方搞过产品推销，后来因为没啥业绩就回来跟别人合伙养起了溜达鸡。弟弟的电脑还是陈晓冬给买的呢，通过这台电脑弟弟学会了办网店。用户能通过视频看到那些活蹦乱跳的溜达鸡，看到那些躺在草窝里的笨鸡蛋。通过一段时间的网络经营，弟弟的生意越来越红火，他本人也成了网红。

跟弟弟修完电脑已经是晌午了。

弟弟说："我知道有家新开的馅饼铺，他家的洋葱牛肉馅饼特好吃。"

陈晓冬说："有咱妈烙的好吗？"

弟弟说："姐，咱还是回去吃吧。"

陈晓冬说："这大老远的，哪有回去吃的。"

馅饼铺离电脑城不是很远，经过一家鞋帽店拐个弯就到了。进了馅饼铺见里边人很多，陈晓冬便有些犹豫。弟弟没有注意姐姐的表情，他几步跨进屋里，并在一个靠窗的地方坐了下来。见弟弟已经进去了，陈晓冬便跟着在桌旁坐下了。菜点完了，因为需要等，弟弟便拿出了手机说："原本有个项目要谈，没想到电脑坏了，只能用微信跟客户解释一下了。"说着便自顾自地聊起了微信。

透过饭店的窗户，能看到商城的大门，看到熙熙攘攘的人流。陈晓冬的一个中学同学就住在这商城附近，许多匆匆而过的身影在不时地牵动着她的思绪。无意中她突然发现一个熟悉的侧影出现在窗口，那人肩上扛着一台小型家用水泵，正往停车场走去。陈晓冬紧张地往窗口凑了凑，当她看清了那人走路的姿态之后，心里像投进一枚石子，再也无法平静了。

陈晓冬昨天临回来之前听吕新林说："吕老蔫儿家里的水泵坏了，得赶紧给换一台，要不然这老头就没水喝了。"

吃完饭陈晓冬又要了几个馅饼打包让弟弟拎着，说要给老妈尝尝鲜，又让弟弟先到车里等着，然后便悄悄来到旁边的鞋帽店。陈晓冬经过几番挑选，最后选定了一款耐克牌旅游鞋。她按照弟弟的鞋码买了两双鞋，又给老妈买了一双女式鞋。她本来还想给自己买双鞋，可想了想还是没舍得花这笔钱。

回到车里，弟弟头一次见她花钱买这么多东西，便问她："买彩票中奖了？"陈晓冬笑着说："你啥时见姐买过那东西？"

弟弟说："这不年不节的，你买这么多鞋干啥？"

陈晓冬说："这牌子好，想让你们享受享受。"

弟弟问："都是给谁的？"

陈晓冬先拎过一袋递给他说："这是给你的，"又拎出一袋说，"这是给老妈的，"又拎起剩下的一袋说，"这是留给我自己的。"

弟弟拎过陈晓冬说是留给自己的那个鞋袋子说："我看看你给自己买的鞋是啥样式的？"说着便掏出鞋盒子。他拿出鞋翻来覆去地看了看，然后又小心翼翼地装回去。

汽车出了城，眼看着就要回到陈家窝棚了，弟弟突然对陈晓冬说："姐，哪天把姐夫领来让家里人看看呗。"

陈晓冬被弟弟的话吓了一跳，她想了想说："你瞎说什么，姐连对象还没有呢，你哪来的姐夫？"

弟弟说："你别唬我，那么大号的鞋，又是男式的。你硬说是给自己买的，你多大脚啊？能穿那样的鞋？"

陈晓冬被弟弟的话噎住了。她支支吾吾地想说点儿什么遮掩的话，但想了好半天也不知道到底说点儿啥才好。

弟弟说："你不说，我也知道……"

陈晓冬说："你知道个啥？你少耍小聪明。"

弟弟说："其实，你们那个主任真挺好的，要个头有个头，要长相有长相，不仅当过兵，自己还有公司。"

陈晓冬说："行啦，你就少操心吧，自己的事儿还没管好呢，尽操些没用的心。还是说说你吧，你处那个朋友咋样啦？听咱妈说，人长得挺好的，家条件也不错，就是年龄小了点儿……"

看见姐姐把话题扯到了自己身上，弟弟便不再追问下去了。

十四

朱洪福到家的当天晚上，冬生的岳父便打车来看他了。他一手牵着外孙子的手，另一只手拎着一些水果和罐头。亲家比朱洪福小几岁，看上去却比他大很多。进了屋除了问了问病情之外，剩下的事就是夸他外孙子。夸他外孙子聪明，人长得机灵，是他们老两口的心肝宝贝。那小孩儿被姥爷夸得晕乎乎的便十分卖乖，那嘴像抹了蜜似的一口一个姥爷姥爷的叫个不停。见孙子只跟那个当姥爷的亲近，朱洪福心里就有些不是滋味，他想把孙子一把揽到怀里，但碍着亲家的情面，他也就忍了。朱洪福几次就儿子打媳妇的事儿想道个歉，可那亲家就是不打拢。朱洪福猜想他这是要拿孙子说事儿，是要说买房子的事儿。

他问孙子说："你妈咋没回来呢？"

孙子说："姥姥不让。"

朱洪福又问："为啥不让啊？"

孙子说："姥姥不让说。"

朱洪福一副不解的样子看着那个姥爷。姥爷有些尴尬，便说："这孩子啥时候学会编瞎话了？"说着就往出推了推外孙子，让外孙子去找奶奶玩一会儿。这时，奶奶刚好进屋，见了孙子就一把揽在怀里。

孙子问奶奶："奶奶，奶奶，啥叫编瞎话啊？"

奶奶说："就是大人没屁拨弄嗓子，整事儿、瞎掰。"

孙子没听懂奶奶的话，还想问下去。奶奶看出他的心思，就直接告诉说："编瞎话就是不说真话，就是撒谎撅屁……"

孙子又问："啥是撒谎撅屁啊？"

奶奶见孙子的车轱辘话没完没了，便说："问你姥爷去。"这时，孩子看见了桌上新买来的奶嘴，便拿过来扒掉包装放在嘴里裹着玩。奶奶看见了，便顺手扒拉孙子一下说："都多大了，还裹奶嘴玩？"

孙子说："学前班里裹这个的可多了，连写作业都裹呢。"

奶奶上前从孙子嘴里取下奶嘴说："这奶嘴是用来骗人的，你们小孩儿刚生下时经常哭闹，有时哄不好了，妈妈就给塞个奶嘴……"

孙子被奶奶领走了，屋子里只剩下两个老头。

朱洪福说："我儿子打你闺女这事儿，是他不对，也是我这个做老人的不对。"

儿子的岳父说："什么对不对的，这都过去了，翻篇了……翻篇了，你应该明白我的意思。"

听到"翻篇了"这几个字，朱洪福心里很膈应，他不仅膈应这句话，也开始胳应起这个人了。一个拍脑门子脚底下都掉渣儿的土包子，竟然酸溜溜地学会了捅词！

细想起来，朱洪福和亲家的关系还是不错的，那时亲家还是老实巴交的泥腿子，因为家里也养猪，时常去集贸市场买些跟猪有关的东西，这一来二去的就成了朋友。两个老人成了朋友之后，两个孩子也对上了眼，逐渐地便到了谈婚论嫁的时候。那时，亲家还住在街边子，还是绿皮子户口。后来那地方变成了城中村，最后又被拆迁了，因为以前盖了不少房子，亲家一下子成了大富翁。自从有了钱，亲家便有些牛哄哄了。不仅不抽叶子烟了，还迷上了打麻将。后来，如果不是有这个外孙子拴着，他还不知会嘚瑟成啥样呢。

朱洪福不是不明白亲家的话，如果是往常他早就噎他两句了。可一考虑到两个孩子走到一起不容易，自己这个当爹的又的确差点儿事儿，所以就只能笑脸相迎地说些过年话。

他说："亲家的话能不明白吗？你不说俺也明白。"

亲家说："你明白啥？你要是明白，两个孩子能弄得跟个冤家似的吗？"

朱洪福说："这房子的事儿，你放心，我就是砸锅卖铁也得买。孩子说的猪圈的事儿，其实也是没办法的办法，那时这地方要动迁，我想趁着手续没冻结多盖点儿房，到时能多得点儿就多得点儿，不给那么多也能在城里弄套房……"

亲家说："你想的倒是不错，可这事儿都张罗多长时间了！这动迁的事儿是光打雷不下雨，你要是想靠动迁解决房子问题，那得等到啥年月啊？"

朱洪福说："去年秋天还来人测量过，这段时间也有人打听房子的事儿，我估摸着今年该动了……"

亲家说："你就等吧，好好等……等到动迁了，你孙子上学的事儿早就泡汤了。你呀，说你啥好呢？你就是一块钱买个小瓶，嘴好。你也是用奶嘴糊弄小孩子，糊弄人糊弄惯了。"

朱洪福说："你这话可说错了，咱哥们都相处这么多年了，你看我啥时候糊弄过人？说句到家的话，看到别人动迁了我也着急，动迁了弄点儿钱，能让孩子们都宽绰宽绰。可要是真动迁了，这猪就养不成了，到时候就只能楼上楼下地晒晒太阳，打打小麻将，那跟混吃等死有啥两样？"

亲家说："你那脑袋就是让猪拱了，拱得到底想干啥都不知道了。"亲家本来还想说点儿什么，这时他外孙子拿着个手机进来了，他以为是让他接听的电话，便忙着伸手去接。外孙子说："不是找你的，是找我爷爷的。"说着就又喊了两声"爷爷"。朱洪福很受用地答应着，并愉快地接过手机。电话是医院打来的，让他赶快回医院，说再不回去要是出了什么问题，后果由他自己承担。因为那手机开得动静很大，对方说什么便不是秘密了。

亲家问："你还没出院呢？"

朱洪福说："医院不让出，是我自己跑出来的。"

亲家说："咋的，想老伴儿啦？"

朱洪福说："都七老八十的啦，还想个啥？"

亲家说："那为啥？"

朱洪福叹了口气说："再躺下去猪该饿死啦，另外，那医院就是个堵不住的钱窟窿……"

亲家说："不是张老大把你气病的吗？事儿惹得这么大，他总得掏几个吧？"

朱洪福说："算了吧，他也是无意的。一个大大咧咧的人，猫一天、狗一天的连自己都混不明白呢。"

亲家说："看不出来，你还挺讲良心呢。"正说着话呢，他的手机也响了。电话是以前的邻居打来的，他接起来只说了半句话就火燎腚似的要走人。

朱洪福客气着说："别走啦，留下喝两口。"

亲家说："朋友去我家啦，三缺一，就差我一个。"

朱洪福说："有钱就是任性，好不容易来一趟，连杯酒都不喝……"

亲家说："有钱咋的？又不是你给的。"

看着那老小子牛哄哄地走了，朱洪福心里是又嫉妒又羡慕。他一直在猜想，拆迁占地让亲家赚了不少钱，可他即舍不得拿钱给闺女买房，又没见他做什么买卖，难道亲家脑袋让门弓子抽了？那钱总不会被他藏在箱子底下等着下崽儿吧？

十五

虽然今年的节气晚了点儿，但园子里的暴马丁香还是开了。满院子的暴马丁香，像一片片云彩，散发着扑鼻的芳香。加上梨花和山楂花，把土房子闹得像个花园一样。看到这蜂飞蝶舞、花香四溢的景象，在附近种地的大姑娘、小媳妇纷纷前来讨水喝，也有城里人前来凑热闹。因为这附近山林里的暴马子早被人砍光了，很少有人认识这香气诱人的东西。有人问老蔫儿这树的名字，花的名字，有人用手机发朋友圈，也有人偷偷地掐两朵插在衣领下。

看到女人们这么待见自己，老蔫儿走起路来好像没了脚跟，有一种轻飘飘的感觉。他一边忙着打水一边给人说："这就是过去常说的暴马子。过去都用它做锄把、镐把，有的还用它夹杖子、烧火。这些年都让人祸害没啦，你们这些年轻人上哪儿认识它啊！"

"这东西能治病，你咋不说呢？"有人打哈哈取乐问老蔫儿。老蔫儿忙说："能治病倒是真的，用暴马子树皮熬水喝治支气管炎，我这气喘病就是这么治好的。"

"这花太香了，用它泡茶肯定好喝。"听见有人这么说，老蔫儿急了，赶紧打住说："那可不行，这花容易花粉过敏，尤其是你们这些爱搽胭抹粉的大姑娘，可得注意点儿。"

这些女人好不容易散了，老蔫儿的心却更加放不下了。看到人们回到田里开始点种、施肥、打封闭的农药，他便像热锅上的蚂蚁似的急得滴溜转。他一会儿去门前看看风向，一会儿又顺风用鼻子闻闻，那样子真像一只忠心耿耿的看家老狗。

眼看着外边的大田都种得差不多了，田野里的人日渐稀少了，老蔫儿的心这才落地。趁着院子里没人来打扰，老蔫儿赶紧挑那鲜嫩一些的叶芽、叶茎采摘了许多，采完之后他用大锅蒸了一遍，又用手搓揉成茶叶卷，最后拿到太阳底下晾晒。在采摘暴马丁香树叶的同时，还采摘了许多这种花的花蕾，并按照别人教的，将花和花茶坯子一块儿放到特定的容器里，当茶坯吸收了花香之后，再添上一些茉莉花茶，一种具有清肺祛痰、止咳平喘、健脑明目功能的养生茶就做成了。

村里人都知道老蔫儿猫在院子里忙活着，却不知道他竟会制作这么一种稀罕东西。起初，老蔫儿做这些仅仅是为了治病，也没有把这树、这花，还有那些枝叶当回事儿。后来有个画画的老头经过这里，远远地闻到了那花的芬芳，花香让他看到了那些在风中飘舞着的花朵。这画画的老头不知不觉地径直来到老蔫儿的院门前，因为门是关着的，那老头一连叩了好几遍木门老蔫儿都没听到。见没人搭理自已，那老头便独自坐在门前的一块石头上画起了素描。

快到中午饭口了，老蔫儿才想起需要买点儿酱油之类的东西。他放下手里的活计，拿起装东西用的口袋，刚刚推开大门便被吓着了。只见烈日下边，一个戴眼镜的老头正坐在门前的石头上画他的房子，身上的衣衫已被汗水浸湿了一片。微风吹来，暴马丁香花香飘溢，一只松鼠在旁边站立着冲他作揖。听到响动那老头被惊醒了，他放好画夹子，然后慢慢起身跟老蔫儿打招呼说："碰巧路过这里，天太热，想讨口水喝。"

老蔫儿说："大热的天，不在家里歇着，跑这么远的路图啥？"

那老头说："在城里住够了，刚刚搬到这靠山的地方，因为闲着没事儿，便顺着山道闲走。远远地就看到了那些白花。所以，就特意来看看。"

听老头说是特意来看暴马丁香花的，吕老蔫儿心里便十分享受，他像找到了知音似的毕恭毕敬地把老头让进院子，又找了个干净的木头凳子搬到暴马丁香树荫下，这才进屋给客人端出一碗早就泡好的凉茶来。

那老头接过茶并没急着喝，他先是端到面前深深地冲着那碗吸了一口气，然后又闭上眼睛闻了又闻，这才慢慢地一小口一小口呷饮而尽。看到客人有未尽之意，老蔫儿接过空碗转身要去再添些茶来，老头却让他去找把椅子来。东西找来了，老头又示意他坐下。老蔫儿不知用意，自然就有些发蒙。只听老头说道："论年龄我该叫你老哥才对，一看您就不是普通农民，瞅你这园子、这树木都打理得井井有条，不仅树木品种很讲究，树形修剪得也都很艺术。看得出来，您的文化修养很深呢。"

听人家这样说自己，老蔫儿突然就有了种感觉。他说："不瞒您说，俺生下来就是个种地的坯子，除了会写几个毛笔字，连本像样的书都没读过，啥修养、修行的，俺还真没琢磨过。"

老头说："其实，无论做哪一行，都要有好的文化修养，方才说到种地，种地也得有修养，如果一个农民心思不在土地上，一心只想着投机取巧发大财，耕种时不好好撒种施肥，该锄草时跑云饮酒谈生意，任凭荒草埋没了庄稼，这样的人即使赚了大钱，到头来也只能落得荒草埋没坟头，人最终被野草给打败了。"

听了老头的这番话，老蔫儿觉得新鲜。自己活了大半辈子，竟然没有想到人终究是要被野草打败。一个农民，生下来就要学会认识各种草与庄稼的区别，然后就是要学会薅草、拔草、锄草、割草、砍大草、烧野草，甚至用毒药去杀草。为了与草搏斗，农民需要耗费一生，到头来还得躺进长满蒿草的坟窟窿里。

看到老头讲得口渴，老蔫儿顾不得许多赶紧跑去泡了壶香茶，并取了一条用凉水泡过的新毛巾递到他手里。老头用毛巾擦了擦头，神情立刻有了光彩。老蔫儿因为听得有趣儿，便抓住话题往下说："听君一席话，胜读十年书，您的话我爱听。您先喝口茶……"

老头沉思片刻，然后指了指眼前的暴马丁香树说："什么都讲究个顺其自然，讲究缘分，讲究规律。比如这棵树，它怎么会落户扎根到你的院子里？"

听了老头的话老蔫儿笑了起来，心想眼前这老头太会绕弯子，一根筷子也会绕出枝芽来。老蔫儿说："这不就是暴马丁香吗，院子里长着这样一棵树也没啥可奇怪的。"说着，他便把二十多年前朱洪福帮自己家夹杖子，割树条时无意割到一根暴马丁香树苗，没想到那树苗竟意想不到地长成一棵树的经过讲给了老头。因为花香奇异，洁白如雪，他便格外珍惜。后来因病需要暴马丁香树皮熬水服用，便试着用分根、插枝的方法栽培了这许多树木。

听了老蔫儿的故事，老头说："这就是缘分，是人与自然的一种关系。你怎么没有想过，那生于山野中的树木，怎么会到了你这里无根生根，并且花枝繁茂？关键就是人和动植物相互间的依赖关系和对土地的适应性。暴马丁香不仅花开得美丽，还有很强的生命力，栽到哪儿都能生根开花。但很多人都不知道这花的珍贵，不知道这树浑身都是宝，还没等它长高便被当柴割掉了。"

"您说的也是，这暴马丁香过去漫山遍野的，是最不起眼的东西，现在还真不好找了。如果不是为了治病，我早就把它和那些柳毛子一块儿割掉了，没想到歪打正着，无意间竟把这树培植起来了。"听了老头的话，老蔫儿不知不觉便有了种很舒坦的感觉。

见自己说到别人的心坎儿上了，那老头自然就更加有了兴致，他顺着老蔫儿的话题耐心地说出了这树的许多好处，介绍了这种长白山珍贵树种的药用价值，讲了其木质的艺术特质和种子的工业用途，讲了暴马丁香茶的制作。当然，他也提到了暴马丁香被佛教称作西海菩提的典故。

两人正说着呢，忽然被人打断了。老蔫儿转身一看，只见村主任吕新林和一个年轻姑娘就站在身后。

吕新林说："老师讲得好，我们都听入迷了。"

那姑娘也说："老师讲得真好，这西海菩提早就听说过，没想到在这儿竟然看到了真实的树木。在菩提树下听讲，还有种亦真亦幻的感觉。"

吕新林跟那老头介绍说这姑娘叫陈晓冬，是被乡政府聘过来的大学生村官，家离这儿不远，是陈家窝棚的人，大学毕业便主动要求回乡参加社会主义新农村建设。眼下正是农忙时候，乡里要求逐家走访，看看有什么困难。也是让大学生村官掌握一下村里的情况。因为老蔫儿属于贫困户，属于村里扶助的重点，吕新林还特意给送来了大米、豆油。看见村干部又给自己送东西来了，老蔫儿便千谢万谢地不知说啥才好。还是那老头反应快，帮他把东西接了过来。直到这时他才猛然想起吕新林帮他换水泵的事儿，他想再说点儿客气话，却被吕新林转移了话题。

那老头本来是要走的，因为听说陈晓冬是学历史的，便很感兴趣地留了下来。老头透露说他曾在历史系研修过，研究的专业是考古与博物馆学，画画纯粹是业余爱好。这段时间一直在田野探查，也在进行民间采风，另外也想看看改革开放后的乡村变化。

老头的话让吕新林感到新奇。一个读历史的画家，一个女大学生村官，两人都学过历史，这两个人能碰撞出什么样的火花？吕新林很想看看热闹。他怂恿画家留下来，想听听他一路走来都看到了什么新鲜东西，也想听听他对新农村建设的想法和建议。

陈晓冬本来就对绘画很感兴趣，尤其是画家对暴马丁香的介绍让她十分兴奋。就这样经吕新林再三鼓动，那画家也来了兴致，竟然与陈晓冬高谈阔论地摆起了龙门阵。

画家从美国的南北战争扯到第二次世界大战，从第一次国内革命战争说到抗美援朝，又从农业学大寨扯到小岗村农民的分田到户。他说美国的南北战争也是一场土地的战争，奴隶本来是被拴在土地上的，而土地又掌握在奴隶主手里，在那场跑马圈地的资本积累过程中，谁掌握的土地最多，谁就是最大的赢家。令人没有想到的是一场涉及土地的战争，竟然演变成涉及奴隶解放的革命。

陈晓冬的话题都没离开国内，并且绕来绕去的又绕回到农业话题上了。她先是说了一通古代的五大农书，什么《氾胜之书》《陈敷农书》《王祯农书》，还有《齐民要术》《农政全书》，从书的作者到书的内容，她几乎都说到了。而使她最感兴趣的是《陈敷农书》，陈晓冬说论理这陈敷应该是她的老祖，老祖宗在几千年前就能根据地方特点，把稻田分成早稻田、晚稻田、山区冷水田和平原稻田等类型，分别阐述了整地和耕作的要领，记述了耘田和晒田的技术要求，强调水稻培育壮秧的重要性。老祖已经没了千年，可那农书就像经书一样仍然被供在那里。遗憾的是现在的农业虽然在向机械化、现代化迈进，却丢掉了许多老祖宗留下的精耕细作传统，农药替代了人工，也毒害了环境，甚至给农民带来了惰性。

分田到户使农民拥有了土地的经营权，但有的地方人们的意识仍然停留在自耕自足的小农观念上，仍然沿袭着和刀耕火种差不多的古老方式。

听到陈晓冬说起刀耕火种这个词，吕新林插话说："你这话可不像是大学生说的，这些年农村变化够大的了，农民包产到户有了自己的田地，想种什么就种什么，不仅不用缴税了，还能得到一定的补贴。这变化是有目共睹的。你怎么看不到呢？"

画家说："不是看不到，是这社会发展得实在是太快了，快得让农民还来不及想，一些问题就发生了。过去农民吃不饱饭，吃饭是最大问题。实行土地承包后，吃饭不成问题了，却发现钱袋子是瘪的，因为兜里没钱许多问题又都出现了。比如看病、养老、孩子上学、给儿子在城里买房等料想不到的问题都出现了。而要想让钱包鼓起来，光靠种自己家的那点儿地根本办不到。但到底该咋办？农民刚刚尝到包产到户的甜头，正重温'一亩地、两头牛、老婆孩子热炕头'的旧梦，在这种吃饭不饿的状态下，农民要么逐渐变得麻木，要么改变自己，跟上时代变化。正因如此，农民必须看到自身存在的问题，找到解决问题的办法。"

陈晓冬说："老师的话没错，几千年来除了秦惠文王曾经试行过种田不纳税的做法，还没有哪朝哪代不仅不收税，还要贴钱鼓励农民种地的。其实，谁都懂得只有世道太平百姓才能安居乐业。但是，跟世界上先进国家相比，中国的农业发展仍然有很大的差距；跟城市人相比，农民仍然艰苦，这种现实仍然摆在那里。"

吕新林说："事实上这几届政府报告早就把农业问题说得非常透彻。但问题是明显的，以农为本、重农轻商这条线捆绑了中国几千年，改革开放让国家经济得到了发展，让农民有了温饱的日子，但一条新的红线却将农民拴在土地上。几千年的单一品种种植如果不改变，家家户户的小农规模耕种方式会让人变得更加狭隘，尤其是肉烂在锅里的房基地管理，更是剥夺了农民一辈子的血汗积累。现在是农民都打破头往城里扎堆，先是赚钱回来盖房子、娶媳妇，然后再想方设法搬到城里去。因为城里房价高，农村的房子又卖不出价，所以就只能受穷。"

陈晓冬说:"其实,城乡文化是可以交流的,农民既然可以到城里去赚钱,城里人也完全可以到农村来投资。现在搞小城镇化建设,有钱人只要肯花钱有什么不可以的?你愿意怎样花钱都可以,只要把钱投到土地上,只要不改变土地的用途、不破坏资源,就 OK 啦!"

吕新林说:"如果是那样,农民的家底一下子就值钱了。不说别人,老张家那套老房子盖时花了差不多十万块,现在就扔在那儿都快塌了,前些年他儿子在城里买房借了几十万,老张头想把房子卖了给儿子还饥荒,好不容易找个买主却因为改不了名弄黄了,为这事儿老头子着急上火地病了好一阵子,老头子刚刚好一些,她老伴儿却一股急火病死了。他一个人在农村没法活,便让儿子接了去。那小两口在城里赚得又少,这边房子又变不了钱,所以这一大家子负担就重了。"

陈晓冬本来是要接着说下去的,刚刚接过话题却突然意识到自己有点儿过头了,当着一个陌生画家和村主任的面竟然说了这么多,再说下去恐怕就没法收场了。尤其是在吕新林的面前,自己本该稳重一点儿才好。

这时,吕新林也觉得事情有点儿过了头,当着一个摸不清来路的人,尤其是当着吕老蔫儿的面,竟然讨论起国家的农业政策,讨论起新农村建设问题,并且涉及这么多敏感话题。作为党员干部,万一解读错了,那影响该多大。别的不说,单说买房卖房问题,国家正在完善制度政策,自己胡乱解释,让当事人知道肯定要找上门来。想到这些,他赶紧张罗着散了局,并将那喜欢画画的老头送出门外。

十六

没啥别没钱,有啥别有病。朱洪福活到现在,总算明白这话的分量。医院一直打电话催他去交住院钱。他让老伴儿跑了几趟医保单位,人家答应给解决一部分，可剩下的死活也不给解决了。医保的人告诉她，那些药不在报销范围之内，只能患者自己解决。

老伴儿想跟儿子说，却又有些说不出口，儿子因为买房的事儿正跟儿媳妇怄着气，儿媳三天两头地闹离婚，这时候跟儿子要钱不是添乱，也是火上浇油。她也想背着老头去找张老大理论理论，可张老大除了那间破房子狗窝似的趴在那里，连个兔子大的人都不见踪影。她也知道，家里还多少有点儿存钱，那钱足够交那笔住院钱，可把这点儿钱交出去日子就会停摆，人吃猪拱的就得断顿……

朱洪福问老伴儿："药费的事办得咋样了？"

老伴儿说："交了，你就安心养病吧。"

朱洪福管老伴儿要收据，老伴儿说丢了。

一看老伴儿的脸色就知道，这是遇到难处了。他这时才想起来，卖猪崽儿的钱在自己这儿，老伴儿手里有点儿钱，肯定是周转不开了。

前些时候他的一个亲戚长了个瘤子，一刀下去就割掉半年的收成，如果不是有农村医疗顶着，志愿者又给捐了些钱，那个家肯定惨了。他想，过去身体好的时候没拿自己当回事儿，现在老了就知道啥滋味了。都说少养孩子多养猪，细想起来这也是扯淡。孩子从小伺候大，小时候怕磕着碰着，上完中学上大学，上完大学又犯愁找工作，找了工作又要找媳妇，找了媳妇还要买房子，买了房子还要帮着看孙子……回过头来一看，自己不就是个孙子！他弄不明白，过去叫养儿防老，现在却是防不胜防地先把自己弄老了，累趴下了。

他反过来又替孩子们想，想想又不敢想下去了，过去提倡一对夫妻只生一个孩子，自己为了要留一个种，被罚得东倒西歪不说，还被关了学习班。不过，这话还得说回来。当初幸亏多要了一个，才让闺女少了养老的负担。本来孩子赚不了多少钱，自己养活自己都得使出吃奶的劲儿，将来还要伺候四个走路掉渣、上街找不着家，躺在炕上又尿又拉的老家伙；同时还要像他爹妈一样，伺候永远也断不了奶的小孩子。一想起这些，朱洪福就头疼，就迷糊。

朱洪福就那么头不梳、脸不洗地躺在炕上寻思着，他老伴儿怕他再寻思出毛病来，便软硬兼施地把他赶下了炕。下了炕，他又开始围着猪圈转了起来。在那些猪的热情哼哼下，朱洪福突然脑洞大开，心情也好了些。他坐在猪食槽子上掐着指头盘算着，距离上一窝仔猪出栏已经有一段时间了，这阵子由于这场病折腾的，竟然忘记了给猪婆子配种的事。一想到猪婆子的事，朱洪福立刻兴奋起来。他掏出手机眯着眼，一只手抻出老长开始察看电话号。正是太阳耀眼的时候，温暖的阳光照得猪圈里亮堂堂的，那些猪不时地哼哼着竞相把嘴伸出栏门。朱洪福一边查看手机一边看着这些可爱的家伙，只见那几对圆圆的小眼睛正渴望地看着自己，那些乌黑的皮毛让他感到更加兴奋。

他要找的电话终于翻到了。他迫不及待地给对方打电话，让对方赶紧把种猪运过来。

对方说："现在价格涨了，跳一次要多加一半钱。"

朱洪福说："加就加吧，都是老朋友了，只要你好意思要，俺就好意思给。实在不行就用猪崽儿顶。"

对方说："还是你办事痛快，不像有些人，办起事来像老母猪打圈子——磨磨叽叽。"

跟对方确定完办事的日子，朱洪福又给市里的一个朋友打了个电话。他想了解一下市里猪肉的行情，想趁着价格看涨把圈里的几头猪赶紧出手，然后再弄几头黑毛猪养起来。这样的话等到春节时才有肉猪可出栏，才能卖个好价钱。卖种猪、卖肉猪，趁着农闲还能杀猪卖肉，只有这样养猪、种地两不误，这日子才好搭配着过得滋润。

办完几件事，朱洪福的心里感觉好多了。他院前院后地转了几圈，拎耙子使扫帚前前后后地收拾个干净，然后又转回到猪圈里。他刚进到猪圈里，那些个家伙便起哄似的哼哼着叫了起来。他很兴奋地给猪弄了几瓢饲料，然后仔细地看着它们进食的样子。在看了一会儿之后，他发现靠近里边的一头黑花猪不爱吃食，黑黑的眼珠也不如往日清亮。他用棍子轻轻地捅了捅那头猪，它哼哧了两声站起来，走到猪食槽前闻了闻，然后回到里边又趴下了。他"唠唠唠"地叫了几声，那头猪竟然没再搭理他。他想进到栏里看看，猪却扑哧一声拉了泡稀屎。它的反常表现让朱洪福的心一下吊了起来。俗话说"家有万贯，带毛的不算"，这大春天的，正是闹猪瘟的时候，如果不是这几天自己闹病，早就该给猪打疫苗了。

朱洪福转身出了猪圈，在猪圈门口他看到门边有几个烟头，看那牌子就不是自家抽的。

他喊来了老伴儿。

他问："我不在家这几天，都谁到过咱家？"

老伴儿说："还能有谁，有两个想买黑毛猪的，进去看了看，又讲了讲价，没谈妥就走了。"

他听了便"哼"了一声，然后赶忙叫老伴儿找猪药，想给猪补种疫苗。他还给兽医打了个电话，让他过来给看看这猪到底得了啥毛病。

打完电话，他从白灰缸里抓了几把石灰撒在门前，然后又试了试新装的紫外线杀菌灯。这时才发现，那灯一闪一闪地竟然启动不了。

朱洪福鼓捣了一会儿也没弄明白，他还想再鼓捣鼓捣，稍不留神被电打了一下，那麻酥的感觉可把他吓着了。他耷拉着膀子正发愣，突然听到有人在叫门。朱洪福还没等走出猪舍，就听到吕新林和老伴儿说话的声音了。

吕新林说："你们家领导在家没？"

老伴儿说:"找他干啥?有啥事跟我说,我就是领导。"

吕新林说:"你看这事整的,我还忘了管你叫点儿啥了。"

老伴儿说:"算啦,不跟你开玩笑啦。老头子在猪圈呢……"说着,便冲里边喊了两嗓子。话声未落,人已经来到门口。见了吕新林,朱洪福故作惊讶地说:"主任,你咋来了?"

吕新林说:"你不是要猪药吗?我四叔他着急去市畜牧局培训,这药让我给捎来了。你看看是你要的不?"

朱洪福接过用塑料袋子装的纸盒子看了看,又打开一个看看里边的小玻璃瓶,这才连声说:"是,是,是这几种药。"说着又仔细确认了一遍,"这盒是防猪瘟的,这小盒子的是防蓝耳病的。"

朱洪福确认完了想让吕新林进屋喝点儿茶,吕新林说:"不用啦,还喝啥茶啊?你这灯一闪一闪的,那猪眼睛都快晃瞎啦,你咋不修修呢?"

朱洪福说:"我哪会修啊,刚才瞎鼓捣了几下,差点儿没让电打个跟头。我正要找人呢,你就进来啦。"

吕新林说:"行啊,别的不行,这接个灯、换个线啥的,我还能顶个半拉子。"见吕新林要给自己修灯具,朱洪福赶紧把木椅挪过来,并把冬生扔在家里的电笔、螺丝刀子摆放到水泥台上。见吕新林站上了椅子,朱洪福便赶紧把住椅背,一只脚也派上了用途。

过了一会儿,吕新林跳下椅子说:"毛病找到啦,镇流器坏了,得换个镇流器。"朱洪福本想问问该咋换,吕新林这时已把电话打给电工了。吕新林让村电工赶紧给弄个镇流器送到朱洪福家,说着还强调了一下型号。

电工说:"让他先等等,我这儿正忙呢……"

吕新林说:"你又不是生孩子,有啥忙的?赶紧去弄一个,这是猪场杀菌用的灯,耽误了拿你是问!"

听他这样跟电工说话,朱洪福心里难免有点儿紧张,他嘴上连说:"不急不急，俺等两天没关系。"心里却想，主任可不该这样说，那电工听了该以为俺当村干部的面说了他啥坏话呢。

吕新林看出了朱洪福的心思，他说："你养猪养晕了头，还以为现在的电工还像屁股后挂'三大件'时那样装呢，现在都啥时代了，电工也都与时俱进啦。"朱洪福虽然听不懂与时俱进是个啥，却知道这是夸人的话。说完与时俱进，吕新林又扯到保险上。他说过去只听城里人讲究保险，什么社保、医保，还有家庭保险，后来咱农村也有了社会保险、大病医疗保险。以前的保险大都跟人有关，现在连养猪都能保险啦。听吕新林这么一说，朱洪福立刻动了心，俗话说常在河边走哪有不湿鞋的，连养猪都能保险了，那可就真的保了险啦！

朱洪福说："村长说说，这猪不会说不会道的，咋个保险法？俺听明白了也去保一单，省得以后担惊受怕的。"

听朱洪福又叫自己村长，吕新林笑着说："这都啥时候了，你咋还叫俺村长呢？"

朱洪福说："过去叫顺嘴了，想不叫了，可叫来叫去的又叫回来了。"说着便嘿嘿地笑了。

吕新林说："什么村长、主任的，以后都不要叫了。"

朱洪福以为吕新林生气了，便很认真地说："这不让叫、那不让叫的，总得管你叫点儿啥吧？"

吕新林说："以后就叫新林吧，这样叫好记，也亲切。"

朱洪福说："好，好啊，以后就叫新林……新林，你保险的事还没说完呢。"

吕新林告诉他，这养猪保险是国家新实行的政策，就是让养猪户放心大胆地发财致富。说这保险由村镇牵头，每户必须达到三十头猪才能投保，并且那猪舍也得够规模，防疫也得跟上才行。

朱洪福说:"你看俺够不够保险?"

吕新林说:"你都成养猪大户了,哪能不够呢……够,够,早够条件啦。"

朱洪福说:"那你可替俺想着点儿,万一这些猪有个三长两短的,你得给说话……"

吕新林说:"光说话不行,你得交钱投保,你那投保的猪也得试养一段时间,只有经过验收了,到时才能给赔钱。"说着便细心地讲了好半天。朱洪福虽然听明白了,但一扯到钱上啦,他便有点儿拉松套。吕新林见了,便磨破嘴皮子也要让他投保。最后还指派王大嗓来做工作,无论如何也要让他把保投上。

吕新林语重心长地说:"这老朱头算是养猪大户了,也是咱村的一杆旗,可千万不能让他倒下了。吕家岗子虽然被割去一块肉,却把买卖送上门来了。"

王大嗓问:"除了盖房子,给工地干零工,还有啥买卖啊?砖不让烧了,烧锅也没了,剩下这点儿地你还能种出钱来啦?"

吕新林说:"地咋就种不出钱来了?遇事你得往前看,往看前就能赚到钱,往脚尖看就连路都没法走啦。"

王大嗓说:"这道理谁都会说,可这钱在哪儿?你咋就看到了?"

吕新林指了指远处几幢钻破天的大楼说:"那不就是买卖嘛!你想想,这家门口突然多出几十万、上百万人来,闹是闹了点儿,可他们也得吃饭、吃肉、吃绿色植物不是?"吕新林的话还没说完,王大嗓终于领悟到了什么,他急不可耐地说:"你说的话我懂了,你是想把咱们村建成养殖基地,让城里人都上咱这儿买东西。"

吕新林说:"何止是养殖基地啊!既然都成邻居了,这迎来送往的事就得做好,咱们得想法把吕家岗子变成后勤基地,变成开发区的后花园子。

所以，咱们无论如何也得看好剩下的这点儿地，看好家里这些人，要想建设美丽乡村，这两项必须得看护好了。"

吕新林的这番话算是说到王大嗓的心里去了。自从沟外土地被征占之后，不仅资源被割去一块，村集体的经济收入也受到极大的冲击。村里的砖厂早就不让办了，玉米烧酒作坊也黄了，还有村民的养鸭场、养鸡场都没了。除了这些，就剩下沟里的玉米秸秆加工厂，还有贺知章的山庄了。玉米秸秆加工厂属于招商引资的环保企业，每年除了给村里交点儿租地钱，其他的就跟村集体没有关系了。贺知章的山庄就更没指望了。一个完整的村子被开发成两半，一部分成了开发商的摇钱树，而村集体只剩下沟里这些只能种老苞米的山地和一块块的水田了。上任村干部看到村里能变钱的东西都没了，剩下一些老弱病残也干不了什么，便都借坡下驴随着拆迁队伍进城去享福了。

当时，他也想不干了，是吕新林找上门让他参选，这才留任这届村委委员的。王大嗓一直负责村里的治保工作，因为村子被砍去了一半，任务量似乎比以前少了一些，但却比以前更复杂了。这让他在干好现有工作的同时，时刻在等待新一轮开发来改变自己的命运。现在，吕新林的这番话让他改变了自己的想法，他好像看到了一点儿希望，也感受到了一种力量。

十七

贺知章给吕新林打电话想邀约见个面。

吕新林说："行啊，你说吧，在哪儿见？"

贺知章说了一个饭店的名字。

吕新林说："还是在村部吧，大老远的跑那儿去多耽误事儿？有啥事儿当着大伙儿的面说，能办的立马解决，不能办的再说不能办的。"

贺知章说："村部人多嘴杂，说话不方便，你要是嫌去饭店麻烦，那就去你家。我弄个烧鸡，再带瓶酒，就咱哥俩说会话，你看咋样？"

吕新林说："你啥事儿啊？非得神神秘秘地说。"

贺知章说："其实，也没啥大不了的事儿。主要还是土地确权的事儿。我听说你可哪找我，想管我要山上那两户人家的地。另外，还想把水库也收回去？"

吕新林说："山上的那两块地是老金家和老朴家的，你总占着是咋回事儿？这回来确权的了，这两家人虽然去韩国出劳务了，可人家都写了委托书，让亲戚帮着种那地呢。"

贺知章说："你别听他们胡咧咧，那两户人家都出去多少年了，根本就没见有人回来，也没见有人帮他们照看房子。现在确权了，他们来人找了，当初干啥去啦？"

吕新林说："啥叫想当初？你把人家地占了，人家满世界找你也找不着，就找村部来了。我给你打了好几次电话，你连接都不接一下。现在人家正从国外往回赶呢，到时你得给人家个交代。"

贺知章说："交代啥啊？想让我倒地方行，他们两家得赔偿我，我种了那么多树苗子，都长了好几年了，不能说扔就扔了。"

见贺知章越说越不着调，张嘴就是流氓腔，吕新林心里便烧起一股火来。他强压着怒火说："这么多年了，我一直以为你闯南走北的是个见过世面的人，没想到你办起事儿却小肚鸡肠的不可理喻。你占着人家的地，一分钱不交不说，还想让人家给你钱，你说你这办的是什么事儿啊？"

贺知章说："那地都承包出来了，你管那么多干啥啊？看在这么多年哥们的分上，你睁只眼睛闭只眼睛的就当没看见，让他们只管找我好了。"

吕新林说："那地又不是承包给你的，跟你有关系吗？"

贺知章说："咋没有？我和那两家是有协议的。"

吕新林说："有协议你咋不拿到桌面上？有必要藏着掖着吗？"

见贺知章有些哑巴，吕新林心想就凭你，能拿出啥协议来？什么人敢把地转租给你啊？但为了不激化矛盾，他还是尽量压低嗓音说："有协议是好事，我问你，你那协议经过公证没？我咋没见村委会留档备案呢？"

贺知章说："那东西不知让我夹哪儿啦，等我找出来给你看。"

吕新林说："你不是找给我看。到时律师会管你要的。另外，你如果与人家签了协议的话，肯定会有另一份。到时人家会拿出来的。"话刚说到这里，他的手机"滴滴"两声警报快要没电了。他便跟对方说："我手机快没电了，有啥事儿你还是到村部来说吧。"

贺知章说："还有件事儿，你要把水库收回去的事儿。"

吕新林说："不是我要收回来。是村委会集体讨论研究决定要收回来的。因为上任村主任承包你时没经过集体讨论，你也没有遵守协议规定内容。村民意见太大啦！"

贺知章说："村民有啥意见了？我咋没听说呢？"

吕新林说："那还要说嘛！该放水时你把闸门锁着，害得村民泡不了田、插不了秧。村民找你要水闸钥匙，你五马长枪地跟人家放横。这水库再让你包下去，种稻子的都得饿死。"

贺知章说："承包水库时我就说了，我那库里是要养鱼的，插秧那阵子正是鱼苗孵化的时候，你知道放一次水得淌出去多少鱼啊？我那库里放的都不是一般的鱼，我打一网鱼比那两亩地的产量都值钱。那水是那么随便放的吗！"

吕新林说："你说那些有啥用。当初修那水库就是为了种水稻，协议也写了水库承包后必须保证村民种地用水。你违反了协议规定，侵害了村民利益，那水库必须得收回来。"

贺知章说："听了半天还是你要收回去。啥村民意见？就是你要跟我过不去。这村里就是你村主任说了算，你一句话，谁敢好意思说个不字。今天咱把话说明白，拆啥别拆婚，挡啥别挡财，如果你非要断了我的财路，你也得不到啥好处。"

吕新林说："你是在威胁我吗？"

贺知章说："我可没那么说。你要非那么想，我也没办法。"

吕新林从接到电话开始，就知道谈不出什么好结果。他本来还想把贺知章以农药残留污染了水源为借口，敲诈勒索周边村民的事儿说一说，可一想到这已经涉及刑事犯罪了，再说就打草惊蛇了，这才没有说出来。同时，他也知道，这贺知章为了利益什么事儿都能干出来，自己还真得处处加他的小心。

挂了贺知章的电话之后，吕新林又联系了那两户人家的亲戚，让他们再催促在国外出劳务的人员赶紧回来。经再三确认后，吕新林可以断定贺知章所说的手续根本不存在。如果有的话，也是他与别人造的假。经过再次调查摸底，吕新林基本掌握了贺知章弄虚作假承包山林，侵占别人土地的证据。

这天晚上，吕新林从市里办事回来刚要进家门，身后突然停下了一辆无牌照的黑色小汽车。听到声音吕新林停住了脚步。只见从车里下来两个一身休闲打扮的年轻人，其中一个人叫了声"大哥"，然后问道："你是吕主任吧？"。

吕新林说："我是姓吕。找我有啥事儿？"

那个人说："你认识徐山林吧？"

吕新林说："徐山林是我大表哥。"

那个人说："这回找对了。徐局长让我给你捎点儿东西，说是你家大娘最爱吃的东西。"说着就让另一个人从后备厢里搬出一个大纸箱来。见那个人弯下腰一副要开箱验货的样子，吕新林急忙拦住说："你们是不是弄错了？你们说的是哪个徐山林啊？如果是我表哥，他该事先来个电话啊？"

那个人说："林业局大局长交办的事，哪个敢弄错？他没给你打电话，是因为没打通。你看，现在用不用给他回个话？"

吕新林正在犹豫，那个人有些不耐烦地说："打不打电话那是你们哥们的事儿了。反正东西我是捎到了。"说着转身上了车。还没等吕新林反应过来，那人摆摆手，然后便一脚油门走人了。

听到汽车声老妈出来了。老妈说："早就听到你回来了，你不进院待在门口干什么？"吕新林看看地下的纸箱子，又看了看老妈的脸，竟然不知该怎样解释才好。这时老妈也看到了箱子。

老妈问："这箱子里装的是啥啊？"

吕新林说："我也不知道装的是啥，反正都是你爱吃的东西。"

老妈说："你这是吃了迷魂药啦？自己搬的东西咋不知道是啥。"

吕新林说："这是我大表哥托人给捎过来的，我还没来得及看呢。"

老妈问："哪个大表哥啊？"

吕新林说："还有哪个大表哥？当林业局局长的那个呗。"

老妈说："这小子！我还以为他早把我给忘了呢。"

听了老妈的这句话，吕新林心想这徐山林都好几年没来往了，今天这是哪股风吹错了，让他良心发现想起了自己还有个姨和表弟来。其实，徐山林的老妈和吕新林的老妈并不是亲姐妹，只不过挂了点儿远房亲戚的关系而已。但徐山林曾在吕家岗子住过，因此两家走动得勤一些，那时老徐家因为孩子多、劳动力少，穷得快穿不上裤子了。相比较而言老吕家情况却好多了。吕新林老妈没少接济老徐家，孩子穿过的衣服，家里多余的物品，包括徐山林的学费都曾是吕家给出的。那时吕新林的老爸还活着，是乡供销社的主任，每月有现钱收入。后来老爸病死了，吕家对徐家的接济才少了些。在吕新林当兵之前两人还有些来往，后来徐山林大学毕业被分到邻县当了官，家也搬到了县城，见面的机会就少了。

吕新林把箱子搬进屋，又犹豫着撕开了封在上面的胶带，他小心翼翼地打开箱子，只见里面都是些木耳蘑菇之类的东西。摆在最上边的是两袋长白山猴头菇，还有一大袋松茸，底下是榛蘑、木耳和红松子。

吕新林拿起那袋松茸用手掂量了一下，又拿起两袋榛蘑给老妈看。

老妈说："还是人家山林有孝心，没忘了我爱吃小鸡炖蘑菇。"

听了老妈的话，吕新林把东西放回到箱子里，然后找胶带重新封上说："这东西先不能动。我得给山林打个电话问问，他不来是因为忙，可电话总该来一个吧。"

老妈说："是该给人家打个电话，得好好谢谢人家才是。"

吕新林拿出手机，翻找到徐山林的号码，电话很快就打通了。徐山林说县里召开林产品专项扶贫展销会，在会上认识了一个吕家岗子的老乡，那人说是你的朋友，还提起了咱家的好多旧事。在一个展厅前我说起老太太爱吃小鸡炖蘑菇的事儿，那人便买了好多东西，说回去给老太太尝尝鲜。

吕新林问："你说的那人长啥样？没问问姓啥啊？"

徐山林说："问倒是问了，可我一时想不起来了。那人说跟你关系不错，前些时候还找你办过事儿。你想想，会不会是你战友啊？"

吕新林说："不会吧，我战友给老太太送点儿东西还用藏着掖着吗？"

徐山林说："你不用想啦，给你送去你就留着，就当是我送的。我想起来啦，我认识他还是通过办公室主任认识的，哪天我问问就知道那人是谁啦。"

放下电话，吕新林突然觉得脑袋大了许多，心里也浮起一堆问号。老妈见他胡扯了半天也没说出一个谢字，便说："你跟你大表哥说了半天，我也没听懂你们到底说个啥？"

吕新林说："我大表哥说了，等忙过了这阵子，他拉着我姨来看你。"

第二章　夏日的风

十八

眼看着小苗蹿得快要没膝了，绿油油的庄稼像一片绸缎铺满山坡。朱洪福站在自家的地头上，看着长势良好的玉米，却怎么也高兴不起来。

这年年种苞米，自从包产到户都种了多少年了。翻来覆去的，总是这一种作物，使的还都是外国人的种子、外国人的肥料和农药。因为不再讲究轮耕轮种了，连土地都觉得厌烦了。他曾算计过，这几年产量总是上不去，那粮价也总是浮动不大。即使最好的年景，去了种子、化肥、农药和人工费，根本剩不下几个钱。过去人都用苞米填肚子，现在生活水平提高了，这苞米便只能卖钱换大米了。里里外外一折腾，卖粮钱还不够买大米呢。

朱洪福也想不种地了，可除了种地和养猪他又实在干不了什么。他曾经跟人去城里扛过水泥、推过小车，可仅仅干了几天就跑回来了，他放心不下老婆孩子，更放心不下那块属于自己的土地。有了这块地，就有了立足的根本。没了这块地，那心便空落落地飘浮不定了。土地就像一根线牵扯着他，无论走到哪里，都被牵肠挂肚地拴得牢牢的。从春耕开始，自从种子下了地，他便开始惦念着，怕旱了涝了，怕生病，怕虫咬，直到打下了粮食才终于松了一口气。那感觉虽然有点儿折磨人，可那沉甸甸的金黄籽粒却让他享受到了喜悦，享受到了快乐，体会到了知足常乐的感觉。

朱洪福正在坡上胡思乱想，猛然听到一阵狗和猪的撕咬声。这声音牵扯着他绕过小水库，来到坡下那个已荒废的院落，只见一条黄狗正撵着他那些黑猪在跑。黄狗一见到朱洪福便摇头晃尾地迎了过来，那些猪则站在院墙下冲这边哼叫着，一副想来而又不敢过来的样子。朱洪福抱着黄狗的脑袋亲了亲，又看了一眼那些黑家伙，然后用手朝它们一挥手，黄狗便又撵着那些猪婆子吱哇乱叫地沿着院墙跑起来。

看着猪婆子被狗追赶的样子，朱洪福像吃了几根老冰棍，说不出是痛快了，还是快乐了。几天前兽医告诉他说，这些猪之所以揣不上崽子就是因为太胖了，要想让它们的肚子鼓起来，就得先把胖家伙肚子上的那些赘肉弄掉。

听了兽医的话，朱洪福将信将疑地问："听说过给人减肥，没听说过给猪减肥的，那猪要是没点儿膘还叫猪吗！"

兽医说："你真是榆木脑袋死不开窍，都跟你说过多少次了，母猪是用来下崽儿的，你喂那么肥干什么？"

兽医还提醒他，这段时间流行一种瘟病，让他注意点儿，别让什么人都进猪舍，免得把病菌带进来。没事就放猪溜溜，让猪增强点儿抵抗力。

按照兽医说的，他开始给猪婆子减肥，先是关上门把猪散放在自家院子里让它们自由活动，母猪天天躺在窗下晒太阳，打滚咬架弄得满院子屎尿味不说，还拱翻了一些盆盆罐罐。在老伴儿的抗议下，他又把猪婆子赶到这废弃的院落里。这院落原本是一个城里人建的别墅，后来那人做生意亏了本，便到处贴广告想卖了它。起初，还有人想买这座房子，后来因为国家不让城里人到农村买房子，这房子渐渐地就不值钱了，最后竟然被人遗忘了。

也许是早饭吃得急了点儿，这阵子又跑了一段路，朱洪福出了院子正要拴好门让猪婆子歇息一会儿，肚子突然一阵抽搐肛门便有些失控。他屏住呼吸几步蹿到一片草棵子里，然后急不可待地蹲了下去。一泡屎放出去，朱洪福感受到了异样的幸福。他就那样蹲了一会儿，突然听到有女人说话，因为内容涉及自己，他便没好意思站起来。

一个女人说："刚才老猪倌还在这儿呢，这会儿咋没影了？"

另一个女人说："这快到晌午了，大概给猪崽儿喂奶去了吧？"

"现在不喂奶了，现在正研究给猪减肥呢。"

"真没看出来，这老朱头还挺赶时尚的，哪天我替你说说，也让他给你减减，省得你老头总骂你……"

"你说啥呢，你说啥呢……"

"哎，你听说没？他儿子离婚的事……"

"听说了，还不是因为买房的事儿。儿媳妇要给孩子买学区房，想让老朱头给拿点儿，这老东西抠门，于是小两口就打起来了……"

"那小媳妇是有点儿过分，养个带把的就不知天高地厚了。"

"那也不叫过分，当初结婚时婆家就欠人家彩礼钱，现在正是孩子用钱的时候，人家能不闹吗？再咋说，那孩子也姓朱，他不拿谁拿？他养了这么多年的猪，还不攒点儿钱啊？"

"你说的就不对，当爷爷的，有钱能不拿吗？你是后搬来的，根本不知道咋回事儿，那些年老朱头穷得连条像样的裤子都穿不上。后来被列入扶贫对象才交了好运，扶贫干部帮他盖猪窝，个人掏钱给他买猪崽儿，他这才翻了身。这几年虽然赚了点儿钱，可那养猪是需要本钱的，每天人吃马喂的不说，这又新盖了房子……"

"你可真能瞎胡扯，盖个猪圈也叫盖房子。"

"咋不叫盖房子？人家老朱头舍得下本钱，那猪圈盖得多气派啊！都赶上婚房了。你看看那猪圈，再看看张老大那跑腿子房，那不叫房子叫什么？"

"那张老大还值得一提？整天懒得要命，除了喝大酒，就是做梦娶媳妇，就是个扶不起来的二流子。你拿他跟老朱头比，那简直就是埋汰人。"

"妹子，你对这老头还挺上心呢，该不会有一腿吧？"

"你这该死的！你也不想想，咱们天天眼珠子对眼珠子的，我干点儿啥还能瞒过你？"

"可不是，咱尽扯淡了，你看咱这都跑哪儿来了？这地头的野菜长得再好也不能挖，挖回去吃了有股农药味……"

"可不是，咱俩真是咸吃萝卜淡操心，说不定这离婚的事儿就是演的，是那小两口演给老两口看的。"

"姐，你可别乱说，你是怕人家事儿不够大咋的？"

一听声音朱洪福就知道这俩女人是谁了，起初碍于情面，也是想听个热闹，后来实在听不下去了，便想站出来。听声音俩女人离自己越来越近了，自己再不站起来就来不及了！想到这儿，他深深地憋了一口气，然后放开喉咙吼了一嗓子，这才提着裤子站了起来。随着"妈呀"的一声叫喊，只见一胖一瘦两个背影像球似的滚远了。

听了两个婆娘的对话，朱洪福心里说不出是咸还是淡。他想再见到儿子时间问离婚的事儿，可又觉得实在张不开口。说到底这事儿本该早解决，可正是钱不凑手的时候，这爷爷就只有当孙子的份儿了。

朱洪福扎好裤带出了草棵子，他心里惦记着安装紫外线杀菌灯，又放不下儿子闹离婚的事儿，他本想往家走，却情不自禁地走回到放猪的别墅前。院子里的狗听到脚步声像孩子似的汪汪叫了两下，那些猪也哼哼起来了。这些声音让他暂时忘掉了烦恼，他正想推开门，手机突然也叫了起来。他眯着眼看了看，见是个陌生号码便没有接。他知道手机诈骗的事儿，知道了就得防着点儿。他刚把手机放回到兜里，手机又响了。他拿出手机看了看，见号码似曾相识。他接起了电话，一个不熟悉的声音立刻灌了进来。

电话那边问："你是老朱头吗？"

朱洪福皱皱眉没有回答。

那边又说："听说你那儿有猪要卖？"

朱洪福说："我就是个养猪户，你想买咋的？"

那边问："都多大的猪？"

朱洪福说："多大的都有……"

那边说："大的一百，小一点儿的五十，卖不？"

朱洪福说："你有病啊？啥猪卖五十、一百？"

那边说："听说你那边有死猪……"

朱洪福说："你想啥呢……"说完，趁着那边没撂电话又恶狠狠地骂了一句："咋不瘟死你！"

放下电话，朱洪福这才想起冬生说过的话，冬生说有人想发财想疯了，连死猪肉都敢卖。朱洪福问儿子你咋知道那是死猪肉？冬生说那还用问吗？那死猪肉发暗，还有一股子腥臊味。

重新回到别墅的院子里，朱洪福给老伴儿打了个电话，让她把猪药拿到这边来。

老伴儿说："你稍等一会儿，我刚烀了一锅猪食菜。"

朱洪福说："你可快一点儿，要不然弄到天黑也弄不完。"

老伴儿说："你猴急个啥？晚一会儿能死人咋的！"

朱洪福说："能不急吗，再不赶紧弄就该瘟人啦。"

老伴儿问："就你一个人在院子呢？"

朱洪福反问说："那还能有谁？"

老伴儿说："看把你能的，你一个病老头子，能摆弄明白那些猪吗？给小孩子扎针还得有个帮手吧。"

听老伴儿这么说，朱洪福这才哑巴啦。

十九

吕新林从乡里开完会已经是傍晚了，他刚回到家门口还没进院子，就听到一阵阵朗朗的笑声。他隔着门缝往里看，只见院子里两个女人正在择韭菜，因为老妈面向大门所以看得十分清楚，另一个只能看到背影，还有那被落日余晖映照着的脖颈和短发。老妈一边择韭菜一边说着什么，随着老妈的絮絮叨叨，那颗年轻的头颅就像风中的葵花在不停地点头，而那笑声宛如一串串珠子噼啪撒满院落。

吕新林没有立即走进院子，他擦了擦门前的踏脚石坐下了。他靠在被太阳晒暖的墙上，心里像软化了的糖饼就差流出汁儿来。院子里的笑声仍在继续，他已经很久没有听到妈妈的笑声了。妹妹难产死后，老妈始终没有摆脱白发人送黑发人的痛苦。妹夫一直没有离开这个家，一直像妹妹生前一样照顾她。妹夫说他想领老妈到外边走走，老妈却舍不得离开半步。她说闺女的魂儿就在这院子里呢，她走了那魂儿就会离开了。妹夫说妹妹的死跟路有关，那时这段江上还没有桥，从市里绕到村里要走很远的路。

离开部队后吕新林曾在城里创过业，并把老妈接到了城里，但没过多久她就吵着要回来。老妈说城里的床再软乎也没有农村的热炕睡着舒服，那水管里的水也没井水好喝，楼前楼后到处都是草，那么多地闲在那里，还不让种菜。

最让老妈受不了的是城市的闹腾。那些没完没了的大秧歌，那些不分黑白响个不停的广场舞音乐声，差点儿没要了老妈的命。

从城里回来后，有人曾给吕新林介绍过一个女朋友，人长得水灵，学历也不错，就是太娇情，跟老妈合不来。老妈说她晴天怕晒，阴天怕雨，走路像没脚跟，干净得去趟茅房都要捏鼻子。

院子里的韭菜择完了，有人说："我得走啦。"

老妈说："你就别走啦。我一会烙韭菜馅合子，我和面，你帮我切韭菜、摊鸡蛋。"

听到这声音吕新林便起身进了院，只见陈晓冬站在门前正犹豫。老妈见他回来了，就端起盆说："你可算回来了，人家小陈姑娘都等你好半天啦。"说着，又冲陈晓冬说，"说好啦，你可不许走，你要是走了，大娘可就生气啦。"

见老妈进屋了，吕新林说："我头一次见老妈这么高兴过。你就留下帮我陪陪她，要不然她会骂我的。"

陈晓冬说："县里马上要来检查环境保护工作，你让我写的材料写完了，急着拿给你看，却找不着你，给你打电话也打不通。"

吕新林说："事先忘跟你说了，今天乡里开扶贫攻坚会。开完会，我又跟胡乡长聊了一会儿。本来想给你打个电话，手机又没电了。"听了吕新林的话，陈晓冬从随身携带的包里拿出一份材料说："我都是按照你拉的提纲写的，你看看这样写行不？哪些地方需要改你就划出来。看完了给我打电话，我好今晚改完打出来。"

陈晓冬说完拎包又要走，吕新林接过材料说："你先别走，我马上就看，你再急也不差这点儿时间。"两人正说着话，屋里传来老太太的声音："姑娘，不是说好了吗，让你帮我烙合子，你赶紧进来帮我把韭菜切了！"听了老妈的话吕新林冲陈晓冬挤挤眼，然后拿着材料坐到了一旁的椅子上。陈晓冬还在走与不走之间犹豫，老太太已经走出来了，她手里拿着两个鸡蛋说："快帮我把鸡蛋打了，一会儿好和馅……"见老太太亲自出来派活儿，陈晓冬便不好意思再走了。她放下肩包，进屋洗了洗手，然后就一边陪着老太太干活儿一边聊起了家常话。

材料很快就看完了，除了自己拟定的题目内容外，陈晓冬还把她掌握的情况也加到了里面。陈晓冬在材料中列举了春季农药施用对水稻和水库鱼类的危害问题，建议在水旱田施用农药时一定要做好对相邻作物的保护。建议在水库周边减少玉米种植和农药使用，避免水源污染，减少对鱼类的危害。虽然用词不够准确，但观点还是很新鲜，并且也和自己想到一块儿了。

合子很快烙好了，坐在屋外就能闻到韭菜的香味。随着香味飘来的还有老妈的话语。老妈告诉陈晓冬说吕新林最爱吃她烙的合子，她已经很久没给儿子烙了。说着，就大声喊吕新林进屋吃饭。

吕新林进屋才发现，桌上除了装得满满的一盘合子，还有几盘小菜。老妈让陈晓冬先坐下，接着又让吕新林也坐下，然后又不知从哪儿弄出一瓶陈年永吉原浆酒。吕新林惊奇地问："妈，你啥时藏的酒啊？这可是老爸活着时最爱喝的酒啊。"

老妈说："我哪会藏这藏那的，这是我去年收拾屋子时，从破柜子里找到的。知道你也爱喝，就留了起来。"

吕新林说："这不年不节的喝什么酒啊，我们还有事儿要商量呢。"

老妈说："姑娘头一次在咱家吃饭，哪能没有酒呢？"

陈晓冬说："大娘，我不会喝酒。真的。"

老妈说："喝点儿吧，今天是新林的生日，他忘了，我可没忘……"

听了老妈的话，吕新林想了想，今天还真的是自己的生日。从参军到部队，一直到回城创业，他都没过过生日。即使有了女朋友，他也没把生日当回事儿。

听说是吕新林的生日，陈晓冬便有些不好意思。

她说："早知道是你生日，该给你订个蛋糕……"．

吕新林说："洋式生日才摆蛋糕，咱又不是洋人，哪来的那么多说道？"说着就从老妈的手里接过酒瓶，先给自己倒酒，然后又往陈晓冬的杯里倒了一点点。

给陈晓冬倒完酒，吕新林想让老妈说几句话，老妈说："没那么多讲究！"说着就给陈晓冬夹菜、夹合子。给陈晓冬夹完菜又给吕新林夹，而她自己只吃了几口就下桌了。老妈说忘记扒蒜了，吕新林心想这韭菜馅合子还就什么蒜啊！老妈分明是想让自己和陈晓冬单独多待一会儿。想到这儿，吕新林举起杯说："谢谢你，能留下陪我过个生日。"听了吕新林的话，陈晓冬抬头看了吕新林一眼，然后放下筷子，端起杯轻轻地碰了一下吕新林手中的杯。

陈晓冬微微抿了一口酒正要放下杯，门外忽然传来一阵大呼小叫声："大门外就闻到韭菜合子味啦。这味，真香！"听到有人来了，吕新林忙放下酒杯站了起来，可还没等他挪动脚步，王大嗓已经跨进了屋。看到桌上摆着酒菜，他大大咧咧地说："啥日子啊？这咋还喝上了！"说着低头还特意看了陈晓冬一眼。

吕新林正要解释一下，这时老妈从外边走了进来。老妈说："今天新林过生日，他就爱这一口，我随便给他烙了几个。你真有口福，正好赶上了。也不是外人，你就赶紧坐下陪新林喝两口吧。"老妈说着就端了副碗筷放到桌上。吕新林顺手给大嗓倒了些酒。

见老妈出去了，王大嗓举杯跟吕新林碰了下说："祝小吕同志生日快乐！"说完就干了一大口。

吕新林说："你这话说的，就好像我才几岁似的。"

大嗓说："你当一天村主任我这么叫，当两天村主任也是这么叫，管你是不是村主任呢，你都是俺兄弟。"说着就又喊了声，"生日快乐！"陈晓冬听了便闷头乐。王大嗓见陈晓冬笑，便也跟着笑。笑够了说："方才听大娘说，我才知道你过生日。如果大娘不说，我还以为你俩在这儿相亲呢。"

听大嗓这么说，陈晓冬用筷子打了一下大嗓的手说："当大哥的，也没个哥哥样。"话虽然说得轻巧，脸却红成花瓣儿似的。见大嗓说话没深没浅，吕新林杵了他一下说："你瞎扯些啥？快喝你的酒吧。"因为有些尴尬，陈晓冬说："菜有些凉了，我给你俩热热菜。"

见陈晓冬出去了，王大嗓偷偷看了一眼屋外，然后悄悄跟吕新林说："这姑娘不错，你要是有那意思，我给你俩说和说和。"

听了大嗓的话，吕新林想了想说："人家大学生来咱这儿是锻炼的，说不定哪天就走了。以后你可不许乱点鸳鸯谱。"

王大嗓说："那有啥，她愿意那是你俩有缘，不愿意就当没这么回事儿。"

听了大嗓的话，吕新林夹了一块鸡蛋放到他碗里说："吃饭也堵不住你的嘴。你听好了，一会儿你可不许胡咧咧。"说着，他朝门外看了看，然后用筷子点了他一下。

吕新林的话音刚落，只见王大嗓笑嘻嘻地站起来，又做出一副要走的样子说："主任，你该不是要撵我走吧？"

吕新林赶紧站起来说："你想哪儿去了？你赶快坐下。有句话咋说啦？多吃菜，少喝酒，致富路上大步走……"两个人正在说笑着，陈晓冬端着热好的两盘菜回来了。王大嗓见了赶紧接过来把菜放到桌上说："你们俩先喝着，我突然想起一件事儿来，我得先走一步。"

吕新林把大嗓送出了门，正赶上大嗓老伴儿来接他。

吕新林说："你们两口子就像有心灵感应似的，大嗓刚说完你好像在找他，你就接他来了。"

大嗓老伴儿说:"我都跟他说好了,一会儿去亲戚家办点儿事儿,屁大的工夫他就跑你这儿来了。"

送走王大嗓,吕新林回到屋里见陈晓冬已经背好了包站在那里,还没等他说话,陈晓冬像变戏法似的从包里拿出一双鞋说:"那天在商城看见你了,你一瘸一拐的像个老头。陪我弟弟买鞋,顺便给你也买了一双。"

陈晓冬的举动像点燃的火,烤得吕新林脸上热辣辣的,喝到肚子里的那点儿酒也瞬间被点燃了。他低着头,手有些抖动着接过那双耐克鞋,喃喃地说:"那我就收下了,就当你送我的生日礼物。"他嘴里这样说,心里却忐忑起来。他想,这么贵重的礼物,穿不了咋办?

陈晓冬似乎看出了吕新林那点儿心思,她看了一眼他脚上穿着的皮鞋说:"你穿上试试,我想应该合适。我知道你跟我弟弟穿的鞋是一个鞋码。"

"你又没问过,你咋知道我的脚有多大?"吕新林诧异地问道。

"你忘性真大。你那脚伤刚好,就忘了给你包扎过的人了吧?"陈晓冬有点儿嗔怪地说。

听了这句话,吕新林终于想起那天在山上的情景:当时陈晓冬在为自己包扎脚上被皮鞋磨破了的脚跟,她一边包扎一边和自己聊天,自己所穿的鞋码就这样顺嘴溜了出去。

二十

自从那画画的老头走了之后,老蔫儿的心就像丢了东西似的。那画画的曾跟他说起过,自从他退休之后便搬离了省城,搬到这开发区来了。他家住的地方离这儿不远,站在自家的阳台上就能看到这边,看到风吹绿浪的景色,看到山顶上的暴马丁香。听了画画老头的话,老蔫儿就开始惦记着,惦记着那老头能再来家里看看。

这一天门前突然来了个穿灰衣、剃光头、脖子上挂了串大珠子的和尚，因为好奇老蔫儿便上前搭讪。仅仅聊了几句，老蔫儿便进了圈套。那和尚仿佛看出了老蔫儿的心事，便问他说："施主心里藏个结，一直没有解开，可否说出来。"见和尚点到自己的痛处，老蔫儿把儿子丢失几十年的事儿说了，让他给看看儿子是否还活在世上。

和尚听了便故作矜持想了一会儿说："你这是前世欠下了孽障，是这辈子需要偿还的。要想消灾避祸找到儿子，就得舍出钱财才行。"

老蔫儿虽然木讷，但人情世故当然明白。听了和尚的话便拿出十块钱来。和尚嫌钱少，又装出一副样子演给老蔫儿看。老蔫儿看了，便咬咬牙从屋里找出一张五十元大票递了上去。

老蔫儿说："就这些了，算是给师傅的一点儿心意。"

那和尚听了便闭目沉思片刻，然后掐指一算说："你们父子缘分未尽，孩子仍然活着，并且活得好好的。如果你寻子心切，可往东南方寻找；如果相信佛祖，奇迹总会发生。"

听了那和尚的话老蔫儿心里忽然觉得亮堂了许多，他想跟和尚交代点儿什么，却吞吞吐吐的不知说什么才好。和尚好像又看出了他的心思，便又打量了一下他的面相，并且再次闭目凝神地想了一会儿，然后双手合十地自言自语道："罪过，罪过啊……"说着，还叨叨咕咕地念了一通经文。

看见和尚又一副虔诚的样子，老蔫儿毕恭毕敬地又上了一杯茶，然后心怀忐忑地问："师傅，你又看出什么不对的地方了？"

那和尚头也不抬地说："施主心慈面善，却被噩梦缠绕，如不祛除魔咒，必将祸及子孙……"

和尚的话让老蔫儿感到吃惊，对和尚也更加敬畏。在和尚的喃喃细语中，他好像又听到了那句话："恶有恶报，善有善报，不是不报，时候未到。"这许多年来，心中的迷雾始终缠绕着他，让他确信人不能做坏事，做了坏事早晚是有报应的。

虽然几十年的时间过去了，老鸫儿的心里却始终放不下那件事。校长让他带队领着学生去割资本主义的尾巴，去接受贫下中农再教育。那时所说的尾巴就是社员开辟的小片荒，和房前屋后多开出的自留地。看见那已长得黑油油的庄稼，孩子们实在不忍心下手，生产队长就找来集体户的小青年做样板，让他们做给孩子看。几个虎了巴叽的小青年都是吃粮不管穿的爷，根本不懂老农民种地的艰辛，当着这些孩子的面锄掉了房前屋后的那些青苗，砍倒了长势很好的庄稼。当他领着孩子来到贺有财家门前时，只见他家房前的村道旁种了一小片苞米，那苗黑绿黑绿的，一看就是用好粪水灌出来的；隔道就是生产队的大田，同样也种的是苞米，可那苗由于缺少肥力和雨水，长得鸫黄鸫黄的。

公社派来的工作人员老王说："这就是典型的'尾巴'，一边是个人的小片荒，另一边是生产队的地，小片荒里的庄稼都种得这么好，生产队地里的庄稼反而长得不好，这不是明显在示威吗！"

有个小青年要动手砍倒那些庄稼，老王没让砍。

老王说："先不能砍，我倒想看看是什么人种的。"

还没等房子里的人出来，孩子们先说话啦。

有个孩子说："这是老贺家的，是账房先生家的。"话音刚落，贺有财出来了，因为不认识那个老王，他便跟老鸫儿商量说："苗都长这么高了，砍了太可惜。等秋天收割完了，我都送给生产队还不行吗？"

老鸫儿说："你跟我说有啥用，你得跟领导说。"说着，他很认真地看了老王一眼。

老王说："你现在才说这话，当初下种时咋不好好想一想呢？告诉你吧，你现在说这话晚啦！"说完，他把手一挥说，"都给我砍了。"

因为那青苗长得杆粗叶肥实在苗壮，连最先张罗要动手的那个小青年都有点儿不忍心下手了，旁边的孩子更是面面相觑不知如何是好。见没人动手，老王便十分不高兴，他问老蔫儿说："你是老师，这可是考验你的时候，是接受贫下中农再教育的时候，这时候你不冲上去还等啥时候啊！"说着就狠狠在他背上拍了一下。因为下手太狠了点儿，老蔫儿疼得一咧嘴，他怕再挨一下，便顾不得许多了，挥起镰刀便放倒了两棵苗。

孩子们见老师动手了，便起哄似的冲了上去，一片长势青壮的庄稼转眼间便被毁了。见横巴掌竖挡着的也没用了，贺有财便找了一把镰刀跟着砍，砍完了又不忘用筢子搂到旁边的粪堆上，他很干净利落地干完这一切，然后便面无表情地靠在一棵歪脖老树下。看着他那认真配合的样子，老王又跟大伙儿说："不要被阶级敌人的假象所迷惑，要站稳脚跟、再接再厉，要干净彻底地割掉这些刚刚长出来的尾巴。"

经过练胆，老蔫儿和孩子们的心都变硬了，在老王的带领下，他们又一连割了几片这样的尾巴。当老王兴致勃勃地还要割下去时，被几个孩子的妈妈追上了，那些女人有拎筐的、拿铲子的，还有拿扫帚的，这些家长抓住孩子就往家扯，连头也不回就没影了。有个孩子走得稍慢了一点儿，那当妈的便连打带骂说："你们这些有娘养、没娘教的东西，俺们供你吃、供你喝，恨不能鸡腚眼儿里抠点儿钱出来让你念书学点儿好，哪曾想你却学成了害人精，这书咱不念了。"说着操起手里的扫帚不管头脸地打下去，打得孩子像杀猪似的号叫起来。老蔫儿看不下去了，他上前想拉那孩子出来，却被那女人一扫帚差点儿打破了头。

在公社召开的"割尾巴"活动现场总结大会上，老蔫儿受到了公社领导的表扬，说他能够带领学生深入社会实际生活，虚心接受贫下中农再教育，在"割尾巴"活动中认清了形势，和学生一道得到了锻炼成长。大会上，老蔫儿还代表教师发了言，他先背了一段列宁的话："忘记过去就意味着背叛。"然后磕磕巴巴地把别人给他写的稿子念了一遍。

事情过去没几天，家长又开始状告老蔫儿，说老蔫儿不好好教学生，不仅字教得不好，还胆敢给革命导师列宁随意改名。这次告状没有到大队告，而是直接到公社找主管文教的副主任告的状。去的都是孩子妈妈，婆婆妈妈的没一句好话，不仅说了老蔫儿教学生管猪崽儿叫猪丝儿的事，还说了许多别的坏话。

送走这些告状的，那位领导赶紧把大队书记和学校校长叫到公社，告诉他俩说："你们赶紧把那个写字先生撵回家，愿意往哪儿撵都行，就是不能跟学校沾上边，学生教好教坏都不是事儿，要是教出反革命来咱们可都得掉脑袋。"

接到领导的命令大队书记没敢耽搁半点儿时间，回到村里立刻让校长把老蔫儿叫到办公室，他先让老蔫儿坐到前边的椅子上，然后叹了口气说："说你啥好呢？本来以为你是块好料，没想到却是个烧火棍，捅哪儿哪儿着火。"说着，他从宣传材料里找到列宁的那句话让老蔫儿念一遍，老蔫儿念完了说"念完了"，书记说"你再念三遍"，老蔫儿就照念三遍。

书记说："你就不能把舌头打个卷念那个'宁'吗？"

老蔫儿说："我这么念惯了，舌头弯不起来。"

书记说："既然你的舌头拐不了弯，你就滚回生产队去练吧，找个公鸡跟着一块儿练。"

听了书记的话老蔫儿有点儿蒙圈。书记见他没动弹便想了想说："因为是我选了你，咱们又沾亲带故的，你出了事儿我也好不到哪儿去。你先回生产队干着，这边的待遇不变，该给的工分还按原来的给，那民办教师的补贴你也照领，等找着了合适的人你再正式回去。"

吕老蔫儿说："我这干轻快活儿都干惯了，干不了重活儿咋整？到时你得跟队长过个话。"

书记说："真是给你点儿脸往鼻子上抓挠。你才吃了几天粉笔末啊！还真把自己当圣人啦！"

老莺儿说："咱不是亲戚吗。"

书记说："还亲戚你娘个腿儿！"

二十一

听说朱洪福新养了黑毛散养猪，一些想靠养猪发财的人便闻风找上门来。当有人看到朱洪福在别墅里放猪时，便惊奇地睁大了眼睛，说："这哪是啥黑毛猪啊！这不就是黑贵族吗？"

朱洪福问："啥叫黑贵族啊？"

那个人说："你连黑贵族都不知道，你可别逗我笑啦！"

朱洪福说："我真没逗你，我只知道这猪叫黑毛猪，哪知道啥黑贵族啊！"

那人说："我都听说啦，你怕这猪出毛病，便弄到别墅里养，想让这猪真正享受一下贵族的滋味。我听了还不信，没想到你还真把猪放养到别墅里了。"

听到这里朱洪福知道了，这都是那两个婆娘看他在别墅里放猪，然后传出去的消息。黑毛猪朱洪福早就养过，但从没敢像养溜达鸡似的放养过。至于黑毛散养猪这词他早就听说过，却从没真的饲养过，后来经人介绍，他才试着养了些。他觉得那些黑猪跟过去的黑猪没什么两样，就像一样东西被人忘记了，经过一段时间又被想起来一样，突然间就变得珍贵起来。尤其是一些人看到他假装疯魔地在别墅里放猪的架势，都宁肯相信眼前就是特殊品种的猪。

想到这里，他很实在地说："我真不知道什么黑贵族，买猪的时候就觉着这猪皮毛黑一点儿，就多买了几头。"

那哥们说："这你可把猪养瞎啦，你这真是黑贵族，是用纯种野猪和东北黑猪杂交的新品种，你看这皮毛亮度，这猪的嘴巴，还有这腿长，都跟普通家猪不一样。"

听了这哥们的话，他有些相信眼前的事情了。他也想起了买猪时的情景。这几头猪是从一个陌生的猪贩那儿买的，那贩子说如果不是家里遇到事了，这猪是绝对不会卖的。当时还告诉了他这猪的品种，他听了觉得新鲜，便觉得是骗人。现在他想起来了，这猪很可能就叫黑贵族。

"黑贵族，黑贵族……"他自言自语地念叨着，心里难免有些好笑。既然已经知道了这品种的珍贵，当然就不会轻易卖掉。来人也比较理解这老头不愿卖的理由。但人都来了，总不能空手回去，而且其他的黑毛猪也都不错。就这样，朱洪福抓住机会卖了几头普通黑毛猪，还预售了一些白毛花猪。

这天晚上，冬生买了只烧鸡和下酒菜回来了，跟着一块儿回来的还有儿媳妇。看到儿子和儿媳一块儿回来了，朱洪福心里的一块石头终于落地了。他心里说回来就好、回来就好，嘴上却说早知你俩回来就杀只鸡了。

菜都摆好了，老伴儿又拿出了锡酒壶和牛眼睛酒盅。

朱洪福说："不用那小眉小眼的东西了，换个玻璃杯吧。"

儿子说："还是用牛眼珠子吧，看着你一滋溜一滋溜地喝着，在旁边看着都有滋味。"

儿子说着，自己也换了只牛眼珠子酒盅。朱洪福滋溜了几下子之后，非要老伴儿也滋溜两个，老伴儿只喝了一盅，便死活不喝了。老伴儿心里挂念着孙子，孙子不在眼前，她喝什么都没意思。

眼看着桌上的锡酒壶又要倒了，儿媳妇终于说话了。儿媳妇说："房子问题解决了，是个二手房，虽然窄吧点儿，但位置好，离实验小学隔着一条街，属于学区房。"

朱洪福说："解决了好，解决了好……"

老伴儿问："那得花不少钱吧？"

儿子说："至少得五十万。"

啊！五十万？两个老人尽管早就知道房价的事儿，但还是被吓了一跳。

儿媳妇说："这房子是以我的名字买的，要不然孩子无法落户。因为托了关系，房主答应可以分期付款。孩子的姥爷给垫了一些，我们借了一些，其他的只能一点点地想办法了。"

听到儿媳妇的这番话，朱洪福的酒醒了许多。

他问儿子："还差多少？如果不多的话，等卖完了这几窝猪崽儿，还有几十头肥猪，好歹也能凑个十万八万的。实在不够就把地卖了。那点儿地虽然种不出多少钱来，但因为动迁的事，现在卖了还值点儿钱。"

他老伴儿说："你爸又喝多了，满嘴跑火车。卖房子也不能卖地，地卖了吃啥？把房子卖了吧。咱们家最值钱的就是房子，攒了多少年才攒了套房子，用它给我孙子在城里换个房子也值了。"

朱洪福说："你可闭嘴吧，房子卖了咱住哪儿？"

老伴儿说："我都想好了，就住那栋别野（墅）……"

儿子说："妈，你可真能甩词，硬弄出个别野来。"

老伴儿说："管他别这个别那个呢，反正也是闲着……我不管房主要看房钱就不错了。"

儿媳妇见公婆打嘴仗就觉得烦。为了摆脱尴尬她赶紧叫了一声"爸"，又叫了声"妈"。

儿媳妇说："我们俩来没别的意思，就是想告诉你们，房子的事儿不用你们操心了，我们自己会想办法的。另外，农村的房子再值钱也没人买，村里人家家都有房子，谁有闲钱买那么多房子干什么？城里人想买也买不了。地就更没人敢要了，除非动迁了，那地还能得点儿钱……"

朱洪福见儿媳妇都这样说了，知道自己无论如何得表个态了。他又拿起了锡酒壶把剩下的一点儿酒倒到盅里，然后扬脖一滋溜喝干了，这才直起腰板说道："当爸的今天表个态，这房钱不管剩多少没交，家里必须出一份，虽说包不了葫芦头，也得差不多。我给你们交个底，我手里几万块钱是有的，但我得留着养猪用。眼瞅着沟外开发到了眼皮子底下，那么多人要张嘴吃肉，趁着这热乎劲儿，村里要办个养殖基地，村委会让咱家牵头，等这事儿办成了，规模化养猪肯定赚大钱，到那时买个房子就不算事儿了。现在你们先委屈点儿，再耐心等些日子，只要你们俩能好好过日子，让我孙子能念好书，将来也有个出息……"

　　朱洪福说着竟然有些激动，老伴儿见了赶忙给他冲了碗白糖水。他老伴儿说："瞧你那点儿出息，老了老了还像个小孩儿似的……"说着，就让儿子把他扶下了桌子。

　　因为锅里正炜着猪食，那炕面子便有点儿热，朱洪福迷迷瞪瞪地躺在上边，没多大工夫就被烙醒了。只听那娘仨正聊得热乎，聊完房子聊孙子，聊完孙子又扯到户口上。

　　老伴儿说："这房子的事儿，可是顶天的事儿。现在有了房子，孙子就能扎下根。俗话说有苗不愁长，有了扎根的地方，以后的事儿就不用愁了。"

　　儿媳妇告诉婆婆说："事情才没那么简单呢，有了学区房还不行，孩子必须和家长的户口在一块儿才能让你入学，要不然有房也没用。"

　　儿子说："从结婚到现在，我们仨的户口就没往一块儿落过。"

　　老伴儿着急地问："那你咋不落呢？你赶紧落啊！"

　　儿子说："咋落啊？我们买的这是二手房，我这农村户口是没法子落的。这不，这几天正找人办呢！听说只有钱花到了，才能跟她娘俩落到一块儿去。"

听儿子又扯到钱上了，当妈的就没话了。老太太心想，这养儿子有啥用？那些年穷得饭都吃不上，整天黑白地干，不为别的就为了早点儿把孩子拉扯大，好让他们帮一把手。如果没有扶贫政策和那些好心人的帮助，这一家子人还不知咋熬呢！现在日子好些了，这儿子没借上多少力反倒成了拖累。想到这儿，她轻轻地叹了口气，然后端起饭碗低头走出了屋。到了厨房，老太太把碗往盆里一放，又端起一些剩饭剩菜倒在屋外的鸡食盆里，这才想起应该给自己点支烟。因为儿媳妇气管不好闻不得烟味，老太太便叼着烟来到大门前。

站在门前的石阶上，透过几处被铲平的山脊梁，能看到一些灯光闪烁的建筑轮廓。那些灯光在山那边跳跃着，就像有无数个眼睛在隔空偷看着乡村。老太太一边抽着烟一边看着远方的灯光，当她想起再过一会儿儿子儿媳就要回到山那边时，心里就涌起一股不可言说的愁绪来。她觉得是那些高楼大厦隔断了她和儿子的情感，也让她和孙子之间产生了距离。看着那些怪物似的东西站在黑夜里，她恨恨地想，那城市有什么值得牛气的？回家得爬山似的累个半死，吃点儿菜得跑大老远的用现钱买，放个屁都得夹着尾巴，住着自己的房子还得按月给别人交钱，还有大街上的那些鬼哭狼嚎的汽车，放屁打嗝儿地呛人不说，稍不留神就惹出大事……

老太太就那么思绪万千地想着，越想就越觉得还是住在乡下好，在乡下房前屋后的啥都是自己的，就像老话说的"房前屋后，种瓜种豆，种瓜得瓜，种豆得豆"，你想种什么都自己说了算。现在的房子都盖成砖瓦的了，村路也修成水泥的了，路两边给砌了院墙，家家院子都打扮得花园似的，闲了出门干点儿活，累了上炕烙烙腰……一想起这些，她就找到了感觉，觉得早晚得有那么一天，冬生和儿媳都得争着抢着从城里跑回来，跑到自己身边来。

因为有了这样的想法，她看着远处的那些灯光，突然就有了一种温暖的感觉，就连那露出半边脸的月亮都不那么冰冷了。

二十二

在鸭球子的记忆里，打从娘肚子里出来，他就一直住在池塘边上的屋子里。据说这土屋还是鸭球子太爷从山东逃荒来到这里时盖的，那时这里还是蛮荒之地，太爷领着家人走到这里实在走不动了，见这里土黑又有水，便搭了个窝棚住了下来。起初，那水塘是连着一条河的，鸭球子的太爷领着家人在河边开荒种地，养鸡养鸭，也养活了好几个孩子。后来鸭球子的太爷死了，他的爷爷积攒下了一些钱，全家住进了大瓦房，这老屋便成了帮工住的房子。

老屋前的鸭子河是九龙江的支流，一直自由地流淌了很多年，水流也总是那么清澈欢畅。后来由于上游冒出许多高楼、别墅，这水流便小了。当小河快要干涸了的时候，人们就在河上拦了一道坝。再后来土地承包了，许多水田变成了旱田。老村主任看到鸭球子躺了气喘地领着寡妇妈过日子不容易，便把门前的那快要见底的水库也包给了鸭球子。鸭球子天生就是养鸭子的料，并且像猫一样精明，他雇人在水库边上打了一眼井，再加上那几年雨水充沛，没用多久便蓄满了一池水。在水塘不远处是过去的老河床，因为取土烧砖早已成了垃圾成堆的臭水坑。为了扩大生存空间，他和老妈起早贪黑地用炉灰和河泥填平了那些大坑，让它变成了果园。他在塘里养鸭养鹅，在果园里放起了溜达鸡，没用几年就成了远近闻名的养殖户。因为在外边待的时间长了，空气也干净，他的支气管炎也好了，干起活儿来也就更有劲儿了。见鸭球子日子过得好了，身体也一天比一天强壮，老村主任说："你一个爷们，总不能让老妈洗洗涮涮地伺候你一辈子，快点儿找个娘们吧，好让你妈早点儿抱上孙子。"说着，就张罗给他介绍了个比他小好几岁的四川妹子做媳妇。

秦小芳的老家在大山深处，那一年四川闹震灾，秦小芳家所在的村子虽然没死人，可她家的地却被泥石流给毁了。在吃了一段救济之后，小芳娘说："娃啊，地都没了，你还守个啥，出去寻个活路吧。"就这样，小芳便投奔到在东北搞工程的堂哥来了。

提起媳妇秦小芳，鸭球子既有些愧疚，又有些怨恨，都这么长时间了，他一直想见见老婆孩子，可她们却像在地球上消失了一样没了踪影。自从她领着女儿离家出走之后，他曾找遍了和小芳认识的每一个人。后来老村主任看他怪可怜的，就给了他一个电话号，说："你试试这个吧，她要是接电话你还有希望，她要是不接，你就别指望人家回来了。你有了钱就作，实在是让人家伤透心了。"

鸭球子按照老村主任给的电话号打了好多次，一开始是无论怎样打都不接，后来再接着打下去对方就直接关机了。

在老村主任的指点下，鸭球子按着小芳以前说过的老家地址去了趟四川，虽然没找到老婆孩子，可回来不久小芳的电话就打过来了。

秦小芳问："有事儿吗？"

鸭球子说："就想见见孩子。"

秦小芳说："见什么见，你还有脸见孩子吗？看那俩钱把你烧的，吃喝嫖赌你哪样没学会？就差吸毒贩毒了。"

鸭球子说："我知道错了，你给我一次机会吧。"

秦小芳说："我都给你多少次机会了，再给你机会我就不是人了，我让人搞死都不知道是怎么死的。"

鸭球子说："你大人不记小人过，这都是让拆迁给害的，没有拆迁哪来的这么多事儿。"

秦小芳说："这都什么时候了，你还往拆迁上扯，你还是不是人了？拆迁公司的确拆了咱的房子，可人家给了你那么多钱。人家既没让你去赌，也没让你去嫖。还有你老妈，她不是嫌我不能生儿子吗，你让她生好了。"

秦小芳越说越激动，越说越生气，弄得鸭球子插不上半句话，不得不放弃了通话。

后来鸭球子想让老村主任给说和说和。

老村主任说："现在这吕家岗子都分成两半了，沟外也都占没了，我也早不是什么村主任了。按理这事儿我不该管，你该找现在的村主任去。可当初是我给你们介绍的，所以有的话我还得说。当初你要是听话能有今天吗？你妈和你老婆都劝你找个正经活儿干，哪怕是做点儿小本生意，你却这干不了，那干不了的硬要装款爷。你以为那些补偿款是那么好花的吗？那是你们活命的本钱啊。这回好了，地让人占了，根本没了，你跟个病猫似的，还有脸见老婆孩子？既然都分手了，就不要再见面了，省得两头都烦心。"

听了老村主任的话鸭球子恨不得找个地缝钻下去，可他又不得不硬着头皮听下去。因为老头子说的句句是实，句句在理，说得他心服口服，懊悔不已。老头子的话，也让他想起了一段最艰难的日子。

那是怎样一段惊心动魄的日子啊！每天铲车、推土机狂欢着围着他的院子耍泼，外边灰土暴尘，连空气都散发着疯狂的气味。道路没有了，电也没有了，连赖以生存的那眼机井都变得不听话了。起初还有人愿意帮助送些生活生产资料，后来没有人愿意登门了。因为饲料供应不上，环境受到了破坏，鸡鸭不再产蛋，并且陆续死亡。这些困难并没有吓倒鸭球子，他白天杀鸡宰鸭装硬汉狂欢作乐，夜晚如临大敌时刻戒备。时间久了，面对那些趁着黑夜扔进来的爆竹和石块，就连他的看家狗和大鹅都习以为常了。

最难忘的是那个疯狂的早晨，鸭球子被一阵狗叫声惊醒，他急忙起床跑到院子里，隔着铁丝网他隐约见到贺知章那熟悉的身影。

贺知章气喘吁吁地说："你怎么不接电话？"

鸭球子说："手机早就没电了。"

贺知章说："快点儿做准备吧，强迁的人正往这儿赶呢，光铲车就有好几台。"

贺知章转眼就消失得无影无踪了。鸭球子喊醒了老娘和媳妇小芳，放开了关在笼子里的狗，撒开了院子里的鹅，并在大部队到来之前在房子周围堆放了一圈见火就着的苞米秆儿，在房上堆起一垛劈柴和一只汽油桶。没过多久鸭球子的院落就被包围了，排在最前边的是狐假虎威的铲车，跟在后边的是身穿蓝衣服的执法人员。动迁人员出面喊话，让鸭球子出来谈判，说是再给他一次机会。鸭球子身穿装满鞭炮的背心，站在大铁门里边与人对话。他说都到了这个分儿上了，还有必要谈吗？还是那句话，该给我的，就得给我，不该给的，给我也不要。说着便走到房前的柴火堆里。一个黑衣人一挥手，执法队伍开始行动了，铲车先是扒倒外围的铁丝网，几个黑衣人手拿灭火器跟着向鸭球子靠拢，就在大铲要落在院墙上的瞬间，鸭球子突然点着打火机。

就在鸭球子把打火机伸向炸药引信的瞬间，鸭球子妈突然从房间里冲出来扑向儿子，只见她一把抱住鸭球子说："你不能死，要死妈跟你一块儿死。"

妈妈的行动让鸭球子惊呆了，那已经点燃的打火机瞬间熄灭了，房上的小芳目睹了这一切，她不顾一切地从房上跳了下来。由于这一切来得太过于突然，鸭球子只能呆呆地被老妈紧紧地抱着，并且眼睁睁地看着铲车在墙上扒开了一个豁口，这使他绝望地想到一切都将失去，一切都将化为乌有，天就要塌下来了。

就在他挣扎着想再次点着打火机时，他猛然发现，现场的机械设备不

110

知什么时候停止了轰鸣，那一只只疯狂的钢铁怪兽好像被点了穴似的僵死在那里，那些正在围拢而来的执法人员也定格成失去能量的机器人。后来，随着几声呐喊，周边的人开始逐渐散去，一阵阵轰鸣声再次响起，那些铲车开始垂头丧气地撤离现场。

再后来，有消息传来，说负责这次行动的官员被撤了职，负责这片拆迁的原拆迁公司人员被调离岗位。鸭球子的行动受到新闻媒体的关注。尽管这次强迁行动以执法部门自动撤走而结束，动迁部门也告诉鸭球子说行动被无限期中止，但他的院落还是被强制拆除了。

与上次强迁不同的是，这一次拆迁是得到鸭球子默认的，表面上看他的房子是一夜间被强制拆除的，实际上政府在事前又多次与他进行沟通，并且开发商按照评估价多给了他不少钱。

这笔意外的横财让他的头脑好像喝多了烧酒似的有些云山雾罩，他觉得这一切都是顺理成章的事儿，这一切也都是他应该好好享受的。自己再没必要像过去那样汗流浃背地从土里刨食了，再也不用看别人的脸色去低三下四地赚点儿小钱过日子了，他要像城里人那样过体面生活，要像有钱人那样活得有尊严。

回头想想，鸭球子觉得那段日子还是蛮风光的，穿貂皮、坐好车、抽名烟、吃大餐，连打麻将都是大筹码的。不论走到哪里，在什么场合下，人们都称他老板、老大，似乎早就忘了那个满身鸭屎味的鸭倌，忘了那个灰土暴尘的泥腿子。

鸭球子正沉浸在遐想之中，猛然听到楼里有人喊来电了，他不很情愿地睁开眼，然后又慢慢地闭上了。在短暂的欢呼声之后，楼道里暂时又恢复了平静。

随着防盗门的开启声，楼道里响起了一阵沙哑的歌声：朋友啊朋友，你可曾想起了我？一听到这声音鸭球子身上就起鸡皮疙瘩。这杨老三本来是沟外的一个混混，也是贺知章的一个马仔，曾经因为盗卖村里的变压器被判了刑，出了局子就到市里倒卖汽车去了。后来竟穿着光鲜的衣服成了小老板。由于消息灵通，趁着没动迁他便回村买了两套房子，又在自家地里扣了几百米大棚，在前期动迁中着实发了一笔小财，也让鸭球子羡慕了一阵子。如果不是后来发生的事，鸭球子也不会打心眼儿里烦他、咒他。还朋友呢，其实最不讲究的就是你杨老三。当初，你要是不给老子介绍那个传销的事儿，老子能让人骗去那么多钱吗？还有那台宝马车，要不是你张罗去自驾游能撞报废么？还有那一次又一次的赌局……想起这些，鸭球子便想出去教训教训这个王八蛋，可一想到他那虎背熊腰的样子，想到那青龙缠绕的文身，人还没站起来呢，身子便矮了半截。还没等鸭球子挺直腰板，一阵脚步开始重重地敲击着楼板，一直敲到他家的门前。只听杨老三喊道："老鸭，老鸭在家吗，走，走，跟哥们喝两杯去……"杨老三正喊着，就听楼上传来脚步声和女人的叫骂声："喝喝喝，就知道喝，咋不喝死你！"

杨老三在走廊闹哄了一会儿就被老婆叫骂着接回了家。

没过多久，随着铁门的轻启轻落，走廊里响起了老人孩子的对话声。听到这声音，鸭球子眼前立刻浮现出一个黑黑的、一个红红的身影在雪地中移动的情景。他知道这是原来的村会计老万头接孙子回来了。老万头的儿子和儿媳因为地没了，一时又找不到工作，便在亲戚的介绍下跑到深圳打工去了，孩子就由爷爷奶奶带着。动迁后原来的村小学拆了，附近好一点儿的学校又因为户籍和身份问题进不去，老万头便一狠心花了不少钱把孙子送进一所民办的双语学校。因为距离学校太远，一时又无法让孩子住校，这接送孩子的事儿就成了老万头每天的必修课。

鸭球子打小就听老人说起过，说老万家和鸭球子两家祖辈当初一块儿闯的关东，一块儿在鸭子河边落脚，一块儿娶妻生子，唯一不同的是老万家的祖上好赌，在土地改革之前就把家产赌没了。而鸭球子家从他太爷张金斗开始就严守朱子家训，把吃喝嫖赌视为大忌。

当年，老万家落魄的时候鸭球子的爷爷没少接济他家，虽然没有斗金海量的相送，十升八升的相助还是常有的事。而到了鸭球子家落难时，老万家也没少帮老张家。那一年鸭球子老爸死了，埋在雪地里的那口白皮棺材就是老万头的爹给弄的。如果不是因为这次拆迁，两人绝对不会弄到见面不说话的地步。

这事儿还得从老万头那八十多岁的老娘说起，一听说这一带要拆平房盖高楼实行城镇化，老太太就高兴得睡不着觉。她说刚解放那阵子就盼着能享受到楼上楼下、电灯电话的好生活，几十年过去了，电灯电话早就不是什么稀罕事了，高楼却一直没住上。快入土的人了，没想到还会盼到这一天。打自家的房子拆了后，老太太就盼着回迁那一天，可因为鸭球子家占着回迁楼的位置，工程一直无法开工，老太太竟急出一场大病来。就为这事儿，老万头还领着人先是劝鸭球子见好就收，赶快搬家，后来竟发展到往鸭球子家院里扔砖头，而鸭球子则愤怒地往出扔了一通臭鸡蛋。再来眼看着老人的病情一天比一天严重，为了满足老人上楼的愿望，老万头让人把老娘抬到没有封顶的楼里看了一眼，老万太太这才恋恋不舍地离开了这个世界。

老太太的死，让老万头对鸭球子产生了怨恨，也让过去的街坊邻里对他有了不好的看法。在人们的眼里，他已经不是过去的鸭球子了，那个老实憨厚的鸭球子早已经死掉了。一个钻到钱眼里的赖皮，一个不顾父老乡亲情面的钉子户就横在眼前。当初，对这些事情的前因后果和利害关系鸭球子并没有想清楚，现在一切想明白了却已经没法补救了。一想到这些他就有些愧疚，心里就不是滋味。他情不自禁地走到房门前，透过猫眼往外看，一直等到祖孙二人慢慢地路过门口，他想出门，却又碍于面子，只能听着他们一步一步地走上楼去，这才又回到窗前坐下了。

看到老万头祖孙那种相依相偎的亲热劲儿，鸭球子就打心眼里羡慕，羡慕人家有根有脉其乐融融。而鸭球子自打和小芳结婚后，鸭球子妈就没少说过："一个羊是赶，两个羊也是放，孩子多了好养活。"可力气没少出，心思没少费，鸭球子就是侍弄不好自家的地，小芳的肚子好不容易被弄大了，却生了个丫头。为了再生，鸭球子妈让小芳吃鹿胎、喝王八血，用所谓的公鸡腰子炖贝母鸡，可怎么鼓捣小芳的肚子就是鼓不起来。小芳被折腾得实在受不了，晚上就死活不让鸭球子亲热。

后来鸭球子憋闷得没办法，便拼命地干活儿，狠劲儿折腾自己。也就是在那个时候，招娣的命运阴差阳错地和他连在了一起。

鸭球子就那么傻傻地坐着，什么也不想干，只是默默地倾听着。此时，他在期盼一个声音的出现，那是怎样一种声音啊，轻盈得像风儿在吹，像鸟儿在飞，像楼道里飞进一只百灵，歌声会像云朵一样飘上楼去。

鸭球子已经很长时间没见到招娣了，自打小芳去她打工的饭店闹过几回之后，那个小饭店就黄铺了，招娣也不知去向了。现在招娣在楼上租的房子还空在那里，偶尔会有小姐妹来收拾一下。鸭球子曾给她打过很多次电话，她有时接，有时不接。鸭球子问她做什么呢，她只是说她现在很好，不要惦记她。

招娣的家也在这个城市，是这个城市另一边的城乡接合部，人们都习惯把这样的地方叫街边子。招娣家所在的村子人多地少，家里姐妹多，她又是个超生品，所以她从小就没得到享有土地的权利。后来那地方被开发了，这个没有户口的小姑娘，更成了姥姥不亲、舅舅不爱的黑人。

鸭球子知道，招娣是没地方可去的，她只能不停地打工，不停地变换地方，或者是找个人家赶快把自己嫁了。

二十三

正是稻子扬花的时候。朱洪福乐得屁颠似的走出银行，他心情忐忑地攥着那张卡片，攥紧了怕弄坏了，手松了又怕弄丢了。他就那么站在银行门口的台阶上，有好几次想回去把卡再换成钱，却又怕太张扬招贼惹祸。

市里修城际铁路，他家的地像割肉似的被从坡顶抽掉了一条子。征地费加上青苗钱一下子给了十几万。他取出那十几万，再取出卖猪的钱凑了个整存到一起。存完了他又取出十万元，想替儿子偿还买房的债。

他没有直接去城里，他想先让老伴儿看一看，看看这张值钱的卡，让她摸一摸十万块钱的新感觉。他先是把卡攥在手里，后来又放在上衣的口袋里，最后又放在一侧的裤兜里。在回家的路上，他每走一段路都要摸一摸那张卡，后来那只摸卡的手便粘在兜里了。

快到家的时候，张老大从后边赶上来了。

张老大问朱洪福："咋的了？"

朱洪福说："没咋的。"

张老大说："你走路都像挎筐似的，还没咋的？"

听张老大这么说自己，朱洪福把手从兜里抽出来说："你嘴咋这么损呢？说句人话能累死你吗！"

张老大怕再弄出点儿事儿来，便蔫了下来。朱洪福本想不再搭理张老大，却又不想把事儿做绝了。他主动搭讪说："上次那事儿也不全怪你，是我先打了你。"

张老大说："这都哪年的事儿了，连我都忘了，你咋还提呢？"

朱洪福说："能不提吗？听孩子说，我住院时这地还是你帮着种的呢。季节不等人，要不是你主动帮着把地种完，这地非撂荒了不可。"

张老大说:"咱们都是光屁股一块玩土坷垃长大的,我是啥人你应该知道,只要你不记恨我就行啦。"

两人聊着聊着就聊到征地的事儿了。

张老大说:"你那块地咋没全占呢?就占了那么一条条,以后打条垄都费事儿了,地头地脑的还不够抹牛的呢。"

朱洪福说:"为这事儿我找过动迁办,动迁办说规划上就那么划的,线放到哪儿,哪儿就是法条,是没法改的。动迁办主任说,我们也想都给你占了,都占了好算账,也省事儿……可火车就那么宽,你能把铁路修成广场吗?"

张老大说:"不管怎么说,你还是得到了好处。你看我,就那么点儿地,像个奶嘴似的扔在那,裹着吃不饱,扔了又可惜。只有占了,才能值点儿钱。"

朱洪福说:"好饭不怕晚,铁路都修到家门口了,这些地早晚都得占了。你就好好等着吧。"

两人又说了几句话,眼看就到家门口了,张老大突然神神秘秘地拉了他一下,朱洪福立刻把手又插到口袋里。

张老大问他:"俺家老二没找你吧?"

朱洪福说:"没有。"

张老大说:"没找就好。"说着便走人了。

看着张老大远去的背影,朱洪福心里暗暗嘀咕,张家老二是个万事不求人的主,平时连个鸡蛋都想掰着吃,这样的人找上门来可没什么好事儿。

朱洪福回到家,掏出银行卡还没等他显摆呢,老伴儿就告诉他说:"张家老二来找过你好几回了,阴沉着脸,问他有什么事儿?他又不说。"

朱洪福说:"别搭理他,咱又不欠他什么,他脸皮砸着脚面子跟咱有屁关系?"说着,就把卡递给老伴儿看,老伴儿接过卡翻过来掉过去地看了看，然后又赶紧交回到朱洪福手。她有些不放心地说："我觉得这卡片还是不如钱实在，你可得放好了。要不然，你下午赶紧给儿子打电话，让他把这卡片取回去。搁你这放久了容易出差错。你忘性大，可别忘了密码。"

朱洪福给冬生挂了电话，刚吃完午饭，张家老二就推门进来了。朱洪福说："你咋连门都不敲一下，吓了我一大跳！"

张家老二说："敲门怕你躲起来。"

朱洪福说："你又不是鬼，我躲你干什么？你有啥事儿快说，我正要睡一觉呢。"

张家老二拉着他的衣袖说："你先跟我走一趟，到地方你就知道啥事儿了！"

张家老二拉着他出了门，来到朱洪福家坡地下边的一块稻田边上，然后指着地里的稻苗说："你给看看，这苗咋会这样呢？"

朱洪福知道这是张家老二今年新改的地，以前也种玉米，因为挨着自家的坡地，地势又低，年年涝洼，所以才改成水田。此时正是稻子扬花的时候，别人家的稻地都飘着香味，稻子也都青郁苗壮。可眼前的稻子不仅没有扬花，长得也蔫黄打不起精神。朱洪福围着那块田转了转，又扯了一根苗看看。

朱洪福说："这没病又没虫的，不是缺肥就是打药打大了。"

张家老二问："打啥药能打成这样？"

朱洪福说："谁知你打啥药了？这又不是我家的地。"

张家老二说："跟你实说了吧，我这地根本就没打药。"

朱洪福说："没打药能这样吗？"

张家老二说："我家没打药，不等于别人家没打药……"

朱洪福说："你啥意思？难道是我往你家地里打了药？"

张家老二说："我都问明白了，这地之所以弄成这个样子，都是因为你家，你家打除草药时打大了，都流到我家地里了，稻子地用除草的药泡着，这稻子还能长好吗？"

朱洪福知道他指的是春耕的事。当垄台被破开后，先要有人扛着化肥袋子往垄沟里撒底肥，撒完肥了再用犁合成新垄，剩下的事儿就是点种和打封闭药了。那封闭药一般都是用几种杀草剂按比例配置成的，这种封闭药只杀草，却不会影响种子发芽生长。如果封闭药没有按比例配置好，或者打多了，那就不是封闭的事儿了……

春耕的时候自己正闹病，是张老大和那个帮工给种的地。都是邻里乡亲的，也不会有人存心想害自己啊！想到这里，朱洪福突然有了底气。他说："我家这地还是你哥帮着种的呢，那阵子我闹毛病，懒得连二遍药都没打，怎么会影响你家呢？"

张家老二说："这得问你儿子，封闭的药是你儿子打的。药是咋配的俺不知道，但肯定是多打了。因为那几天下了场大雨，那药便被雨水冲到俺这地里了。当时俺就寻思过，该缓苗了，别人家的早就挺起来了，俺家的却霜打了似的。后来好歹挺过来了，哪曾想却是这个结果。"

朱洪福说："我家冬生是种过地的。再说了，没吃过猪肉，还没见过猪跑吗！那药瓶上写得明白，他又不是瞎子，哪能连个药都配不好呢？"

张家老二说："你还真把你儿子当能人呢？实说了吧，你儿子干别的或许是个好手，可他种地就是个半拉子。"

张家老二说着，伸手从水沟旁的草丛里拎出一个水桶倒在地上，立刻便有一堆农药瓶子滚了出来。朱洪福捡起一个药瓶看了看，然后又扔到地上。他拍了拍手说："张老二你啥意思？你是想讹人咋的！"

张家老二说："啥叫讹人？这都是在你家地头捡的。你家多大点儿地啊，打这么多药？你想药死人啊！"

朱洪福说："这两边这么多地呢，你咋就认定这些瓶子是我家的呢？告诉你，你想讹人找错对象了！"

朱洪福说着说着脸色就有些变化，胸腔里也有股气往上涌。那张家老二本来是很蛮的一个人，今天却突然有了变化。他看到朱洪福的脸色都变白了，就想起本家大哥与朱洪福因为玩笑吵架的事儿。其实，关于打药的事儿他也是听说，并没有亲眼见朱洪福儿子怎样配药、怎样打药。那些药瓶子是在这地头捡的不假，却没抓到谁的手脖子。一想到这些理屈的地方，他便没敢再高声说话。

那朱洪福也是有了教训的，知道自己心脏有毛病，所以也咬咬牙把一股气咽了下去。

两个人就那么闷葫芦似的站了一会儿。当朱洪福缓过神来正要离开时，只见张老大慌慌张张地和朱洪福老伴儿一块儿往这边找来了。张老大见面连话都没说一句，拽着他兄弟就走了。

朱洪福老伴儿却相亲似的打量着他，然后一连问了好几句："你没事儿吧？你没事儿吧……"

朱洪福说："我能有啥事儿啊？"

朱洪福老伴儿说："没事儿就好，没事儿就好，咱们赶紧回家吧。"

老伴儿说着便拉着他的胳膊往家拽。还没走上两步呢，朱洪福把手一甩，然后一脚将跟前的一块黄泥踢出老远，这才蹶得蹶得地走下山坡。

二十四

冬生很快就赶回家了。看到儿子兴高采烈的样子，朱洪福却怎么也高兴不起来。他闷闷地坐在炕边上，脑袋耷拉着像被霜打了似的。老伴儿怕他再憋屈出什么毛病来，就给他冲了一杯水说："儿子回来了，你跟儿子说说吧，那张老二找你到底啥事儿啊？"

听了老伴儿的话，朱洪福这才抬起头，然后喝了几口水问儿子说："开春种地时那封闭药是你打的吧？"

　　冬生说："是啊，我看那点儿药不够，还特意去种子店多买了几瓶。配药时我怕弄不好，还是张老大帮我加水弄的呢。"听了儿子的话，朱洪福说："这地没法种了，再种就弄出人命了。"

　　从一进门看到朱洪福那心事重重的样子，冬生就有些蒙圈。尤其是听到种地弄出人命这样的话，他就更加丈二和尚摸不着头脑了。他担心老爷子是舍不得往出掏钱，是临时找借口，但直觉又告诉他，老爷子肯定是受到了什么委屈。他试探着问老爷子："你这到底是咋的了，种地咋还弄出人命了？"

　　朱洪福并没有直接回答儿子的话。儿子的话似乎应了张家老二的说法，是个永远也长不大的半拉子。那些药瓶是最能说明问题的，这些年自家的那块地该打多少农药是有数的，每年种地时儿子就在旁边看着，他应该心里有数，可他根本就没往心里去。这药害的事儿随着张老大的出现似乎是平息了，因为事情涉及张老大本身，所以他拉走了自家兄弟。他不想把事情弄大，怕引火烧身。但凭着张家老二那性格，他才不吃这个哑巴亏呢。还有后坡鱼塘的事儿，前些日子那塘里的鱼突然就死得干净，连指甲盖大的鱼苗子都漂起来了。那鱼塘也挨着自家的地，同样也是发生在下大雨之后，都是打封闭药那阵子的事儿。如果较起真的话，那巴掌大的稻子地还好说，每亩地能打多少稻子、能卖多少钱都是明摆着的。可那满塘的鱼却是赔不起的。一想到这些，他就有了一种恨铁不成钢的想法。如果儿子能用点儿心在父母身上，煞下心来学点儿农活，就不会惹出这么大的乱子。这种想法使他犹豫，口袋里的十万元卡片该不该这个时候就拿给儿子？儿子在城里闯了这么多年了，原本希望他能混个自食其力，却至今还在漂着，连个城里人的名分都没混上。口口声声说要给自己和老伴儿养老，却连个孩子都伺候不明白。如果这样下去，不仅眼前的祸事没钱解决，恐怕连养老的钱都得被榨干。

冬生见老爷子犹犹豫豫的样子难免有些着急，就悄悄问他妈说："我爸这是咋的了？打电话让我回来，回来又不说话……家里有啥事儿没？没事儿我就走啦？"

听了儿子的话，那当妈的本想把张家老二的事儿告诉他，却又怕他和人家打起来，把事情弄大了。她吞吞吐吐地正没主张，张家老二突然又找上门来了。

张家老二先是在门口转了转，然后又探头探脑地向院里张望着。因为窗户开着，里边的活动一目了然。他见朱洪福的儿子在家，那已经跨过门槛的腿脚便有点儿不那么灵活。他正想退回到门外，却被屋里的年轻人瞄上了。还没等朱洪福反应过来，冬生已冲出了房门。冬生问张家老二有啥事儿，张家老二便把药害的事儿说了。

张家老二说："我不是想讹你家，只是想讨个说法，我家的地在你家坡地下面，又是水田地，总不能年年让药水泡着吧？"

冬生说："我把药打到自家地里了，打多少跟你有一毛钱关系吗？告诉你，你要是再整事儿，我跟你没完。"说着就撸胳膊、挽袖子的有动手的意思。张家老二因为有过教训，虽然嘴里仍旧硬气地说："你不讲理，我找村主任去。"那腿早已退到大门外了。冬生正要追出来，却被他妈拦住了。朱洪福老伴儿拦住了儿子，又把儿子推进院，

朱洪福老伴儿出门叫住张家老二。她问到底是怎么回事儿，张家老二便一五一十地把事情说清楚了。

听了张老二的话，朱洪福老伴儿说："以后有啥事儿你就跟我说，别跟孩子一般见识。我家老头跟你哥的事儿你也知道，要不是看在邻居的情面上，那住医院的钱肯定是要有个说法的。眼前这地的事儿也是好商量的，

让村主任找人给看看，看看到底是咋回事儿？不过丑话得说在前头，你那水田地是后改的，我家那大田都种了多少年了，总不能因为你改了水田，我家就不种苞米了吧？"

听了老朱太太这些不软不硬的话，张家老二知道单靠两家扯皮是解决不了问题的，现在想不找村主任出面都不行了。想到这儿，他跟老朱太太说："我哥是我哥，他的事儿跟我没关系。这地的事儿就按你说的，让村里给评评理，我那几亩稻子总不能白种了！"

起初，儿子和老伴儿的一进一出并没引起朱洪福的注意，后来张家老二那公鸭嗓音不经意间传了进来，他这才注意到儿子那充满怒气的脸。他赶忙放下手里的碗，慢慢地来到门前想跟张老二商量商量，好让事情平息下来。可当他走出院子时，只见张家老二已经走远了。

张家老二和老伴儿的对话，朱洪福听得一清二楚。看着那个远去的背影，他心里有了要下雨的感觉。张家在村西，张老二往村东匆匆而去。正是大晌午时间，他不回家能上哪儿去呢？朱洪福心里清楚，这个火燎腚似的家伙不是去村主任家，就是去贺知章那儿整事儿去了。

看见朱洪福一脸阴云地出来了，他老伴儿说："这是看着咱家被占了点儿地，眼红啦！"

朱洪福说："这动迁办的尽不干人事，要不然就都给占了，地没了咱们没了牵挂，拍拍屁股也好走人。这可倒好，像割眼皮似的拉了一条条，给点儿钱也像拉屎似的，真是折腾死人了！"

见老头子又扯到钱上了，老伴儿便想起给儿子还钱的事儿。她悄悄拉了老头一把说："你把那卡赶紧给儿子吧，你忘了让儿子回来干啥啦？"

朱洪福说："没忘，这么大的事儿能忘了吗！"

当老两口回身要往院子里走时，却发现儿子已经站在身后了。冬生说："妈，你刚才就不该拉着我，像张老二这种沾边赖的人，就是欠揍。他不是能到处找吗？让他找好了，等哪天让我堵住的，你看我不揍扁他。"

朱洪福老伴儿见儿子又犯浑，赶紧堵住他的嘴说："你可不能到处乱说，这要是让人听到了，那张老二真要是有个三长两短的，你就是长一百张嘴都说不清楚了。有理走遍天下，没理寸步难行。不管遇到啥事儿都得讲理，讲法治，你在城里干了这么多年了，咋连这都不懂呢？"

冬生说："你们就是让人欺负惯了，怕这怕那的，我才不吃那一套呢。"

见老伴儿劝说不了儿子，朱洪福推了一把儿子，然后拉拉着脸子说："你还嫌事儿不够大啊！让你回来是要商量正经事，又不是让你打架的。你都多大了？还这么让人不省心。"说着，就三步一推、两步一揉地把儿子弄回到屋里。

进了屋，等几个人都心平气和了，朱洪福从贴身口袋里掏出那张卡片，又翻看了几遍，这才让老伴儿递给儿子。

朱洪福说："这是占地补偿的钱，一共是十万块。我和你妈商量了，先给你拿去还饥荒。我们算过了，可能还差一点儿，等秋后再卖几窝猪就能给你凑齐了。"

听了老爸的话，当儿子的并没有立刻接老妈手里的那张卡。他先是推让说："这钱还是你们留着养老吧，房子钱我们会想办法的。"

那当妈的说："你还是拿着，家里的地也是有你一份的。既然这地都占了，你那一份补偿就该你得。你爸都说了，无论如何，再也不能让你为难了。现在政策这么好，我们俩趁着还能弯下腰，想多养些猪，多给你们赚点儿钱。"

朱洪福说："我许过愿的，你就拿着吧。"

见两个老人都劝自己拿着，当儿子的脸上便很灿烂地出现了笑模样。朱洪福见儿子接了卡，心里就松快了许多。他扯过炕上的一个纸盒子，慢慢地给自己卷了一支烟。老伴儿见他又要抽烟，便抢先拿起盒子里的打火机，然后生气地说："都跟你说过多少回了，心脏有毛病少抽点儿烟，你就是不长记性。"

朱洪福说："都抽了这么多年了，你现在让我戒烟，那还不如让我早点儿死呢。"见老头子这么说，老太太便跟儿子说："瞧你爸这德行，真是拿好心当了驴肝肺。"

儿子说："爸，我妈都是为你好，你就不要抽啦。"

朱洪福说："抽支烟死不了。你看见谁是抽烟抽死的？"

看见老爸这么固执，当儿子的便不想再磨叽了。他跟朱洪福说："你要是实在戒不了，我去给你买两条细杆烟吧，那种烟尼古丁少。"说着，起身就要走。这时，只听老妈说："你是有钱没地方花啦？什么粗杆细杆的……什么都别给他买。"

眼看着就要走出门了，冬生突然停住了脚，他把老妈拉到门外说："你问问我爸，这银行卡的密码是多少？"听了儿子的话，那当妈的便急忙进屋跟朱洪福说："你儿子问你那卡的密码是多少？"听老伴儿这么问自己，朱洪福这才想起忘了跟儿子说密码了。

朱洪福叨叨咕咕地跟老伴儿说了几个数，老伴儿没听清，让他再说一遍，朱洪福刚刚又说了头几个数，那后边的就记不清了。老伴儿说："你再好好想一想，你要是想不起来了，那钱可就没法花啦。"

朱洪福嘴上说好好想，可就是说不出具体数字来。冬生见老爸想不起来了，就把卡还回到老妈手里。老妈问他："这钱你不要啦？"

冬生说："你让我爸拿着卡想，说不定就想起来了。"

朱洪福见老伴儿把卡拿回来了，就有些挂不住脸。

他激头掰脸地对老伴儿说："都是你搅的，抽支烟你也瞎吵吵，弄得我把号码给忘了。"

老伴儿说："你真是拉不下来屎怨地球没有引力，这能怪我吗？你早就被烟熏坏了脑子，早就不长记性啦。"

朱洪福说："你都抽一辈了，你咋不戒呢？"

两个人正你一嘴、我一嘴地瞎吵吵，冬生突然又进屋了。朱洪福见儿子又回来了，便立刻消停了。

老伴儿问儿子："你咋这么快就回来了？"

儿子说："你没听到外边的大喇叭正喊我爸的名字吗？"

听了儿子的提醒，朱洪福这才注意到外边的喇叭声。他赶紧趿拉着鞋跑到院子里，只听大喇叭里王大嗓正喊在兴头上：

"村西头的朱洪福注意啦！村西头的朱洪福注意啦！听到广播马上到村部来一趟。听到广播马上到村部来一趟。如果朱洪福没听到，请听到的村民马上到老朱家告诉一声。"

听到大喇叭里喊父亲的名字，冬生说："这老王头真是广播有瘾了，用手机通知一下多省事！他非得弄这么大个动静。这是怕别人不知道？还是想砢碜人呢？"

朱洪福说："他都喊多少年啦，过去给村长喊，现在给村主任喊，喊习惯了连电话都不会扒拉了。"

老伴儿跟朱洪福说："这肯定是张家老二在整事儿。你还去吗？要么，还是我去吧。你那毛病还没好呢，别把你气个好歹的。"

冬生说："你们俩都在家待着，我去。药是我打的，又没打在他家地里，他凭什么讹咱家！"

朱洪福说："话不能那么说，人家凭什么？还不是你扔的那些药瓶子，咱这巴掌大的地，咋能打那么多的药？你以为那是饮料呢？"

老伴儿说："这还没上阵呢，自家就打起来啦。你就在家待着……官还不差病人呢，一会儿我和儿子去见村主任，我看他能把我咋的。"

朱洪福和冬生娘俩几乎是脚前脚后进了村部。只见村主任吕新林正和张家老二说些什么，旁边还坐着那个女大学生村官陈晓冬。见朱家三口人都来了，吕新林便站起来打了个招呼说："都来啦？"

朱洪福说："都来了。"

吕新林说："都来了好啊，那就找个地方坐下吧。"

听了吕新林的话，冬生气势汹汹地在张家老二对面找了个地方坐下了，那眼神像刀子让人很不舒服。朱洪福迟疑了一下，在门旁坐下了。朱洪福老伴儿没有坐下，她来到吕新林跟前，先是靠着桌子就在那儿站着，然后又麻溜地拿起桌上的烟给自己点了一支。

吕新林说："你真是拿自己不当外人啊！"

朱洪福老伴儿说："不管怎么论，你都得管我叫姑。"

吕新林说："行啊，叫啥都行。姑奶奶求你一件事儿呗……"

朱洪福老伴儿说："你还有求我的时候……"

吕新林说："我求你也坐下呗，你这么挡着，我没法办公啦。"

朱洪福老伴儿说："就站在这儿好，离你们近点儿，听话能听清楚。"那大学生村官见她一副打架的样子，便主动站起来，然后把椅子挪给她，劝她也坐下了。

见大家都坐下了，吕新林说："都是沾亲带故的，也不用藏着掖着了，张老二你不是说老朱家打药把你家地祸害了吗？现在人家来了，你说说到底咋回事儿啊？"

那张老二见村主任让他先说话，便像倒豆子似的稀里哗啦地说了一大堆。说完了又从椅子后边拎出个黑塑料袋往地上一倒说："这就是他们打药的证据。"

朱洪福见他把那些药瓶子又捡来了，便气不打一处来，他走过去踢了那袋子一脚，然后气冲冲地说："这药瓶子到哪儿都能捡一口袋，谁能证明这就是我家用过的？"

张家老二说："我有证人，能证明那药瓶是你家用过的。"

冬生说："我知道你说的证人是谁，你问问你大哥，你问他敢来当证人吗？我家打封闭药时就是他帮我配的药，连一瓶药配多少水都是他告诉我的。这配多配少的我都没挑毛病，你倒来事儿了。再说了，那药打多打少是我家的事儿，跟你有关系吗？"

张老二说："咋没关系？你那药打多了，都流到我家的水田里了，那稻子能长好吗？不信你到地里看看去，你看那稻子都让你们给祸害成啥样了。"

见两家人各说各的理，根本就没有和解的意思，吕新林和陈晓冬商量了一下说："咱们再找两个有经验的，大家一块儿到地里看看，看看到底是咋回事儿。"说着，吕新林就用大喇叭喊来了旱鸭子和老泥鳅。

旱鸭子有恐水症，却天生是种地的庄稼把式，曾经在黑龙江建设兵团当过机耕手；老泥鳅家的地都是水田，种了几十年了，人黑瘦，鬼精鬼精的。

出了村委会大院，张家老二在前边领着，几个人顶着日头跟在后边，抽支烟的工夫就到两家的地头了。几个人看了看朱洪福家的地，又看了看张家老二的苗。旱鸭子从朱洪福家的地头一直走到坡顶，又从坡顶绕了回来。老泥鳅则围着那水田转了又转，还抓了把稀泥在手上捻了捻。看他们转够了，看够了，吕新林说："到底咋回事儿啊，大伙儿得说话啊？"

旱鸭子说："老朱家这地封闭得真好，这都啥时候了还寸草不生呢。看来这药的确是没少打啊。"

见旱鸭子话里有话，冬生就有些不高兴，他瞪着眼睛跟旱鸭子说："你啥意思啊？"

旱鸭子说："没啥意思，主任让说，我就说说。"

老泥鳅见冬生有点儿急眼了，便看了看冬生，又看了看张家老二说：

"这天气，也太热了！"说着就要走人。吕新林见了一把拉住他说："让你来帮着解决问题，又不是来看热闹，怎么能说走就走呢。"

老泥鳅说："我有事儿，我老妈有病了，我得看看去。"

吕新林说："那也不行，得把话说完再走。"然后又跟冬生说，"有你爸你妈在这儿，还轮不到你说话……"

听吕新林这么说冬生，朱洪福便走上前拉了儿子一下，然后跟他说："听你哥的，让人家把话说完。"冬生听了便没再说什么。老泥鳅看见大伙儿还是很待见自己，这才慢条斯理地说："这就对了嘛，怎么着也得让人说话。"说着他又去张老二的田里抓了一把土，并扯下一根苗说："老二，我说了你别生气。你这新改的水田，原本肥力不够，你应该多下点儿农家肥才对，你却多下了化肥。你看这苗，苗黄根烂的，明显是烧的。"

听了老泥鳅的话那张老二也不高兴了，他说："你瞎说，你咋知道我没下农家肥呢，我下的就是农家肥。"

老泥鳅说："你看，我还没说完呢，你又不高兴了。"说着，就转头看了看吕新林。吕新林就杵了张老二一下，张老二立马就哑巴了。

老泥鳅接着说："你看看这土，都是原来的黄泥巴，哪来半点儿粪肥的影子……还有，上农家肥的水田是长青苔的，你那田里却没有……"

几个人正说着，陈晓冬突然发现了问题。她扯了扯吕新林说："你看看这条沟，这条沟好像没连着水田地啊。"

听了陈晓冬的话，人们这才注意到，朱洪福家的山地与坡下的水田是隔着一条沟的。虽然那沟并不是很深，并且被草覆盖着，但有那沟的存在，田垄里的雨水肯定会顺沟流到别处去。

张家老二说："这沟原来是连着我家水田的，后来被我堵上了。"

冬生说："你少扯，你指给我看，哪儿是你堵的，这沟边的草是你现种的吗？"

冬生的话像枪药，呛得张老二说不出话来。

吕新林说："先别瞎吵吵，咱顺沟走走，看看这沟到底通到哪儿？"

那条沟牵着几个人往前走，在坡底转了一个弯就是小水库。正是春草茂盛的时候，透过一片蒲草和苇子，能看见一片浅水已漫到坡下。水库那边就是贺知章的农家院。那水边本来是能走人的，吕新林和陈晓冬却停下了脚步。

张家老二说："怎么不往前走了？"

吕新林说："行啦，就走到这儿吧。"

冬生有些不知情理，竟然还要往前走，朱洪福便轻轻用脚绊了他一下。冬生被绊了个跟头，他以为是一直走在身后的张家老二绊的，所以从湿地上爬起来就说了一句脏话。朱洪福听见了，便阴沉着脸问："你说啥呢？"

冬生没想到亲爹会给自己下绊，便说："我自己说自己呢。"吕新林没看见朱洪福下绊，以为冬生是自己滑了一跤，见他埋怨父亲，便说他是"肚子疼怨灶王爷，拉不下屎怨地球没有引力"。他本想开个玩笑，哪曾想话音未落，他自己竟然滑倒了。吕新林站起来想洗洗手，这才注意到那水边尽是稀泥，根本靠不了前。

旱鸭子说："到贺知章那儿洗洗吧。"

吕新林说："不用了，回去再说吧。"说着，他扎撒着两只手像鸭子似的一步一滑地领着人往回走。

几个人很快又到了张家老二的水田边。

吕新林问张家老二："你还有什么要说的吗？"

张家老二说："我要说的都跟你说了，还要咋说？"

吕新林来到水沟边，一边洗手一边指着那长满青草的沟帮子说："你还说啥？这事儿是明摆着的，有了这条沟挡着，老朱家打的药再多，跟你也没关系。"

吕新林接了个电话走了。旱鸭子和老泥鳅也要走，陈晓冬喊住了老泥鳅，她跟老泥鳅说："你帮帮张大哥，他头一年种稻子，没啥经验，可不能眼看着让他把庄稼种瞎了。"

　　听了陈晓冬的话，老泥鳅停下脚步，他看了看陈晓冬，又看了看傻站在田边的张家老二，然后跟旱鸭子说："你是老把式了，见的事儿也比我们多。看在这姑娘的面子上，咱就帮那偏驴一把。"

　　朱洪福本来是想跟着出出主意，看如何让张家老二把那地补救过来。但一想到张家哥俩这一出又一出演戏似的做法，心里就疙疙瘩瘩的。

　　朱洪福和冬生沿着小路往家走。走了一会儿冬生跟他说："这事儿总算撇清了，跟咱家一点儿关系都没了。麻烦没了，你咋还不高兴？"

　　听了儿子的话，朱兴福闷了好半天才说："这有啥好高兴的，以后闹心的事儿多着呢。"

　　眼看着就要进村了，这时陈晓冬赶了上来。她甜甜地叫了一声大叔说："你走得真快，我紧赶慢赶地都没撵上你。"

　　冬生冷冷地说："你这不是赶上了吗。"

　　陈晓冬说："这阵子你们慢下来了，我才追上你们。"

　　朱洪福说："这地的事儿村主任都说了，跟我们没关系了，你们可别再折腾我们啦！"

　　听了朱洪福的话陈晓冬笑了，她说："你理解错了，我不是那个意思，我是想跟你说几句话。"听她这么说，朱洪福的脸终于放晴了，冬生的脸上也有了笑模样。

　　陈晓冬说："以后你们打药时真得注意啦，本来农药残留就是问题，打多了不仅自家的庄稼都烧坏了，还可能顺水流到别处去，那麻烦就大了……"

　　陈晓冬说这话好像无意，朱洪福却用心听了。朱洪福知道这姑娘虽然没明说，但已经在提醒贺知章水库的事儿了。自打前任村主任把水库承包给贺知章以后，村民跟贺知章就没少起纠纷，先是水贮多了淹人家地头，后来春耕时他又把放流的暗管堵上了，害得人家插不上秧。前些时候他水库里的鱼都漂了上来，有人说是库里缺氧造成的，还有人说是老天报应……

无论别人说什么，朱洪福心里清楚这事儿跟自家还是能扯上点儿瓜葛。自家地里的水虽然没流到张老二家的水田里，却顺着水沟淌到水库里了。那药量能不能药死鱼是一回事儿，这线头能不能被扯起来是另一回事儿。

朱洪福有些担心，那贺知章可不是好东西，说不定哪天再找上门来就坏事儿了。朱洪福早就想找吕新林说说这事儿，却因为城际铁路占地这事儿给闹腾得忘了。这修铁路的事儿来得突然，不仅耽搁了规模化养猪的事儿，沟里一些完整的地块也被铁路给切割成两半。看到吕新林心急火燎的样子，朱洪福好几次都走到吕新林家门口了，也没好意思进去把想说的话说出来。

二十五

自从大水冲毁了小桥之后，市里来吕家岗子拉树的车几乎绝迹了。没有人进山挖树了，靠山居住的几户农民日子也安静了许多。为了解决几户居民过河的问题，村里用几棵枯树搭了临时便桥，后来秸秆厂又在厂区附近用水泥管铺了个专用通道。

眼看着又到了汛期，秸秆厂老板那志明找到吕新林要求解决建桥问题。因为厂区内铺设的临时桥桥面太低，汛期一到不仅容易被淹，连那几根水泥管子都会被冲走。

那老板跟吕新林说："眼瞅着就要到秋天了，如果现在不抓紧，桥路间题不解决，用来重建的材料设备肯定拉不进来，八月节前工厂不仅无法恢复生产，连秸秆收购都是个问题。"

吕新林说："这修桥的事儿我比你都着急，眼看就到了收割季节，这桥再不动手非误事不可。建桥施工需要工期，施工完了还得养生一段时间才能通车。这么大个事儿，我早都跟上边打报告申请建桥了。说实在的，如果村里有钱的话，我早就自己动手建了，还用等到现在。"

那老板叹了口气说："这一把火烧掉了十几万，本来就是小本生意，赚不了多少钱。如果不考虑环保项目能享受到政策待遇，我真想不干了。"

吕新林说："别不干啊，不就是桥的事儿吗！我这两天正跑着呢，你总得给我点儿时间啊。这毕竟是一大笔钱的事儿，你就是借个万把块钱，那也得给个跑腿时间吧。你不信别人，总得信着我吧。"

那老板说："这桥要是建好了，收购价格也是事儿。那些烂苞米秸秆平时烂在地里没人心疼，一拉来厂里就变成宝了。去年收购时农民嫌价格低，都放出话了，今年不给个好价钱，宁可烧了做肥料也不往这儿拉了。我都算过了，这着火的事儿不说，除去人吃马喂的，去年只赚了个本钱，今年要是再加价，我这厂子就没法办了。"

吕新林这阵子光想着重新建桥的事儿了，还曾指望着那老板到时能出点儿血。这环保项目毕竟是国家重视的项目，都说瘦死的骆驼比马大，即使着火受点儿损失腰包也还瘪不了的。没想到事儿还没谈呢，这又出了个收购价格的事儿。

吕新林说："这桥的事儿你放心，我这几天啥都不干了，跑破天也要跑出个结果来。但这收购价格，别看你这厂子撂在村上，我却没法给你个承诺。因为这四邻八村的，咱这村主任只能做做吕家岗子村民的工作。"

那老板说："我也不是让你做啥工作，我就是顺嘴说说。这事儿我还得找乡里。这环保项目毕竟是大事，不可能招商招来了就甩手了。"

吕新林说:"你说得对,既然都招来了,政府怎么能甩手不管呢?我下午就去乡里,追追建桥的事儿,也把这秸秆收购的事儿说一说。"

听了吕新林的话,那老板看了看他那一瘸一拐的样子说:"你腿被车碰坏了我都没来得及去看你。你这还没好利索呢,还是好好在家休息几天吧。"

吕新林说:"咱当过兵的人,这点儿小伤算啥!"

那老板笑了,说:"我还是给你派个车吧。"

为了解决建桥问题,吕新林都一连跑了半个月了,要求上边尽快解决水毁桥梁建设问题。起初,乡政府答应帮助协调水利部门,以水利设施建设名目给予解决,后来又以解决水毁项目的名义打报告向县里要钱。

那天从乡政府出来,刚走到大街上,一台摩托车就撞了过来,尽管吕新林出于本能极快地躲闪了一下,但还是被撞了个跟头。当他爬起来正要说点儿什么,对方连车带人早就没了踪影。路人给他送到乡卫生院之后,医生说腿骨裂了,得休息一段时间。躺了半个月,吕新林见乡县政府迟迟没有确切答复,就拖着一条腿直接找到乡领导家里去了。

这新换的乡长姓胡,叫胡世龙,是个性情直爽的人。因为他们相互间都很熟悉,见面说话也就不用拐弯抹角。吕新林直截了当地说了建桥的事儿,胡乡长便说他有弄虚作假的嫌疑。

他说:"这修桥的事儿早晚得解决,你也不差这一两天的。你还是先说说你们是怎样做的扣,怎样自己把桥梁破坏了的吧?"

吕新林说:"乡长,你这话是从哪儿说起啊?铺路修桥是造福万家的大事儿,是造福积善的事儿,我想做还来不及呢,咋会去破坏桥梁呢!"

吕新林嘴里这样说,心里却打起了鼓。这毁桥的事儿当时也是没办法,如果不是拉树那件事逼的,自己也不会这么干。事情就是这么件事情,过程也就是那么个过程,说起来也是舌头跟牙打架那么简单,可再怎么着这毁桥的事儿也拿不到桌面上。了解了，说你在洪水面前敢于指挥，果断处理了险情。要是不理解，不仅修桥的事儿要泡汤，自己这村主任也肯定是干不了啦。问题的关键是这消息是从哪儿传出去的？家家卖烧酒，不漏是好手。既然漏了，就得找到漏点。

胡乡长说："无风不起浪，关于你们村的事儿，我的耳朵里灌得满满的。不管咋说，我也是这一带的老人了，你们村那桥我打小就走过，都几十年的老桥了，什么大水没经过？怎么说垮就垮了呢？"

吕新林说："就因为你是老朋友，我才敢找上门来。你也知道，这场大水冲毁的不单单是我们村一座桥，陈家窝棚那还是新建的水泥桥呢，不也成了断头桥吗？"

胡乡长看了看表，又摸了摸他那打着石膏的腿说："跟你实说了吧，这建桥的事儿乡里已经找过县里了，县里也曾找过市里。民政部门也把吕家岗子村建桥列入灾后重建项目了。可前些日子这项目突然被人打了问号。知道这件事我们也着急，便专门派人去了趟市里，那边的答复是有人写匿名信举报你们村弄虚作假，把自毁桥梁按水毁项目报上来了。"

吕新林说："说话要有根据，无论是谁都得摆事实、讲道理，说我们自己把桥毁了得拿出证据来！我们为啥平白无故地把桥拆了？总得拿出人证、物证，总得说出个一二三吧？"

胡乡长说："既然上边这么说了，肯定就有道理，望风捕影的事儿谁都不爱干。但这话又说回来啦，上边只是让我们复查一下，还没说不让建桥。"

听胡乡长这么一说，吕新林像喝了碗刚打上来的老井水，突然间就痛快多了。说到拉村的事儿，新任乡长有些摸不着头脑，吕新林便赶紧从头到尾又解释了一番。

他说："这消息肯定是望风捕影，是市里那帮搞工程的人因为村里不让拉树有意见，就到处编故事埋汰村委会这几个人。事情也是赶巧，那几天又赶上百年不遇的洪灾，桥被冲毁了这件事让人产生联想，很可能有人把它当成事实报上去了。"

听了吕新林的解释，胡乡长说："这事儿我也了解一些，那些树都是国有林，跟你们村没有一点儿关系。既然市里有批文，你们就该执行配合才对。尤其是那两个小区还是招商引资项目，是省、市领导关心的重点工程。虽然拉树的设备压坏了乡道，但你不能横巴掌、竖挡着不让干。有事儿说事儿，你可以向上反映，但不该有偏激行为。"

吕新林说："乡长，你是没看到那拉树现场被祸害成啥样，你要是看到了肯定会比火冒三丈还高。"

吕新林话还没说完就被乡长打断了，胡乡长笑着问吕新林："比火冒三丈还高……是多高？"

吕新林没想到胡乡长会这样问自己，他想了想自己也笑了。吕新林说："我们不是没向上边反映，信也写了，报告也打了，事后连现场照片都拍了，可就是不管用，这才用汽车把路横上了。"

乡长说："你说这些跟建桥一点儿关系都没有，说多了反而让人怀疑你是别有企图。你现在的任务是怎样把别人的嘴堵上，让人相信那桥是被水冲毁的，而不是被人扒掉的。"

听了乡长的话吕新林心里有些犯难，那天晚上电闪雷鸣的，不仅洪水冲毁桥梁的照片拍不下来，整个过程更无法拍摄。至于人证，那几个值班的抗洪村民也都去查管涌了，根本就不在现场。要想证明桥是被洪水冲毁的，只有当晚到过现场的人才能说明情况。想到这里他眼前突然一亮，前任乡长的影子立刻浮现在脑海。

吕新林说："这有啥难的？咱有人证啊，那天晚上桥刚刚被冲毁齐大胡子就到现场啦！你可以问齐大胡子。"

齐大胡子是前任乡长的外号，熟悉他的人当面叫乡长，背后都叫他大胡子。吕新林本来还想扯上钩机司机的名字，可话都到了嘴边，却又被他咽了下去。

胡乡长说："那天晚上的情况老齐都说啦，要不然你还能在这儿待着？但人言可畏，以后你得注意点儿人际关系，群众关系处不好，你这村主任还咋当？"

吕新林说："乡长您说的都对，我也想跟别人处好关系，可一直到现在都不知道我到底得罪了谁。"

胡乡长说："你啥意思？你小子想绕我……"

吕新林说："您是老人参了，什么风浪没见过？我跟您学还学不过来呢，哪敢有半点儿那种想法。"

乡长说："建桥的事儿就说到这吧。眼看着就要收割了，这两天我正要去你们村看看，老那的秸秆厂恢复得咋样啊？年底市政协、人大还要来看环保项目呢。另外，防火问题可得注意，一个烟头烧了一个厂子，这教训太大了。"

吕新林本来想说完建桥的事儿就说秸秆厂的事儿，没想到乡领导竟然早就挂念着呢。这让他觉得少费口舌，也有点儿感到意外。于是，他就实话实说把那厂长的那点儿难心事都道了出来。听了他的介绍，乡长拍拍他的肩说："你这村主任还算够格。厂子放到你们村算是选对地方了。"眼看着吕新林就走出门了，乡长突然问道："撞你那小子找到没？"

吕新林说："上哪儿找去？现场即没证人，也没监控录像。"

乡长说："肯定能找到，鸟飞还得有个影呢。"

回到村里，吕新林把匿名信的事儿跟王大嗓说了，王大嗓想了想说："我知道是谁写的了。"

吕新林说："你想好了再说，可别冤枉好人。"

王大嗓说："肯定冤枉不了。"

说着，就把贺知章酒后让山庄服务员抄信的事儿说了。

吕新林问："人家抄信，你咋能知道？"

王大嗓说："那服务员是我大姐的孩子，那话还能假？"

听了王大嗓的话，吕新林理了理思路，觉得大嗓的话还是可信的。自己不仅因为拉树的事儿堵了贺知章的财路，这建桥的事儿他也一直在盯着。还有以前修路工程款的事儿，都是因为自己的存在，贺知章才没能得手。另外，最重要的是发大水时，找的那台钩机就是贺知章亲戚家的。

跟王大嗓说完贺知章的事儿，吕新林刚离开村部没多远又折回了院子。

王大嗓问："你咋又回来了？"

吕新林说："我猛然想起一件事来……"

王大嗓问："有啥急事啊？值得你特意往回跑一趟。"

吕新林告诉他："以后你那大嗓门得降降调啦，前两天村西头大杨树底下老徐家儿媳妇从外地回来，刚搂着孩子睡下，你那大喇叭哇啦一嗓子就把那娘俩弄醒了，那小媳妇本来就有心脏病，你这一嗓子把人给吓着了，昨天老徐婆子找我说：'你可别让大嗓瞎吵吵了，他要再吵吵，我就叫人把那喇叭砸了。'"

吕新林的话吓着了王大嗓，他将信将疑地说："不能吧？我都喊了多少年啦，也没见吓着谁？她咋那么娇贵？我冲着喇叭说几句话就给吓着了？以后你再有啥通知的，我可不给喊人啦，再喊下去我该沾包了。"

吕新林说："那有啥不可能的。那喇叭就挂在大树上，现在又是开窗户开门的时候，你那一嗓子睡觉的人都能给吓醒了。你不仅把人家媳妇吓醒了，还害得人家断了奶。"

王大嗓说："听你这么一说我懂了，以后再不喊了。哪天我让电工把大喇叭拆了，省得让人看了心烦。"

吕新林听了他的话笑着说："拆就拆了吧，那东西太扰民，等过两天让晓冬弄个微信群，有啥事儿相互微一下方便多了。"

王大嗓说："听闺女说玩啥微信呢，却不知咋个玩法。再说了，岁数大了，眼睛又花，便没那个兴趣了。"

王大嗓的话提醒了吕新林，微信虽然方便快捷，但对于年老眼花和没手机的人来说，要想通知点儿事情显然不如大喇叭来得快。尤其是遇到什么天灾人祸的，还是大喇叭来得直接。另外，这么多年了，电线杆上挂广播喇叭已经成为乡村的一道风景，逢年过节的放两首老歌听听，老年人听了感到亲切，年轻人听了觉得新鲜，这也是乡村的一种记忆。

吕新林告诉王大嗓："先不要拆那些喇叭，等调整完乡村规划图，重新再换一下位置。先把老徐家树上的喇叭拆下来，给换到斜对面的电线杆上就行了。其他的以后再动，都尽量离房子稍远一点儿。"

二十六

从五月到六月，老蔫儿都一直闷在院子里。五月初，苞米苗刚长出五片叶，这正是打除草剂的时候，周边都是老苞米地，每片地里都有个游走着的喷雾器，喷药的人都把脸包裹得严严实实的，那样子就像个魂儿似的在雾里飘着。

因为老蔫儿气管不好，闻不得半点儿农药味，所以一到这个时候就只能窝在园子里。他唯一能干的活儿就是薅草。自打春天开始，院子里的野草就胡子拉碴的一茬接一茬地生长，稍不留神院子就荒芜得不成样子。所以，整个雨季老蔫儿都会盯着院子，把眼光放在那遍地野草上。从草稍一露头开始，他就开始薅，他先是蹲在院子里薅，薅墙边的大草，再薅树下的杂草，薅得差不多了再薅从地砖缝隙冒出来的那些细小的草。这些小草根扎得深，一般是薅不出根须的，有时手指都磨破了，还不见效果。老蔫儿急了，便烧上几锅开水，然后再灌到浇园子的大水壶里。他提着水壶来到院子里，将壶嘴沿着地砖缝隙一直浇下去，那些小草便和蚂蚁一道一命呜呼了。

五月里除草的药刚刚打完，附近的大田里又闹起了玉米病虫害，"玉米螟"是最常见的害虫，却隐藏得最深，那虫卵藏在秸秆和老苞米的根里越冬，然后随着青苗一块儿发育，那小小的虫儿往往最先从庄稼的内芯开始，先用最细嫩的草肉把自己喂大，然后像一条条蛆虫开始四处蠕动，一片长势良好的玉米用不了几天就被啃得只剩一段光杆儿。因为这虫子大多藏在叶片的夹缝里，用手捉、用东西夹，稍不留意就毁了庄稼，是再蠢笨不过的办法。除去人工，人们只能趁着天气炎热用农药进行灭杀。这接连不断的农药迷雾飘散在田间地头，让害虫无处藏身，但也锻炼了害虫，因为一些虫子有了抗药性，农民便只能增大药量。渐渐地老蔫儿也像害虫一样，不得不适应了这样的环境。

院子里的草薅完了，老蔫儿又转移到园子里去薅，园子里栽的都是树木，除了暴马子树，就是果树。暴马子的花期早就过了，其他树木正在坐果，老蔫儿看到一些花儿已经枯死，刚刚坐下的火柴头大小的果实正在脱落，这让他想到那几天刮热风时的情景。正是喷洒杀草剂的时候，本来挑的都是无风天气，田野里却时常会无故刮起邪风。风携走了杀草的药雾，毒杀了这些花朵和果实。

几只藏在树上的鸟被惊飞了。老蔫儿知道，这些鸟儿是玉米螟的天敌，此时它们本该在田野里享受大餐，却被那弥漫着的毒气驱赶到这里。老蔫儿看着飞远了的鸟儿难免有些担心，可怜的鸟儿可千万别吃到那被沾上毒药的虫子。

快到晌午了，老蔫儿正要弄点儿吃的东西，突然听到院外有人叫门：

"吕老师在家吗？"这声音耳熟，也让他倍感亲切。许多年了，已经很少有人称他为老师了。老蔫儿赶紧洗了洗手，这才把门推开。

来人是个微胖的年轻人，肤色白皙，戴着一副金丝眼镜，穿着一身休闲服，脚上一双运动鞋。看到眼前的人似乎见过，又想不起来在哪儿见过。尤其是那双眼睛，似曾相识，却又感到陌生。来人看了看院子说："这真是个修身养性的好地方。"

老蔫儿说："我不认识你，您是哪一位啊？"

来人说："您真不认识我啦？"说着，便摘下了眼镜，又慢慢摆了两下脑袋，然后又微微笑了笑。就在年轻人摘下眼镜的刹那间，吕老蔫儿头脑里突然闪现出一个念头，都几十年啦，难道是儿子找回来了？想到这儿他的手就有些抖动，眼睛也开始湿润，他想上前拽住人家，却又怕认错了人。他哆嗦了一会儿，然后喃喃地说："我认识你，可我实在想不起来你是谁啦。"

那年轻人笑着说："你好好想想，你应该知道我是谁啊？"说完，年轻人又撩开压在额头的一缕黑发，露出一个浅浅的疤痕。看到那疤痕，吕老蔫儿好像又回到了从前，回到了那个冬天，回到那个炉火通红的房间里。他看到一双双小手正把一些苞米棒子投放到教室的炉子里，看到几个孩子正站在炉火旁嗑瓜子，突然间一个孩子从外边跑进来了，因为被桌子绊了一下，径直扑向已经烧红了炉盖板的炉子。眼看着那孩子就要被烫着了，吕老蔫儿顾不得许多了，他从讲台旁一下扑了过去，因为用力过猛那孩子虽然没有趴在炉子上，却被桌角磕破了头，并且老蔫儿自己也被桌子碰掉了一颗牙齿。一想到这些，老蔫儿竟然笑了起来。

看到吕老蔫儿那仍然豁牙露齿的迷惑样子，年轻人也忍不住笑了。他上前拉住老蔫儿的手说："吕老师，你真的记不住我啦？我姓贺，我是贺家富，您还救过我呢。"

听说来人姓贺，吕老蔫儿终于想起来了。在他教过的学生里是有个姓贺的，是一个下乡插队干部的孩子。人长得干干净净的，坐在班级的最后边，因为上课不爱发言，所以当时也就没怎么注意他。再后来听说他们全家都搬回城里了，渐渐地也就把这个孩子忘了。后来他跟他爹回来过，当时他爹已经下海经商了，因为手里有些闲钱，便在村里盖了个别墅，说将来干不动了回这里养老。房子盖完后还来过几次，再后来听说去深圳了，从此再没见到他们爷俩的影子。

既然眼前这个人说出了自己的姓名，并且说出曾经是自己的学生，老蔫儿便没法再糊涂下去了。老蔫儿连说："记得，记得，怎么会不记得呢。"说着，便忙往屋里让客。

贺家富说："不进去啦，知道你在这儿住，就想来看看。看看你这院子，看看你这些神仙才配拥有的树木。"

老蔫儿说："分的那点儿地让别人种啦。闲着没事儿，就房前屋后的栽些果木种点儿菜。如果不是盼儿子能找到家，我早就去养老院啦。"说到这儿老蔫儿有点儿后悔，都多少年光景了，跟人家说这些干什么。

贺家富说："听说你的事儿了，如果没记错的话，他现在应该是三十来岁的人了。你放心，只要他还活着，就一定会回来看你的。"又说，"中央电视台有个节目，是专门给老百姓寻找亲人的。你没联系一下让他们给找找吗？"

老蔫儿说："联系过，联系过，那个陈晓冬前几天还帮忙找过呢。她说让我听信儿，到时就通知我。"

贺家富问："谁是陈晓冬啊？"

老蔫儿说："就是那个大学生村官，对我就像亲闺女似的，隔三岔五的就跑来看看我。"

贺家富说："儿子没回来，你先多了个亲闺女。你放心吧，有这样的村干部替你操心，说不定哪天你儿子就回来啦。"

见贺家富这样说，老莺儿那颗提起来的心立刻变得暖洋洋的。他陪着客人院里院外地转了又转，忽然想起忘了问候一下当年那个插队干部了。当年那干部没少给村里的人办事，自家屋里的压水井管子，就是贺家富他爹从城里给弄回来的。知恩图报，自己怎么会把这事儿给忘了呢？想到这些，他回到屋子里取了一包自制的暴马丁香花茶，死活要送给贺家富。

他说："好多年没见到你爸爸了，我知道他爱喝茶，这是我自己晾晒的。让你爸尝尝，尝尝家乡的味道。"

贺家富说："这心意我领了，这茶还是您留着吧，忘了跟您说了，我爸他已经过世了……"

听了贺家富的话，老莺儿拿着茶叶的手顿时僵硬了。他很难相信那么健壮的一个人，怎么会说没就没了。在失神了片刻之后，他问贺家富："你这次回来是……"

贺家富说："回来看看，看看这村子，也看看那套老房子，我毕竟出生在这里。另外，我爸生前一直想在这里干点儿事情，现在当年盖的那幢楼已经破败得不成样子了，我想把它利用起来。"

老莺儿说："回来好啊，回来好啊……"

说着说着老莺儿就又想起了儿子，眼泪情不自禁地流了出来。贺家富见了便拍了拍他的肩，然后又安慰了他几句。贺家富要走了，老莺儿死活要把茶送给贺家富，贺家富怕伤了他的心，便收下了那包暴马丁香茶。

老莺儿把客人送出院，又默默地目送客人走入一片绿色之中。起风了，山野里荡起了绿浪。透过绿浪隐约能看到一条乡道通往山下，延伸到沟里。在一片平坦的土地上，齐腰深的庄稼像一面绿色的绸缎覆盖着纵横交错的阡陌。老莺儿知道那是沟里最好的一片土地，当年被称为长垄地。记得当年从学校回到生产队不久，正赶上铲二遍地，铲的就是长垄地。那长垄地都是生产队最好的犁把式犁的，站在地头向前望，一垄紧挨着一垄，像被木匠划了线似的直溜得看不到头。记得那一年学大寨，有个农业专家，也就是贺家富的爸爸说："将来的土地都得修成这样，到那时农业机械化、农业现代化才好实现。"

记得第一次铲长垄地是从早饭后进地开始，一直铲到晚上才铲了一条垄。铲到中间时生产队给送了一次饭，送了一次水。因为天气太热，老蔫儿差点儿晕在地里。第二天早晨，队长怕他耽误活儿，便偷偷给了他半瓶米醋，并告诉他说："铲到半条垄时喝下去，保你这一天不渴不累头不晕。"那一天，还没铲到半条垄老蔫儿就渴得受不了，他拿出那半瓶醋咕嘟咕嘟刚刚灌了几大口，就被旁边的一个知青抢了去，那哥们说："吃独食拉黑屎，你咋好意思自己喝？"那哥们只喝了一口，又被别人抢走了。自打喝了那米醋老蔫儿喉咙里一直滋润着，那种阴凉的感觉持续了好几天。

风不再刮了，大地被太阳晒成了哑巴。透过几声鸟鸣，老蔫儿隐约听到一阵嘭嘭嘭的手扶拖拉机声，他顺着声音找去，只见一缕黑烟像一串串泡泡飘浮在那片绿色之上。不知为什么，老蔫儿突然想知道那些大垄都砍给了谁家，他们是否感受过铲大垄的滋味，是否有过那种孤独、寂寞但心里憋着一把劲儿向前赶的复杂感觉。

那嘭嘭嘭的声音逐渐消失了，那一串串飘浮的气泡也沉到一片绿色之中。望着远方，老蔫儿一次次幻想着，如果这个时候儿子回来，他该是个什么模样？他还会认得这个家吗？他还会认得自己吗？这么多年了，他在保持屋子原来样式的情况下，想尽量创造一个干净、漂亮的环境。当然，他也想过，儿子回来能干些什么呢？

二十七

吕新林从乡长家出来已经很晚了。为了修铁路占地的事儿，吕新林已

143

经找过胡乡长好几次了。征地拆迁刚刚开始吕新林就找过胡乡长。

吕新林说："这修铁路是利国利民的大事，吕家岗子应该全力支持才对，可这种征地的方法却有点儿不讲理。挺好的一整块地，硬从中间弄出个拉链来，等将来通车了，那条链子来回一拉扯，那地还能种消停了吗？"

胡乡长说："修铁路是城市经济建设发展的需要，我们无论如何都得服从这个大局。你说的那个拉链问题的确存在，但那路是根据规划设计修的，多宽多长都有要求。现在动员大会都开了，那白线也撒了，你说什么都没用了。"

吕新林说："城市建设当然重要，但不能因为城市建设就忽视了乡村的环境保护，忽视了农民的切身利益。吕家岗子都摆在那儿几百年了，你今天一剪子，明天一镰刀的，还让不让老农民种地啦？"

胡乡长说："你这观点可有问题，那铁路建设早就是规划内容了，又不是哪个人心血来潮，什么叫今天一剪子，明天一镰刀的，无论是开发建设，还是修铁路，总得一步一步来，哪有一帮哄的？"

吕新林说："城市有发展规划，我们还有建设社会主义新农村的大目标呢。现在这开发建设把土地砍得七零八落的，村民的心思都给砍乱了，干脆你们跟市里说一声，把剩下的土地都占了，省得他们整天瞎惦记着。"

胡乡长说："你跟我说实话，你找我到底想说个啥？"

吕新林说："没别的意思，就是想问问，这沟里到底占不占了？别像说相声似的，扔一只靴子就不扔了，我们底下的人都等动静呢。如果要占，我们做好被占的打算；如果不占，我们好重新谋划谋划。"

听了吕新林的话胡乡长沉默了一会儿。不是他不想回答吕新林的问题，而是他根本就不知道怎么回答这个问题。按照惯例，无论是大城市开发，还是小城镇建设，在没有正式实施之前拆迁范围都是保密的。即使刚刚被划归给南城区的部分土地，事前的规划方案乡里也是在进入土地征收之前才接到通知的。而且拆与不拆，拆迁的范围等实施内容，也都不是乡一级政府说了算的。

看见胡乡长脸上的表情，吕新林知道自己有点儿难为人了。什么级别说什么话，不在其位不谋其政，这开发的事儿都是市县定的大事，自己一个村主任让乡领导表态，这有点儿强人所难。

在沉默片刻之后，胡乡长给自己点了一支烟，又给吕新林点上一支，然后慢条斯理地说："这沟里的地到底占与不占，不是你我能左右的，也不是县里说了算的，但新划归的开发区区域图我看了，这最后要建的绕城铁路就是一条红线，红线里面属于城区，红线外边都是农田。因为有了这条线的守护，沟外那些成片的农田恐怕再没人敢动了。"

胡乡长的话似乎让吕新林心里有了底，他深深地吸了一口烟，然后又弹了一下烟灰说："乡长，你这话是实在话。我就等着你这句话呢。这占地的问题不解决，我还真没法再干下去了。"

听了吕新林的话，胡乡长笑了，他用夹着烟的指头朝着吕新林点了点说："你呀，还真有那么点儿个性！"说完，他又和吕新林聊了些部队上的事儿。通过闲聊，吕新林这才知道，这胡乡长跟自己一样，都有过当兵的经历，都是主动要求回乡参加建设。不同的是，胡乡长从部队回来就被安排在一个乡镇的事业单位，后来又被调到镇政府。而自己是先到城里创业，然后才回村参选当了村干部。

两个人聊了一会儿之后，胡乡长突然很认真地说："咱都聊到当兵的话题了，那我得多说几句了。咱们当兵的都懂得坚守岗位，懂得坚守阵地，你是党员，是自己主动参选当上村主任的。这就跟上了战场没什么两样，只要吕家岗子村还存在，你就该坚守岗位，就该坚持把美丽乡村建设好。"还没等胡乡长把话说完，吕新林便急不可耐地说："哎，乡长，我可没说要当逃兵，我根本就不是那个意思。"

胡乡长说："你没那个意思更好。即使有那个意思也没啥，谁还没个精神溜号的时候。"胡乡长说完又笑了。

吕新林有点儿不好意思地解释道："我是有点儿担心啊，这么多年啦，好不容易把乡村建设得有了模样，这铁道一画圈，可别再画出一条分界线来。城里繁荣了，城外却荒凉了，村镇建设不怕别的，就怕老百姓散了心呢。"

胡乡长说："让你坚守阵地你得有信心才对，不能没等冲锋号吹响呢人就垮了。等哪天我找来那张图让你看看，你以为那是简单的条条框框呢，那是一条未来的风景线，繁荣线，幸福线。等将来你坐上那辆车围着城市转一转，一边是经济繁荣的大都市，一边是充满生机的美丽乡村，你想想，到那时咱们得多有成就感！"

胡乡长正说得高兴，夹在两指间的香烟突然断了一节，那带着火亮的烟灰落到他的腿上，一种灼热感使他不得不站起来抖了抖裤子。

吕新林被乡长的情绪感动了，心想看不出来这胡乡长肚子里真有东西，满满的正能量不说，还文青似的充满诗情画意。那条线马上就要画出来了，自己咋就没想到这些呢？人家政府规划得就是长远。吕新林被那三条线的意义所吸引，暗暗提醒自己可千万别把乡长的话忘了，回去一定得跟班子说说这事儿，看看怎么才能把这事儿落实了。

临走时吕新林又催建桥的事儿，乡长说："说实话，我比你还急呢。前两天我刚去了县里，主管的头头到北京手术去了，他那一刀不知得切到啥时候。实在不行就另想办法，活人还能让尿憋死？"

听了乡长的话他心里犯起了嘀咕，修这桥至少二十万，如果借着水灾项目去修，政府给包葫芦头。如果村里自己修，除非让驻村企业捐款，或者让有钱的几户人家做贡献。可这有钱的人家是有数的，那钱也不是大风刮来的！外来企业就两家，一家做建材加工的，另一家就是秸秆加工厂。

如果把农家乐算上的话，那就只有贺知章的山庄了。

吕新林觉得当初不意气办事就好了，如果不亲自开车钩那一铲子，那桥也许还不至于被冲垮。现在林子保住了，桥却没影了。桥是用来过河的，现在却成了绕不过去的坎儿。他走了一会儿，脑袋里又有了另一种想法：如果不及时拆了那桥，那些漂浮的垃圾和秧苗就会堵住桥孔，那样的话不仅桥保不住，河堤也会决口，附近的那些房屋与庄稼便都会遭殃。

吕新林就那么低着个灌铅的脑袋走着，建桥的事儿让他上火，乡长的一席话又让他有了信心。他不知不觉地走着，竟然没注意天已经黑了下来。

"这都几点啦，你咋还在这转悠呢？"吕新林正走着，一个熟悉的声音突然灌进耳朵。不用回头他就知道，肯定是王大嗓。

吕新林说："你还好意思问我，这么晚了，你不回去陪老婆孩子，还晃悠个啥？"

王大嗓说："下午去乡里开综合治理会，开完会顺便在沟外转了转。"说着，他很神秘地压低声音说："你猜，我今天遇到谁了？"

吕新林说："就你认识那几个人，哪个我不认识？总不会是遇见倪萍了吧？"

王大嗓说："你真能扯犊子，八竿子打不着的事儿也扯。"

吕新林问："那你能遇到谁？"

听了吕新林的问话，王大嗓凑近他的耳朵说出一个名字。

王大嗓的回答差点儿让吕新林笑出声，王大嗓告诉他在沟外遇到了贺知章。吕新林说："你咋没说碰到孙悟空呢？贺知章他像个野驴似的，沟里沟外地整天瞎忙活。你碰到他还不正常吗！本来很正常的事儿却让你弄得神神秘秘的。"

吕新林本想再调侃几句，但一想大嗓能这么当回事儿地说给他听，肯定有他感兴趣的东西。想到这儿他跟王大嗓说："你倒是吃饱喝足了，我可是饿得前胸贴后背了。你闲着也是闲着，正好陪我唠唠嗑。"说着，他拉着大嗓的胳膊一瘸一拐地进了一家还没来得及关门的烧烤店。

王大嗓告诉吕新林，说他开完会跟沟外的两个朋友喝了两杯。在酒店他听到隔壁房间有熟人说话，一听就是贺知章，因为对方说的事儿跟他开的扫黄禁赌会议有关，他便注意听了几句。

贺知章正在跟人谈生意上的事儿，主要是想拉那些动迁户，拉那些弄到钱的人去打麻将，车接车送，包吃包住。拉的越多，给的回扣就越多。因为沟外这些动迁户都有名有姓，吕新林便想知道到底有哪些人上了贼船？

吕新林调侃说："没好好听听，重点户名单里有你没？"

王大嗓说："就咱那两吊银子，人家能看上我？被他点名的人我就认识两个，一个是俺家里的她二舅，另一个就是鸭球子……"

吕新林早就知道鸭球子，知道他不仅会养鸭子，还是个爱起幺蛾子的人。知道他跟贺知章是朋友，却没想到贺知章会算计他。

吕新林很想帮助那鸭球子一把，提醒他别上当，可这道听途说的事儿却没法用来作为证据。他想，一个农民，靠拆迁征地换点儿钱，等于是变卖了祖宗基业，打这些人的主意，实在是坏透了良心。但他也想到一个问题：如果真有那么一天，村里的农民都突然变成有了钱的城市人，他们会不会适应那种生活？又该怎样打发那种有钱的日子？想到这里，吕新林低声说："这贺知章也太坏了，鸭球子都被他们祸害成啥样了，怎么还打他的主意呢？"

王大嗓说："贺知章倒没提鸭球子，是另一个人说的。"

吕新林一口撸了一串肥瘦，又喝了一口可乐说："还听到啥情况了？赶快交代。"因为刚喝了酒，现在又喝了可乐，王大嗓便更加兴奋起来。他把杯里的东西一口干了，然后往桌上重重一放说："老子也打过麻将，几块钱的打过，几十块输赢的也玩过，却从没听过一把一条垄的。"

看到大嗓把周边的目光都吸引过来了，吕新林想赶紧让他消停下来。他用手拉了一下已经站了起来的大嗓，又向旁边的几个人解释说："这哥们有点儿多了，大家别介意啊！"

因为都是乡里乡亲的，人不熟脸还熟呢，一句话便能让人的脸上挂满善意。

吕新林问："你问明白啦，啥叫打一条垄的？"

王大嗓说："那还用问，那就是专门给动迁农民设的局，一亩地能划多少垄，值多少钱，那些人早就弄得滚瓜烂熟的了。现在用垄来算账，听起来熟悉，也够刺激。"

见王大嗓有些激动，旁边的一个哥们说："这打一条垄的早就不稀奇啦！一看你就是沟里的。"听了那哥们的话，吕新林想如果贺知章把人都拉到沟里山庄了，村里人肯定早就会知道，公安部门也不会不管，可这么长时间了，自己怎么会一点儿消息也没听说呢？想到这儿他问那哥们："看来你肯定是玩过这种打法啦？不知他们都在哪儿玩？哪天咱们也凑凑局。虽然咱没有几垄地，但银子还是有几两的。"

见王大嗓用奇怪的眼神看着自己，吕新林把装着申请修桥资料的皮包重重往桌上一放说："你瞅啥？没见过钱咋的！"这时，那个小子认出了吕新林，他说："我知道你是村主任，跟你实说了吧，设局的可不只贺老板一家，有去养老院玩的，也有跟去林子里搭帐篷玩的。但就你那身份，恐怕没人敢找你玩。"

见话都说到这分儿上了，吕新林怕惹出什么是非来，便起来拉着王大嗓走人了。

两人出了串店，王大嗓忘了车停放到啥地方了。

吕新林说："你都喝成啥样了，还想开车啊！你就别回去了，去你小肥

149

皂家睡一晚上，明天早上再回去吧。"

王大嗓说："你真能整我，说得像真事儿似的。这要是让我媳妇听到了，还不得给我千刀万剐啦。"

吕新林说："知道就好，赶紧打车走人，明天你得好好再查一下，找那两个赌过的好好交代交代，让他们赶紧洗手，千万别掉到坑里去。"

王大嗓说："你先走吧，再怎么着我也得知道车放到啥地方了。"

送走王大嗓，吕新林瘸着腿上了车。因为司机是那老板派来的，他便给那老板打了个电话，说建桥的事儿需要跟县里沟通，自己得连夜去趟县城。说着，他便从口袋里掏出一罐红牛饮料放到司机手里，小司机说："主任，你挺有意思，是怕我路上睡着咋的？你放心吧，你只管睡，我保证都不带眨眼睛的。"

在路上，吕新林越想越来气，自打从部队回到村里，这贺知章便处处跟自己过不去。起初是自己不想搭理他，都是一个村里住着，你开你的山庄，我做我的村主任，咱们井水不犯河水。哪曾想这贺知章为了利益不择手段，先是修路弄虚作假，然后是私自拉残土填地，还有强买村民土地，尤其是写匿名信的事儿，如果真是他干的，这小子以后还不知会干出啥幺蛾子事儿呢！所以，他要借给动迁户下套，拉着村民赌博这件事儿，好好收拾一下贺知章。

吕新林十分清楚，无论于公于私，只要贺知章的问题不解决，吕家岗子就永无宁日，自己这村主任就别想安安稳稳地干下去。远的不说，就拿建桥来说，贺知章早就瞄上了这个项目。虽然项目不大，顶多几十万的活儿，可这块肉就在贺知章的眼皮子底下，这个寸草不过的家伙，不可能放过张嘴就能咬到的肉。

刚刚听过贺知章放赌给动迁户设局的事之后，吕新林悄悄地给战友打了个电话。他战友江北比他早两年转业，因为干得好，现在已经是县公安局刑警大队的副队长了。

战友说:"这黑灯瞎火的你给我打电话,该不是找我喝酒吧?"

吕新林说:"向你打听个人,贺知章你熟悉不?"

战友说:"好像听说过,但不熟悉。"

吕新林说:"那就好,你等着我,我马上就到县里了。有点儿急事跟你说。"

按理说,贺知章的事儿,吕新林本该先跟乡里说,乡里有派出所,有主管综合治理的乡干部。但吕新林却没法说,因为贺知章这些年来在这些人身上没少下功夫。三天两头一顿酒,逢年过节还要送红包,这种圈套圈的关系就像是一张网,不仅扯不破,弄不好还被套进去。好在吕新林是个明白人,他知道无论啥样的网,上边都得有个钢绳,只要上边的绳子提起来了,那网织得再缜密也没意义了。

从乡里到县城并不是很远,因为最近修了柏油路,天上又挂了白白的月亮,走在山野里跟走在楼群起伏的城里似乎没什么两样。汽车很快就到了县里,江北也早在办公室等候了。

吕新林说:"跟你报个案,有人设赌专门骗动迁户的钱,这事儿你们县里管不?"

江北说:"当然得管啦!不过那得看是否在我们的管辖范围里。就你那地方,沟里还归我们管,沟外就管不着了。"

吕新林说:"你这样说我就放心了……"

江北说:"打多大的啊?能把你吓成这样?"

吕新林说:"打一条垄的……"

听吕新林说打一条垄的,江北差点儿笑出声。

江北说:"吕新林,赌场我见多了,赌啥的没见过,赌一条垄的……你不是扯淡吧?"

吕新林说:"你真有意思,我大老远的跑来找你,你看我像是扯吗?扯淡也得挑个时间……"

说着,吕新林便把贺知章的那些事儿都抖搂出来了。

吕新林说:"这贺知章的事儿不解决,我这村主任就没法干了,村子里的大事小情他一掺和就没好,村民见他就像耗子见了猫。这家伙专门算计村里人,看见别人赚钱就眼红,变着法勒大脖子,再这么下去好不容易扶起来的几户人家非得返贫不可。"

江北说:"你真能瞎忽悠,这都什么年代了,他一个混混还能反了天吗?跟你说实话,这家伙的名号我听说过,就他那点儿烂事都在我心里呢。如果不是碍着某个人的情面,我早就不惯着他了……你放心,我知道咋办了。"

吕新林说:"老农民拆迁得的那点儿钱,那可是全家的活命钱,这要是弄没了,以后的日子就没法过啦!"

江北说:"行啦,别磨叽……你还信不着我吗?我明天就过去,先想法端了他的赌窝,等他撂啦,别人说啥都没用了。"

听了江北的话吕新林心里的石头终于落了地。

按理说两个战友见面本该好好聊一聊,最起码的也该喝一口,但因为都有工作,吕新林便谢绝了江北的好意,坚持要连夜赶回村里去。见吕新林一再坚持,江北也就没再挽留。

江北说:"明天早晨我就跟局长汇报,因为这是涉农大事,局长肯定会重视。你就放心好了。"

告别江北,吕新林在县城找了个旅馆住了半宿。第二天早晨,他和司机简单吃了口饭就往回赶,在路上他接到老妈的电话,老妈告诉他说黑子死了。

吕新林说:"昨天早晨还跟我疯闹了一阵子,怎么会死了呢?"

老妈说："你走了以后就没了，先是到处找没找着，以为是跟着别人跑去玩了，后来发现死了……"

"在哪儿发现的啊？"吕新林问。

"就挂在大门前，被人吊在树上了。"

老妈说着便哭了。听到哭声，吕新林心里也酸酸的，那狗狗已经陪老妈很多年了，就像个小孩子似的脚前脚后地跟着老妈。从城里回到家中，每天只要听到脚步声这狗狗就会早早地等候在门口，见了面还会站立起来向你晃动着小爪子讨要东西吃。这么可爱的小东西，有谁会忍心伤害它呢？妈妈心地善良，一辈子没和谁红过脸，不可能得罪谁。左邻右舍的，也没有哪个孩子会做出这样的恶事来。他左思右想，一个人的面孔猛然出现在眼前。

他不敢相信这个人会干出如此下作的事儿，可他实在又找不到第二个心理阴暗的人来。

二十八

自打儿子把卡退还到老伴儿的手里，朱洪福的心就被悬了起来。儿子买房自己本该拿一部分，现在有了钱却给不出手。这卡的事儿儿子跟没跟儿媳说，如果说了，儿媳又该怎样看他这个当公公的？这一连串的小问题像虫子钻心，让他吃不好、喝不好的闹心着呢。他觉得这卡只要一天没交到冬生的手上，他这当爹的身上就像压着石头一样挺不起腰来。为了卸掉那块石头，朱洪福一连想了好几天，也没想起那张卡的密码。

见朱洪福不肯交出密码，老伴儿气得连猪都不喂了，就说他是故意的，是舍不得给儿子买房子。朱洪福说："我咋会故意呢？儿子是我原装的，孙子也不是别人的，你又没扯仨拽俩的，我的心咋会那么狠呢？"说着，他便给儿子打了个电话，想让他去银行把密码找回来。

儿子说："这几天活儿多撒不开手。"

停顿了一下，儿子又说："密码的事儿得本人拿身份证去才行。"

见儿子不肯陪自己去，朱洪福的脸色便阴了下来。他老伴儿见了就说："你就是个属驴的，牵着不走打着走，早晚有一天这儿女都让你得罪了！"

听了老伴儿的话，朱洪福真生气了。他翻箱倒柜地找出身份证，然后扯着老伴儿的手说："走，跟我去银行。"

老伴儿说："我才不去呢。你想把猪饿死啊！"

朱洪福说："你不去我自己去，我就不信了，缺你个臭鸡蛋还做不成槽子糕啦！"说着一甩手，就蹶得蹶得地走出了院子。

在村口那座新建的通讯塔下，朱洪福找了块石头坐下了。

每天这个时候汽车早就该来了，可他都等了半个小时了，那汽车还是不见踪影。他想找棵树靠一下，却突然发现人民公社时栽下的那棵老榆树不知什么时候被砍了。他晕头转向地又站了一会儿，随着一阵刺耳的刹车声响起，一辆黑色轿车突然停在他身边。他惊魂未定地往后跳了一步，并且很职业地骂了一句。当他站稳脚跟时才发现，有一只独眼正看着自己。他本想躲开那种眼光，可是已经来不及了，贺知章下车拽住了他。

贺知章说："我这几天正想找你呢。"

朱洪福说："我又没招你惹你的，你找我干啥？"

贺知章说："论辈分我该管你叫舅姥爷，不过，你这个舅姥爷可不咋地……"

朱洪福说："都是亲戚里道的，我知道你山庄里的活儿多，以后要修车啥的你只管说，我让冬生去你那儿，什么钱不钱的，都好说。"

贺知章说："我都管你叫舅姥爷了，哪敢让当舅舅的干粗活儿啊。"

朱洪福说："那你想干啥？"

贺知章说："我想让他给我看几天养鱼池……"

朱洪福说："他手里一摊子活儿呢，哪有时间给你干那个。"

贺知章说："这都啥时候了？你还扯！你儿子究竟干了啥？你心里比谁都清楚。"

听了这句话，朱洪福知道没法再躲了。但即使这样，他也不想让死鱼的事儿跟自己沾上边，他心里明镜似的清楚，就凭贺知章的霸道劲儿，不花钱是摆不平的。想到这儿，他跟贺知章说："冬生一直在城里修车，他的事儿我哪里知道！"

贺知章说："你别装糊涂啦，告诉你，我那库里的鱼就是你家打药给药死的。你知道我那库里的鱼可不是一般的鱼，值钱着呢！"

朱洪福说："我家那点儿地能打多少药？咋能药死你水库里的鱼？"

贺知章说："我都问清楚啦，就是你家冬生干的。"

朱洪福说："都是一个村住着，你可不能凭空冤枉人。"

贺知章说："我没时间跟你磨嘴皮子。还是那句话，赶紧把钱准备好了，要不然找你儿子算账去……"

贺知章说完转身上了车，在轰了一脚油门之后又扔下一句话："不给钱也行，你家那点儿地就别种了，省得你年年往库里下药。"

贺知章总算走了。朱洪福这才发现，后背湿漉漉的，他瘫软地又坐到石头上，腿脚已经不听使唤了。他摸了摸口袋里的身份证和银行卡，心想这密码的事儿得放在一边了，这钱更不能取了。好不容易攒俩钱，可不能轻易让人讹了去。他就坐在那石头上胡思乱想，眼看着汽车来了又走了，他这才慢慢站了起来。他想去找村主任说说这事儿，如果主任不在，哪怕跟那个姑娘说说，也或许能有个好办法；他也想到派出所去，可一想到先前的一些事儿，他就犹豫了。这时，从村里开出一辆车，他认出那车是贺知章农家院的。车里还坐着两个秃脑袋。那车从他身边经过时，好像有意踩了一下刹车，却没有停下来。

那车是往城里方向开走的，这让他的心一下子又提到嗓子眼了。

他给儿子打了个电话，电话铃声响了好半天那边才有人接。一个陌生人问："你找谁？"

他说："找我儿子。"

那边回答说："我是你爸爸！"

说完，就是一帮人在笑。

朱洪福没有再给儿子打电话。那个破旧的手机已经是爷爷辈了，不戴花镜看错号码、按错键子是常有的事。他在村口站了一会儿，然后向一个小卖部走去，他想租小卖部的车直接去一趟城里，好赶紧把卡交到冬生的手里。另外，最重要的是他要确认儿子是否平安，并且嘱咐儿子几句话，得提防着贺知章，以后下班可千万别一个人走。到了小卖部，屋里除了老板娘，还有几个人在围着柜台唠嗑。

老板娘问："老朱头，你天天陪着猪婆子，今天咋有空跑这儿来了？说吧，你要买点儿啥？"

朱洪福说："啥也不买。"

老板娘说："你啥也不买来干啥？这屋里油盐酱醋的啥都有，你闻味儿也得交俩钱啊！"

朱洪福说："想用趟车，去趟城里。有急事！"

老板娘说："今天你是别想了。"

朱洪福问："为啥？"

老板娘说："车让交警扣了。"

朱洪福问："为啥？"

老板娘说："就因为多装了几个孩子，就把车给扣了。"

朱洪福说："难怪人家扣你车，你那车装点儿货还行，装孩子可不保险，这孩子又不是猪崽儿，有个空就趴得下……"

老板娘说："老朱头你哪儿都好，就是嘴太臭，张嘴就有一股猪粪味儿。"

听老板娘这样说，朱洪福想想自己的话是有点儿说过头了，便咧了咧嘴很不自然地笑了笑。他本来还想问点儿什么，这才注意到几个女人都带着孩子、拎着书包。这让他又想到了孙子，想到了买学区房的事儿。一想到这些，他就更加觉得对不起儿媳，对不起孙子，心里就热辣辣的。这时，老板娘才注意到他汗脖流水的样子，便拿出一瓶矿泉水递给他说："看你热的，喝口水凉快凉快，也好好洗洗你那臭嘴。"

朱洪福嘴上说"不用不用"，手却已经接过那瓶水了。他拧开瓶盖，扬脖灌了半瓶水，心里立刻舒服了许多。

老板娘问他："去城里干啥？"

他说："去儿子家，儿子买了新房，就在实验小学旁边。"

一个陌生男人说："实验小学边上的房都是学区房，那房价老高啦！你儿子挺有钱啊！"

老板娘说："不光人家儿子有钱，这老朱头也有钱。养了那么多年猪，这又被拆迁征了地……哎，老朱头，你真是又有钱又有福啊！"

一个小媳妇说："人家那是有眼光，当初冬生要我老公跟他一起去城里修车，我老公公怕耽搁种地死活没让去，如果去了……能像现在这样吗！"

听了这些话，朱洪福突然就有了一种找不到北的感觉。当年为了供两个孩子上学，他曾借遍了整个村子。为了还债他和老伴儿围着那块地，翻着花样地忙活。后来，要不是扶贫政策好，村里帮着自己养起了这些黑毛猪，这一家子还不得被拴在这块地上穷一辈子。一想到这些，朱洪福就像喝了半斤老白干似的，那种晕晕乎乎的感觉令他格外受用。

就在这时，老板娘突然问他："刚才看你在等汽车了，那车来了你咋没上呢？"

朱洪福说："我嫌人多，怕挤着。"

老板娘又压低声音问他："我看见贺知章拉扯着你……叽叽歪歪的，你可得离他远点儿。"

朱洪福叹了口气说："哎，别提了，真是熊人熊到家了！"

屋里人见他俩扯到了贺知章，便都躲了出去。

老板娘说："那家伙才不是东西呢，我都听说了，他又讹上你家啦！"

朱洪福说："可不是，就因为俺家地挨着他山庄水库，他那库里的鱼死了，就非说是冬生下药给药死的。"

老板娘说："你不知道啊，那货，讹的不止你一家呢。里边老张婆子平时厉害得老虎妈子似的，就因为地也连着水库，都让他欺负得屁都不敢放一个。"

朱洪福说："那有啥办法，人家有钱又有人，咱就只能躲着点儿啦。"

老板娘说："兔子还有咬人的时候呢，实在不行就告他。"

朱洪福说："对！我得告他！要不然我就白吃几十年咸盐啦。"

老板娘说："这都啥年月啦？国家才不惯着这样的人呢。"

听了老板娘的话朱洪福更加愤愤然，他跟老板娘说："你算说对了，这样的人就得告他，咱也不能惯着他。"

朱洪福说完挺起腰板出了门，老板娘送到门口还唠叨着说："得告他，再不告他……还不得吃人啦。"

如果是当年那脾气，朱洪福早就动手打这个忘恩负义的家伙了。可如今他不仅没了那个脾气，也没了那个能力啦！论亲戚贺知章跟朱洪福还真能扯上关系，贺有财他爹活着时两家还有些来往，后来县里来了路线工作队，驻在村里把祖宗八代翻了个底朝天，两家就不那么亲近了。再后来到了贺有财这辈，几乎就没什么来往。

贺有财死后就剩下贺知章他们娘俩生活，那时贺知章还是个几岁的孩子，眼睛也没像现在这样瘪了一只。虽然别人都看不起他们家，朱洪福对这孤儿寡母的却另眼相看。平时一瓢米、两碗面地没少接济这娘俩，冬天没柴烧了还给拉过几车柴。后来贺有财媳妇改嫁了，那娘俩搬到沟外便没了音讯。再后来听说贺知章因为打架伤了人，蹲了几年大牢才放出来。

　　贺知章从监狱出来又在外边混了一段时间才回到村里。第一次见面朱洪福并没有认出他来，倒是人家认出自己来了。贺知章说这不是舅老爷吗？舅老爷你挺好吧！见一个瘪了一只眼的胖子叫自己舅老爷，朱洪福立刻就有些蒙圈了。他问人家管谁叫舅老爷？贺知章说就管你叫舅老爷啊，你不是姓朱，叫朱洪福吗？通过别人介绍，他才确认眼前这个人就是贺有财的儿子。

　　那时贺知章在沟外承包了一个砖厂，专门给市里一些建筑工地供砖。后来沟外被开发了，那地方成了热点，江边盖起了数不清的江景房，贺知章的砖厂生意立刻爆锅了。为了拉拢客户，他又在沟里包了山片，建了个山庄，专门招待那些有钱人。后来看到沟外的地皮都卖成了黄金价，贺知章便打起了土地的主意。他走东家、串西家地想方设法变相收购那些老宅、旧宅，变着法地租地、包地，如果不是吕新林这些人阻止了他，贺知章就真成了大地主。

　　朱洪福做梦都没想到贺知章会打他的主意，那时农业税刚刚减免，国家还要发给农民各种补贴。贺知章不知从哪儿得到消息，便绞尽脑汁开始算计人。他最先找的就是朱洪福，他说："舅老爷咱们都是家里人就不说外话啦，我看你养猪也挺不容易的，忙里忙外的连地都顾不了种，正好你那地挨着我的山庄，不如你就包给我好了。咱们签个合同，每年按现行价算，先签七十年。以后这地里种啥就跟你没关系了。你只管安心养你的猪，当个名副其实的养猪户。"

当时朱洪福养的猪正闹毛病，一场猪瘟死了十几头母猪，亏了多少钱不说，一些债主还总上家闹哄。贺知章正是趁着这时机找上门的。朱洪福被说动了心，便唠到了价格上，贺知章说："现在别人包地一亩多少钱，我就给多少钱，一次性先交十年的。以后再说以后的。"

朱洪福一听能预收十年租金，便想用这笔钱来解燃眉之急。朱洪福说："既然你都说到这个分儿上了，我也没啥说的。等晚上家里人齐了，我们再商量商量。"

送走贺知章，朱洪福赶紧给儿子打了个电话，说家里有急事，让他晚上务必回家。当他把贺知章要买地的事儿说了之后，老伴儿第一个反对。

老伴儿说："现在的租地价是最低的了，租一年地不如打两个月的工钱，按这个价把地租给他，并且是一租七十年，那简直就是连白菜萝卜价都不如。另外，咱把地租给他，反过来还要给他干活儿，那不等于给他打工吗？就凭他那霸道劲儿，我们给他干活儿，这也太那个了！"

第二个反对的是儿子。冬生说："以后种啥他说得算，仅这一条就有数不清的猫腻，以后他要是退耕还林栽上了树，那每年的林地补贴算谁的？还有，咱沟里的地早就被市里规划了，如果把地租给他，他在地里盖上房子，那房子算谁的？这要是拆迁了，还不得打圈官司啊！到那时，咱可是叫天不应，叫地地不灵，合同在人家手呢，那就成了罪状。"

为了谨慎一些，朱洪福又给远在天津的闺女打了个电话。听了老爸的一番述说，闺女也坚决反对，说："这是转包给个人，又不是入股给某个农业合作社，这样的承包风险太大，弄不好会承担连带法律责任的。"

第二天早晨，贺知章领着两个人来找朱洪福，见了面他把一摞子钱和一张纸往桌上一放说："合同弄好啦，你签上名这钱就是你的啦。"

朱洪福拿起那张纸看了看，又拿起那摞钱用手掂了掂，然后又放下了。

朱洪福说："这合同我不能签了。"

贺知章说："咋的？嫌这钱咬手啊！"

朱洪福说："不是嫌钱咬手，是这地不想往出租了。"

贺知章说："昨天不是说好了吗，咋隔夜就变了呢？"

朱洪福说："我做不了家里的主。"

贺知章说："咱们可是亲戚，你是不给亲戚面子啊！"

朱洪福说："不是不给你面子，是这账算不下来。"

贺知章说："啥账算不下来？"

朱洪福说："那地种的苞米够喂猪的了，要是租出去还得花钱买饲料，现在饲料都在看涨，租地的那点儿钱啥也干不了，还不如不租呢。"

贺知章说："老朱头，我好心想跟你做笔生意，你却要耍滑头玩我。以后咱这亲戚还处不处了？"

朱洪福说："你这话说哪儿去了？这沟里沟外的谁不知道你啊！哪个敢玩你？不是我不亲戚里道的，是我实在不想把地丢了啊！过去俺祖宗八代的都没一垄地，现在有了这些地，管它种多种少呢，这可是涉及几辈人的命根子啊。只要这地不出手，子孙后人在外边混不下去了，回来总有个落脚的地方。"

听了朱洪福的话，跟来的一个人说："你想得倒远，就不知你能不能活那么大岁数。"

另一个说："你这老头儿啥都知道，就是不知道好歹。"

那两人还要说些什么，被贺知章拦住了。贺知章说："你俩少插嘴，我这是跟舅老爷说话呢，没到你们说话的时候就把嘴闭上，没人把你们当哑巴卖了。"他又跟朱洪福说，"我看那么着，你也别把话说死了，我也不想把话说绝了，你再好好想一想，做做家人的工作。我先回去等你的消息。"

贺知章说完转身走人了，连放在桌上的钱都忘了拿。

朱洪福知道这又是个套，赶紧快走两步拉住一个人的手说："快喊住贺老板，这钱你得拿着。"

二十九

这天晚上，冬生自己回来了。进了屋，他把头盔往炕上一扔，然后一屁股就坐到那个破沙发上，好半天也没说话。朱洪福老伴儿进来跟他说话，说："你咋自己回来了？"他"哼"了一声算是回答。这时朱洪福刚喂完猪回来，见儿子回来了，便手都没顾得上洗，赶忙挤坐在冬生旁边。

朱洪福脸对着儿子的脸问："这么晚回来，没吃饭吧？"说着就招呼老伴儿把饭端上来。招呼完了，又问冬生："你这是咋啦？跟谁生这么大的气！"

冬生气呼呼地说："除了贺知章，还能是谁？这贺知章不得好死，竟然欺负到咱家来了。"

朱洪福问："他找到你啦？"

冬生说："没有。给我打电话了。"

朱洪福问："电话里说啥？"

冬生说："就是让把钱准备好，没钱就把那点儿地给他种。"

朱洪福问冬生："你打算咋办啊？"

冬生说："还能咋办？乡里县里都有他的人，咱告状都找不到门路……实在把我逼急了，我就宰了他。"说着就四处找那把杀猪刀。

朱洪福见儿子气坏了，便安慰他说："你可不能干傻事，实在不行咱就躲躲，惹不起咱还躲不起吗？先到你姐家去躲几天，我一个老头子他也不敢把我咋的。再说了，那地几百年前就撂在那儿了，他能耐再大也扛不走。等到了秋天，他也许早就把这事儿给忘了。"

趁着朱洪福父子吃饭的工夫，朱洪福老伴儿找到村书记吕福民家去了。

她痛哭流涕地一顿述说，把书记老伴儿弄得也陪着她哭了半天。两个人哭够了，又说了一会儿话，终于把书记等回来了。

书记老伴儿说："你死哪儿去了？给你打电话，你先是不接，后来又给关机了。"

书记说："去县里开会了。"

书记老伴儿说："开啥会啊，非得关机？"

书记说："说了你也不懂。"

书记老伴儿说："就你懂，连句人话都不好好说。人家洪福媳妇都等你老半天了，想找你办事呢。"

听了朱洪福老伴儿的话之后，书记说："你先别搭理他，让他狠劲儿蹦，等他蹦跶大劲儿了就有人收拾他了。"

朱洪福老伴儿说："俺们也没想搭理他，可他管俺们要钱咋整啊？"

书记说："你先躲着点儿。"

朱洪福老伴儿说："俺还不知道躲着？躲来躲去的，还不是那么一回事儿。"

书记说："我让你躲，你就躲，我的话你还不信吗？"

书记老伴儿说："人家找你是想让你给办事，你却让人躲着，你这书记算是白当了。"

听了老伴儿的话，书记说："你懂个啥？这啥事儿都有个计划……以后你就知道咋回事儿了。"

几个人正说着话，大学生村官陈晓冬和村主任吕新林来了。书记老伴儿见了便到西屋去了。朱洪福老伴儿不仅没有出去，反而又把贺知章的事儿说了一遍。

陈晓冬说："像这样的事儿，他可没少干，凡是跟水库沾边的地他都讹过。你先忍忍吧，等过一阵子他就老实了。"

朱洪福老伴儿本来还想说几句，这时村里管治保的王大嗓来了，村主任吕新林说："你先回去吧，我们要商量点儿事儿。"她转身正要走，见书记老伴儿在西屋向自己招手，便进屋又跟人家唠了一会儿嗑。

两人不知怎么就说起种地的事儿了。

书记老伴儿说："现在种地容易多了，点完种下足了肥，只要农药打够了，就坐等收成了。"

朱洪福老伴儿说："可不是吗，不用铲不用薅的，省事多了。又说，省事有啥用，再种也是那点儿地，我们都种了多少年了，再怎么种那些老苞米也不值钱。等过些年咱们都没了，孩子回来还会接着种吗？"

书记老伴儿说："好不容易出去了，谁还能特意回来守着这点儿地。你看那些城里人，有钱了就想往农村跑，可有几个能在这儿待长远的？远的不说，就说你家放猪的那院子，自从别墅盖完了，人就死活没影了。"

朱洪福老伴儿说："可不是，白瞎那房子了。"

两人说着又唠起了孩子的事儿。

朱洪福老伴儿问："你啥时候抱孙子啊？"

书记老伴儿说："还抱啥孙子啊？俺孙子都能打酱油了。"

朱洪福老伴儿说："你这嘴可真够严实的，还沾亲带故呢？连杯满月酒都没喝着。"

书记老伴儿说："当初俺想等满月了抱回来给太爷太奶看看，还有太姥姥，临死前就想看看这个孩子，可儿媳妇死活不答应，怕把孩子折腾出病来。我儿子也反对，说从北京到咱这旮旯胡同的，好几千里呢……就这样，我妈临死也没看着这孩子。"说着，竟然落下泪来。

女人是见不得眼泪的。见人家哭了，朱洪福老伴儿便想起了亲闺女，眼睛立刻就湿润了。

她问："咋没见你去伺候月子？"

书记老伴儿说:"去了,亲家嫌俺不卫生,儿媳妇嫌俺嗓门大,俺一赌气就跑回来啦。"

朱洪福老伴儿问:"这是啥时候的事儿?"

书记老伴儿说了个日子。她掐指算了算,书记的孙子应该快上学了。

她问书记老伴儿:"你这一撂挑子跑回来了,那小两口不得打架啊!"

书记老伴儿说:"咋不打,打完了就要死要活的,开春那阵子他爸为这事儿还去了一趟北京呢。这不,前几天又来电话了,说孩子想奶奶了,让俺去住些日子……其实,说孩子想奶奶是假,亲家病了才是真的,眼看着孙子就要上学了,没个人照看哪行啊?"

书记老伴儿本来还想聊一会儿,这时书记大声喊她要水喝。她便急忙拿起电水壶灌了一些水送过去。朱洪福老伴儿见他们几个神神秘秘的,便想听听这些葫芦里装的什么药。她跟着来到东屋外,嘴上说要先走一步,身子却没有动弹。因为那门是虚掩着的,里边的话便有些关不住了。她只听到贺知章和扫黑、村霸几个字,吕新林便出来把门关上了。

书记老伴儿说:"再坐一会儿吧。"

她说:"不啦,猪还没喂呢……"

等朱洪福老伴儿回到家时,只见老头子早就醉倒在炕上了。她屋里屋外地找了一遍,却没见到冬生的影子。她站在院子里喊了几声没人答应。她又给冬生打电话,电话响了几声也没人接。她又打了一遍,这回冬生接了。

她问:"儿子你在哪儿呢?"

冬生说:"走了……"

她说:"你都喝酒了,还往哪儿走啊?"

冬生说:"太欺负人了,我想杀了他!"

听了儿子的话,她两腿一软,一下瘫坐在地上。

三十

外边不知什么时候刮起了风，一些落叶和垃圾被卷了起来，飘飘洒洒的样子似乎是老天在抛撒怜悯的纸钱。鸭球子已不知喝了多少酒了，他觉得自己就像是一张飘浮在空中的白纸，一切都成了空想，老婆孩子、情人朋友，还有所谓的事业。当他再次醒来之后，他本能地抓起了手机，抓住了这个世界的千丝万缕。

鸭球子又开始给人打电话，给他所有能联系上的人打电话。他最先拨出的电话是打给贺知章的，打了几遍先是没人接，后来接了却挨了一顿骂。贺知章说："你真是有俩钱烧的，闲着没事儿打什么电话？实在闲着没事儿就扇两下自己的脸，要么挠挠脚丫子，别他妈的乱打电话。"

挨完骂他又给小芳打，他机械地一连拨打了几次，电话始终都处在关机状态。

第三个电话是打给沟外老村主任的，老村主任的电话终于打通了，在听到老村主任一连喂喂喂地喊了好几遍之后，鸭球子竟然不知道说些什么了。

老村主任问："你是谁啊，会说话就赶紧说话。"

鸭球子还是没有说话。

最后老村主任恶狠狠地骂了一句："有毛病。"

听了老村长的话鸭球子并没有生气，他知道老头眼花，看不清来电显示，或者根本就没看。

第四个电话是打给招娣的，电话一直响了很长时间，"一只披着羊皮的狼"在他耳边徘徊着，号叫着，叫得他心烦意乱。

招娣没有接他的电话，这让他十分失望，也十分担心。

在一阵犹豫之后，他开始给老万头打电话，但他在连续几次打通了之后，又都被他自己挂断了。正当他考虑是否再打过去时，老万头的打电话过来了。

老万头说："是鸭球子吧，有事儿你就说……"

鸭球子说："没事儿，就是想给你打个电话。"

老万头说："你真的没事儿啊？有事儿吱声。"

鸭球子忙说："没事儿，没事儿，真的没事儿。"

老万头说："没事儿就好，没事儿就好，没事儿我可撂啦。"

鸭球子没有想到老万头会把电话打回来，会耐心地跟自己唠上几句。

最后当他把电话打给一个要好的朋友时，电话里竟传来这样的声音：

"这里是某某某殡葬服务中心，首先请您节哀顺变……"

听到这意外的声音，鸭球子突然有一种灵魂出壳的感觉，就好像天要塌下来一样。他觉得这一切都是天意，都是迟早要发生的事儿。他没有与天堂对话便挂断了手机。他不明白，这人和人的命运各不相同，可头顶的天应该是一样的，即使天要塌下来也应该是一块儿塌下来，而不会有先有后，也不会因钱而异。现在大半夜就要过去了，鸭球子有些后悔，早知如此，真该找个地方狂欢潇洒一把。

"末日狂欢"是一家由香港人投资的娱乐场所，里面不仅装修豪华，经营的内容也特别丰富。他曾经跟贺知章进去过，一进门就是一个挺大的玻璃房子，里边还有许多歌厅，音乐大得震天响，一些喝得烂醉的男男女女在里边摇头晃脑地乱蹦。还有那些大餐厅，据说想在那里吃顿饭，卖一百只鸭子还不够个零头呢。

"末日狂欢"地处青龙山下的鸭子河边，那地方原来只有个土地庙，现在土地庙早已不见了，一些建筑像栅栏似的把大山挡个溜严。鸭球子曾经听招娣说起过，她家没动迁之前的老房子就距离"末日狂欢"不远，动迁后被安置到末日狂欢后边一座十八层大楼的最顶层。招娣还给鸭球子讲过一个笑话，说她有一次陪个小姐妹在狗肉馆喝酒，因为喝多了实在憋不住，结果就吐在末日狂欢大门口了。事隔不久就有好几个人给她打电话，问她在做什么买卖呢？说她不是发了大财，就是傍了大款。后来一打听才知道，原来那天她在末日狂欢大门前呕吐时，恰巧让她过去打工的小饭店老板看见了。那哥们逢人就说招娣肯定有钱了，要不怎么会到那么高档的地方消费呢？

现在鸭球子又成孤家寡人了。他闭上眼睛给自己放电影，往事一幕幕地又都浮现在眼前。鸭球子的爷爷是在困难时期吃了有毒的野菜得浮肿病死的。那场自然灾害刚刚过去，那场运动就开始了，有人揭发说鸭球子的爸爸曾经说过，村里的大半土地原来都是自己家的，都是老祖宗当年开荒开出来的，还说当年老爷子在外边拉泡屎都要想法拉到自家地里，却在农忙时给帮工蒸黏豆包、做猪肉炖粉条子吃，是有名的大善人。就因为这些话，鸭球子爸爸便成了地主的孝子贤孙，被一些胳膊上戴红布条的人押着游街。

躺在沙发上，他又回忆起那些可爱的鸭子，他觉得那时候自己既像只鸭子游动着，又像只鸟儿飘浮着，虽然风吹雨淋的，但生活还是美好的，还是自由自在的，如果没有拆迁这一说，如果不失去那些田地，那该多好啊！想到这里，他觉得自己不该这样放弃了，应该找回失去的一切，找回那种失去了的生活。可到底该怎样找？一个失去土地的泥腿子，谁会理睬你呢？不知为什么？他突然想起一部看过的电影，想起一个叫秋菊的女人……

鸭球子躺在沙发上很快就进入一种朦胧状态，随着一阵阵鼾声的起落，他听到了小芳的叫骂声，听到了法官的斥责声，听到一个老人的哭泣声，还有木槌的敲击声。他倾听着曾经发生过的一切，隐约感到小芳正在和一个人打官司，正在和人分割财产。在一阵嘈杂声中，在纷涌而来的光电刺激下，鸭球子感受到了被格外关注的痛苦，也享受到了未曾有过的自由，随着一阵热浪的涌来他鸟儿似的飞了起来，他轻盈地掠过往日的村庄，惊奇地看到那些大片的苞米地不见了，那些熟悉的鸡鸭鹅狗也都不见了，一团灰色的云雾飘浮在天地之间，让他找不到日出的方向。

他想振翅翱翔，一阵滂沱大雨让他跌落在地，使他陷入泥泞之中。他挣扎着想要爬起来，却被什么人按住了身子，随后有人坐在他的胸口上，甚至坐在他的脸上，一股熟悉的香水味道，让他产生了就要窒息的感觉。他拼命地挣扎着，不停地扭动着身躯，想要掀掉压在身上的重物，可一切似乎都是徒劳的。就在他绝望地就要放弃挣扎时，迷蒙之中他似乎听到了呼唤。

鸭球子终于从梦中醒来了，他发现自己不知什么时候把脚搭到桌上了，下意识的动作使他蹬倒了一瓶白酒，丝丝缕缕的热流顺着脚丫流进裤管，又顺着裤管淌到了裆下。那湿漉漉的感觉让他毫不犹豫地脱光了身子，并扯了块毯子披在身上。当他正要找件衣服时，他隐约听到好像又有敲门声和呼唤声传来。这意外的发生让他来不及思考，几乎是光着下身轻轻地快步走到门前，并且透过猫眼向外看了看。随着声控灯的瞬间熄灭，他好像看到有个身影定格在黑暗里，又像幽灵似的很快消失在楼道中。

那悄然而去的影子让鸭球子联想到了自己的老妈，那一天鸭球子妈在和小芳吵完架后突然倒在家门前，从此就再也没回来过；鸭球子也想到了那个一心想过上那种"楼上楼下、电灯电话"最简单的城市生活的老万太太，甚至想到了从自家祖坟里挖出并被随便埋葬的孤魂野鬼。

鸭球子还在胡思乱想，电话突然响了。他拿起手机却没有立刻接听，都这么晚了，有谁会主动给自己打电话？联想到刚才打过的几个电话，他想猜一下，却没敢再多想，他怕那些债主，怕人家找上门来。就在他犹豫的瞬间，电话断了。他仔细看了看来电显示，见是老万头来的电话。他想回个电话，却又不知道该说些什么。

在沉默了一阵之后，电话又响了，鸭球子看看手机屏幕，还是老万头的电话。这回他没有犹豫，立刻接起了电话。

鸭球子问："是万大爷吗？"

老万头说："你可算接电话啦……再不接，我就跑去砸你门啦。"

鸭球子说："你可别砸我门，现在的防盗门值钱着呢。"

老万头说："你个死小子，都啥时候了还耍贫嘴？"

鸭球子说："万大爷，我知道你是为我好，怕我心眼小，想不开；担心我喝点儿酒好激动，稀里糊涂干出点儿傻事。"

老万头说："知道就好，你这样我就放心啦！"

鸭球子说："万大爷，你放下吧，我心眼没那么小。"

老万头说："那就好，好死不如赖活着。我知道你把钱都祸害光啦！祸害光了又能咋的，谁都有鬼迷心窍的时候，过去了就过去啦！你原来不也是穷光蛋一个吗。你别忘了，老天爷饿不死瞎家雀儿。"

听了老万头那唠唠叨叨的话，鸭球子心里像倒了佐料瓶子，说不出是啥滋味儿。他想对着手机说声"谢谢"，又想说声"对不起"。这时，老万头又问他："你是不是没钱啦？急用钱就吱声，多了没有，三千两千的救个急还拿得出……"

老万头最后这几句话让鸭球子无地自容，他喉头一紧，吞吞吐吐只叫出一声："万大爷……"

三十一

从老蔫儿家出来，陈晓冬离老远就看到贺知章领着两个人从屯里走出来。三个人一边走一边说笑着，好像刚刚办了件什么可心的事儿。走到村道拐弯处，贺知章向吕新林招招手算是打招呼，又对陈晓冬说："陈美女，哪天请您坐坐，得给个面子啊！"看到贺知章那油滑的样子，陈晓冬没有搭理他。而贺知章却像没事儿似的又跟吕新林说："吕主任，忘了告诉你，前两天看见徐局长了，他让我给你带个好儿！"说完又摆摆手，这才转身走了。

看到贺知章拐个弯没影了，陈晓冬跟吕新林说："你得注意点儿贺知章了，这段时间他有事儿没事儿的总往沟里跑，这修路动迁的事儿就要开始了，可别让他瞎搅和了。"

吕新林说："你放心好了，这吕家岗子只要有咱们在，他再大的泥鳅也翻不起浪来。"

陈晓冬说："没别的意思，我只是提个醒。"

吕新林说："我知道你的好意。不瞒你说，这几天我的耳朵里灌得满满的，都是跟这家伙有关的事儿。我刚回来那几年还觉得这人挺豪爽的，花钱也仗义，后来就醒过味了。也许是别人不了解咱这个人，有事儿不愿跟咱说，涉及他的事儿也不敢说。现在知道咱啥样人了，这耳朵就被他那点儿烂事磨出茧子了。"

陈晓冬说："这个人是有点儿过分，我这耳朵也被他的名字堵住了。"

吕新林说："一晃你都来半年啦，这么长时间一栋楼都盖起来啦！说说吧，这段时间你都听到了啥？"

陈晓冬说："啥话都有，最新话题就是他太那个了……"

吕新林说："啥叫太那个，你得把话说完。"

陈晓冬说："就是太那个，我说不好那个词。"

吕新林说："你们大学生就是矫情，捅不出词来就说事儿，没吃过猪肉还没见过猪跑吗？"

听吕新林这么说自己，陈晓冬笑了。陈晓冬说："贺知章也太那个了，刚才在吕老师家忘了给你说了，现在国家早就不许土葬了，可他却给他老爸修了个大墓，并且把坟建在人家的房后了，离远看就好像有口锅扣在人家房顶上。你说说看，他这究竟是一种什么心态？是阴暗呢，还是邪恶，或者就是变态？反正我是说不出来……要么，他就是精神有问题，看不得别人好。"

吕新林说："我知道你说的那座墓，这事儿也怪我，整天忙这忙那的，一眼照顾不到就弄出点儿事儿来。那几天咱俩去县里开会，也许贺知章就是利用这机会挪的坟。如果刚动工咱们管管还可以，现在坟都建好了，人都在坟里了，咱们咋张这个嘴？再说了，那地是前任村主任包给他的，合同签了几十年，他把自己的爹埋在自己的承包地里了，你能让他再抠出来吗？这殡葬的事儿归民政部门管，那条例上都有规定，可那一条条念起来方便，执行起来可就难啦。尤其是像咱这豆包大的官，你就是说出花来，那家伙也不会听的。"

陈晓冬说："那咋办啊？也不能让吕老师干憋气啊。他那么大岁数的人了，儿子丢了又找不回来，多可怜啊。"

吕新林说："那能咋办？就得做工作呗。咱们村干部是干啥的？不就是服务吗。为吕老师这样的贫困人家服务，也得为贺知章这样的人服务。两边都得服务。既要做吕老师的思想工作，让他解放思想，不要因为一座坟就被压趴下了，还要做贺知章工作，让他多栽点儿树，把那坟挡一挡，让山头美化一些。只有这样才说得过去，才对得起这二两豆包的名号。"

听了吕新林一番话陈晓冬笑出了声，她高兴地拍了一下吕新林的肩说："哥，你太好玩了，你说说，啥叫二两豆包的名号啊？按你这样说，咱们村干部分量也太轻了吧？"

吕新林说："我也就是随便说说，既然都被选上了，管他分量轻重呢，你只能干好不能干坏，这跟在部队没啥两样。人总得有点儿担当，有点儿责任感。"

听了吕新林这句话陈晓冬没有笑，她突然觉得眼前这个黑黑的汉子太真实、太可爱了。不知为什么，吕新林让她想到了她的四年大学生活，想到了她的那些师哥师妹，甚至想到了她的前任。这些年来，大家都干了些什么？除了每月一次的汇款，这些断不了奶的孩子似乎已经和社会、和家庭失去了联系。人情冷漠、亲情淡漠、爱情虚幻，这既是陈晓冬校园生活的感悟，也是她执意要回乡当村干部的一个因素。

看到陈晓冬默默无语的样子，尤其是她那回眸一笑的眼神，也让吕新林想到了一个人，那是他在抗震救灾时认识的一个女孩儿。那个女孩儿是最先进入灾区的志愿者之一，一直跟着部队进行伤员救助，当部队在废墟下发现一个被压住下肢的小男孩儿时，为了不让那孩子睡着，她冒着余震的危险钻进狭窄的空间陪孩子说话，鼓励他保持清醒。那孩子被救活了，她却在后来的余震中被砸断了腿。当吕新林和战友把她抬上救护车时，那女孩儿向吕新林莞尔一笑，并亲手把一条纱巾系到了他的脖子上。吕新林知道那女孩儿是医学院的学生，也曾试图找到那个女孩儿，几经努力却杳无音讯。

吕新林和陈晓冬沿着乡路走了一会儿，当走到吕家岗子的岭上时，陈晓冬突然发现从岭上开始，沟里沟外的村村通道路是不一样的。沟里的乡道是新修的水泥路，沟外的乡道反而是沙石路。陈晓冬指着脚下的断头路问："这路是该从外往里修，还是从里往外修？"吕新林说："你这心真够细的，连这修路的事儿都没逃过你的眼睛。"说着，就把贺知章承包修路的事儿说了出来。

几年前，修村村通乡道时，贺知章利用自己的关系承包了两个标段的工程，一个标段是从岭上到沟里这段路程，也就是修好了的这段水泥路面，另一段是从岭上到沟外的一段项目。沟里的项目干完了，沟外的项目路基也垫完了，开发区的大规划出来了，瞎子要修的项目正好与大规划的开发区路重合。因为开发区建设项目有严格的工期要求，不得不边拆迁边建设、先上车后买票，快速开工的新规划城市道路便把原来的乡道包裹到里面了。因为换了施工队伍，这乡道和城市道路的建设资金来源不同，项目交接便成了问题。城市道路由市政府财政投资，而这沟外的"村村通"项目属于新农村建设的专项资金，是国家农行拨给交通局，由交通局主管再直接拨给村里的。当时由于缺少监督，贺知章便打起了这笔钱的主意，他三番五次地寻找理由想挪用这笔资金，都被吕新林挡了回来，这便惹恼了贺知章，他说吕新林挡了自己的财路。

另外，在修沟里的道路时，吕新林发现他偷工减料，用劣质水泥替代合格产品。为了省水泥，甚至往混凝土里大量添加替代品充数。在吕新林的揭发检举下，监理部门让贺知章刨掉了已经完工了的部分路段，重新进行施工。这件事彻底惹怒了贺知章，他几次找碴儿要跟吕新林玩命。因为吕新林当过兵，练过硬气功有过硬的武功底子，结果他几次寻衅闹事都没占着便宜，尤其是有一次他跟吕新林单挑，结果几个回合就被打趴下了。吕新林掰着他的胳膊问他服不服，他不得不说服了。后来这事儿被传了出去，村民们听了都觉得解气，说这村主任就得吕新林这样的人当才行，要不谁能管了那些驴球马蛋！

吕新林和陈晓冬边说边走，在岭下一个路口，又碰到了那三人。只见贺知章拦住两个骑摩托车的正在那里说些什么。他好使的那只眼睛一眼就看见吕新林和陈晓冬了。

贺知章说："真巧，又碰上美女了。"

陈晓冬笑了笑，没搭理他。

吕新林说："贺老板真够忙的，大热天的，这生意都做到三岔口来了。"

瞎子说："山庄有点儿小活儿，想找两个瓦匠。"又说，"俺再忙也没领导忙啊。"

那两个骑摩托车的也是沟里的，因为天天在外打工不认识陈晓冬，见村主任突然领个美女便想开个玩笑，说："村主任啥时换的妇女主任啊？"吕新林说："你们光顾着赚钱了，一点儿也不关心村里的事儿。我跟你们介绍一下，这是上边派下来的大学生干部，叫陈晓冬。"说着又张老三、李老四地一番介绍。见吕新林介绍村民，陈晓冬便赶忙又重新介绍了一遍自己，并很客气地与两个村民握握手。其中一个人见了村主任猛然想起一件事儿来，便把吕新林拉到一边单聊，贺知章见机想跟陈晓冬套近乎，见对方没有搭理他的意思，便哼哈着领着马仔走人了。

看着几个远去的背影吕新林说："这家伙从来就不是省油的灯。"陈晓冬听了便问吕新林又看出啥了，吕新林便又给她上了一堂社会实践课。

吕新林介绍说："你别看村主任这豆包大个官，可身上责任大着呢，平时不仅管山管地管河流，还管老百姓吃喝拉撒睡，哪一项管不好都不行。因为涉及生产资料、土地资源，涉及政策执行，所以每到村委换届，有些人就会拉动各种线索，调动一切人脉，把关系发挥到极致。"

吕新林第一次见到贺知章就是在这三岔路口，那时他刚从部队回来没几天，被几个人拦在这路口。有人问他是哪村的，他说就是这村的。那人告诉他说村里马上就要改选村委会了，让他到时选贺知章。吕新林听了差点儿笑掉了下巴。他说："你们选村主任找不着人啦，非要把几千年前的人抬出来。"听了吕新林的话，那人叫他严肃点儿，不许开玩笑。吕新林见他们一副认真的样子，便问贺知章是谁啊？那人说你这村民当的，连贺知章是谁都不知道。说着就介绍了一番贺知章承包工程、建立旅游山庄、为残疾人捐钱等一番好事。

那贺知章拦路拉选票还不够，还挨家逐户上门送大米、送豆油去游说，让村民都选他。头一届是送物，后来便是送钱、送老鼠药。起初因为村民怕他，一些人便答应肯定选他。等到了会上知道了海选是咋回事儿，便暗地玩了他一把，把票投给自己喜欢的人了。贺知章见这招不管用，也曾使过别的招数。

记得吕新林第一次参加村委会选举那年，他是村主任人选呼声最高的，他自己也想试试参把政，为村民办点儿实事，并且也走街串巷地做了工作。乡里定的是第二天下午到吕家岗子村部开会，吕新林连竞选稿都背下来了，没想到一个意想不到的电话让事情有了变化。

这天上午九点前后，吕新林接到一个电话，一个自称是乡党办主任的人叫他去一趟，说书记要找他谈一谈。听说书记要找自己谈话，并且是在选举前，吕新林连想都没想便去了乡里。

到了乡政府，他见党办的门锁着，只有一个机关干部打扮的人站在那里。他跟那人说："这领导也真够忘性大的，打电话叫我来，我来了他却走了。"

那人说："我也是来办事的，也是找主任的。我刚跟他说了两句话，他接了个电话就下楼了，说马上回来。"说着，那人便递给他一支大中华说："等等吧，既然来了，还差抽支烟的时间吗。"

吕新林接过那支烟，对方又掏出打火机给他点上。吕新林是抽过好烟的人，不知为什么今天这烟他只抽了一口就觉得特别爽，可仅仅爽了几口他就觉得头晕、恶心，然后就啥也不知道了。

当他醒来时已经是第二天中午了。吕新林知道这是有人算计他，可他拿不出证据来。医院说他是药物中毒，神经性的药物中毒，但具体是什么药物却说不清楚。他也报了案，公安局的人通过手机号查了一下，那号码是用假身份证办理的，并且只打了这一次就再没用。公安局的人又调取了乡政府的监控录像，巧的是那天竟然停电了，原因是农电线路维修。公安该用的手段都用上了，也没破了这起涉及选举的案件。

至于那个打电话的党办主任，因为不是很熟悉，声音根本就对不上。后来才知道，那天人家陪着书记在下边转了一天，根本就没回乡里。

吕新林怀疑是被人算计了，有人说就是贺知章干的，但怀疑毕竟是怀疑，那无法定性的案子一直挂到今天。在那次选举中，贺知章机关算尽，连吃奶的劲儿都使出来了，但因为他人品太差，村民都暗暗诅咒他，那结果自然也就好不了。

第三章　秋天不寂寞

三十二

　　熟悉徐木匠的人都知道，他眼睛上的玻璃花是小时候生病落下的。因为特征太明显，孩子们便叫他玻璃花眼。后来他学了木匠，渐渐地那叫了许多年的四个字便被"木匠"替代了。

　　徐木匠回到山庄跟贺知章说："在坟场看见吕老蔫儿和冬生了。"

　　贺知章问："他们去那儿干啥？"

　　徐木匠说："还能干啥？咱把坟埋在山包上了，那地方正对着老蔫儿他家的房顶，站在山上看不着，从山下看，怎么看都在那儿压着。"

　　贺知章说："还有这事儿，我咋没注意呢。"

　　徐木匠说："那地方是你特意选的，我还以为你知道咋回事儿呢。"

　　贺知章说："那些年穷得叮当响，我老爸死了，连副好棺材都没混上。现在条件好了，我就想给他找个扬眉吐气的地方，那地方地势高，后边还有个山头靠着，风水先生说挪到那儿福佑子孙……"

　　还没等贺知章把话说完呢，徐木匠便把话接了过去。他说："可不是，站在那儿还能看到远处的江呢，那可是大风水，背山面水，是再好不过的地方了。"

听了徐木匠的忽悠，贺知章难免有些得意，便跟那三个人又吹嘘了几段自己闯荡的经历。吹嘘完了，他点了支烟叼在嘴上，然后在屋子里转了几个圈说："打小我就记得那几间破房子，这都啥年月了，那老蔫儿咋还住在那儿呢？"

徐木匠说："他没儿没女的，又没有劳动能力，有个房子住就不错了。不住那儿，还能住哪儿？"

贺知章说："这老蔫儿看起来挺可怜，老婆死了，儿子丢了，他自己也病歪歪的。可一想起当年的事儿，不知为什么我心里还是有点儿不是滋味……"

徐木匠说："我跟你想法差不多，有句话咋说的啦……"

他一边说一边想，贺知章看着徐木匠幸灾乐祸的样子，嘴里突然蹦出那句话来："可怜之人，必有可恨之处。"

听到这几句话徐木匠又赶忙接话说："对对对，还是你们年轻人记性好，我要说的就是这句话。"

贺知章听了说："啥对对的，行啦，你们几个少忽悠，该干啥干啥去。"说着就伸手把几个人轰了出去。见几个人走了，他在屋子里又转起了圈，转够了又腾地一屁股坐到沙发上，然后抓起桌上的香烟从中抽出一支点上了。他在闷闷地抽了几口之后，又将那正冒着火亮的烟头狠劲儿在烟缸里捻了捻。

眼看着就到晌午了，司机徐大胖头问他中午在山庄吃还是到外边吃，贺知章这才想起来有个哥们儿今天要在山庄给他爹过生日。想到这儿，他跟大胖头说："今天中午不吃了，你看我这肚子灌啤酒灌的，都成娘娘肚了！"

大胖头说:"那有啥,你要是没那点儿肚,就不是你啦!一个大男的,挺瘪个肚子,要胸没胸,要肉没肉的,哪个妞儿能喜欢!"

贺知章说:"就你会说话,话虽然躁性点儿,但像男人说的话。"说着就拍了拍大胖头的肩,然后两人一起去了餐厅。到了餐厅,他问餐厅经理过生日的事儿都安排好没,经理说:"早就安排好了,生日蛋糕都端上去了。"

贺知章说:"安排好就行啦!人家是第一次来这儿过生日,你可别给我打脸。"

经理说:"放心吧,保证让你满意。"

贺知章说:"让我满意有屁用,你得让客人满意。"

经理说:"刚才那哥们打听你来没?我让他给你打电话,不知你接到没?"

贺知章说:"手机没电了。"

经理说:"生日宴席都开始了,你进去看看不?"

贺知章拿出个红包说:"不进去啦,我这几天心烦,一会儿你进去把红包送给那个哥们儿,就说我去市里办事回不来了。"

经理问:"刚才听那哥们的意思是想找你签单,一会儿结账时他不给钱咋办?"

贺知章说:"不给钱就不让他走,啥关系啊?长个手就想签单。"说着,又把已经给到经理手里的红包要了回来。

看着那不解的眼神贺知章没有解释什么。山庄刚成立时的确红火一阵子,那时无论是市里的还是县里的,许多人都大老远地跑来捧场。有的人为了结账方便,便在这里签单,有时过一段时间让手下来结账,也有时让下属单位来给买单。后来不许大吃大喝了,不仅没人来签单吃饭了,连普通客人都没几个了。现在好不容易接待了几桌,本想赚两个填填窟窿,却遇到了个不想拔毛的铁公鸡。碍着多年的情面,他又不想让对方难堪,所以，便只能赶紧出去躲躲。

贺知章正要走出餐厅，突然有人从后边拉了他一下，他转身一看是大胖头。大胖头手里拿着两块月饼笑嘻嘻地说："今天是中秋节，饭可以不吃，这个总得尝尝吧。"

尝过两口月饼，贺知章从后门出了餐厅，沿着一条石板小路进了松林。走过铺满松针的林片，又爬过一个山坡，他来到了那刚建完没多久的墓地。

他围着那墓地走了一圈，然后停留在墓前，墓前的灰烬像几片浅浅的破布铺在碑前，刚生长出来的野草蓬乱地盖在坟墓的周边。他静静地站在碑前，双手抚摸着被秋老虎晒得滚烫的石面，碑面贺有财那几个描红大字刺激着他，受过伤的眼睛情不自禁地流下几滴泪水。他在静默了一会儿之后，猛然发现有几摊鸟屎溅落在石碑上边，便从兜里掏出一袋餐厅用的湿巾，用力去擦碑上的污垢。在用尽最后一块湿巾之后，他很不耐烦地扔掉湿巾，然后坐在旁边的一个石凳上。坐稳之后，他又点了一支香烟，刚刚抽了几口，却猛然又看见地上那几块被自己扔掉的湿巾。

贺知章一边抽着烟一边捡起那几块脏东西，他拎着那东西走出墓园，来到能看到村庄的一个地方，顺手丢掉了那还散发着酒精气味的湿巾。当他眼看着那几片白色飘落到山下的树梢上之后，心里突然像被蒙上一层阴影。他想绕到土崖下去摇掉那几块招摇的小旗，却猛然想起刚刚与徐木匠的那番对话。他知道吕老蔫儿的房子就该在下边。

贺知章一连选了好几个角度，睁大眼睛寻找着那座他曾经熟悉的小房子。一缕炊烟顺着林梢袅袅升起，又被一阵山风扰乱，透过林梢他终于找到一个盖着黑瓦的屋顶。其实，他不用去寻找也知道那个屋子的情况，能够想象出那个屋子主人的境况，这么多年了他曾诅咒过那个屋子的主人，也曾诅咒过那段苦难的日子。自从搬离吕家岗子之后，他曾诅咒发誓不再回到这个地方，不想再看到那些他不想见到的人。可是，当他闯荡了多年之后，当他与母亲失散之后，这个遍体鳞伤的人还是回到了这个令他记忆深刻的故乡。

回到吕家岗子，他曾想去看看自家的老房子，可当他听说那地方早已房倒屋塌被夷为平地之后，便再未到过那里。这些年来，他似乎懂得一个道理：人是不能穷的。穷会让人瞧不起，让人丧失尊严，丧失理智，丧失最起码的生存条件。为了不再受穷，他想尽一切办法去赚钱，只要能搞到钱，他可以不顾一切。尤其是他手里有了一些钱之后，他更加相信钱的能力，钱不仅能买房买地买名车买名表，还能买来面子，买来自己想要的一切。只要有了钱，就没有办不成的事儿。

令他没有想到的是，当他真的有了一些钱时，他又突然产生了一种失落感，就好像丢了什么贵重东西一样，心里总觉得空空荡荡的。他不知道，有些东西失去了就失去了，无论怎样有钱都再也买不到了。可到底失去了什么？又该如何找回那失去了的东西？这是他没有想过的，也是他想不明白的事儿。

离开墓地，贺知章顺着山坡来到老蔫儿的屋后，他围着那个已经被树林围挡起来的房子走了一圈，然后沿着村道来到一个老房场跟前。他站在一片白菜地跟前，远远地望着那幢老房子，望着山顶上那片松林。他真希望老爷子能走出那片林子，然后昂首掐腰地看着这片村落，看着这片曾经让他受尽白眼，连吃顿饱饭都困难的地方。

贺知章也多次在梦里梦到过老爷子，梦见自己和老爷子一起站在那道山岗上，非常牛气地指给老爷子看，告诉他那大片土地如今已经归到自己名下，那块茂密的林子已经变成自己的经营场所，还有当年老爷子曾参与修建的水库已经变成自家的养鱼池，还告诉老爷子自己许许多多的想法和打算。他告诉老爷子，说至今忘不了当年被"割尾巴"时的情景，忘不了那个要往老爷子脖子上挂苞米的人。他还告诉老爷子，为了早点儿躲开那阴冷的山洼，也为了替老爷子出口气，自己是如何费尽心思才把老爷子葬在这高岗上的。听了他的絮叨，老爷子似乎变了一个人，他先是叹了口气，然后悄然冲着他的耳朵说："你知道为啥给你起个贺知章的名字吗？"贺知章无法回答。这时老爷子又揪着他的耳朵说："鸟死留影，豹死留皮，人死了就该留个脸面。给你起名时，本想叫得响亮些，哪曾想却闹了个天大的笑话……"

老爷子的话令贺知章唏嘘不已。当他一觉醒来，猛然发现自己竟然睡在墓地里。他坐在墓前的草地上，心里暗暗思忖着老爷子的话。他不知道贺知章是何许人也，更没想到活了这么多年了，竟然活出了个笑话。后来，当他从手机上搜索出自己的名字时，那结果令他张目结舌。他不知道一千多年前的那个人为啥活得那般精彩，而千年以后同样一个名字竟然就成了笑话。他也曾想改变一下自己，改变当下的状态。他想尽办法去占有土地，也占用了许多山林，可他栽下的那些树苗并没有成活多少，那些土地也没有多少收获。他发现，人们并没有因为他拥有土地数量的增加而高看他一眼，也并没有因为他是山庄的老板而对他毕恭毕敬。心思用尽了，浑身的蛮劲儿也用到了极限，可到头来却仍然有人在背后指指点点地戳他的脊梁骨。

三十三

陈晓冬的两个同学来看她，三个人吃完饭有人提出要在她管辖的地方转转，她便领着两个姐妹开始沟里沟外地闲逛。当她们来到吕老蔫儿的园子跟前时，陈晓冬顺便说起暴马丁香（西海菩提）的事儿。其中一个叫香雪的喜欢诗，曾经在西部流浪了两年，写过菩提树的诗歌，曾幻想着能与白马王子在菩提树下了却余生。虽然那段恋情已经过去了，那白马王子也杳无踪影，但菩提树的情结仍未解开，一听说有菩提树可看，便什么都扔到一边去了。

在村口三个人遇到了吕新林，因为他正陪着领导检查村镇规划工作，所以见面只是简单地介绍了一下便分手了。当吕新林离开之后，香雪十分惊讶地往后指了指说："怪不得晓冬待得这么老实呢，原来守着个大帅哥啊！"

听了香雪的话，妙梅也赶紧凑热闹，她拉了拉陈晓冬的手说："你说实话，是不是喜欢上人家啦？"

陈晓冬甩开妙梅的手，又赶紧回头看了看，然后说："你俩可不能乱说，要是再说的话，我就……"说着便做出一副要掐人的样子。

香雪看她那副吓人的样子就笑了，说："还是被我们说着了吧，要不然咋怕人说呢？"

妙梅说："你可别说你们俩没关系，你都不知道，你看人家那眼神都不一样，简直就是被迷住啦！快说说，进展到啥程度了？要不然香雪可要下手啦。"

香雪听了妙梅的话更加笑得不行，她拉着陈晓冬的另一只手说："真的，做梦都没想到，这地方竟然藏着这么帅的人。说吧，啥条件？反正我也是单着……"

几个人就这么疯疯闹闹地走着，不知不觉便来到吕老蔫儿的家门前。陈晓冬举手正要叩开那木门，却猛然发现那门是虚掩着的。她喊了两声见没人答应，便小心翼翼地推开门，领着同学悄然进了院子。这时她才看到窗户也是开着的，透过窗户能看见老蔫儿正趴在炕上睡大觉。进了屋她看到地上有一本花卉养植书，炕边有一张小孩子的照片。一个小炕桌已被推靠了墙，桌上有半盘农家酱拌黄瓜菜，还有盘鬼子葱炒鸡蛋。桌上有个酒瓶子已空了，旁边还有两个酒杯，一个酒杯已经扣了过来，另一个杯里还剩了一点儿酒。

陈晓冬上前轻轻推了推吕老蔫儿，老蔫儿睁了两下眼睛又闭上了。见他睡眼蒙眬的样子，陈晓冬便没再忍心打扰他。她将地下的书捡起放到炕头的柜上，又顺手拿起那张照片，照片上的小孩儿也就两三岁模样，花衣服，红脸蛋儿，骑着一个带动物图案的儿童车。她看了看照片的背面，背面有几个字，但模糊得已经看不清了。她身边的香雪接过照片看了看，又看了看醉倒在炕上的吕老蔫儿。

几个人绕过一垛柴来到屋后，只见屋后栽有许多暴马丁香树，有许多细细的小树苗，也有几年的成龄树，都排列齐整，打理得干干净净的。那些树冠形态各异，在微风中轻轻摆动。树的一侧都立有标牌，上边分别记载着这些树的栽培时间。几只鸟儿正在林中寻觅，不时发出婉转的鸣叫声。

妙梅轻声说："这里竟然有鸟哎！"

陈晓冬说："这有什么可奇怪的吗？"

妙梅说："听说因为打杀虫剂，苞米地附近的虫儿都给药死了，怎么还会有鸟呢？"

陈晓冬说："这儿鸟特别多，麻雀、喜鹊，还有一种黄鸟，叫起来特别好听。你要是春天来，还能听到布谷鸟的叫声呢。"还没等陈晓冬把话说完，妙梅便轻声学起了布谷鸟的叫声。

见两个人有点儿疯，香雪便嘘了一声，然后悄然绕到一边，想静静地听听那鸟儿的歌唱。

树的另一侧是一片不大的菜地，除了两垄茄子、辣椒还站着，刚出苗的几垄萝卜、白菜也已经能分辨清楚了。越过那片菜地，香雪的眼睛一亮，高兴得差点儿叫出声来。只见在园子的角落里站着一棵暴马丁香树，几棵小树紧紧地簇拥着那棵老树，老树被挤得只能抻长了脖颈，昂扬地挺直身子，树冠张扬着向四周伸展，已经越过了矮矮的石墙。眼前的景象让香雪叫出声来，陈晓冬拉着另一个同学的手立刻跑了过来。

啊，同心树！几个人不约而同地说了同一个词。

陈晓冬说："真没想到这里会藏着这样一棵树。"

香雪说："我从没见过同心的西海菩提。"

妙梅说："咱们照张相吧。"

几个人相互拍了一会儿，又发了几个朋友圈，这才想起应该来个合影。因为没有自拍架，也没有其他人，三个人无论怎样摆 pose，那树就是跟她们同不了框。

香雪说："下回吧，明年开花时再来。"

妙梅说："到那时，你又不知野哪儿去了？"

照完相，三个靠着树闲聊起来。香雪说想回家看看父母，然后再去一趟西藏，除了风景没看够，主要还想写写那些虔诚的朝拜者。说着便哼唱起一首歌：

> 那一天，
>
> 我转动所有的经筒，
>
> 不为超度，
>
> 不为来生，
>
> 只为你的温暖。
>
> 那一世，
>
> 我转山转水，
>
> 啊，只为途中与你相见……

香雪的歌声感染着陈晓冬和妙梅，两人便跟着哼唱起来。哼唱完歌曲，三个人又沉默了片刻，陈晓冬问香雪："是不是放不下你心中的白马王子？"

香雪点点头说："为了他我会舍得一切。"

妙梅说："你想没想过，这爱情追逐的结果会是什么？"

香雪说："既然爱了，我就要追下去，即使没有结果我也不后悔。只有追求了，爱才会释放出来……"

香雪说完话似乎轻松了许多，她低头沉思了一会儿，然后伸出双臂搂着陈晓冬和妙梅，她看看妙梅的脸，又看看陈晓冬的脸。

她跟妙梅说："我马上就要走了，你的婚礼我恐怕是参加不了啦！你记着替我吻一下新郎官啊！"

说完又问陈晓冬："你难道真的要在这里扎下来吗？如果没有就跟我一块儿走吧。外边的世界那么大，你何必窝在这里呢？"

陈晓冬说："这里是生我养我的地方，我的祖先就埋在山的那边，我的父母和亲人都生活在大山脚下。你已经看到了这里发生的变化，经过这段时间的磨炼，我已经适应了这里的环境。如果你们再晚点儿回来，你会看到一个全新的吕家岗子，看到一个全新的我。"说着，她把关于兴办温泉旅游宾馆、暴马丁香绿化养殖基地和开办稻花香种植公司等想法说了出来。听了陈晓冬的话，香雪似乎很感动，她说："我懂了，我知道你找到了人生坐标上的那个点。虽然你没有说，但我也知道，你或许真的找到了那个人……"

三个人正嘁嘁喳喳地说着话，随着"咣当"一声响，只听林子边上有人轻轻地咳嗽了几声。陈晓冬转身一看，这才发现在墙边的长条木凳上竟然睡着一个人。那木凳旁边刚好倒了一把铁锹。因为那人是背对着她们三个人，陈晓冬便大着胆子问："你是谁啊，怎么会躺在这里？"

听见有人问话那人便坐起来，然后伸了个懒腰说："你说我是谁，我还没问你们呢？"当他转过脸时，陈晓冬这才发现养猪的老朱头竟然睡在这里了。

朱洪福见三个姑娘站在跟前，便有些不好意思，他拍了拍衣服就要走人。

陈晓冬说："大叔，你不认识我啦？我跟吕主任去过你们家。"听陈晓冬这么说，老朱头终于正眼看了一下姑娘们，并且很认真地说："认识，认识，你还帮过我的忙呢，怎么会不认识呢。"

见老朱头终于醒过神了，陈晓冬便礼貌地介绍了一下两个同学。介绍完了又顺便问了一句说："这不年不节的，你们老哥俩喝的啥酒啊？"

朱洪福叹了口气说："每年这个时候我都要陪他喝点儿酒，尤其是今天这个日子，老蔫儿的儿子就是这个日子弄丢的。"说着，又忙解释道，"你瞧我这德行，本来是陪别人的，却稀里糊涂地跑这儿做梦来了。"

陈晓冬看了看墙角落里的那个茅房说："怪不得睡得那么香呢，原来是在做梦……大叔，您都梦到啥啦！"

"还能梦到啥？尽是些陈年旧事，说出来你们年轻人该笑话啦。"朱洪福说就要往出走。

陈晓冬这时才猛然明白那张照片的意义，香雪和那个同学也听懂了朱洪福所说的内容，产生了一种既好奇又同情的复杂心情。几个人尾随朱洪福回到屋内，见吕老蔫儿已进入某种状态，正咬牙切齿地咒骂着什么。朱洪福轻轻地推了推他，见没什么反应，便说："骂两句也好，让他骂去吧……"

香雪说："他这是骂谁呢？"

朱洪福说："还能骂谁？骂自己呗，一个大活人，竟然把孩子看丢了。要是孩子找到了，他这心结也就解开了。"

朱洪福因为家里有活儿，等到吕老蔫儿不骂人了，呼吸也顺畅了便自己走人了。扔下陈晓冬三人你瞅瞅我、我瞅瞅你，再看看睡着的吕老蔫儿，不知如何是好。

外边起风了，吕老蔫儿听到风吹打院门的声音，听到了矿泉水瓶子在地上跳舞的声音。他想起来去把门关上，身子却已经不听话了。他想，正是老苞米灌浆的时候，按常理这个季节是不该起风的，可满耳朵的风声还是让他想起一个绿色的梦境。阳光照射着天空，透明的空气中有数不清的鸟儿在飞翔，扎着红头绳的老玉米像精灵似的跳着舞。一条鱼游走在森林里，身边的秸秆像一片片竹子，清脆的拔节声此起彼伏。在这片森林里他看到了儿子，还有一个手拿糖果的"拍花子"……

吕老蔫儿铲长垄地时闪了腰，队长看他一副拉不下来屎的难受样子说："不让你干活儿啦，眼看这庄稼就要成熟啦，明天你去给生产队看青吧。"说着，还给了他一把豁牙露齿的镰刀。第二天早晨，队长领着他开始在苞米地里转，一直转到晌午歪，转够了连口水都顾不得喝一口，便哑着嗓子交代说："你可看好了，那些棒子都好好挂着呢，没有一穗是空壳的。从现在起，丢一穗罚你五块，丢两穗罚十块；抓到偷苞米的，偷一穗罚十块，偷两穗以上罚二十块，超过十穗属于破坏'抓革命、促生产'……"

因为生产队粮食连年减产，每家的粮食都不够吃，从春天开始许多人家便掏空了米柜米缸，陆陆续续用瓜菜替代了小半年。现在新粮还没下来，刚刚成熟的苞米便成了最好的嚼果。烀苞米、煮苞米、烧苞米、烤苞米，把苞米烀熟了再用刀片下来煮粥，似乎家家都在打苞米的主意。自家种的苞米很快就被掰光了，一些人便打起了生产队地里苞米的主意。尽管吕老蔫儿认真得连个盹儿都不敢打，那地里的苞米却出现了不少空壳。队长在罚了吕老蔫儿二十块钱之后下了死命令说："如果再抓不到人，你那当老师的三百多个工分年底全部扣除，并且罚你给生产队挑半年大粪。"

队长的话虽然有开玩笑的意思，却很快就传到大队书记的耳朵里了。书记把他找去说："眼看着就要割地了，你们队里连片囫囵庄稼都找不着，你这看青的是干吗吃的？你呀，说你啥才好呢？告诉你，如果再抓不着偷庄稼的人，就按监守自盗开你的批判会。"

领导的话吓着了吕老蔫儿，也让他那榆木疙瘩脑袋开了窍，过去他把重点放在了晚上，结果苞米都是大白天丢的；过去他只顾着看守那些偏远的地界了，结果丢的尽是家门前的。历史的经验值得注意，因为吕老蔫儿总结了教训，很快就有了结果。这一天，他起早就躲进全村最高的一个空苞米楼子里，认真观察每户人家的出行情况，果然就有了新发现。一个是队长的老婆朱二泼，这娘们一连出村掠了好几次猪食菜，并且都是一个人出村的。另一个就是贺有财的儿子背着书包进进出出的很可疑，出村时那书包是很瘪的，回来时却鼓鼓囊囊的像个包裹。经过再三琢磨，吕老蔫儿没敢跟朱二泼较劲儿，而是在贺有财家门口扯住了那只鼓鼓的书包。

因为两个人都较着劲儿，书包被扯坏了，几穗苞米掉到地上。看见书包拽坏了，那孩子哇地哭出了声。听到孩子哭，贺有财赶紧跑了出来，他一边劝吕老蔫儿有话好好说，一边大包大揽地把事兜到自己身上。贺有财说事情是他让孩子干的，因为今年除了那点儿小片荒自家没再种苞米，孩子看见别人家烀苞米眼馋了，这才让他去生产队的地里掰了几穗。贺有财说山不转水转，水不转人转，看在两家几十年的交情上，让吕老蔫儿放他一马。吕老蔫儿虽然犹豫了一下，但还是去生产队队长那报功了。

报功的同时，他不忘买好地说了朱二泼掠猪食菜的事儿，哪曾想却挨了一顿骂，队长说："你是眼瞎啊还是耳聋啊，你嫂子有病都躺了多少天了，你咋能不知道呢？"

队长骂够了，便连夜召开会议，研究处罚贺有财盗窃集体财产的事儿，决定罚款二十块钱，并在社员大会上做检讨。会后队长还让老蔫儿现掰了两穗苞米拴起来准备着，说到时挂在贺有财的脖子上，好好寒碜寒碜他。没想到大会还没开呢，贺有财就突发心脏病死在会场了。

看到贺有财死了，吕老蔫儿这个悔啊，早知如此当初干吗不放人家一马呢？都是屯里屯亲的。人们一边给贺有财料理后事一边惋惜，多精明的一个人啊！怎么就那么想不开呢？还有那吕老蔫儿，不就几穗苞米吗，何必当真呢！骂得最狠的是朱二泼，当着吕老蔫儿面骂他是害人精，早晚得有报应。

人是不能做坏事的，天地自有公道在，人在做天在看，你稍不留神那报应就找来了。贺有财死后没过半年时间，那孤儿寡母的就搬到沟外去了。又过了一段时间，老蔫儿的儿子大白天的竟然在自家门口丢了。

有人说是看到一个"拍花子"老太太给领走了，也有的说是有人想报复他。吕老蔫儿去乡里报了案，也花钱做了寻人广告，两口子像疯子似的找了二十多年，把老伴儿都找没影了，也没把儿子找回来……

这故事陈晓冬是听过的，当她跟两个女孩儿讲完之后内心难免有些激动。她说："那时咱还没出生，改革开放前的一些事儿只是听说，有些事情实在是太荒唐了！"

香雪说："如果不是亲眼见到本人，我怎么都不会相信因为几穗苞米，竟然会引发这么悲惨的事儿。"

妙梅说："要是早一点儿改革开放就好了……"

三个人正在那里说话呢，吕老蔫儿这时醒来了，他睁开眼见陈晓冬领着两女孩站在屋里立刻就蒙了。先前陈晓冬说过要帮自己找儿子的事儿，这会儿见陈晓冬领着人来到家，便以为有什么好事就要发生，那喝下的酒便立马变成汗消解了。他从炕上爬起来，先是给姑娘们泡了杯茶，又给姑娘们拿出一些大李子，忙活够了这才坐下来问陈晓冬说："你们来这儿肯定是有啥事儿吧？"

看见他那一脸期待的神情，陈晓冬心里顿时有了莫名的负罪感，她真不知该如何回答老人的问话，既不想让老人的期望落空，更不想编造谎言欺骗老人。她在心里七上八下地打了几槌子鼓之后，终于硬着头皮说："这

191

两个人是志愿者，知道了您的事儿特意从北京来看望您。大爷您放心，只要您儿子还活着，我们一定会帮您找回来。"

听了陈晓冬的话，香雪从挎包里掏出五百元钱递到吕老蔫儿的手里说："这是我们的一点儿心意。大爷您放心好了，只要您健康地活着，您的儿子一定会找到的。"

香雪的话让吕老蔫儿感受到了温暖和力量，他抓住那只柔软的手说："我一定好好地活着，健康地活着……"

三十四

吕新林去乡里开扶贫会回来，还没进到沟里就被堵到岭上了。他下了车，站在岭上往下看，只见从岭上到村头都被堵得严严实实的，有装满建筑垃圾的大翻斗子，有装有残土的小金刚，还有一些满载蔬菜瓜果和生活用品的农用车。他问迎面过来的一个小伙子前边咋回事儿。

小伙子说："打起来啦！"

吕新林问："谁和谁打起来啦？"

"还能和谁打啊？开翻斗子的呗。"小伙子说，"小卖部的老板娘拦着路不让走，说是把她刚垫好的路给压了，两人说着说着就打起来啦。"

两人正说着话呢，陈晓冬也从车上下来了。

陈晓冬说："这几天沟外的工地往沟里拉残土，也不知道都卸哪儿去了。"

"还能卸哪儿去？都卸沟里的山庄去了。现在承包山片的都弄到钱了，听说每车土能得五十块钱，那些水泡子垫平了还能盖房子，等拆迁了又是一笔钱，这可是一石二鸟的事儿。"那小伙子说。

陈晓冬问："你是这个村的吗？"

小伙子说:"我不是这个村的,我女朋友是这个村的,她们家住在最里边。那沟里让这些车祸害的,路被压得尽是坑不说,大车一过刮得灰土暴尘的。因为灰土太大了路两边园子里的菜都没法吃,连果树都不结果了。"

"这么大的事儿,你们咋不找呢?"旁边一个人问。

小伙子说:"咋没找,可找又有啥用?听我对象说,他们找过,找过原来的那个村主任,那个村主任嘴上说给解决,也去找了收残土的人。当时也不让卸啦,可没过十天半个月的,那些大翻斗子又进来啦。那些司机都像土匪似的,你拦都拦不住。"

听了小伙子的话陈晓冬心想,这肯定又是贺知章干的事。她想跟吕新林验证一下,吕新林却把车门一锁说:"走,看看去。"说完又给王大嗓打了个电话,让他赶紧到岭下来一趟。王大嗓说他也是刚听到消息,正从市里往回赶呢。

吕新林和陈晓冬来到村口的小卖部门口,只见里三层外三层地围了好多人。有人见是村主任来了便赶紧给闪出一条路来,吕新林说:"赶紧散了吧,看热闹也不怕闪了腰。"听到吕新林的声音一个女的破马张飞地说:"你们到底管不管啊?这都欺负到家门口了!"说着,就又要冲着一个小伙子用劲儿。只见那小伙子已被两个村民架住了胳膊,衣服被撕破了,鼻孔淌着血,人已经有点儿晕头涨脑的样子了。吕新林见人被打成这样子了,便让陈晓冬赶紧打120,又问看热闹的村民报警没有,村民说屎都拉到头上了,再不报警就成傻子了。

吕新林问老板娘:"到底咋回事儿?"

老板娘说:"这都多少天了,这些拉土的车像灰驴子似的弄得哪儿都是灰,柜台上的土能有大钱厚。因为拦了两回没拦住,就给王大嗓打电话,王大嗓说给他妈看病呢没在村里,想给你这个村主任打,正犹豫呢这车就把门前的方砖给压坏了。"

吕新林说："有事儿说事儿，别动手啊！"

老板娘说："他想跑，我拦着他，他把我推了一个跟头。看热闹的不让了，这就打起来了。"

吕新林说："有理说理，绝不能动手打人。"

"对！无论咋样，再怎么着也不能打人。"见终于有人替司机说话了，两个陌生的面孔便往前凑了凑。这时，老板娘认出了陈晓冬，便像见着了娘家人似的一把拉住了她的手。陈晓冬上下打量了一下老板娘说："没伤着你吧？"

老板娘说："咋没有，他一个爷们竟然踹女人。"

听见老板娘说自己踹她了，那迷迷糊糊的小伙子便有气无力地辩解说："我才没踹呢，是你们自己人踹的。"

老板娘说："就你踹的，没别人，傻子才踹自家人呢。"不知是因为说得太激动，还是真的受了伤，她刚说了两句话就"哎哟"一声弯下了腰。

陈晓冬见老板娘那副痛苦的样子，赶紧蹲下身来问："哪个地方疼？如果真是伤着了，可不能硬挺着，得赶紧上医院看看去。"听陈晓冬这么说，那老板娘便头也不抬地告诉说肚子疼，胸也疼，疼得直不起腰来。听了她的话，陈晓冬便跟吕新林说："不要等120啦，得赶紧找车把人送医院去，这人命关天，可不是闹着玩的。"

见陈晓冬这么说，吕新林赶紧找车张罗送人。正说着，突然传来警笛响，有人便喊120救护车来了，在岭上呢，过不来。吕新林问谁是那司机一伙儿的，赶紧把车开走，好把道路疏通开。又让人把两人一块儿往岭上抬。吕新林边说边用手机拍下了几台大翻斗子的车号，并用手机摄像功能扫了一下现场。一个司机笑着说："可别把我扫进去，这砖又不是我压坏的。"听了他的话，吕新林收起手机，然后一把拉住他说："你先别走，我有事儿要问你呢。"

194

那司机问："啥事儿？快说，我得赶紧把土卸啦。"

吕新林说："我要问的就是这事儿，你告诉我谁让你往这儿拉土的？你们都把土卸哪儿去啦？"

那司机说："这我可不知道。这土方的活儿是别人包下的，我就是一个干活儿的，别人往哪儿拉我跟着走就是了。"

还没等问出个子午卯酉来，110的就来了。两个警察问谁报的警，看热闹的就说报警的走了，伤了两个人都送医院去了。又说："你们找村主任吧，他正跟司机说话呢。"听到村民的话吕新林瞪了那司机一眼说："你不是不愿意说吗？这回好了，你一会儿跟警察说去吧。"说着就冲民警招招手。

民警老远就认出吕新林了，见他招手就立马赶过来。吕新林连手都没拉一下就介绍说："这位师傅跟拉土的是一伙儿的，详细情况你问他吧。"

警察又喊了几嗓子问都谁了解情况，然后就跟人进了小卖店。吕新林见事情有人管了，便想赶紧把情况弄清楚，看看这些土到底都拉哪儿去了。

吕新林叫上陈晓冬，然后两人开车沿着那几道泥印子往沟里走，下了水泥路又走一段黄沙道，这才七拐八拐地进到一个山沟里，并看到有人正在拉土填泡子。因为那段路都被压返浆了，小车根本进不去，两人便下了车。见有人来了，藏在路边的一户人家便跑出一个老太太，那老太太一把拉住吕新林的手说："大侄子，你可来啦。你看这路给压的，俺连门都出不去啦。"吕新林见人家亲戚里道地叫自己大侄子，便忙像模像样地叫了声"大娘"，然后便冲着那台正忙着推残土的铲车奔去。

站在那块新填出来的土地上，吕新林察看了好半天脑子才拐过弯来。因为这沟里的山势太复杂，他们转来转去的竟然转到贺知章山庄的后边来了。虽然有片林子挡着，但穿过树林没多远就是山庄。如果从那片林子中间开个道，这被大山围挡着的烂泥塘子可就大有用处了。

吕新林叫停了那辆铲车，司机见是村主任便赶忙下了车。吕新林问是谁雇了他，他说出一个包工头的名字。吕新林并没听说过这个人，就让他给那个包工头打个电话。司机打了两遍都是关机，吕新林就告诉他不能再干了，再干下去出了问题就拿他说事儿。

出了那个山沟子，陈晓冬说咱这村子也太大了，没想到那地方还藏了户人家。吕新林告诉她，那地界算是远的了，因为周边的山地都属于国有林片，村里过问得少，有些外来的黑户就躲到那里过起了日子。某些人也正是看到了这一点，才敢往那里卸土平地，妄想钻集体土地管理的空子。

陈晓冬问："那人都管你叫大侄子了，这会儿怎么成了黑户呢？"

吕新林说："管我叫大侄子的多了，户口不在这儿，照样是黑户。别看城里人有钱，可想往农村落户有钱也白搭。"

陈晓冬说："这么偏僻的地方，连电视都看不上，这些人都图个啥啊？"

吕新林说："图清静，想保命。"

两个人说着话，不知不觉地竟然走到一个小山上。

深秋的山林像一块画板，在阳光下呈现出迷离的色彩。黛色的松林像一片波涛，山风吹打着山峦，波涛中挺立的山岗奇石怪立，恰如一个个能工巧匠，把斑斓的色彩挥洒在那些老柞树上。吕新林和陈晓冬沿着溪流走到山崖旁，有野藤攀爬在高高的老树上，上边挂满绿色的小星星。陈晓冬很惊奇地发现了这棵野生猕猴桃。她像个孩子似的仰望着那些小星星，然后自言自语说："真没想到，这地方还藏着这么稀罕的东西。"

吕新林说："这圆枣子以前可多了，这些年都被那些野驴给祸害没了。"

陈晓冬说："这地方还有野驴？这可是头一回听说。"

吕新林说："我说的是户外那些人。这些家伙光图好玩了，啥地方都去，见啥都新鲜，为了采圆枣子竟然把藤子连根砍了往下拉，太可恨了！"

陈晓冬说："你不能光说那些驴友，我早就听说有的村民因为拽不动爬在树上的老藤，便不管不顾地连藤带树都砍倒了，弄得这种珍贵植物几乎绝迹了。"

吕新林说："看网上资料，有的地方在试着人工栽培圆枣子，马上就能大面积开发。咱这地方自然条件好，真该找时间去看看，如果有可能村里也搞点儿试验。弄好了咱就搞个绿色种植园，专门推广野生珍品。"

陈晓冬说："你这想法真好，把这野生猕猴桃和暴马丁香统一开发成旅游养生产品，改变单一种植模式，走多种经营发展的乡村道路，这想法听起来都令人兴奋。"

吕新林说："我只是提了个想法，剩下的都是你在借题发挥。至于究竟怎样操作，还得靠你这样有思想的知识分子。不过，咱们今天可算没有白来，没想到这地方还真能干点儿事儿。"

说着，他告诉陈晓冬说，这地方原来叫北大坑。在靠山的地方有两个深坑，一个是备战备荒年代修工厂挖出来的坑，另一个是多年前就有的坑，是陨石落下时砸出来的。这陨石落下的地方被称为星星的落点，虽然不是很大很深，却是落在低洼处，属于大坑里的小坑，由于里边积满了山水，早就看不到星星陨落的痕迹了。而那个人工挖出来的坑，因为地质原因，除了坑底有点儿湿润，其他地方始终是干枯的。

因为两个坑相距不是很远，吕新林想在这北大坑里做点儿文章。他跟陈晓冬说，只要这地方还归村里所有，这文章就能做成，不仅能成为村集体经济发展的试验田，连扶贫问题都解决了。

陈晓冬说："这地方条件真挺好的，如果能把路修好，再像你说的那样，搞个旅游园区，建个星座温泉度假村，这地方就成爱情森林公园了。"

吕新林说："你想的真挺有意思，森林都有了，就差桃树了，如果再弄个桃园围起来，然后弄几只猴子放进去，那不成花果山啦！"

见吕新林又说到了桃子，陈晓冬若有所思地告诉他，圆枣子除了叫野生猕猴桃，它还有一个鲜为人知的名字叫爱情果。

吕新林说："这东西到底叫什么我也不知道，以前听人说叫软枣子，因为熟透了又软又甜，软得到嘴里都要化了，觉得就该叫软枣子；后来又听说它还叫野生猕猴桃，我觉得这就有点儿扯了，不说别的，那猕猴桃浑身毛茸茸的，又圆又大，可这圆枣子跟大青枣一样大小，另外颜色也不一样。所以，我觉得根本就扯不到一块儿去。现在你又管它叫爱情果，这有点儿太新鲜了！"

　　陈晓东说："我也是从一本书里看到的，有个姑娘在这树下遇到了一个小伙子，竟然爱得死去活来，后来那小伙子成了旅行家走遍世界，那姑娘成了作家，写了一本书叫《爱情果》，写的就是这种植物。"

　　吕新林听了心里突然产生了一种从未有过的感动。他站在那棵老树下，看着那藤缠树、树撑藤，枝蔓相连，缠缠绵绵守望在山岩下，那些绿色果子就像一颗颗宝石，在阳光下闪耀着异样的色彩。吕新林是头一次这样观察树木，眼前的景象让他深有所悟。他想，万物皆有灵性，没想到这植物之间竟然也会缠绵成这样。

　　起风了，微风掠过，一颗绿宝石似的果子落到他的头上，他听到远处响起滴答的檐雨声。他能感觉到陈晓冬正在走近自己。他闻到了一种女孩子特有的香味。

三十五

　　家里的房子被拆迁后，周边的残垣断壁也很快被推土机碾为平地，唯有果园旁的几丘老坟还卧在那里，那坟茔的周边有几株老松，虽然被推土机弄得皮开肉绽，却仍然倔强地守护在那里。

　　鸭球子妈刚从医院出来，就立马让人搀扶着来到这里。老太太看着那破败得不成样子的坟场，悲切地喊了声："儿啊，赶快给祖宗搬家吧！"

听了老娘的话，鸭球子也急了，他心里很清楚，施工队早就等得不耐烦了，说不定哪天把坟给推了，打桩机再骑在上边打两个洞，那这个家可就彻底没希望了。

按照迷信老娘的吩咐，鸭球子找来了三姨奶家的二先生。二先生帮助他给祖宗们重新选了个地界，并且马上定下动土的日子。这一天早晨，趁着太阳还没出来，二先生领着鸭球子，外请了几个专干这种事的"白先生"，拿着事先准备好的新锹、新镐，抱着几个新出窑的釉色罐子来到墓地。除此之外，他们还特意扯了两米红布，拎了半袋大萝卜。就要动土了，因为这些墓碑被破坏得严重，有的字迹早就模糊不清了，鸭球子只能凭着记忆从太爷的坟开始依次挖掘。按照二先生的指点，帮工的要从头到脚地先挖几锹，一边挖一边叫鸭球子跟着他念叨说："太爷啊，不肖子孙给你迁坟啦，鞍前马后的别惊着你。"接着就是一套嗑，二先生喊一句，鸭球子跟着喊一句："往东躲，保佑儿孙满堂日子红火；往西躲，保佑家运兴旺五子登科……"

经过一阵子折腾，太爷的坟很快就挖开了，为了避开刚刚升起的日头，以免惊扰了那沉睡百年的魂灵，二先生按习俗让两人扯起早已准备好的红布遮在墓坑之上，然后由鸭球子戴上红布手套在里边寻找。出乎意料的是墓坑里除了一些早已腐烂了的木片，和两枚一碰直掉绿渣儿的铜钱外，没有找到任何有意义的东西。紧接着他们又依次挖开了剩余的几座墓穴，像翻地瓜似的把里外挖了个遍，结果仍然是一无所获。鸭球子呆呆地站在墓坑之上，他不明白，是自己的先人早已朽做泥土，还是记忆出了毛病。

鸭球子心有不甘地对二先生说："是不是弄错了，咱们再找找吧。"

二先生说："不会错的，再过一百年你也是这个下场。"说着，他向坑里的几个人一摆手说："装吧，装什么都不过是个念想儿。过去了的就让它过去吧，再找也都是泥土。"

除了鸭球子太爷的罐子里多了两枚铜钱和一些烂木屑外，其他的罐子里都象征性地装了一些黑土。二先生让人给罐子盖好盖子，又用红布包裹好，然后开始上路。临行前，二先生没忘记让人一个萝卜顶一个坑地倒掉了编织袋里的红萝卜。

对于新墓址的选择，鸭球子可算是费尽了心思，原本打算在松鹤园买块墓地，一打听才知道，人家论穴卖，不割块卖。用那个看墓老头的话说，"这卖墓地又不是卖肉，说割一块就割一块。"再问价格，鸭球子立马傻眼了，自己赚了半辈子的钱，还不够埋那几个罐子呢。鸭球子赶紧回家向老娘征求意见，老太太一听价格差点儿没背过气去。后来老太太缓过神来了，说："人死如灯灭。我要是死了，随便找个乱葬岗子埋了完事，要不连棺材带物业费的，那可是还不完的债啊！"

鸭球子开车戴着二先生围着街边子转了个遍，最后把位置定在青龙山西坡半山腰上。用二先生的话说："这地儿背山、面水、朝阳，并且前边一马平川，是再好不过的地方了。这地方唯一不足的是下葬时不能大张旗鼓，得趁着没人的时候进山。"

几个人就那么偷偷摸摸地把几个罐子埋了。

鸭球子说："应该立个碑，将来好找，也像个样子。"

二先生说："我还想建个庙呢，人家得让你建。有这山崖在，就是最好的碑。"

鸭球子本来想烧点儿纸钱，但也只能是想想罢了。

回到家里，鸭球子又把下葬的事儿向老太太汇报了一遍。老太太想了一会儿说："那地方我小时候去采过蕨菜，地方挺平整，有靠山，土也厚。可就是处在风口上，夏天控山水也大。可别让死鬼们三天两头回来闹，让人修屋补漏地讨要衣服穿，弄得活人不得安生。"

鸭球子光着腚躺在床上，往事像一阵阵风，在不停地吹打着他的思绪。

无论怎样折腾也忘不掉那些飘然而逝的身影，而窗外风的述说更让他浮想联翩。他一次次闭上眼睛试图忘掉所见到的一切，渐渐地那些魅影从他眼前消失了，可招娣的身影却又浮现在眼前。他幻想着那个身影就是招娣的背影，想象着她走到楼上，又飘飞到自己的屋里，他仿佛又抚摸到那光滑的肌肤，又拥有了那一次次疯狂的瞬间。想象和回忆在不停地抽打着他、刺激着他，让他有了强烈的欲望，灵魂像火一样地燃烧起来了。

一种从未有过的感觉折磨着他，让他掀掉身上的被子，迅速抓过一套衣服胡乱地穿到身上，然后拿起手机又开始给招娣打电话。电话又一次打通了，那只披着羊皮的狼又不停地开始号叫。鸭球子一直不明白，一个女孩子怎么会喜欢上一只披着羊皮的狼。当那一声声狼嚎叫得他感到疲惫之后，鸭球子便不再搭理手机了，他急切地想知道招娣怎么的了，难道真的让狼吃了吗？

鸭球子和招娣是在网上认识的，第一次视频招娣一眼就认出了他。

招娣说："这不是鸭子哥吗？咋这么巧啊！"

鸭球子说："什么鸭子哥啊？你真能扯！"

招娣说："你就别谦虚啦，谁不知道你鸭子哥啊！就你那光辉形象，绝对是纯爷们！"

鸭球子问："你又没见过我……哪来的光辉形象啊？"

招娣说："网上都说了，说你跟那些城管干仗可威风啦，一点儿也不娘，绝对绝对的爷们！跟你说吧，过去我喜欢唐老鸭，现在就喜欢上你了大帅哥。"

鸭球子说："老妹真会开玩笑，都七老八十了，还帅什么哥啊？"

招娣说："网上有人管你叫鸭球子，是你老妈给起的乳名吗？"

鸭球子这个称呼的确是鸭球子妈给起的，那时按当地人的习俗，对淘气、顽皮并且有点儿爱恶作剧的孩子都喜欢叫球子，并且都喜欢这种球里球气的孩子。小的时候叫小球子，年轻时叫大球子，老了便叫老球子。但鸭球子妈为什么管儿子叫鸭球子，连鸭球子自己都不知道。

鸭球子说："打小家里人就这么叫，说叫球子的孩子皮实，好养活。一直叫到胡子一大把了，村里人还这么叫。叫习惯了，想改都改不了。"

招娣说："你老妈真会起名字，起什么不好，起这么个名字，叫起来怪怪的。"

鸭球子说："那有啥奇怪的，俺们家世代居住在鸭子河边，俺妈又在河边生下的我，俺从小就喜欢在河里漂来漂去，长大了又在泥堆里滚来滚去的，这些年又被人踢来踢去，去了前边的鸭字，不就是个球吗。"

招娣说："大哥真幽默。"

鸭球子说："再幽默也得叫鸭球子。"

招娣笑了，说："也是，鸭球子叫起来比土球子好听多了。"

鸭球子知道土球子是一种蛇，皮肤是土色，平时从不主动攻击人，但一旦招惹它了就会跟你拼命，毒性也大。

鸭球子说："你什么意思啊，我有那么毒吗？"

招娣哈哈哈地笑了。

鸭球子身子打着斜躺在床上，一只脚耷拉在地上，另一只脚插在被子里。他眯着眼躺在那里，心却早已飞离了这间屋子。一只蚊虫悄悄落到他的脖子上，并且很快就吸饱了肚子。那种又痛又痒的感觉，让鸭球子很本能地扇了自己一巴掌。招娣看了看他掌心上的那一抹猩红说：这新房子哪来的蚊子？

鸭球子说："肯定是那两件旧家具带过来的。"

招娣说："那些破东烂西早就该当柴火烧了。"

鸭球子说："那两件东西是祖传下来的，我妈不让扔。"

招娣说："我刚才做了一个梦。"

鸭球子说："你肯定梦见我了。"

招娣说："你臭美去吧。"

鸭球子说："你总不会梦见一只鸭子吧？"

招娣说："大哥，你真神哎，我还真梦见了一只鸭子。"

鸭球子说："我最会圆梦了，你说说梦里咋回事儿。"

招娣说她梦见自己是一只鸭子，一只会飞的鸭子，在一片绿色中飞着。就像在八月的秋天里一样，到处是绿色，是那种风刮起来一浪接一浪的绿。后来又像鱼一样地钻进青纱帐，那里边仍然是绿的，像在海里的那种绿，阳光一闪一闪地在里边跳着舞，老玉米也跟着跳。就连那些玉米叶子，也像海带一样在里边飘舞着。后来忽然传来一阵阵震耳欲聋的轰鸣声，就像拖拉机和压道机发出的那种声音，接着便是狂轰滥炸的声音。这声音让招娣害怕极了，她想赶快游出那个地方，找个地方藏起来，可却飞不起来了。眼前的绿色早就不见了，大地已经不再生长绿色。招娣在地上摇摇摆摆地拼命地跑着，天上太阳火辣辣地烤着，烤得大地直冒烟。她想找个地方躲一躲，最后竟躲到火炉里了。再后来，她就在烟熏火燎中被鸭球子救了出来。

招娣像讲故事似的说出了她的梦境，期望鸭球子能给出一个好的说法，可鸭球子却说像这样的梦他不知做过多少回了，根本不够新鲜。说这样的梦是自己的专利，别人根本不具备做这梦的条件，肯定是招娣听自己说起过。

招娣说："信不信由你，这梦肯定是我自己做的，根本不是你帮着做的，也不是从你那儿听来的。"

鸭球子说："你说的也够新鲜的，做梦还有两人一起做的吗？那咱俩就一起做梦玩吧。"

招娣有些生气了，说："你赖皮，你赖皮，你个死鸭子！你可当心点，说不定哪天人家把你烤了、蒸了，再弄点儿沾酱菜，把你撕吧撕吧下酒吃了。"

鸭球子也生气了，说："我对你哪儿不好，你竟然这样咒我？"

招娣说："你究竟对我好不好，你自己比谁都清楚。"又说，"该做的，你不做；不该做的，你却做了那么多。"

鸭球子说："俺就是随便说说，是我不好，你就别生气了，我给你赔礼了好不好？"

招娣哭了，说："我才不用你赔呢……"

鸭球子正想去替她擦眼泪，可刚要坐起来，却一下跌到床下边了。当他从地上爬起来时，招娣的影子早已经消失了。

这时，放在桌子上的手机又像蛐蛐儿似的叫唤了好几回，鸭球子猛然想到应该看看短信，也许是招娣不方便接电话，所以改用短信和自己联系了。想到这儿，他赶紧找了一副眼镜，开始逐条逐句地翻看短信。

你的事已办完，请把钱打到农行账上，账号是0303003；

恭喜你荣获×××电视大奖，请汇手续费、税费共计8000元到这个账号，以便领取奖金8万元。

鸭球子耐着性子在垃圾堆里翻捡着，一条带有鸭字的短信终于让他眼前一亮：

鸭哥，鸭哥，我爱你，

就像老鼠爱大米……

短信虽然没有落款，但一看号码就是招娣的。

鸭球子赶紧往下翻去，很快就又找到一条：

鸭哥哥，快救我

　　我被狐狸抓住了……

　　这消息让鸭球子更加确信，招娣遇到了麻烦，要不然她绝不会给自己发这样的短信。无论是作为招娣的现任男友，还是一般朋友，自己都必须立即去搭救她。想到这儿，他立即给招娣打电话，想问她所处的位置。可拨了两遍，电话都处在关机状态。他又赶紧翻出那条信息，这才看到那几行字的下边缀着"末日狂欢"四个字。这让他想起招娣几次提起这个会所的事儿，确信招娣现在肯定就在里面。鸭球子顾不得多想，穿上衣服，连门都没顾得锁便跑下楼去。

　　出了小区不远就是派出所，鸭球子一进屋就被值班的协警认出来了。那位协警曾处理过他酒后在饭店打架的事儿，还曾买过他家的土鸡蛋。

　　协警睡眼惺忪地说："这不是鸭司令吗，这三更半夜的该不会是来找鸭子的吧？"

　　鸭球子忙说："不是，是来报案的。"

　　一听说是报案，那协警立刻变得严肃了，说报什么案，赶紧说。

　　鸭球子便说："我妹妹好像出事了。"

　　那协警说："从没听说你有过妹妹啊？"

　　鸭球子说："我妹妹真的出事了……"

　　那协警说："出什么事儿了？"

　　鸭球子说："可能被绑架了。"

　　那协警说："你怎么知道被绑架了？"

　　鸭球子说："她给我发短信了。"

　　那协警说："这可是大事儿，人在哪儿呢？"

　　鸭球子说："在末日狂欢呢。"

那协警说："那走吧，还愣着干啥？救人要紧！"

那协警说着便又叫了两个人，然后开车拉着鸭球子一道往末日狂欢奔去。几个人没用多大工夫就到了地方。当他们亮明身份之后，保安马上把值班经理叫了出来。那经理听了他们的来意之后说："你们会不会搞错了啊，我们这儿经营得好好的，哪来的绑架案啊？"协警说："不会搞错的，就是你这儿，你配合一下吧。"那值班的前厅经理就领着他们从楼上到楼下地找了一遍，看看有没有发生什么不愉快的事儿，看看有没有一个叫招娣的服务生。当最后转回到前厅时，那经理说："这回你们也看了，也查了，总得给个说法吧。我们可是守法经管，不是随便什么事儿都干的，也不是什么人想查就查的。你们说这儿发生了绑架案，可我们这儿根本就没这回事儿。你们这不是往我们头上扣屎盆子吗？"那经理的话让协警有些尴尬，便把话题扯到鸭球子身上。

那协警说："你不是说你妹妹在这儿吗，她不是给你打过电话吗，你怎么不说话了？"

鸭球子说："她没给我打电话，就发了短信……"

那经理说："短信在哪儿呢，我看看是怎么说的。"

听了经理的话，鸭球子看看经理，又看看协警，不知如何是好。协警说把手机给人家看看吧，鸭球子便赶紧把手机掏了出来。那哥们找了个亮地方没用多大工夫就翻到了那几句诗，然后又找到"鸭哥哥，快救我"这句话，他拿着那手机让鸭球子看，问："你所说的短信报案是不是指这句话？"鸭球子眯着眼看了看，然后打着酒嗝点了点头。看到鸭球子的样子，那经理脸上的表情说不清是愤怒还是嘲笑。这时那个协警也终于醒过神来了。他把手机往鸭球子面前一伸说："你好好看看，这哪是什么短信？这就是随便扯淡的顺口溜，不知怎么就发给你了。"然后又对鸭球子说，"你纯粹是酒精烧的！"

见协警发脾气鸭球子也来了犟劲儿。他说："你再往下看，那上面明明就写着末日狂欢，那事情就发生在你这儿，你有啥赖的。"听了他的话，协警便更加生气了，说："你睁大眼睛好好看看，这可能就是个网名，就是个心情，如果是你，你让人给狂欢了，你是啥心情？"又说，"人家开个玩笑你也当真！"

出了末日狂欢，协警让鸭球子坐在后排中间位置，一路上两个人拿强迁说事儿："说你可以不拿城管当回事儿，但不能耍警察。说你抵抗强迁出尽风头，这回报假案就得吃苦头。报假案就得蹲拘留，明天就把你送到局子里。"这一路连颠簸带吓唬的让鸭球子清醒了不少，人便像猫儿似的缩小了许多。

回到派出所，鸭球子下车想回家，那协警拉住了他说："你不能走，你这报假案的事儿还没完呢。"说着让他进了屋，然后吓唬说，先取个笔录明天把他送到拘留所去，得让他尝尝报假案的滋味。

第二天早晨，正是上班的时候鸭球子被放出来了。那协警给了他两个面包和一袋牛奶说："你报假案有功，这是慰劳你的。头儿说了，念你是初犯，并且是酒后，就不追究你了。"

出了派出所，外边的阳光真亮，刺得鸭球子有些睁不开眼睛，他站在那里好半天才醒过神来。因为打不着车，鸭球子只好一步一步往回量了。

当他快要走到所居住的小区时，路边不知谁家倒了满地的青皮土豆。鸭球子满身的劲儿正无处可使，便连续几脚踢散那些家伙儿，然后选了一个大一点儿的，像小孩踢球似的，一步一踢地往家走去。

就要到家门洞口了，他抬头猛然发现人们都在用异样的目光看着他，看着他的样子，看着他脚下踢的东西。这让他感到很不自在，就好像掉进动物笼子里一样。这样的感觉压迫着他，他飞起一脚让那东西彻底滚球了。

三十六

朱洪福不知道儿子是啥时候走的，他只记得冬生临走之前翻箱倒柜地又找了一会儿东西。那究竟是一把刀，还是一把斧子，他有些记不清了。冬生拿上那件东西就走了。

朱洪福问儿子："干什么去？"

冬生说："你别管了……"说完，人就没影了。

朱洪福隐隐约约地感到儿子好像要出大事，他挣扎着想去追儿子，可人还没站稳便又倒下了。

朱洪福先是四仰八叉地倒在炕上，然后又佝偻在那里。他人好像是睡着了，心思却早被冬生带跑了。那种灵魂出窍的感觉让他踉踉跄跄地出了院子，又在朦胧的月色中来到那片湖水边。透过湖边的树木能看到对面的农家大院，能听到城里人酒后那嘶哑的歌声。

透过那些零乱的光线，朱洪福好像又看到了山坳里的那个磨坊，感受到了几十年前那场大雪带给他的灾难。那一年，他在连续夭折了两个孩子之后，老婆又怀上第四个孩子。为了不让香火断送在自己身上，他领着老婆在山里躲了半年，这才躲过了计生干部的那一刀。眼看着孩子就要降生了，他怕被大雪捂在山里，才不得不走出森林。在产下冬生的前几天，老婆突然说想喝点儿新磨的小碴子粥，他便借了一袋苞米顶着大雪去了趟磨坊。一袋苞米磨完了，他刚走出磨坊，那房子便被大雪压塌了。

朱洪福醉眼蒙眬地注视着山庄那边，突然发现了一个熟悉的身影，那影子沿着湖边悄然向山庄移动，在经过一片树木之后进了一个木屋。他知道那木屋后边是做饭的地方，过了木屋就离贺知章住的地方不远了。他蹑手蹑脚地朝着那地方走去。他很奇怪，走在湿滑的水边竟然像踩在地毯上。

一种烧柴草的气味扑鼻而来，那种味道让他突然有了想法，他得赶紧绕过木屋，在冬生找到贺知章之前拦住他。这想法让他腾云驾雾般地飘过水塘，又飘过树林，眼看着就要赶上前边的那个黑影了，却有什么东西突然揪住了他，让他眼睁睁地看着那个人跑了。那人走路的姿势，朱洪福觉得很像一个人，但究竟是那个送钱给闺女做盘缠的城里人，还是那个给孩子送学费的民政助理？他一时想不起来了。滴水之恩当涌泉相报，人家大老远地来扶助自己，自己竟然这么快就把人给忘了，这怎么可以呢？经过再三回忆，他终于想起来了，想起了那个当初无偿给他送猪崽儿的扶贫干部。

天快亮的时候，朱洪福被人打醒了。他睁开眼，只见老伴儿手里拿着一根鸡毛掸子，一边抽一边骂，说："你个挨千刀的，这都什么时候了，你还灌猫尿！"说着就扯着他的耳朵把他给扯起来了。那种扯耳朵腮动的痛感让他一下清醒了，他一把扯下老伴儿手里的掸子说："行啦行啦，你有完没完？"说着急火火地就要往外走。

他老伴儿说："你干啥去？"

他说："找儿子去！咱家要出大事啦。"

正说着，门外突然传来声音说："别找啦，在俺家呢。"

朱洪福定眼一看是张老大。

朱洪福老伴儿问咋回事儿，张老大说昨晚去山后朋友家闲扯，回来时影影绰绰地看见林子里藏着一辆警车，因为那林子后边就是贺知章住的地方，他便立刻藏了起来。张老大躲了一会儿见没什么动静，便偷偷地顺着小道溜到山庄的前边来了。他本想到山门前瞅瞅有啥热闹可看，没曾想却撞见了冬生。见冬生一身酒气，骂骂咧咧的样子，而且又是在贺知章的山庄跟前，他便赶紧往回拽冬生。这时他才发现冬生怀里竟然藏了一把刀。他抢过那把刀顺手扔到树林里，冬生见了便要去林子里找。哪曾想，那林子里是藏有人的。

见有人从树林里出来，张老大便想拉冬生赶紧躲起来，那冬生却死活不愿走。他本想自己一走了事，哪曾想已经来不及了。只见一个人像猴儿似的从黑影里蹿了出来，一把揪住冬生的衣领说，这黑天瞎火的你捣什么乱？说着，又扇了冬生一巴掌。那冬生本来是很张狂的，却被那一巴掌打老实了。这回张老大终于听清了是村主任的声音。

吕新林低声说："你们俩这是搁哪儿灌的尿水子？搁哪儿灌的回哪儿去，闭住你的破嘴少说话。"吕新林本来还想说点什么，却被一个不认识的人给拉走了。

张老大架着冬生，累得屁滚尿流地往家走，那冬生却像头倔驴牵着打着都往后挣。后来张老大实在弄不动他，就把他就近弄到自己家里去了。

听了张老大的话，朱洪福连句道谢的话都没顾得上说，便和老伴儿往张家跑。因为走得急，一出门竟将喂鸡的盆子踢出老远。他"哎哟"地叫了一声，又连续踮了几步之后这才走稳了。

来到张老大家，刚进门就闻到一股难闻的酒气。只见冬生老老实实地睡在炕上，炕沿下像稀屎似的满是污垢，连个下脚的地方都没了。见儿子醉成这样，冬生娘心疼得直跺脚，唠叨着说咋会喝成这样、咋会喝成这样！朱洪福则顾不了脚下的污垢，竟直走到儿子跟前，他用手拨弄了一下儿子的脑袋，见没什么反应，便用力给儿子翻了个身。这才发现儿子的脸煞白煞白，已经不省人事。他"儿子""儿子"地连续喊了几声之后，又在儿子鼻子下边掐了两下，见儿子仍然没有反应，他的手便抖了起来。他磕磕巴巴地想说什么，却已经说不出话来了。

看见朱洪福的脸色大变，张老大知道要出事，便把他扶到一边，安慰着说都是酒闹的，睡一觉就好了。然后赶紧用朱洪福的手机给120打了个电话。给120打完电话，他有点儿不放心，又给村主任吕新林打了个电话。

朱洪福爷俩是被警车送到医院的。那天晚上村主任陪着专案组的特警蹲坑守候了一晚上，也没把贺知章逮着。吕新林说如果不是冬生瞎搅和，贺知章肯定被抓住。张老大打电话时吕新林就坐在派出所所长的车里，正在说张老大和冬生醉酒的事儿，接到电话便用最快的速度赶到了现场。据医院的大夫讲，当时多亏送来得及时，要不然朱洪福爷俩就都没命了。

因为是老病，朱洪福打了几天吊瓶就出院了。冬生却没那么幸运。冬生是酒后出现的脑出血，虽然抢救及时保住了命，却落下语言障碍，走路也困难。住院期间，为贺知章的事儿，公安局派人来医院找过冬生几次，想了解贺知章敲诈的事儿。看见冬生那半聋半哑的样子，便都放弃了。

从立秋开始，一直住到大雪，看见冬生的病情仍然没什么明显的好转，朱洪福这才不得不把儿子接回家来。在冬生病重的那些日子里，儿媳妇曾领着孙子来看过冬生几次。后来冬生回家住了，儿媳妇就很少回来了。

朱洪福老伴儿想孙子，便去儿子的新家找儿媳。儿媳说房子要装修，孩子要上学，冬生的修理厂也需要打理，还有冬生以后看病都要用钱，你说我一个女人到底该咋办？朱洪福老伴儿听了，便只顾着流眼泪……

快要过年了，儿媳妇领着孩子来看冬生。冬生一见到儿子就亲热得有点手舞足蹈，那孩子也高兴地一连叫了好几声爸。冬生嘴里像含了个奶嘴似的，无论怎样努力也说不出一句完整的话来。

晚上，一家人吃了顿团圆饭。吃完饭媳妇打车走了。儿媳说让孩子陪冬生住两天，两天以后她再接回去。又说，社区和街道已经协调派出所给冬生办了居住证，有了居住证孩子上学的问题才能解决。

两天以后，儿媳妇果真接走了孩子。临走时，她交给朱洪福两万块钱。说冬生的汽车修理店因为环保问题被关闭了，除了工人的工资钱，去了偿还的货款钱，就剩下这两万块钱了。

朱洪福没有接那两万块钱。虽然儿媳和孙子有亲家照顾，但娘俩在城里生活还是不容易的。儿媳嘴上没有提出离婚，儿子又说不出个子丑卯酉来，但事情是明摆着的，冬生以后的事儿就得靠家里了。儿媳把这钱送回来，是担心冬生以后的生活？还是表示一种了断？朱洪福看着儿媳远去的背影，又看看病歪歪的儿子，两滴老泪便情不自禁地流了下来。苦熬苦干地忙了这么多年，好不容易翻身不受穷了，却又遇上这样的难心事。俗话说有啥别有病，没啥别没钱，得点儿头疼脑热的毛病没问题，摊上大病这个家可就难了。

看到朱洪福那满脸的心事，再看看那已经看不见了的儿媳，老伴儿的心里也很难受。眼看着冬生走出了屋子，又慢慢地把自己挪到大门跟前，老伴儿悄悄跟朱洪福说："趁着儿媳没说什么，咱把冬生送回到城里去，省得以后夜长梦多。"

朱洪福说："这事儿，你想都不要想。她一个女人，要上班，还要带个孩子。你再把个半拉身子的人弄过去，你让她怎么活？"

老伴儿说："人不去也行，户口得想法办进城去。两个人虽然没在一起，户口总得在一起吧。"

朱洪福说："那也不行，户口走了，地就没了。地没了，冬生以后靠啥活？"

见老头子太犟眼子，老朱太太也急眼了，她把炕上的烟笸箩一摔说："这不行、那不行，你到底想咋的？难道你还想当贫困户，让人扶一辈子？"

老伴儿的话戳到了朱洪福的肺管子了，靠扶贫的帮助自己不仅还完了债，钱包也逐渐鼓了起来，可这一连串的灾祸却扯了自己的腿。他既不想回到从前那种穷日子，又不想总让人搀扶着过日子。他想，只要自己肯吃苦，就能把猪养好，就能让事业发展起来。眼看着城市都扩大到家门口，高楼大厦里的那些人，哪个不想吃点儿新鲜肉？一想到这些吕新林曾经说过的话，朱洪福突然心里就有了底气，那腰板子也瞬间硬了起来。他捡起烟笸箩一边往里边搂烟叶子一边劝老伴儿。

朱洪福劝老伴儿说："你也不用瞎操心啦，你看那贺知章眼看就要被逮起来了，咱家又被确定为重点扶持的养猪户，咱家养的猪品种又好。你忘了吕新林说的啦？以后这黑毛猪的市场会越来越好，到那时这猪肉得批发着卖，那城里人都得排着队来买。你想想，只要有了钱，啥病治不好？等冬生病好了，咱们哪儿也不让他去了，就让他守在家里，帮着把家里的猪场办好。"

听了朱洪福的话，老伴儿终于露出一点儿笑模样。老伴儿说："冬生的病可快点儿好起来吧，只有他早一天好起来，我这心里才能见到光亮。要不然这想着孙子，放不下儿子，还挂念着儿媳妇的，这心早晚得扯碎了。"

三十七

乡政府开会研究扶贫工作，吕家岗子村的排查名单中有吕老蔫儿、张老大，还有鸭球子。因为这名单是调查人员跟前任村干部直接提出来的，吕新林并不知情，这次他看到了就很有想法。他跟主管扶贫工作的副乡长说，这吕老蔫儿是因为儿子丢了，然后又死了老婆，弄得差点儿家破人亡，是因祸致贫、因病致贫，应该是重点扶助的对象。张老大情况却不一样了，他属于有地不好好种，只想着赚大钱的人，一年到头东一榔头、西一棒子的，不仅钱没赚到，连地都撂荒了。这样的人没灾没病的，根本就不该列为扶贫对象。还有那个鸭球子，本来靠动迁得了那么大的一笔补偿，却不好好把握机会，好好利用这笔钱做点儿生意，搞个小本经营什么的。不仅没存好这笔钱，还吃喝嫖赌的啥都干。结果，好不容易攒下的那点儿钱祸害没了，还欠了一屁股赌债。像这样的人，就该送去劳动教养，就不该扶他。另外，随着动迁房的回迁，这鸭球子早就划归开发区了，怎么又给扶回吕家岗子了？按现在的条件看，他顶多能被社区划为低保户。

听了吕新林的意见，乡长也发现了问题。乡长说："这沟里沟外是有区别的，沟外都建成开发区了，咋还把人算回到沟里了。这调查工作咋搞的？是你们根本就不了解情况，还是喝酒喝糊涂了？"乡长说着把手里的材料一扔，让主管部门连夜下去重新摸底，"连个基本情况都摸不清，这扶贫工作搞个啥！基本情况再搞不清，你们这些一把手就都回家抱孩子去！"

见乡长发脾气了，吕新林突然感到一阵痛快，他想给乡长大大地点个赞，却没好意思表现出来。这扶贫工作本来是件大事，是农民走共同富裕道路的一部分，有人却把这不当一回事儿。

从乡里回来，吕新林赶紧找到陈晓冬，让她逐家逐户重新调查一下需要扶助的贫困户，再按照上边的指示精神，制定个精准方案来。吕新林告诉陈晓冬，说市里准备派人下来搞一对一扶贫，吕家岗子村要根据村里的实际情况，拿出可供选择开发的项目。另外，吕家岗子出去的一个深圳商人，最近也回来考察过。这个深圳商人叫贺家富，早年去深圳经商，发达了便想为家乡做点儿贡献，他除了想搞项目开发外，还想重点扶助几个人。

听了吕新林的话，陈晓冬想这才叫有良心的人，穷富不忘出身，走到哪里都记得根在故乡。想到这里，她说："这个贺家富倒是挺有意思，现在赚钱多难啊！大老远的要回来投资扶贫，总得有个目标吧？"

吕新林说："这个我也想过，如果没有点儿因缘，他还回这个穷地方来干什么？为这，我还特意打听了一下，经别人介绍我也想起来了，当年还真有这么个人，走时是个鼻涕孩儿，现在出息大发了。"

陈晓冬说："人的记忆中都有个故乡的情结，那或许是一个人、一件事，哪怕是一个影子，都令人终生难忘。不知这个贺家富心里想的什么？"

吕新林说："你们这些读书人就爱幻想，按你们的逻辑，凡是回乡的故事，就该有个小芳什么的吸引着才合情理，如果没有就胡思乱想……"

陈晓冬说:"你难道不是这样吗?如果心里没个挂念的人,你回来干什么?"

吕新林没有想到陈晓冬会这样问自己,竟然不知如何回答是好。是啊,自己退役时不是没有留在城里的可能,可自己执意选择回乡的动机到底是什么?是想回到父母的身边?还是想再续一段情缘?或者就是想回乡干一番事业?这些他不是没有想过。但他却无法确定到底是哪一项让他选择归乡的道路。

在部队时,他不止一次回想起那几个难忘的身影,幻想能回到父母身边,如愿以偿地牵上一个姑娘的手,过上那种和平、安定、幸福的乡村生活。可当他回到现实中才发现,当年那些理想的人选早已为人妻人母,或者逃离了故乡。

当他看到身边的同学、战友都娶妻生子,其他父母都享受到天伦之乐时,他也曾急迫地幻想着能牵上一个姑娘的手。现在陈晓冬的问话,让他更加坚定地认准了那个理想的人。

因为有几户人家住得比较偏远,吕新林担心陈晓冬路不熟悉,怕出现什么意外,便坚持要陪她走访几户。在路上,陈晓冬说她最关心的是吕老蔫儿,吕老蔫儿最大的问题是心丢了,如果他的儿子找不到,再多的扶贫也不会起作用。最近她听香雪说央视刚刚推出个栏目,是个公益性栏目,是专门为老百姓找孩子的。在同学的帮助下她已经把吕老蔫儿的情况报上去了。她想尽量扩大影响面,发动一切力量帮助他找到儿子。只要帮他找到了儿子,那就是最大的扶贫。

吕新林被陈晓冬的热情所感染,说只要能帮老蔫儿找到儿子,自己愿意陪陈晓冬去一趟北京。说自己去过好几次北京,早就想去中央电视台看看。陈晓冬说她早就跟同学商量了,如果能找到老蔫儿的儿子,到时由她们陪老蔫儿去北京把儿子接回来。她说,一些基本情况都由两个闺蜜报给电视台了，现在要紧的是需要一些孩子丢时的细节，因为这会触碰到老莺儿的内心伤痛，所以她一直不知怎样开口才好。另外，到时还需要获取DNA进行比对。听陈晓冬已经把工作做到这个分儿上了，吕新林忙表态说："事情你们只管做好了，需要多少钱你只管说，村里出不了就由我这个当村主任的出。"

听了吕新林的话，陈晓冬笑着说："你这是哪儿跟哪儿啊！我不是早就说了吗，央视的寻亲栏目是公益性活动，根本不用老百姓花钱。"

吕新林说："那也不行，到那时你们办了件全国闻名的大好事，我怎么着也得代表村委会表示一下吧。"

陈晓冬说："好好好，到时一定让你表示一下。"

吕新林问陈晓冬到时需要咋表示，陈晓冬说还八字没一撇的事儿呢，现在就准备是不是太早了。吕新林说好事就得尽早准备，要不然事到临头就晚啦。

两个人边走边说，不知不觉就来到张老大家门前了。只见门敞开着，院子里杂草丛生，还有几摊动物的粪便。

陈晓冬站在门前大声喊了几嗓子问："屋里有人吗？"

吕新林见没人回答，便又喊了一句："屋里有会喘气的吗？"听到吕新林的喊话，张老大终于应了一嗓子。

张老大的房子不是很大，进了屋是厨房，门右手放着一个木凳，上边有半袋大米。右前方是灶台，锅盖已经破了，上边像涂了一层黑漆。灶台与木凳之间是能走人的过道，进去就是住人的地方。

两人进了屋，只见炕上堆满了杂物，都是些破衣烂衫的。没有枕头，只有一床被窝在那里。靠窗放着一只印有知识青年字样的木箱，箱子上边是台黑白电视。炕前放着一个圆形小饭桌，桌上有个酱碗，还有几段大葱，一个鸭蛋只剩下空壳，张老大已经喝得醉眼迷离。

吕新林问道："你回来几天了？啥酒啊喝成这样？"

张老大听了似乎想说点儿什么，却所答非所问地让吕新林陪他喝一杯。见他喝成这样，吕新林知道跟他说啥也没用了，心想："就你这样的，给你多少钱也是白搭。"想到这里，他拉了拉陈晓冬想走，这时张老大却突然精神了。

他说："你俩送钱来啦，这回给几百？"

吕新林没有回答他的问话，他回头看了他一眼，真想告诉他："就你这样的，送个屁都不知香臭。"可他想了想并没有说出来。

张老大说："你先别走啊，咱俩还没聊一聊呢。"

张老大晃晃悠悠站起身来，一把抓住吕新林，然后就趴在他的背上了。吕新林先抓住他的一只胳膊，想转身把他放在炕上。这时，张老大半醉不醉地瞄了一眼陈晓冬说："主任，你以后就别送钱啦，你瞅我这家连个收拾屋子的人都没有……"

陈晓冬清楚地听到了这句话，转身出了屋子。

吕新林把他往炕上一扔说："瞧你这德行，整天就知道喝大酒，哪个女人愿意跟你过。"

从张老大家出来，吕新林说："这老跑腿子都浪荡多少年啦，他家这哥俩模样差不多，脾气秉性却一个天上、一个地上。张老二肯干，干起活儿来连吃奶的力气都能使出来。这老大却一贯偷懒使滑，不肯出力气。干啥啥不行。"

陈晓冬说："你说的那是过去，现在咱得把他当正经人看啦。只要他的日子没过好，你就得想方设法扶助他，让他像个人似的活着，并且活得有尊严。"

吕新林说："你这话好说，做起来得多难！就他那人，想让他活得有滋有味儿，活出个人样来，那得费多大功夫。"

在一连走了几家之后，吕新林忽然想起一件事。前几天村民反映说老泥鳅家捡到一个女孩儿，那女孩儿虽然智力有点儿问题，但模样长得还是不错的。老泥鳅正好也有个儿子，因为先天性疾病，一直找不到媳妇。老泥鳅见那孩子模样可以，又一时找不到家，便偷偷领回家，想生米做成熟饭。听到这消息之后，吕新林已经去过他家，让老泥鳅千万不要干这违法的事儿，无论如何也要将这孩子送走。老泥鳅先是满口答应，后来却说那孩子不愿走，儿子也喜欢上了这个女孩儿。吕新林见那女孩儿被老两口收拾得很干净，就没有再说什么。

　　事情虽然过去几天了，吕新林心里却越来越放不下这件事。一是这女孩儿来历不明，是不是拐卖出来的说不清；二是两个有先天性疾病的孩子能否结婚生子？这种结合是否会遗传生出先天性疾病患儿都是问题。到时生出几个不健全的孩子可咋整？现在老泥鳅健在儿子还有人照看，将来老人都没了，这一家子就成社会负担了。这种有悖法律和伦理的事儿，不是简单的扶贫就能解决了的。

　　吕新林把自己的想法跟陈晓冬说了，陈晓冬也明白事情的严重性。陈晓冬说，现在人口管理虽然放开了，但不等于人口质量放开了。过去一些地方违反计划生育的问题比较多，许多家庭因超生致贫，因残致贫，这种现象不但没能得到制止，反而因成为弱势群体得到了同情和扶助。这种问题影响了农村人口质量，也留下了农村工作隐患。

　　吕新林说："趁着还来得及，得赶快让老泥鳅收手，要不，将来就是没完没了的麻烦。"

　　陈晓冬说："也不要把话说绝了，如果能找到那女孩儿的家长，两家人又你情我愿，你也不能剥夺了人家的幸福权！"

　　吕新林说："那就是你们管计划生育的事儿了，不管怎么着，总得有个两全的办法。要不然，两个人再养个有遗传病的孩子，那就不是幸福权的事儿啦！"

吕新林和陈晓冬来到老泥鳅家，看到两个孩子正偎在炕头上起腻，便转头扎到另一间屋子去了。老泥鳅不在家，只有他老伴儿坐在炕上嗑瓜子。

吕新林问："我大哥干啥去了？"

"上乡里找人给我儿子登记去了。"那老太太说。

吕新林说："连这姑娘姓什么你都不知道，你们跟谁登记去啊？"

"不知道还不会打听，打听一下不就都知道了。"那老太太仍然头也不抬地说。

吕新林说："我可跟你说明白了，在没弄明白这姑娘的来历之前，你们得赶紧把两个孩子分开。如果这姑娘要是在你家出点儿什么事儿，公安局追究起来那可是犯法的事儿。不仅你儿子要被抓起来，你们老两口也跑不了。"

一听说要把他儿子抓起来，老太太这回害怕了。她说："俺们见这姑娘到处乱跑怪可怜的，这才把她接家来哄儿子玩，本想做件两全齐美的事儿，你们却偏要说这是犯法。俺们一家子都没文化，你说该咋办？"

吕新林说："还能咋办？先把两人分开。剩下的事儿再想办法。"见吕新林说话硬气，陈晓冬怕吓着老太太，便做了一番解释。老太太听了似乎有些理解，又似乎不理解，胡了巴嘟的只顾着点头。

陈晓冬说："谁家都有儿女，谁丢孩子都着急啊！远的不说，就拿吕老师来说，儿子丢了那么多年了，那个家完了不说，人也彻底垮了。都是做父母的，咱得将心比心呢！"

那老太太说："你说的这些我都懂，可这马上就能成的缘分眼瞅着就黄了，我这心里也难受着呢。儿子都三十好几了，虽然有点儿毛病但心眼好，这姑娘到了我家也亏不了她。我们这是捡来的，又不是偷来的。"

见一时半会儿做不通老太太工作，吕新林便跟陈晓冬商量，一边报警把捡到姑娘的事儿汇报给派出所，另一边赶紧联系乡民政看能否赶快把人接走。

两人这边正在忙活儿，老泥鳅突然从外边回来了。他一见吕新林就知道咋回事儿了。他满脸堆笑地说："那话咋说来着，是叫宁毁一座桥，不拆一座庙，还是宁拆一座庙也不毁一个缘分。反正是这么个意思。"

吕新林说："你那意思我懂了。无论怎样说，还是把那姑娘先放走，剩下的事儿以后再想办法。"

老泥鳅说："这眼看着到家的好事你还搅和，哪有你这样当村主任的？"

吕新林说："我这都是为你好。现在也没工夫给你解释了，一会让晓冬先把那姑娘领到村里去，如果能找到她的家人更好，找不到就送到民政部门去。"

老泥鳅说："我要是不送你能咋办？"

吕新林说："那可不能由着你，我不能眼看着你往牢房里钻。"

陈晓冬说："我们刚才都跟大娘商量了，如果能找到姑娘的家，我们也帮你沟通牵个线，人家要是同意了，你再把姑娘接回来也不晚。"

听了这番话，老泥鳅终于无话可说了。

三十八

胡乡长打电话问吕新林："你在哪儿呢？"

吕新林说："在沟里呢。"

胡乡长说："你在村里等着，我找你有事儿，一会儿就到。"

吕新林说："大老远的，还是我去找你吧。"

胡乡长说："不用，你就在村部等我，这事儿得到你那儿谈。"

吕新林说："啥重要的事儿啊，非得到村里谈？"

胡乡长说："我到了你就知道了。"

这乡长的脾气吕新林是知道的，说到做到，立竿见影，是那种雷厉风行的人。前些日子吕新林为修桥的事儿去找过他，现在他竟然主动找上门办事，这让吕新林有点儿紧张。他总觉得不会是什么好事，是建桥的事儿？还是什么其他的事儿？吕新林想了想，还真的找不出值得担心的事儿了。

临近中午的时候，胡乡长亲自开车跑到村部来了。一进门就喊吕新林赶紧上车跟他走，吕新林见他火急火燎的样子连门都没锁就跟了出去。大晌午的，吕新林以为他是要去饭店谈事，哪曾想乡长绕了好大一个弯把他拉到了北大坑。下了车，吕新林才发现还有两个人在那里等着。乡长介绍说这是南城区管信访的王区长，吕新林便赶紧把手伸了过去。乡长又介绍了另一个县里的干部。

吕新林见这么几个大官把自己领到这老林子来，心里便有些迷糊，脸上画满了问号。胡乡长见他一脸迷惑，便把事情直说了。

乡长说："找你没别的事儿，就是鸭球子的事儿，他要养鸭子，沟外没地方，只能在沟里想办法。找来找去的我们都找了一上午了，就找到你这地方来了。这地方有水，又僻静，还有战备遗留下来的老房子，正是养殖的好地方。"

吕新林说："这鸭球子早都不是吕家岗子的人了，上次扶贫列到我们村本来就是个错误，乡里没理由再找我们啊？"

乡长说："现在不单是扶贫的事儿，而是解决失地农民就业问题。这鸭球子已经找过政府好几次了，说被拆迁进城没有工作可干，要求回乡继续养鸭子，说他就会养鸭子，除了养鸭子没有别的活路。"

吕新林说："鸭球子就是个混蛋，放着好好的日子不过，尽干些吃喝嫖赌的事儿，这样的人就不该惯着他。"

胡乡长说："说那些都没用，现在的问题是怎么解决鸭球子的就业问题。按理说，这鸭球子因动迁早该划归南城区管了，但人家户口还在吕家岗子，问题又出在区域动迁上，所以上边就找到咱们头上了。沟外遍地高楼大厦的肯定是养不了鸭子了，自然就联想到你这儿了，无论怎么说你这也算是娘家啦，你看咋办吧？"

胡乡长的话刚说完，县里的那位干部又说："这鸭球子先是找到县里，后来又跑到市里，要求政府给解决继续养鸭子问题，不答应就要去省里。这都反复折腾几次了，这不仅是鸭球子个人的问题，政府在解决失地农民问题上也的确有不到位的地方。无论是解决失地农民就业问题，还是解决扶贫问题，咱们都得过问这件事。因为这已经成为涉及三级政府的大事了。"

啥叫涉及三级政府？吕新林不太明白。胡乡长见状便解释说："这鸭球子在沟外的房子虽然被拆了，回迁的地方归南城区管，可他的户口还在吕家岗子，他还有点儿地没被征收。所以，鸭球子既是南城区的居民，又是吕家岗子的村民，成了县乡和南城区关注的特殊人物。他过去啥样就不说了，现在他就剩下那套回迁房了，他想还继续养鸭子，可那农田里又不能盖房养鸭子，所以，这鸭球子还得由你们村里来扶持。"

听了乡长的话，吕新林知道这是遇到难处了。吕新林虽然有点儿讨厌鸭球子，讨厌他借动迁征地敲政府竹杠的无赖行为，讨厌他有点儿钱就烧得牛哄哄的劲儿，却又不忍心眼看着他堕落下去。他曾以为鸭球子随着房屋的拆迁和回迁已经跟吕家岗子脱离了关系，现在领导找上门来说事儿他才知道自己在扶贫上出了漏洞。虽然没有人责怪自己，这件事的确又很特殊，但他心里仍然像被压了一块石头似的。

北大坑是吕家岗子的荒地，两个大坑一个是三线建设时遗留下来的废弃矿坑；另一个是陨石坑，属于文物保护单位。吕新林知道领导看中的是那个陨石坑，因为坑里常年积水，想让鸭球子老老实实地在这里养鸭子。这样既重新给了他一个饭碗，又悄然解决了个别失地农民的再创业问题。

这北大坑村里刚刚做过方案，想在这里搞个绿色旅游养生项目，现在领导找上门来，这让吕新林有些为难。如果答应领导的要求，村里的计划就泡汤了，如果不答应那又如何能找个万全之策把鸭球子这个难题解决。吕新林快速转动着脑筋，翻动着那些沉淀着的线索。他也想把鸭球子那块地的事儿再说一说，可一想到那巴掌大块地，还被其他几户人家的地包围着，谁会同意在自家的田园里养鸭子啊？

想到这些，吕新林不得不佩服胡乡长的能力了。虽然他是后调来的，可他对这个乡的情况掌握是足够全面的。因为北大坑是个被人遗忘了的地方，除了当地老一点儿的村民，很少有人到过这个山旮旯儿子。如果不是随着文物普查人员来到这里，连吕新林自己都差点儿忘了还有个北大坑。自从陪陈晓冬来过之后，他曾查了一下资料，当年这地方因为战备需要进行过采石生产。遗留下的房子虽然是国家建的，但并没有办理过任何产权和土地手续。

经过再三思考，吕新林终于有了主意。他跟乡长说："领导安排的事儿我们肯定办好，领导不来我们还正要跟乡里汇报呢，村里刚刚研究过了，也要在这里搞个项目试验，想开发个野生猕猴桃和暴马丁香栽培基地，顺便也搞些养殖。现在就差在资金上。"

胡乡长听了吕新林的话马上挂不住脸了，他说："吕新林你什么意思？你要是不同意就直说，少拐弯抹角，前些日子你去乡里也没听说什么项目的事儿，现在给你点儿事儿做你倒扯出个弯弯肠子来。"

吕新林说："乡长你别生气，我们就是有天大的胆也不敢跟您扯弯弯肠子。说实话，我就是因为听了您的建议，回来才围绕着铁路建设重新研究了村社建设方案，决定在这里搞个项目开发建设。"

听了吕新林的话，站在旁边一直没有说话的副区长终于搭腔了。他说："你刚才说的这个方案挺新鲜，有可研报告吗？如果切实可行的话，我们南城区跟你们一块儿参与，到时也能多安排些人。"

吕新林说："我也是这个意思，借着这个机会把鸭球子的问题解决了。可研报告还没做，村里只是形成了一个文字的材料，探讨过开发前景和市场情况。我们想沿着绕城铁路搞绿化种植，等将来你们开发区道路绿化时可以就近解决树苗问题；搞蔬菜大棚，针对开发区需要提供新鲜蔬菜供应。还有这个暴马丁香和野生猕猴桃培植基地，也都是我们最近想开发的项目。今天领导来得正是时候，我们正想找领导汇报这事儿呢，到时想在产品推销上帮我们对接一下。"

胡乡长见区长对项目感兴趣，立马转变了态度，他说："你那材料在哪儿呢？还不找来给区长看看。"

听了胡乡长的话，吕新林立刻给陈晓冬打电话，告诉她赶紧来北大坑一趟，别忘了带上刚刚起草的那个北大坑开发方案。胡乡长见吕新林真的没有骗自己，村里真的在研究项目开发的事儿，脸上立刻出现了笑容。他拍了拍吕新林的肩说："早就知道你是干事儿的人！如果项目可行的话，乡里肯定支持你。"

区长说："这地方天然条件好，又没有纳入城镇开发范围，将来做个扶贫基地应该很有前景。关键是这地方归县里管辖，还涉及个跨界问题需要解决。"

胡乡长说："这扶贫问题和就业是分不开的，为了扶贫还谈啥跨界。你放心，县里肯定会支持的。"

吕新林说："我们都研究好几盘了，修路是首要问题，还有那个陨石坑的协调问题，那个坑属于文物保护单位，现在还有个汉白玉的石碑立在那儿，上边的字也掉得差不多了。在文物保护区里面养鸭子上边能否同意？

另外，那个大石坑得填上，起码得上万土方。这就涉及修路、修桥了。"

胡乡长说："陨石坑保护应该不成问题，我们只是在里面放养鸭子，又不是干别的。如果管理得好，不仅不影响管理，反而是一道风景。至于修桥问题，我还忘了跟你说，市里刚刚批下来，按水毁项目重建，钱由政府出，项目走完招标程序就可以动工啦！"

听了胡乡长的话，吕新林高兴地一把拉住他的手，然后狠狠地握了一下说："你真是我的好哥哥！"因为过于激动，胡乡长的手被握疼了。乡长往出挣了一下手说："骨头都让你捏碎啦！"听了乡长的话，吕新林不好意思地笑了。

那位区长说："到底是基层干部，浑身都是劲儿。"

胡乡长说："你看看他这手，抓东西像老虎爪子似的。"

那区长抓过吕新林的手看了看，只见那手像贴了层纱布又糙又硬，骨节凸出，指尖平圆，似乎是被打磨过的铁手。区长看完手，又抬头看了看吕新林的面孔，然后说："除非练过武把式，要么就是当过兵，不然这手绝不会磨成这样！"

听了区长的话胡乡长笑了，他说："还是你有眼光。让你猜着了，这哥们在部队练过。"

区长说："当兵的都见过大世面。说实话，我也当过兵，但是尽搞宣传了。既然都当过兵就更好说话啦。你看，还有什么需要的只管说。"

吕新林说："现在村里想干的事情很多，关键就是缺少资金……"

一听涉及钱，胡乡长笑了笑说："这回你可找对人了，开发区那么多活儿，区长手指缝儿随便拉拉点儿都够咱赚的啦。"说着便很抱歉地说了声"对不起"，然后跑到一边方便去了。

吕新林接着说："现在开发区有许多项目的土方没地方卸，有的村民就利用养鱼池收残土赚钱，一车土赚五十元，那个废矿坑最低得有上千立方的容量，没有上千车土根本填不满。看看开发区能否给联系点儿项目，我们干点儿收残土的活儿。这样的话场地也平整了，项目开发资金问题也能解决一些。"

听了吕新林的话区长并没有表态，他慢慢地走到两个坑之间，看了看那个干涸的大坑，又捡了块石子扔进已贮满水的陨石坑里，一圈涟漪随着浪花的溅起，在向水边慢慢扩散。在扔出几枚石子之后，他终于说："这事儿可以商量，开发区的土方除了用来填埋，那些建筑垃圾还真缺少落脚的地方。"

区长虽然没有正面回答自己的问题，吕新林也能够理解，从区长到村长隔着好几层呢，何况这开发区直接归市长管，连县长都说不上话。另外，这项目再多也不是他区长一个人说了算。别的不说，光走那些程序就得一阵子。想到这儿，他正要说两句理解之类的话，这时胡乡长边走边系裤带说："你这东西啥时才能取回来啊？"话音未落，随着王大嗓的一声吆喝，只见陈晓冬他们两人气喘吁吁地跑了过来。

三十九

在吕新林当上村主任之前，他和鸭球子基本没什么交往，但对这哥们的所作所为还是有所耳闻。从某种角度说，鸭球子属于靠勤劳致富的典型，靠养鸭子发了家。从另一种角度看，他又是个不安定因素。城市拆迁让他赚了一大笔钱，让他成了远近闻名的反面典型。他本该用那笔钱继续投资创业，可他却没有把握住自己，不仅败光了家产，也败坏了名声。如果不是当下的政策好，像这样姥姥不亲、舅舅不爱的败家子，谁愿意搭理他！

吕新林曾就鸭球子的事儿跟乡长谈过两次，后来鸭球子为养鸭子的事儿还特意找过他。通过谈话吕新林对鸭球子又有了新的认识，他觉得像鸭球子这样有过创业经历的人，一旦从迷途中醒来，往往又会产生不可估量的作用。鸭球子虽然不是什么榜样，但能起到带头作用。因为他有致富的经验，有养殖的本领，只要他能重拾信心，就能够站起来。现在，他能把自己列入失地农民队伍，想重新养鸭子，说明他已经有了觉醒的意识。吕新林从鸭球子想到了张老大，想到了吕老蔫儿，想到了老泥鳅等许多人。

吕新林想再找鸭球子聊一聊，了解一下他的想法，看看他对北大坑有什么打算。虽然这北大坑的土地性质是不能改变的，但让他以技术入股、共同开发还是可以的。至于资金问题，吕新林也都替他想好了，只要方案确定了，政府肯定会给申请到贷款的。俗话说一只羊是赶，两只羊也是放，只要把好技术关和搞好市场开发，脱贫应该不是问题。

有了上述想法之后，吕新林和几个村委开了个会，让陈晓冬结合乡里的意见尽快完善北大坑的开发方案。开完会，陈晓冬就跑到市里找到她的一个同学，那同学是搞规划设计的，曾经参与过特色小城镇活动策划。在同学的帮助下两个人很快就弄出个星辰旅游小镇开发建设方案来。

这个方案参照了原来的乡镇规划，综合了各种地域文化的优势，利用了老工业基地遗产和陨石传说两个亮点，用暴马丁香和柞树衬托景区的背景色彩。设计中，他们在陨石坑周边设计了星座宾馆、温泉日光室，要在北大坑周边栽满暴马丁香，在爬满圆枣藤的石崖下边设立情侣小屋。经过实地探察，陈晓冬改变了吕新林要填平北大坑的想法，她想既然北大坑是挖出来的，就不该再填上。她大胆地把一山之隔的贺知章山庄也划了进来，她设想把山那边的水引进来，把北大坑变成具有地域文化色彩的月亮湖。

探察中，她们发现森林里隐藏着两栋破旧的红砖楼房，房子后边还有一个不是很深的山洞。这个意外的发现让餐厅和食品储藏有了落脚之地。

星辰旅游小镇项目方案设计初稿完成后，陈晓冬第一时间拿给吕新林看。吕新林看完十分惊讶，他没想到陈晓冬会把一个简单的设想画到纸上，会把吕家岗子的一块穷山沟设计成一个旅游开发项目。他觉得吕家岗子就像一个被割成两半的人体，沟里沟外的成了两个残缺的躯体，沟外被城市扩大化赋予了灵魂，成为城市的一部分；沟里被城市建设所抛弃，成了没有思想的残缺者。现在，陈晓冬搞的星辰旅游小镇项目开发设计，不仅让残缺的荒沟有了亮点，成了城市的后花园子，也让吕家岗子的人看到了未来。更让他对陈晓冬有了新的认识。

吕新林起初是反对给村里派大学生村官的，尤其是女大学生村官，他更是极力反对。他觉得农村情况太复杂，基层工作又十分艰苦，土生土长的干部都受不了，何况一个女大学生了。

是战友的一席话让他的脑袋开了窍。一个战友开导他："给你派个大学生有啥不好？他们在村里房无一间、地无一垄，更不沾亲带故，因为没有切身利益，只会老老实实地干工作。你知道吗？仅凭这一点，你得感谢才对！"

后来，王大嗓见到了陈晓冬之后说："这姑娘太养眼了！精神头也足，一看就是干大事的。"现在，事实应验了王大嗓的话。他觉得农村需要陈晓冬这样有知识、有理想、有抱负的大学生。

吕新林打从心眼里喜欢上了陈晓冬。

自打拿到了这张开发项目图，吕新林就像捧上了热馒头，手里心里都烫得慌。陈晓冬告诉他光有这图还不行，还得进行项目分析，还得有个可行报告，还得报发改委批准，只有经过了这些才能招商引资。

吕新林说："这哪是北大坑规划啊？这不就是咱吕家岗子的梦想吗！"

陈晓冬说："这可差远了，吕家岗子面积大，需要做的事情多，这张图不是早就装在你心里了吗！"

听了陈晓冬的话，吕新林十分受用。他知道陈晓冬和自己想到一块儿了。除了图上这些内容，吕家岗子有许多工作要做，土地需要整理，种植内容需要改变，还有那些传统落后的习惯，都需要一个具有新思想、新观念的人去引领，去落实。如果能和这样一个人工作、生活一辈子，即使……即使什么呢？想到这里，他突然觉得大脑一片空白，有些想法竟然瞬间丢失了。

吕新林让陈晓冬把图收好，先不要让任何人知道这张图，包括王大嗓等村委的人。陈晓冬有些不解，吕新林说这事儿还八字没一撇呢，这图的内容要是泄露出去，麻烦可就大了。我不是不相信人，可村民之间的关系复杂到扯耳朵腮动，涉及利益的事儿，多大的窟窿都能钻进去。到时抢栽抢种的，事先占领那些破房子的，还会扯出许许多多理也理不清的麻烦来。只有项目计划批下来了，冻结北大坑所有土地和产权关系，保持现在的状况，这事儿才能进行下去。事情交代完了，吕新林突然想起费用问题，画了这么一张图，咋没提钱的事儿呢？

他问："你还没说呢，规划这张图得多少费用？"

陈晓冬说："我闺蜜就是专门干这个的，如果走程序得几万块，因为不是外人，她也是吕家岗子走出去的，所以就免除了费用。等项目批下来了，把其他建筑设计活儿给一些就当还个人情了。"

吕新林说："这不行，万一项目批不下来呢，咱不是欠人家的吗！这人情不能让你来担，村里再没钱，也得把这情补上。以后求人家的事儿多着呢。"

见吕新林一再坚持，陈晓冬只能听从他的意见，说找个恰当时机请那个闺蜜出来坐坐。到时让吕新林陪同，适当表示一下心意。

因为酗酒闹事，鸭球子已经进过几次拘留所了。当他最后一次离开那里时，他终于明白了，无论是小芳，还是招娣，都不能解决自己的吃饭问题。虽然他已经发誓不再闹了，可挨饿的滋味却让他顾不得脸面了。他用仅有的二十多元钱买了小菜和白酒，在把自己灌醉之后，这才背着行李卷找到主管信访的乡领导。

进了屋，乡长站起来问他有啥事儿，他把行李卷往沙发上一放，然后跟乡长说："我在城里活不了……你得给我找个地方，啥时找到地方了，我就土豆搬家自己滚蛋。"

乡长说："你都是南城区的人了，你想干什么已经跟我们没关系了，应该找南城区才对。"

鸭球子说："只要吕家岗子还在，我就找你们，谁叫你们把沟外弄没啦！弄得我连个地方都没有。"

乡长说："不是都给你动迁房了吗！另外，除了房子，你还得了那么多补偿。你还想干什么？"

鸭球子说："不干什么，我就想养鸭子，除了养鸭子，我啥也干不了。"

乡长说："那么多人家动迁过上了城里生活，就你把自己弄得像个冤大头似的。跟你说，这城镇化不是某人、某部门说了算的事儿，这是经济发展的需要，你得适应形势才对。拆了你的房、用了地不假，但国家给了补偿。别人用那钱搞了投资，做了小本生意，你都干了些什么？"

鸭球子说："你说那些我都懂，我也知道自己错了，现在我除了那套动迁房，已经身无分文了。城里生活好是好，可那不是我的生活，几十年了，除了养鸭子，别的我真干不了。所以，我得回来，我得找地方继续养我的鸭子。"

乡长说："你的情况乡里早就知道，我们也能理解你，但你想回来可没那么容易。像你这样的失地农民不是一户两户，如果都想回来，那不乱了套啦！"

鸭球子说："我不管那么多，我就想回来。你们要是不管，我就往上边找，说你们没做好工作，让失地农民在城里没法活。"

乡长说："你咋就没法活啦！人家能活，你有啥活不了的？干不了别的，还不能打点儿零工？你看城里那些下岗的、买断的，还有提前退休的，哪个闲着了？不说别的，那些在街边站马路牙子的，不都是靠力气吃饭吗？你一个见过世面的爷们，还不如他们吗！"

鸭球子说："还真让你说着了，我就是不如他们。人家好赖不济还算个城里人，干多干少都有爷妈担着。我算个什么？说是农民吧，地没了；说是城里人，又傻了吧唧的啥也弄不明白；过去钱倒是没少赚，现在得靠人扶助才能活。你说，我他妈算个啥，贫困户？上访户？我真的蒙圈啦！"

乡长说："你就是被那俩补偿钱烧大发啦，成了没脑袋的苍蝇户。"

听了乡长的这番话，鸭球子有些哑巴了。他低着头，不知从哪儿弄出个烟口袋，又弄出几张纸条子，然后哆哆嗦嗦地卷起了烟。见他卷成了一支烟，乡长从桌上摸起一个打火机扔过去，鸭球子没接住，那东西便打在他的脸上。

鸭球子很快把纸烟点着了，他深深地吸了一口，又仰脖吐出几个烟圈儿，然后他眼睛向上看着，呆呆地看着，好像那白色的棚面上有什么稀罕东西似的。

见鸭球子有所动心，乡长说："你先回去吧，等过几天我去找找你们社区领导，看能不能给你弄个低保，到时你再适当干些力所能及的工作，等以后有机会了你再回来也不迟。"

听了乡长的话，鸭球子没有说话，直到吸完那支烟，他从沙发上站起来，把烟屁送到乡长桌上的烟灰缸里，这才说道："乡长，我真没地方去了。连省城我都去了，还不得回这儿来。我生是吕家岗子的人，死是吕家岗子的鬼，你也别帮我弄低保了，趁着我户口没走，你就帮帮我，让我在哪儿摔倒了，就从哪儿爬起来。你们现在不是讲扶贫吗，你就扶扶我，给我找个养鸭子的地方，我好重打鼓、另开张。钱的事儿你也不用操心，实在不行我把房子卖了……"鸭球子说到这里，实在忍不住了，泪水便顺着脸颊爬了下来。

乡长见他哭了，心也有些软了。他从椅子上站起来，走到沙发前拍拍鸭球子肩，然后递给他一支烟说："抽支这个，看看好抽不？"鸭球子把烟点着了，只抽了一口，眼泪便像珠子似的流个不停。这烟味他是熟悉的，一进到这屋子里他就闻到了，是他以前抽过的牌子，虽然不是很贵，他却抽不起了。以前日子过得太平常了，什么都没当回事儿，现在突然发生了改变，熟悉的东西都不见了踪影，时间发生了颠倒，就像突然间丢了魂儿，变得人不人、鬼不鬼的，连自己都不知道自己是谁了。

鸭球子仍然有些糊涂，自己怎么会混到这般天地？

乡长早就闻到了他身上的酒味儿。乡长叫来一个办公室人员，让他给鸭球子沏了一杯茶，又悄悄跟他嘀咕了两句话，那工作人员便离开了。乡长在一连接待了几个来访的人之后，又陪鸭球子坐了一会儿。

见他情绪稍好了一些，乡长问鸭球子："你说实话，除了养鸭子，你还会养什么？"一提起养鸭子，鸭球子立刻有了精神，他先说了好多养鸭子的好处，然后便有点儿吹牛了："都说'家有万贯，带毛的不算'，其实养殖并不像别人说的那么难，只要细心一点儿，再舍得下功夫，没啥做不到的。不是我吹牛，什么鸡鸭鹅的，还有猪……我都养过，除了人我伺候不好，只要是带毛的，我都能饲养好。"

乡长说："你说的话我信，但我不明白，当初你拿了那么多的补偿，为啥不找个地方继续养鸭子呢？说句不好听的，那些钱放到银行里，吃利息也够吃些年的。"

鸭球子说："当时哪想那么多了，那钱一到手人就变了。当时给了一部分现钱，我用手拎兜装回去的，往炕上一倒一大堆，我和我妈坐在那儿看着那堆钱，看得浑身像着了火，脸上身上都烤得慌。本来想存起来干点儿事儿，后来跟人赌了一把，起初是赢，接着就输个没完没了，那时也想不玩了，可已经管不住自己了，只要走出家门那腿就往那地方跑……"

乡长说："赌场无父子，那地方就是个圈钱的场子，只要进了那地方不被扒层皮才怪呢。按理说你家老太太应该劝劝你，那钱也该让她把握着。"

对于鸭球子赌博的事儿，乡长早就有耳闻。他还听说了好多有关鸭球子的事儿。他知道这些都跟贺知章有关，但因为抓不到证据，那时自己又管不着这一段，所以，只能是听听而已。但现在不同了，既然鸭球子找到了自己，有些事儿就得说到前头。

乡长说："世上没有后悔的药，但知道错了就好，以后你可得当心着点儿，得知道好赖人。政府给你指路你不走，非要走歪门邪道，如果还要闭着眼睛走下去，你再赚个金山也得败光了。"

听了乡长的话鸭球子半天没有吱声，过了好一会儿才喃喃地说："我要是听我妈的话就好了，把钱存起来一些，剩下的开个小超市……可现在说啥都晚了，钱让我祸害没了，我妈也被气死了……"

乡长见捅到鸭球子的伤心处，自己便没再说什么。

尽管上边给安排了任务，让接待处理好他的事儿，但他打心眼里不爱搭理鸭球子。鸭球子闹拆迁时他还在石砬子乡当副乡长，人在农村工作，家却住在城里，上下班得坐通勤车。当时鸭球子的事儿成了新闻，也是通勤车上的热点话题。当时说什么的都有，有说这鸭倌太过分，别人都见好就收了，你一个养鸭子的，凭什么要那么多？也有人说好不容易得了个机会，能赖点儿是点儿。后来听说他靠当钉子户弄了笔大钱，却把好几个官员弄得没了饭碗。作为村镇干部，既喜欢遇到拆迁的事儿，又怕拆迁遇到鸭球子这样的人，拆迁了意味着大项目开发，意味着一种政绩，也意味着利益。但一遇到鸭球子这样的人，便不知哪个人要倒霉了。

鸭球子当钉子户时南城区的城管局头头倒了霉，现在他又当了上访户，非要养鸭子，这让人听了脑瓜皮都发麻。前任乡长就是因为鸭球子的事儿被撤职的。现任乡长如何处理这个特殊人物，自然就成了一种考验。经过认真考虑，乡长觉得上边把他列为扶贫人员是对的，只有把他当作特殊的贫困人员，人们才能重视失地农民的安置问题，解决好小城镇开发建设问题。

因为已经跟吕新林沟通过鸭球子的问题，乡长便想把鸭球子先扔回吕家岗子。他觉得像鸭球子这样的人，只有吕新林这样的村主任才能管得了。鸭球子要找地方养鸭，按政策失地农民不可能再分得一块土地，而吕家岗子的项目开发计划却提供了这样的机会。

这天傍晚，乡长把鸭球子拉到了吕家岗子。吕新林陪着乡长一道又看了看北大坑的情况。吕新林说："这陨石坑已经规划旅游项目了，但不影响你养鸭子，等项目动工了再给你找个新地方。养鸭子的本钱你可以自己出，也可以别人出，这都可以商量。至于住的地方，你可以先住到贺知章的山庄里，也可以住到山洞口的平房里，平房里有眼井，电源也有，找电业局接上就行了。"

鸭球子围着陨石坑到处走了走，又看了看那栋平房，然后跟吕新林说："这地方好是好，就是离市里远了点儿，交通也不方便。"

吕新林说："这么好的条件你还挑剔，那你找别的地方去。我再跟你说明白点儿，这地方是让你用，不是白给你。如果不是乡领导说话，你想都不要想。"

吕新林说完，一甩手就要走人。乡长见了急忙拉住说："你先别走啊，人家只是说离市里远了点儿，又没说别的。你咋这样呢？"

吕新林说："你还让我咋样？本来这项目开发的事儿忙得很，你这又插了一杠子。人家领情也行，还挑三拣四的。"

说实话，吕新林不是不给乡长面子，他心里清楚，对于鸭球子这样的人，必须让他洗心革面，痛下决心改掉坏毛病。如果现在就允许他挑三拣四的，以后就没法处了。所以，无论如何都不能惯着他。

鸭球子见吕新林真的不高兴了，胡乡长也真的尽到责任了，另外，这地方除了稍远一点儿，条件还真说得过去，便没再说些什么。他心里也十分清楚，自己就是个惯坏了的大孩子，要奶吃要惯了，是天生给惯坏了。记得小时候因为老妈不给奶吃，他哭过闹过，甚至咬坏过老妈的奶头。

四十

陈晓冬按照要求跑了好几天，好不容易把旅游小镇的项目可行性报告弄明白了。申请立项报告写出来之后，她从乡里开始去盖章，一直盖到市里。因为星辰小镇属于美丽乡村项目，上边都很重视，所以很快就批下来了。回到村里，她却有些替吕新林犯愁，上边同意立项是好事，可这钱从哪儿弄？没有钱项目设计得再好也是纸。她把自己的想法跟吕新林说了。

吕新林说："这事儿还是先不要张扬，咱们得想法找钱，想法拉到愿意投资的人。"

陈晓冬说："你不是说有个姓贺的愿意回来投资吗？干吗不去找找他？"

吕新林说："光嘴说不行，这得谈，得先拿出具体条件来，你没条件，没优惠政策，人家凭啥往你这儿投钱啊！"

陈晓冬说："我去网上搜个模板，根据咱村的实际情况弄个招商引资的方案，然后再请上边的给把把关。不管怎么说，那钱都是投到村上的，只要有人投就成功一大半了。"

吕新林说："你先弄个条件出来，然后咱们再商量一下。再保密也得让村委知道这件大事。"

吕新林和陈晓冬正说着话呢，王大嗓风风火火地闯了进来。他一进门就喊："你咋不接电话呢，村头老刘家小卖铺又打起来啦！"

吕新林说："小卖铺打仗这点儿破事你也找我，你处理处理不就完了吗。这些老婆子没事儿总去那儿闲扯，哪有舌头不碰牙的。如果这事儿都找村主任，你那大嗓子是喝稀饭的啊！"

王大嗓说："不是老娘们打起来了，是老刘太太又和拉土的打起来了。"

吕新林说："那拉土的事儿不早就解决了吗？咋又打起来了？"

王大嗓说："上次是上次，这次是另一伙拉土的。又从人家小卖部门口错车，把门前的方砖都给压坏了。"

吕新林说："那还不好办，谁压坏的谁赔，咋赔让他们自己商量去。只要别动手就行。另外，那些司机也够呛，都不让往这里拉了，咋还不长记性？"

王大嗓说："你说那些有啥用，这村民有要垫房场的，到处找土都找不着，现在人家给送到门口来啦，这事儿咱能管吗！"

吕新林说："咋不能管？咱不是不让村民垫房场，关键是这车太大，村里好不容易修条道，现在那么重的车上去了，那道就成补丁啦。"

王大嗓说："按你说的，这管也不是，不管也不是，为这道路的事儿，我找到交警，人家说村道管理的事儿我们管不着，等出了事故你再找我们。超不超重的，你应该找交通局才对。你说咋办吧？"

吕新林说："我都跟你说多少遍了，赶紧把那几个限高杆装上，有了那些杆子横在那儿，那些车再大还能飞过去啊！"

听了吕新林的话王大嗓没吱声，他想了想说："我差点儿把这事儿给忘了，我现在就去看看，看铁件加工厂给做完没。"

吕新林眼看着王大嗓走远了，心里有些恼火。自从沟外被南城区划走以后，大规模的开发建设使沟内百姓的生活不再平静，抢建房屋、抢垫屋场、转包土地、租借房屋加工生产，发大财的梦想让沟里人变得让人认不出来了。

其实，吕新林早就让王大嗓在道路上竖几道限高栏杆，王大嗓却装聋作哑地拖到现在。

王大嗓家有块低洼地，前些年养鱼热时他雇铲车推了个养鱼池，起初那池里的水还干净，钓鱼的人也多，每天他老婆给备点儿农家菜饭，收入自然就不错。后来因为周边都是苞米地，农药残留让池水变质了，钓鱼的人便都跑了。看到别人都垫房场，王大嗓也动了心，便偷偷干起了拉残土的生意。村里有要垫房场的，他负责联系，拉一车给司机钱，他和司机平分；司机没地方卸就往他家的鱼池里卸；有时他也承包点儿土方活儿。

村里人嘴杂，王大嗓拉土收钱的事儿传到吕新林耳朵里了。因为都是村委，吕新林便睁只眼闭只眼的没当回事儿。吕新林本以为他拉几车就算了，没想到他这一带头许多人家都跟着动了起来。因为隔着一道岭就是开发现场，城里对渣土管得也严，土有的是就差没地方卸，那些包工头便纷纷打起了吕家岗子的主意。刚开始拉的都是新挖出来的好土，后来随着项目的推进，渐渐地就变了样，不仅新鲜土没了，什么建筑垃圾、生活垃圾都进了吕家岗子。

听说村民又因为拉土的事儿跟司机打起来了，吕新林就知道这事儿一定跟王大嗓有关。这些司机都认识王大嗓，过去王大嗓没少得过人家的好处，因为有这个村干部撑着，那些司机自然就没把村民当回事儿。现在村民找到王大嗓要求解决问题，王大嗓吃人家的嘴软，嗓门再大也只能瘪茄子了。

吕新林有些恨王大嗓，本来都是些很正常的事儿，村干部一掺进私人利益就复杂了。面对眼前这种情况，吕新林顾不了那么多了，只能自己出面替王大嗓收拾局面。

这天晚上，吕新林召开了个会议，会上他把项目的事儿通报了一下，然后又研究了一下平整土地的事儿。这些天，他和陈晓冬将整个村子的土地又探察了一遍，特别是那几个被村民看作是兔子不拉屎的沟塘子、涝洼地。吕新林想拿这些地方开头，对村里的土地进行统一平整，彻底把资源管起来。他要在两条关键的村路上竖起限高杆，限制任何人往村里拉残土和建筑垃圾。同时，他让王大嗓牵头，陈晓冬配合成立了土地平整项目组。吕新林算计过了，不算北大坑，仅仅几个沟塘子和一块涝洼地，就能收贮上百万立方土，填出十几垧地。因为项目是以村里的名义去承揽，沟里沟外仅有一岭之隔，运距短、时间快，村民又都有设备，南城区政府肯定会大力支持的。如果进展顺利的话，村集体就能赚到一笔钱。

几个村委都赞成关于平整土地的事儿。陈晓冬说土地是农民的命根子，是集体经济发展的重要基础，不能白白浪费了这些资源。王大嗓也说："这个点子好，这几年拉土的活儿都让贺知章给承包了，村里咋就没想到呢？"

说完，王大嗓又问吕新林："这拉土的事儿都让村里管起来了，以后村民垫房场咋办？"

吕新林说："还能咋办？只要是村里批了宅基地，你还负责给联系，但不能找大车，收不收钱你们商量，只要不把路压坏就好。"

听见联系土方的事儿还让自己管，那王大嗓脸上立刻就有了笑模样，又张老三、李老四、王二麻子地说出了好几家要垫房场的事儿。

吕新林见他又啰唆出这许多麻烦，便拉着脸子说："给村民办事是咱分内的事儿，但并不是啥事儿都给办。你刚才说的这些人家，都不涉及宅基地的事儿，你再给拉土垫房场就麻烦了，不是盖违章建筑就是改变土地用途，以后遇到拆迁或者上边查违建时，人家就会说是村里支持建的。"

王大嗓说："谁家还没个大事小情的，管太细了就不好管了，比如说有翻建房子的，人家说要先垫个场子，你总不能让人家先扒后建吧。"王大嗓说着，又指名道姓地举了个例子。几个人都知道王大嗓说的是吕新林的亲姨姨，便都想听听吕新林咋说。

吕新林说："这事儿才刚刚策划你就弄这么个动静，今天跟大家说明白，只要是经咱大伙儿定的规矩，就是天王老子也不能随便放口子。我知道大嗓说的是谁，你让她找我好啦。"

见话都说到这分儿上了，王大嗓终于觉得自己有点儿表现过了头。其他人也都把话题扯到正道上了。

第二天早晨，王大嗓按要求赶紧去拉了几个限高杆，然后张罗着要埋设在村口的两条路上，同时又没忘给两户人家卸了几车土。见王大嗓帮村民卸土，吕新林本来没想惊动他，可他看了那限高杆的结构之后便不高兴了，他用脚踢了踢那已经油漆好的铁管说，这顶上的横杆得弄个活的，弄个能上锁的，要不然村里再发生火灾咋办？听吕新林这么说，王大嗓拍了一下脑门子说："你瞧我这臭脑袋，真是被门弓子抽了，本来是想好的事儿，转身就给忘了。"

交代完限高杆的事儿，吕新林开车拉着陈晓冬去找乡长和南城区长，想趁着沟外搞开发建设的浪头上，多承揽些土方承包的项目。

他知道这项目承包是要走招投标程序的，所以他及早跟一个哥们联系好了，村里出场地，两家联合注册了一个乡镇施工队伍。

四十一

吕老蔫儿又睡不着觉了。自从陈晓冬的同学来过之后，一个叫"宝贝回家"的寻人组织就派人找过他。老蔫儿知道这是晓冬和那个叫晓雪的女孩儿帮助联系的。"宝贝回家"的志愿者按照他提供的线索在全国范围内寻找，最终也没有找到任何线索。昨天陈晓冬告诉他，让他准备好去一趟公安局，说要给他采血做 DNA 比对，想通过 DNA 比对进一步扩大寻找范围。

吕老蔫儿虽然不知道啥叫 DNA，但他知道这几个洋字母的作用。他看过央视"等着我"这个节目，每看过一次，他都会哭得一塌糊涂。他期望有一天会在屏幕上看到儿子的面孔，看到他小时候的模样。曾经有一段时间，他觉得屏幕上那些寻找家的孩子，每一个都像自己丢失的儿子，可细细看过后又都不像自己的孩子。有时，他一觉醒来觉得儿子就在不远的门外，马上就要走到自己的身边，可当他推开门痴痴地望去，除了那空荡荡的田野，仍然不见人的踪影。后来他终于明白了，这不过是幻想而已。他很想不看这个节目了，他担心如果再看下去，早晚会把自己送到医院去。现在公安局要给他采血做 DNA 比对，他知道这个 DNA 是找到儿子的关键，就像他和儿子之间前世今生留了暗号似的，只要对上了也就找到了。

　　许多年了，儿子丢失的细节一直是个谜。他清楚地记得，正是苞米成熟的季节，儿子要吃烀苞米，老婆便让他去地里掰苞米，她自己忙着刷锅、添水、抱柴火，竟然把孩子忘在一边了。孩子见没人搭理自己，便自己走出院子去找爸爸了。老婆听见儿子说要去找爸爸了，因为苞米地就在屋后，她也就没在意。当老蔫儿掰苞米回来之后，两人这才发现儿子不见了。两人急忙出门去找，可房前屋后都找遍了，也没见到儿子的影子。后来全村的人都跟着找，找遍了每个旮旯胡同，甚至连水泡子和井里都捞了，仍然没有找到儿子。

　　当时也不知是谁说的，说看见一个包着头巾的老太太领着一个小孩儿走了。他们又满世界地找那个老太太，不仅全村的老太太都问了一遍，周边村屯的老太太也都问了个遍，仍然没有一点儿消息。后来，有个疯婆子提到了贺有财老婆，当时她还住在村里。说看见她领着一个孩子进了苞米地，当时因为贺有财刚死了没多长时间，那疯婆子说话也没个准，所以大伙儿也就没往不好的地方想。

　　那时吕家岗子还比较闭塞，沟外通往市区的大桥还没架设，村与村之间也少有来往，沟里的人家相互间住的也比较远，如果来个生人往往都会像看大猩猩似的围个没完没了。孩子丢失以后，人们都努力回忆那几天的场景，却怎么也想不出那孩子会到哪里去？除了那个老太太和有关贺有财老婆的说法，再没任何线索。

在一连下了几场秋雨之后，很快就到了霜降。眼看着就要割地了，一个小媳妇在村头苞米地里掠猪食菜时捡到了一只鞋和一件小衣服，老蔫儿两口子听到消息赶紧跑去辨认，看到那熟悉的东西之后他老婆立刻就昏了过去。那件浅绿色的小衣服是老婆亲手缝制的，那只小鞋是他去公社开会时买的。虽然被雨淋过，但衣服并没有褪色，那鞋也没有变样。当时村民都怀疑孩子是被害了，可能就埋在这片苞米地里，为了找到孩子，大家用镰刀放倒了那片庄稼。经过大海捞针似的寻找，仍然没有找到孩子的踪影。后来经过公安局的人勘查分析，认为孩子很可能是被拐跑了，在被拐跑的过程中人贩子曾被人撞见，便在苞米地里躲了一会儿。

多年以来，老蔫儿一直很后悔，当初光顾着割资本主义尾巴了，从没想过要好好陪着儿子玩一玩，哪怕是领着儿子去一趟公园也好。一想到这些，老蔫儿便掀开箱盖，从里边翻出一个小包裹，找到孩子穿过的衣服和那只小鞋。因为连续阴雨，屋子里湿气太重，那东西拿到手里湿乎乎的。他把东西晾晒到窗前，又推开了窗户，然后来到院子里的丁香树下。

暴马丁香花早已凋谢了，没有了浓郁的花香，但墨绿色的叶子仍然坚挺，一些没有成熟的种子像一粒粒翡翠在秋阳下熠熠闪光。老蔫儿站在树下透过敞开的院门向远处看，一棵老榆树站在山坡上，透过那伸展着的枝叶，只见一片金色的老玉米在阳光下肃立。吕老蔫儿走出院门，一阵强劲的山风吹过，门前立刻荡漾起金色的涟漪。

几片叶子被吹落到他的头上，他捡起一片又扬手让它在风中飘走，然后又顺着那片叶子的走向开始找寻。他看到一条老村道被埋在田野里，弯弯曲曲的像拙劣的笔迹，又像是画板上的一道划痕。那划痕又延伸着，慢慢地便触碰到一堵墙，吕老蔫儿认得这堵墙，这是村头王大嗓家的那栋老房子，墙是用夯土砸出来的，现在成了废墟，唯有那堵墙始终没有倒下。他清楚地记得墙后就是那片苞米地，是找到儿子衣物的地方……

吕老蔫儿用手遮着光看着那堵墙，他不明白那本该倒下的东西为什么还要立着？难道是在提醒着什么？记得孩子丢失的时候那房子是空着的，那里边除了一些农具还有个破棺材。当时人们也在屋里寻找过，甚至连那口棺材盖都掀开了。唯一没有想到的就是被耗子盗得千疮百孔的地面……

一些奇怪的想法支使着他，让他不由自主地又往高处站了站。秋天的太阳火辣灼人，照得人有些睁不开眼睛，吕老蔫儿不得不再次用手遮挡着光线，倏然间他发现那墙边站着一个人，那人站在那里正往这边望着，似乎已经看到了自己。这让他十分激动，他狠劲儿地冲着那人挥了挥手，又大着嗓门喊了两嗓子。随着声音的飘逝，他似乎看到对面的那个人身体开始晃动，并且像鸟一样向这边飞奔过来，一个年轻人的身影，一个熟悉的影子开始在眼前跳动。

看到有人向这边奔来，吕老蔫儿的心像个小兔子扑腾扑腾地就要蹦出胸口，他用手按住胸口正要迈下石板时，一个趔趄差点儿让他摔了个跟头。他努力站直了身子，这才发现在蒸腾的热浪中已找不到那个年轻人的影子了。

蒸腾的热浪并没有蒸发掉那堵墙，它就像个梦魇压在吕老蔫儿的心上。他走进院子，从水缸里舀了一瓢凉水灌下肚，然后抄起一把镐头出了院。他急火火地径直穿过那片苞米地，很快就来到那个老房场跟前，只见那个老房场已成了菜地，不知是谁种了些白菜萝卜。唯有那段残墙还不知疲倦地站在那里。因为心里有个魔咒，吕老蔫儿顾不了许多，他来到那堵墙跟前，围着那墙拼命地刨了起来……

王大嗓帮几户村民卸完土已经大晌午了。

老伴儿来电话说："给你打电话，你咋不接呢？"

王大嗓说："我帮人家卸土呢，电话扔在车里了。有啥事儿快说，我这正忙着呢。"

老伴儿说："今个是七月十五。不是说好了吗，让你开蚂蚱子拉我们去上坟。这都几点了，哪有下午给老人上坟的？"

听老伴儿这么说，王大嗓这才想起上坟的事儿。他知道老伴儿烧纸早就买好了，几天前就跟他商量这事儿。他老丈人不是本地人，是跟着老老丈人闯关东过来的，老辈人死后都按规矩把骨灰送回山东家了，临到老丈人死时因为没儿子，老家那边不让进祖坟，便只能另立坟头埋在吕家岗子了。坟是埋了，但老伴儿心里气得慌，都啥年月了，老家那边还穷讲究！她知道这是家族中的老辈人太顽固，却拿他们没办法。既然老人回不去老家了，她就想在这边把坟弄得气派些，哪曾想因为殡葬管得严，上边不仅不让土葬，连纸都不让烧。没办法，王大嗓只能找个地方把老丈人偷着埋了，连个碑都没敢立。

王大嗓老丈人的坟跟贺有财的坟离得不远，属于一个沟的邻居，又是那个年代一同入土的，按理说这两个死鬼在那边算是坟友了。这些年来，王家和贺家每到七月十五都会在沟里见面，两堆烟火总会不约而同地燎到一块儿去，渐渐地贺知章跟大嗓也比较熟悉了。有时贺知章把干不过来的零活儿让大嗓干，大嗓有台二手金刚，常常帮他拉残土赚点儿钱。自从贺知章把他爹的坟起出去之后，他老丈人便孤零零地成了野鬼了。就为这事儿，老伴儿跟他吵了多少回了，也要找个好地方把坟迁出去，也要光明正大地给老人立块碑，好出出心头那口气。

老伴儿说："这都啥年月啦，你还让俺爹孤单地窝在那山沟里，一年年见不着阳光不说，还时常被雨水泡着。你看人家贺知章，把他爹埋了个好地方不说，还盖了个石头房子。"

王大嗓说："埋得再好能咋的，那家伙就是找死，邪风不知哪儿刮起的，自己的钱还不知哪儿来的吗？你别看他现在嘚瑟得欢，早晚有他拉清单的时候。"

老伴儿说："贺知章咋啦？不管咋地，人家弄到钱了！你看看城里那些有钱人，哪个不给先人弄个好地方。不说别的，就说咱沟里，凡是好一点儿的山坡，都让有钱人修了坟。"

听了老伴儿的话，王大嗓说不出话了。说心里话，他不是不想给老人挪个好一点儿的地方，也不是不理解老伴儿，而是他的确有说不出的苦衷。但不管怎么说，陪老伴儿扫扫墓偷着烧点儿纸总还是要做的。想到这儿，王大嗓拎起放在院墙上的衣服，急匆匆地往家跑，生怕老伴儿着急上火地弄出点儿毛病来。

王大嗓火急火燎地往家赶，眼看着就到了自家的老房场了。他正要给老伴儿打电话，让她把上坟的东西先装到拖拉机上，却突然看到老房场的菜地上有个人撅着腚在刨什么。这老房场好不容易被老伴儿平整成菜地，头伏种的萝卜早就长出来了，二伏种的白菜也都间完苗了，这个时候到地里能刨出什么？想到这儿他加快脚步往前跑，想看看到底是哪个精神病？

来到菜地跟前，他终于看清了，只见吕老蔫儿满头大汗地正刨得起劲儿，一边刨嘴里还叨叨咕咕地说些什么。他围着那堵墙刨了个很大的沟，不大一块菜地已被祸害一半了。王大嗓本想从后边踹他一脚，可那脚都抬起来了，却又慢慢放下了。他轻轻走向前，从后边一把抱住老蔫儿说："你这是犯的哪门子的邪啊？把好好一块菜地弄成这样！"听到大嗓的喊声老蔫儿挣扎了两下，然后一下子瘫倒在地上了。王大嗓见他脸色惨白，嘴角哆嗦，知道他这是犯癔症了，只要让他清静地坐一会儿，休息休息就会缓过来。想到这些，他先把老蔫儿弄到路边的一块石头上，然后又用帽子到不远的水沟里兜了些水过来，他先用手往老蔫儿的脸上撩了些水，然后又用湿帽子给他擦了擦脸。

　　老蔫儿逐渐清醒了许多，他不再那么挣扎了，但嘴里仍然叨咕着要找儿子。听到老蔫儿的话，大嗓这才想起多少年前发生的事儿。当年时兴割资本主义尾巴，为了响应号召，吕老蔫儿领着一些根红苗壮的学生砍了贺有财家的小片荒，后来为贺有财儿子偷苞米的事儿，生产队还要批斗贺有财，因为急火攻心，贺有财突发心脏病死了。贺有财死了不长时间，吕老蔫儿的儿子就丢了，又过了没几年他老婆也半疯半魔了。因为在自家房后的苞米地里发现了那孩子的衣物，他老婆活着时把丢孩子的日子当作忌日，每逢这一天就要来这里哭一场，有时还要烧纸上坟似的闹一闹。为这事儿老婆没少跟他们计较。后来大伙儿都说这地方不吉利，村里的老人也说以前这地方枪毙过逃兵，听到这些闲话之后老婆死活要搬家。搬走以后，王大嗓本想把那地方卖了，可因为那些闲话和后来实行的房屋管理规定，这地方便一直空闲到房倒屋塌。

　　一想到这些，王大嗓心就烦，他冲老蔫儿说："真是的，我这是造了什么孽啊，你们两口子跟着腚祸害我！"说完见老蔫儿没什么反应，便赶紧给村医打了个电话，让他赶紧过来一趟。

　　村医问："你咋的了？"

　　王大嗓说："我没咋的，是老蔫儿病了。"

　　村医说："啥病？"

　　王大嗓说："跟他老婆一样，也不知犯了什么邪，又跑到老房场来闹，好好的一块菜地，又让他给刨了……"

　　村医说："你稍等一会儿，我刚看病回来，正在路上呢。"

　　放下电话，王大嗓用手摸了摸老蔫儿的额头说："老哥啊，你可快点儿好起来吧，人家陈晓冬都说了，说你儿子快找到了，你都等了多少年了，

245

还差这几天吗？"

一听说儿子就要找到了，老蔫儿似乎清醒了许多，他睁开眼睛，然后又慢慢地坐了起来。

老蔫儿看看周边的环境，又看了看大嗓的脸色，忽然有所醒悟。他不好意思地说："你看，我这又不知是咋的啦？稍不注意就犯迷糊。我这会儿好像是清醒点儿了……我没事儿，你忙你的吧。"

眼看着老蔫儿走回家了，王大嗓又给村医打了个电话，让他回来直接去老蔫儿家。村医说："快到家了，你把心放到肚子里好了。"

王大嗓一路小跑地回到家，只见屋门开着，屋里饭桌上的饭还热着。他大声喊了几嗓子，见没人答应，他又房前屋后地找了一圈，仍然没见老伴儿的影子。他正要给老伴儿打个电话，电话这时响了，他接起来只听老伴儿气呼呼地说："我不等你啦，我跟闺女先走啦，这都啥时候啦，你愿意来就来，不来拉倒。"还没等他回话，那边就关机了。

王大嗓拎了把镰刀抄近路紧赶慢赶地来到那个山沟，只见老伴儿正站在山坡上发呆，闺女蹚着荒草已经走到前边去了。王大嗓清明时曾来过这里，那时的山林清静透明，野草刚刚铺地，离老远就能看到那个土馒头。而现在经过一春一夏的雨露滋润，秋草和树木一起疯长，沟塘里藤缠树、树牵藤地围起好多绿屏障，一些刺玫和覆盆子让人寸步难行。仲秋时节仍然是蛇出没的时候。王大嗓用镰刀给老伴儿砍了根树枝拄在手里，又把闺女喊回到山坡上，然后顺着一条羊肠小道往前找。一家人都清楚地记得那坟边长着一棵沟里最老的柞树，虽然老得只剩下半截火烧似的树干，却仍然倔强地生出了新枝。

王大嗓凭着记忆先走下山坡，他觉得眼前的山形和树木都很眼熟，可他无论怎样睁大眼睛，也没有找到那棵黑不溜秋的老树。他在一片没腰的蒿草中蹚行，当走到两棵核桃树跟前时突然脚下一滑，还没等他反应过来，便瞬间跌进一个坑里。随着老伴儿和闺女的叫喊，他很快从坑里爬了起来，他仔细辨认了一下周边的环境，脚下的烂棺材板子和跟前的核桃树，让他确定自己竟然是掉进贺有财的墓穴里了。他十分晦气吐了两口吐沫，弯腰正要捡起镰刀，突然看见坑里边有条蛇正向自己吐芯子，这瞬间发生的意外使他本能地一蹦落到坑沿上，又稳稳地向边上挪了挪脚步。因为那镰刀已经用了多年，他便想找根棍子去把蛇弄走，顺便把使顺手的东西拿回来。他刚掰断一根干枯的核桃树苗子，胳膊就火燎似的被什么蜇了一下，他仔细看了看，这才发现胳膊上不知啥时被划出两条血沟沟。

老伴儿和闺女很快就来到跟前了。

老伴儿看了看他流血的胳膊问："这是咋的了？让谁给挠啦？"

王大嗓说："你瞎想些啥？编瞎话也得看个时候。"

说完，王大嗓悄悄地把两块烂板子踢到坑里，镰刀也没顾得上拿，便若无其事地走向闺女说："没注意，滑了个大腚蹲儿。"

四十二

村医给吕老蔫儿打了针镇静剂，又开了些安神的药。经过两天休息，老蔫儿又缓阳似的有了精气神，但他却怎么也想不起来那天到底都发生了什么。他问村医到底咋回事儿，村医让他去问王大嗓，他便果真去问了王大嗓。

王大嗓见他找上门来，便扯着他的手径直把他领到老房场。

当老蔫儿看到那半堵墙和那像猪拱了一样的菜地时，他终于想起了那天自己都干了什么，当时的情景也都魔幻似的浮现在眼前。他再三跟王大嗓道歉，说自己真的是鬼迷心窍，竟然干出这样荒唐的事儿！说着，又掏出二十块钱非要塞给大嗓。

大嗓百般推托说："我哪能要你的钱呢！再说了，就那点儿菜，即使长得再好，也卖不了几个钱，你刨就刨了吧，就当猪拱了。"说完，他竟然乐了起来。

　　老蔫儿说："你这老小子，啥时能正经点儿呢！"

　　王大嗓说："我就是顺嘴一说，你可千万别当真啊。"

　　老蔫儿说："我才不当真呢。本来我是真想给你赔点儿钱，可就凭你这骂人不吐脏字的劲儿，你想要我还不给了呢。"

　　说着，他晃了晃手里的钱，又揣回到兜里。

　　看到老蔫儿那半真半假的样子，王大嗓拍了拍他的肩，然后嘻嘻哈哈地笑了。看到王大嗓一副大大咧咧的样子，吕老蔫儿也情不自禁地笑了。

　　王大嗓接了个电话走了。吕老蔫儿一个人坐在他曾经坐过的那块石头上，看看眼前的那堵墙，看看自家屋后的山包包，心里又多出了许多疙瘩。都说冤家宜解不宜结，都几十年过去了，可有些心结仍然解不开。当年的那些事儿都是大形势推着走的，有的事儿连过过脑子的时间都没有，屁大的工夫就把人得罪了。现在想起来啥都晚了，想说几句认错的话都没人听啦。不知为什么，这么多年啦，他一直认为儿子丢了这事儿一定跟贺有财有关，不是报应就是报复，老婆的死是贺有财这个死鬼闹的，自己这次病也是那个孤魂野鬼闹的。一想到有个坟头压在自家的屋上，他就觉得喘不过气来。眼前的日子不缺吃、不缺穿的本该太太平平的，可这死鬼闹、活鬼也闹的孽障啥时才能消啊！

　　吕老蔫儿正傻呆呆地坐着，突然听到有人喊自己的名字，他抬头看了看，只见一个人站在自家门前喊自己。虽然隔得远点儿，但就凭那沙哑的声音就知道，一定是朱洪福在找自己。老蔫儿站起来隔空应了一声，刚走了没几步又回过头来看了看，墙下边有些没有蔫透的小白菜，还有几棵细细的绿萝卜。

248

吕老蔫儿还没走到家门口呢，朱洪福老远就迎了过来，看到他怀里抱着几棵小白菜、细萝卜，便嘿嘿地笑了起来。老蔫儿说："你屁颠儿似的跑这儿来，就为了笑话我？"

　　朱洪福说："你胡扯个啥？我咋会笑话你！"

　　老蔫儿说："你个病猫，不好好在家待着，瞎跑什么？"

　　朱洪福说："听说你魔怔了，来给你驱驱邪。"

　　老蔫儿说："你才魔怔了呢……"说着，他把怀里抱着的东西往地下一扔，然后一屁股坐到门前的石头上。两人一边看几只鸡抢吃青菜，一边东拉西扯地聊了起来。刚聊了一会儿，吕老蔫儿突然问朱洪福说："你那儿还有烧纸没？借我点儿用用？"

　　朱洪福说："你脑子进水了吧？有借钱的，哪有借烧纸的。"

　　老蔫儿说："我是认真的，我去了小卖部，还去了村东头那个超市，都没买着。"

　　朱洪福说："现在都不让烧纸啦，谁还做那生意？我家倒是有一些，那还是冬生没得病之前从一个小造纸厂弄来的呢。"

　　老蔫儿说："我知道你有才问你。"

　　朱洪福问："你要烧给谁？"

　　老蔫儿吞吞吐吐说："烧给老伴儿。"

　　朱洪福说："前些天你都去大嫂坟上了……你上坟有瘾啊？"

　　听了这问话，老蔫儿又说烧给儿子。

　　朱洪福说："真该抽你个大嘴巴，你儿子肯定活得好好的，说不定哪天就回来了……"

　　听了朱洪福的话，吕老蔫儿低着头，支支吾吾地好半天才告诉他，说想到贺有财的坟上烧点儿纸。

　　朱洪福听了立马站了起来，他倒背着双手弯腰看着老蔫儿的脸，就好像能看出花儿似的看了一会儿，然后叹了口气说："你让我说你什么好呢？你真是放屁摔跟头——后边响（想）大啦！过去的就过去了，干吗非要想那些不痛快的事儿呢？过去大喇叭尽讲些让人记仇的事儿，现在都和谐社会啦，你脑子好好醒醒吧！"

朱洪福嘴上虽然说得轻松，心里却是另一种滋味。事情都过去几十年了，朱洪福一直想忘掉那些往事，当年他常用饿死鬼的名字吓唬小孩子，也提醒自己，要老老实实地干事，夹着尾巴过好自己的日子。随着时间的打磨和日子的红火，他便逐渐忘了那块疤痕的存在。如果不是贺知章的突然出现，曾经的同情与怜悯或许还会有那么一点儿，是贺知章横踢马槽的霸道行为让他没了耐心。一想起贺知章最近干的这些事儿，他就替老莺儿打抱不平。不论当年发生了什么，那都是过去的事儿，作为后人根本没必要拿今天去报复昨天。当年吕老莺儿就是个孩子王，虽然活儿轻巧一点儿，那也像羊圈里的羊一样，被人驱赶着跟着头羊走，至于走得快与慢，是否踩踏了园田和庄稼，是否伤害到别人，那也是鞭子抽打的结果。对于老莺儿来说，老婆死了，孩子丢了，贺知章又跟着腚折磨他，遭受的已经够多的了，干吗还要往自己头上扣屎盆子！他虽然对老莺儿的想法不是很赞同，但他却不想再多说些什么了。他默默地走回家，从猪圈的棚顶上取下两捆黄纸，然后夹着送到老莺儿家。

吕老莺儿拿过那些纸，把纸分成几份摊铺到桌子上，然后一张张地折起来，折叠完了又用绳子捆起来，这才慢慢地向山上走去。朱洪福先是站在屋后看着他上山，看他走得很迟缓，便一步一抬头地跟了上去。朱洪福听冬生说过贺知章迁坟的事儿，但他自己从没亲眼看过那坟到底修成啥样。

吕老莺儿好不容易登到山顶，眼看着就要进松林了，一道铁丝网却突然挡住了去路。他向四周看了看，见附近没有其他人，便想扒个豁口钻进去，这时朱洪福已经来到跟前了，他看了看里边的石馒头，然后拉住了老蔫儿。

朱洪福问："这就是那个死鬼的新坟？"

吕老蔫儿机械地点点头。

朱洪福说："长这么大，还头一次见到这石头坟！坟修得这么气派，还圈了铁丝网，这家伙是想卖票赚钱呢。"

听了朱洪福的话，吕老蔫儿回头看了他一眼说："我就想给他烧点儿纸，你别烦我好不好。"说着，就又去扒铁丝网。朱洪福赶忙又拦住他。

吕老蔫儿见那铁丝拦得太紧密，朱洪福又纠缠得紧，便一扭头向另一边走去。朱洪福跟着他没走多远，便找到一处豁口。老蔫儿像被围困久了的羊，见着豁口就跑了进去，可还没跑上几步远，又放慢了脚步，然后像怕踩着蚂蚁似的走到那石头墓前，先鞠躬，后摆纸，然后叨叨咕咕地烧起纸来。

趁着吕老蔫儿烧纸的工夫，朱洪福围着那坟地转了一圈。除了周边的一些树木，坟地里还新栽了一些柏树，坟前的草坪里零乱地长出一些蒿草，一条石板铺成的小路也被埋在草里。他走到那个挺大的石碑前仔细看了看，上边只写了贺有财的名字，这让他想起了贺有财的老伴儿，自从她改嫁搬出吕家岗子之后，人们便再也没见到她的影子。有人说她死了，也有人说她跟后老头去了深圳……

吕老蔫儿默默叨叨地烧完了纸，又蹲在坟前用一根粗大的蒿子秆熄灭了最后一点儿火星，这才轻松地站了起来。他扔掉手里的东西，又像拉磨似的围着坟转了又转，他惊奇地发现除了自己之外，最近还没人来这儿烧过纸。这时朱洪福也转了过来。

朱洪福说："这坟修得再气派，也是给活人看的。这都七月十五了，也没见有人来看看老贺头，你看，除了你来烧张纸，还哪有祭拜的痕迹。"

听了朱洪福的话，吕老蔫儿的脸上终于露出一点儿笑意。

吕老蔫儿说："带把镰刀就好了，你看这地方荒的，连下脚的地方都没有了……"

朱洪福说："趁着没人看见，赶紧走吧。"

吕老蔫儿说："看见又能咋的，我这是心甘情愿的。"

说完这话，老蔫儿像变了一个人，只见他一脸轻松地迈开八字撇，扭扭搭搭地走出了墓地。

出了墓地，吕老蔫儿并没有下山回家，而是沿着树林里的小路向另一个山头走去。朱洪福知道山那边的一片塘子边上埋着老蔫儿媳妇，便悄悄地跟着走在后边，想看看这老蔫儿到底要干些什么。两人也不知走了有多远，在走过一座废弃的老房子之后，突然听到一声惨叫，接着便有一个人从旁边的土崖上滑落下来。那人就摔落在老蔫儿旁边的草棵子里，当老蔫儿走到跟前时才看到，落下的不是别人，正是公安局追逃的贺知章。跟随贺知章同时落下的还有很长一条蛇。那蛇落地便迅速地逃离了，而贺知章却呻吟着已经动弹不得了。

朱洪福见是贺知章，先是犹豫了一下，但还是跟在老蔫儿的后边上前去扶了一把贺知章。两人托着肩想把他扶起来，贺知章以为有人要抓他，便挣扎着想要站起来，可刚刚欠了一下身子便不得不坐了下去。当他终于看清了眼前的人是谁时，他便不再挣扎了。他先是喊："腿，腿……"听到他这样喊，吕老蔫儿猜是腿断了，那正要伸向腿的手便缩了回来。这时，贺知章又连声叫道："蛇，蛇……"说着又挣扎着想再次坐起来。这回老蔫儿终于明白是咋回事儿了。他轻轻掀开那已经挂破了的裤角，猛然发现那白色的皮肉上有四个流血的牙印。看到这对称着的孔洞，再联想到那蛇的颜色，吕老蔫儿不由得倒吸一口凉气。他顾不得多想，赶紧解下腰上的布带紧紧系在伤口上边，然后轻轻抱起那腿便把嘴贴了上去。他吸一口、吐一口，也不知重复了多少次，渐渐地舌头麻了，嘴肿了，人也晕了过去。

那朱洪福平时是个很有章程的人，这时却有些乱了方寸，看到老蔫儿抱着人家的腿乱啃竟然不知如何是好。直到老蔫儿晕了过去，这才醒过神来。他掏出手机先打110，又打120，两个电话都打通了，他却说不清楚自己所处的地方。这时又想给吕新林打，却没想起那电话号码。万般无奈之下，他突然想起山下住着两户养蛤蟆的，便趔趄着跑下山去。

那养蛤蟆的人是备有蛇药的，并且有过被蛇咬的经历。听到消息立即跟随朱洪福赶到现场，在察看了伤口之后，先是大剂量地给两人灌了蛇药，又用蛇药喷剂处理了伤口。在几个山民的帮助下，贺知章和老蔫儿很快被送到医院。

吕新林听到贺知章被蛇咬的事儿已经是傍晚了，到了医院这才看到正在抢救的吕老蔫儿。经朱洪福介绍，吕新林知道了事情的来龙去脉。他也明白了那天晚上没有抓到贺知章的原因了。

经过诊断，贺知章除了被蛇咬，还有脊柱骨裂，小腿轻微骨折。而吕老蔫儿因为吸了蛇毒，一直处于昏迷状态。

看着躺在床上的贺知章，吕新林心情十分复杂。他本想给公安局打个电话，但想了想还是忍住了。这时贺知章睁开了眼睛，并且看到了床前的吕新林，他努力动了动脑袋。看到他那样子，吕新林猜不透他是想点头，还是想摇头……

在片刻沉默之后，吕新林上前拉了拉贺知章的手说："先好好养伤，有啥事儿咱以后再说。"

四十三

早晨，吕新林把王大嗓喊到村部，要跟他商量平整土地的事儿。见了面，还没说上几句话呢，他就看见了大嗓胳膊上的血道道。吕新林开玩笑说："你又干啥坏事了，让人给挠成这样？"

王大嗓说："就我这岁数，想干啥坏事都没那个能力啦！"

吕新林问："你没干坏事，这胳膊上咋弄成这样？"

王大嗓说："别提了，一提起来就晦气，我陪你嫂子去烧纸，那地方草太高，把坟都埋住了，我就在草棵子里四处找，没想到竟然掉进坟窟窿里了。"

吕新林说："你老丈人那坟我知道，那地方除了你家有坟，还哪有什么坟窟窿啊？"

王大嗓说："咋没有，当初因为时间紧，手头又紧张，便稀里糊涂地跟那个死鬼弄到一个沟里了。今年初贺知章不知啥时候把坟迁了，坟头弄没了，便扔下个窟窿埋在草里。"

听了王大嗓的话，吕新林实在忍不住便笑了起来，笑够了说："你是够晦气的，掉哪里不好，怎么能掉到那个坑里呢。"

王大嗓说："都怪贺知章，起了坟也不把窟窿填上，这是我掉里了，这要是你嫂子掉进去，还不得吓个半死。"

吕新林说："你怨不得人家，你听谁说过迁坟需要填坑。要怨就怨你自己，咱都说过多少遍了，党员干部不要上坟烧纸，尤其是村干部，更要带头破除迷信。你不听，非要破坏规定，这回好了，报应来了，看你以后还去不去了。"

王大嗓说："除非找地方把坟挪出来，一个老沟塘子，山猫野兽的啥都有，总不能让她娘们自己去吧……"

吕新林说："看看可以，可千万不能动火。这你是知道的。那么大片林子，一个火星就能点着了。"

王大嗓说："这我知道，都管了几十年了。防火这大事，谁敢麻痹大意啊。说是上坟烧纸，实际上就是看看，添点儿土，打打草。"

听大嗓这么说，吕新林赶紧拉他坐下，然后接过话题说："我正要跟你说迁坟的事儿呢，咱们这次平整土地，肯定躲不过迁坟的事儿，全村新坟老坟祖宗十代的，加一起能编个营了。如果都窝在地里，那设备机耕、收割根本就没法绕过去，连土地平整都没法进行。所以，咱们不如规划个公益墓地，把现有的坟都迁出来。"

王大嗓说："这想法好，我一百个赞成。你嫂子见贺知章把他爹迁出来了，就一直闹着要迁坟，我正愁没地方呢。其实，过去村民也不是不响应号召，关键是火葬场太远了，人死了要拉那么远去烧，烧完了还得存东西似的花钱放在那儿，大老远的谁愿意把亲人扔在外边啊？所以，就只能拉回来埋。这一烧一埋浪费资源不说，也有点儿让人死不起。要是有了公益墓地就好了，村民生死都在家门口，连祭拜祖宗都像串门似的。"

吕新林说："我们要整就新鲜点儿，不是都讲究风水吗，那咱就找个靠山朝阳，而且面水的地方。地方我都想好了，一会儿我就领你去看看。"

吕新林开车拉着王大嗓眼看要出村了，王大嗓突然让吕新林停一下车。

吕新林问："这大清早的，拉屎撒尿的也不打扫干净点儿。"

王大嗓说："这都到家门口了，我想叫上你嫂子，让她也跟着高兴高兴。"

吕新林想了想说："行啊，让她看看也好，到时候你们两个大喇叭也给宣传宣传。"

吕新林拉着王大嗓两口子来到村北头的一个石头砬子跟前停了车，拐过砬子是个挺大的沟塘子，沟塘子两边都是石头山坡，除了长些草，还有几棵山里红招摇在山脚下。因为这地方以前采过石头，附近十里八村的都叫它石头沟。下了车，王大嗓老伴儿说："这是啥破地方啊，一个兔子不拉屎的地方。"王大嗓也疑惑地问吕新林："你说的风水宝地就是这儿？俺咋没看出来呢。"

255

吕新林没有搭理他两口子的问话，他紧走几步来到一个石头台上，然后招手让两个人上来。王大嗓拉着老伴儿走到台面上。吕新林指着不是很远的一片稻田和几个鱼塘说："那里是不是一片水？"

那两口子顺着他的指向看了看，又都不约而同地点点头。吕新林回过头又让他俩往沟里看，只见山沟的尽头是个元宝形的石头砬子。

吕新林说："这就是靠山面水，你们俩不都信风水吗？风水先生最讲究的就是这个。"

王大嗓说："你这村主任啥时变成帽子厂长啦！跟你说，俺可不是迷信头子啊！"

王大嗓老伴儿说："靠不靠山俺不管，什么水不水的俺也不讲究了，你快跟俺说说，这一挖一个火星子的石头上咋埋人？"

王大嗓说："对，你得说说到底坟埋在哪儿？埋不了坟，你说啥都是忽悠。"

听了王大嗓的话吕新林笑了。他说："你见我啥时忽悠过人？"说着，他就把自己的想法说了。他说要在砬子口先砌一道坝，沟里填满土、找平之后铺上草，沟两边再栽上松树，然后再把村里的坟移过来，第一块墓地就成形了。第一道坝完成后，再砌第二道坝、第三道坝，这样就形成了三个梯形的墓地。另外，都破除迷信多少年了，这墓地建设也要讲究新潮流，所以也没必要都千篇一律地立那么多的碑、建那么大的坟。就搞个山坡葬、草坪葬、树葬。

王大嗓老伴儿问："啥叫山坡葬、草坪葬？还有那个树葬，俺听都没听说过。"

王大嗓说："你先别打岔，让主任把话说完。"

吕新林接着介绍说："因为山两边都是石头坡，山坡葬就是在坡上用凿岩机先凿个四四方方的石棺材，等把棺口封好后，周边再弄几个坑，填上土，种上树。至于草坪葬、树葬，我不说，你们也照样明白。就像外国电影里那样，把盒子埋在草坪上、埋在树下，再弄个石板刻上名字盖在上边。"

听了他的话，王大嗓说："听你说的就像讲故事，讲得挺有意思，如果真像你说的那样，这坟也有地方迁了，石头山也绿化了。"

王大嗓老伴儿问："这么多的土，你到哪儿去弄啊？"

吕新林说："你问你家大嗓。"

王大嗓说："沟外的土都愁没地方卸，只要告诉一声，乐不得往这儿拉呢。还有平整土地多出的土，正好盖到残土上边。这砌坝的石头就不说了，清理一下坡上的那些浮石，再就地取一些就够了。"

王大嗓老伴儿说："你说得倒是很轻巧，这么大的活儿，还有墓地的管理，人吃马喂的不需要钱呢？"

吕新林说："这我都想过了，咱要建的是公益墓地，公益墓地按规定是不能收钱的，可这么大的沟塘子，够咱村埋上几辈人都埋不完，所以咱得把上边的位置留一些，你们七大姑、八大姨的，有想要回来的就卖一些，价格上照顾一点儿，收个成本钱就行啦。"

王大嗓老伴儿说："近水楼台先得月。我得把话先说在前边，什么树葬、草葬的俺不懂，到时你就挑那靠上的给俺留块地，俺想让俺爹住得高一点儿、看得远一些。"

吕新林说："行啊，只要嫂子一句话，到时俺肯定给大叔找个好地方。"

听了吕新林的话，只见王大嗓又往高处挪挪脚，然后用手往上边的石砬子一指说："啥树葬、山坡葬的我都不感兴趣，等到我们俩有那天，你就在砬子下弄个洞，然后把骨灰匣子往里一塞，也不用立碑弄景的。只要有那砬子在，再过几百年，后人也能找得到。"

他的话声刚落，就挨了老伴儿一脖溜儿，他老伴儿呸呸呸地一连吐了好几口。吐够了,她扯着大嗓的耳朵说:"我活得好好的,你就盼着那一天,告诉你,只要俺活着,你就得好好陪着俺。"

吕新林说:"你的话倒提醒了我,刚才你说的那个想法不是没有,在外国早就有那么办的啦。把人弄到匣子里,然后再镶嵌到石壁上,外边再弄块玻璃窗。人家不像你说的那么简单。有个挺特别的名字,叫什么壁葬……"

王大嗓老伴儿说:"叫壁葬太别扭,还不如叫墙葬呢。"

王大嗓说:"你听着得啦,起啥哄。"

吕新林说:"我想起来啦,墓地里每家栽的树也有个名堂,不叫绿化树,叫啥树来着……"

王大嗓说:"还能叫啥,过去都叫坟茔地树。"

吕新林说:"也不叫坟茔树……叫生命树。"

王大嗓说:"人都死了,还啥生命啊?"

吕新林说:"这树都是由死者的儿孙栽,栽得越多说明你家越兴旺,栽多栽少都是你家的。"

王大嗓说:"你这点子好,那山荒着也是荒着,这么一利用,死人能给活人腾地了,石头山也变绿了。"

王大嗓老伴儿说:"瞅瞅你那嘴,就跟吃了大粪似的,啥叫死人给活人腾地?多难听啦!"

吕新林说:"大嗓是话糙理不糙,按照现在这种烧完了再乱埋的做法,慢慢地这地面上就都是死人屋啦。"

王大嗓说:"你都说了这多半天了,你倒是说说,这事儿到底得啥时干呢?"

吕新林说:"我已经让陈晓冬搞了个规划设计图,看看那些树葬、草坪葬都咋摆排,原来没考虑到壁葬,现在得想办法把这个内容补充到里面了。

你是咱村管土的土地爷，先让你来看看，估算一下土方量，看看从哪儿进土能省时省力。"

吕新林说完又说了一下打算。村里先要根据现有的情况给民政部门打个报告，建一个公益性村民墓地，从法律层面好有个抓手。然后在秋割之后结合土地整理进行迁坟动员，等到来年清明前后再正式迁坟。当下最关键的问题是墓地建设，得说干就干，在落雪之前就得把场地平整得差不多，把园区里的路修出来，来年迁坟时好让先人有个落脚的地方。

听了吕新林的话，王大嗓老伴儿说："你这石头墓地不知道将来会变成啥样，别变来变去的又变回石头沟了。咱老农民一辈子在土里刨食，到头来弄得烧成灰都没人埋，弄个盒子放在大厅里供着太贵，随便往地一扬儿孙又不忍心，你说咋个是好？"

王大嗓说："都成石头棺材啦，还能咋变？到时让儿女把咱往里边一放，旁边再弄两棵松树栽上，你就等着万古长青吧！"

王大嗓老伴儿说："你可别让他们给我栽松树，哪有房前屋后栽那个的。要栽，你就给我弄两棵暴马子栽上，我就喜欢那花的香味。再说了，那树好活，还爱串根子，也让你们老王家多子多福。"

王大嗓说："你就放心好啦，到时我让人给你多栽几棵就是了。你不是爱闻那香味吗？肯定让你闻个够。"

王大嗓的话刚刚落地，他头上就又挨了一巴掌。

四十四

吕新林离开村部，正打算去老蔫儿家看看，想找个人先照看一下他那几只鸡鸭，还有那只大黄狗，没想到刚走到河沿路口就碰到了胡乡长。吕新林惊讶地睁大眼睛望着他，竟然没说出话来。

胡乡长说："正好看见你了，陪我转转吧……"

吕新林说："你来了咋不说一声？"

胡乡长说："有啥说的，说了你该整事情了。"说着就让吕新林陪他在村子里转了一圈。村里走够了，又看了看另外一座桥，最后到了通往秸秆加工厂的那座桥跟前。他仔细察看了那桥被毁的状况，又问了一些数据，这才告诉吕新林说："桥的事情解决了，水利部门同意按水毁项目拨款，但项目必须得走招投标程序，如果进行顺利的话，收割前就可开工重建。"

乡长让吕新林先把这桥边的现场收拾收拾，哪儿堆放材料、哪地方住人先准备好了，省得大姑娘上轿现扎耳朵眼儿耽误事儿。乡长磨叨完了，又问了一下贺知章的事，让他好好理一下账目，凡是跟贺知章有关的合同协议都挑出来，到时好作为证据。

吕新林一直把乡长送到村口，看着他钻进了车里。车马上就要开了，胡乡长又探出头来说："忘了跟你说了，除了村外的乡道，这村里收拾得还像个新农村的样儿。"

乡长的到来让他的心情似乎好了许多。这一上午，吕新林几乎啥也没干，都是给贺知章擦屁股的事儿。刚从公安局协助调查贺知章的事儿回来，山庄工作人员就找到村部向他讨要工钱。吕新林说："山庄的事儿找你们老板去，跟村里没一点儿关系。"几个工作人员说："咋没关系？这林地是村里的，当初老板肯定是跟村里签了合同的，现在他跑了，但跑了和尚跑不了庙。不找村里找谁去？"

因为这合同的事儿吕新林是知道的，但他一时也给不出个说法来。他本想让他们去医院找，但想想还是没告诉他们。他让那几个人直接去法院起诉，无论怎样告，村里陪着就是了。

这边打官司的电话刚撂下，他马上又接到贺家富的电话。贺家富告诉他经过几次考察，自己确定要成立一个公司加农户的生态农业种植公司。

说自己已经看好了一些地块，只要农民乐意、村里同意，可以马上过来签订合同。因为贺家富已经来考察过几次了，所以吕新林对事情进展情况和人物背景还是比较了解的。

贺家富的父亲贺梦生当年回到城市以后，趁着改革开放刚刚开始便下海去了深圳，在深圳他成立了自己的电器公司，生意做大之后他一个人忙不过来，便让大学刚毕业的儿子跟着他一起经营。虽然有钱了，但父亲总是高兴不起来，总是念念不忘家乡，念念不忘吕家岗子。起初，贺家富以为老人是放心不下他盖的那栋房子。后来才知道他有个心结一直没放下。当年贺家富的爷爷在这一带打过游击，是抗联的交通员，后来因为叛徒的出卖，被日本人塞到冰窟窿里了。由于封锁消息，又恰逢武开江，那遗体便被冰排裹挟着冲得没了踪影。后来实在找不到了，人们就在他被害的地方立了块碑，再后来河岸垮塌，那碑也被大水冲没了。许多年过去了，贺梦生一直惦记着寻找遗体的线索，想重新给父亲建个墓，随着年龄一年年地增长，贺梦生一直想回来，却由于种种原因没能成行。临终前他曾嘱咐儿子："一定要把我带回东北去，你爷爷的魂就在那里等着我呢。"

贺家富头几次回来都是为了落叶归根，给老人选个好一点儿的地方。后来他渐渐地喜欢上了吕家岗子，喜欢上了他童年梦想的地方。他曾经想为家乡修条路，又想建一所希望小学，也想给每个乡亲送些东西、捐点儿钱。后来，是妻子的话点醒了他。妻子说："现在都讲振兴东北，讲共同致富，咱们胡乱扔钱，还不如在家乡投资办个农业公司。这样的话，企业办好了，乡亲们都富了，爷爷和父亲在九泉之下也能够放心了。"

经过几次探察，贺家富看好了吕老蔫儿的丁香园子，看好了朱洪福、张老大的承包田，和与之相连着的那一马平川的地块。另外，他也相中了贺知章承包的那片山林。贺家富说他到国外考察过，搞农业必须讲科学，讲规模化经营，这样才能降低成本，优化粮食产品，适应市场竞争。现有的条块分割的承包模式虽然保证了农户的自由耕种，却无法规模化经营，农民只能按传统的耕种方式，小打小闹地进行自给自足。所以，他要抓住国家振兴东北、大力发展农业这个机会，打破过去以家庭为单位的生产模式，建立一个由企业牵头，农户以土地投资入股，以市场为经营导向，共同发展致富的综合生产经营企业。

贺家富的想法和吕新林一拍即合，从部队退役之后吕新林曾在城里创过业，都由于种种原因失败了。后来他便想到了家乡，想回来干一番事业。他觉得农民从自主耕种到自主经营看似没差别，但实质上有着根本性区别，经营与耕种完全是两个概念，传统上农民缺少的就是经营意识，年复一年地种着同一样作物，很少根据市场需要去进行经营调整。他曾想当个种粮大户，靠种粮食发家致富。他也曾扶持老泥鳅这样做过，却因为规模不够、生产成本过高、资金不足和自然灾害等没能成功。而贺家富要回乡创业的想法让他感到振奋，他跟贺家富表示就是砸锅卖铁自己也要算一份。

在吕新林的帮助下，贺家富已经和一些农户协商过，张老大哥俩、老泥鳅等人家都愿意把地转租给贺家富要成立的公司，他们觉得这地无论是转租，还是以入股的方式把耕种权让给公司，都是只赚不亏的买卖。这样既可以赚得地租钱，又不影响外出打工赚钱。如果愿意，还可以在家门口打工。

贺家富告诉他，连来年开春用的机械他都看好了，就等着与农户签约成立公司了。但现在面临一个问题，即贺知章占有的土地和水库都与村里签订了合同，并且那成片分割的地块有的也被他买了去。要想废除这些合同，就得找到当事人，可这些人早就连房子带地都卖给了贺知章，人也不知道跑哪儿打工去了。因为这些合同带有欺诈性质，甚至是在威胁情况下强行签订的。所以，公安部门早就介入调查了。如果要等到案件处理完了，贺家富成立公司的事儿就会被耽搁。

贺家富还特意提到了贺知章的事，说如果处理不好，那就另想办法。吕新林知道人家是不想惹麻烦。他有点儿担心，万一因为贺知章的存在，对方提出投资环境问题，那麻烦可就大啦。弄不好，这煮熟的鸭子可真的就要飞了。

　　值得庆幸的是，公安局早盯上了贺知章。这次吕老蔫儿舍己救人的事儿，不仅让贺知章意外落网，被监视居住，也为事情的尽快解决创造了条件。

　　贺知章被监视居住之后，吕新林曾跑去找他的战友，询问贺知章的案情问题。战友告诉他，这贺知章出了医院就得进监狱，恐怕不是三年五年的。别的不说，就凭他伪造领导批文毁林诈骗一项就够判他的了。至于敲诈勒索、伤人犯罪的事儿，那就更加严重了。

　　战友说："为了整治农村环境，上边可是下了决心啦，要求凡是涉农犯罪，都要严查、严判。"

　　听了战友的话，吕新林终于把悬着的心放下了。

第四章　这个冬天不太冷

四十五

还没到十月底呢，就下起了头场雪。大雪漫天飞舞着，像梨花，又像鹅毛，把鸭球子弄得眼花缭乱。他呆呆地看了一会儿天，又看了看院子，然后抄起一把扫帚扫了扫门口，刚扫了几下，又扔掉了手里的工具。他本来不想把鸭子放出来，可那些扁嘴子听到他的动静立刻嘎嘎嘎地叫了起来。

听到叫声鸭球子打开鸭舍，放出了一大群鸭子，还有一百只鹅。那些鸭子见到了雪先是呆呆地站在那里，然后便扇起翅膀嘎嘎地又叫了起来。而那些鹅则是一摇一晃地走向还没有被雪完全覆盖住的草地，然后又排着队回到鸭舍前。鸭球子看了一眼陨石坑的水面，有几只鸭子不知啥时候已经下到水里了。

鸭球子从临时库房里拎出一袋饲料，分别投放到几个槽子里。因为鸭舍是建在废弃的大车间里的，雨雪刮不到里边，这样便让鸭球子省去好多麻烦。那些鹅是先买来的，经过半年的饲养已经到了该宰杀的时候，虽然不是很多，却能赚到第一笔收入。买主都是他的老主顾，价钱给的都很高。

鸭球子知道这些人都是想帮他。至于那些鸭子，他也算计好了，除了要留下的种鸭和春天就能产蛋的母鸭，还需要淘汰一些鸭子。趁着现在鸭子膘肥，还能多卖一点儿钱。

鸭球子养鸭鹅的本钱是吕新林帮着借来的。在帮他借钱的同时，吕新林还找胡乡长给他联系申请贷款。胡乡长告诉他，等过了春节那笔钱就能下来。到时候，他的借债不仅能还上，后续养殖费用也不用担心了。

给鸭鹅投完食，鸭球子赶紧从老井里打了一桶水。刚来到这地方时鸭球子没有看到这眼井，吕新林也没说这里还有一眼井。在收拾院子时，他意外发现了这个被水泥盖板压着的井。跟原来的水井不同，这眼井特别深，深得一眼望不到底。井里的水是热乎的，并且有一股硫黄味。虽然有点儿味，打水也有点儿麻烦，但鸭球子洗脸、洗手还是愿意用这眼井里的水。

从鸭场出来，走一段稻田埂子，抄近路有抽支烟的工夫就到了老泥鳅家。昨天晚上吕新林打电话，说老泥鳅去葫芦岛送女孩儿回来了，对方答应了儿子的婚事。今天想摆两桌庆贺庆贺。让鸭球子务必参加。鸭球子早就听说老泥鳅家捡了个姑娘，因为儿子看上了，便藏在家里不让见人。吕新林知道后怕他惹麻烦，就报告给公安局了。后来通过网上查找，终于找到姑娘的家了。因为那女孩儿在老泥鳅家住过，并且与他儿子处出了感情，为了显得有诚意，老泥鳅就联系公安局主动把女孩儿送了回去。这事儿被人说得有板有眼，鸭球子早就想到老泥鳅家看看热闹，没想到老泥鳅会主动邀请自己到他家坐席。

老泥鳅家是典型的北方院落，砖瓦到顶的红房子，院子也是砖砌的墙，西墙边上是一垛苞米秸，东边墙旮旯是个厕所，挨着厕所就是猪圈。有几只鸡在窗台上趴着，一条狗在门边嗷嗷叫着。进了屋才发现来的人并不像自己想的那样多，除了自己认识的还有几个都是种稻子的，加一块才十个人。酒菜还没上来，老泥鳅先拉开了话匣子。他说："今天把大家请来不为别的，就是想扯扯淡，把这次出门见到的说给大家听听，再把俺的打算说一说，想让大家帮俺拿个主意。"

老泥鳅说："俺活了大半辈子，这是头一次出远门。过去总认为自己是庄稼把式样样能，是见过世面的人，这回出去算是开了眼界啦。过去最爱听讲《西游记》，佩服孙悟空一个跟头十万八千里，这回坐动车俺算想明白啦，那孙猴子再厉害也没现在的人厉害，说不定哪天咱老农民还能坐上火箭呢。"

旱鸭子说："孙猴子长有顺风耳、千里眼，你有吗？"

有人插嘴说："咋没有？那手机不就是千里眼、顺风耳嘛！"

又有人插嘴说："让泥鳅大哥说，像说书似的，我爱听。"

毕竟是种田人，老泥鳅说着说着就回到正题了。他说："种了这么多年地，头一次看到人家是咋种的。同样都是那些地，咱们像只羊被拴在地中间，转来转去的吃的总是那点儿东西，吃完了头也晕得找不到北了。人家就不那样死板，同样一块地翻着花样种，啥能卖钱就种啥，活的死的一起种，那股子劲儿实在是让人服气。"

旱鸭子说："你快说说，啥叫死的活的一起种，难道那土里还能种出活物来？"

老泥鳅说："你还别不信，人家就真的种出活物啦。"听他这么说，鸭球子感觉太新鲜，便情不自禁地伸了伸脖子。老泥鳅见了就很受用地冲他笑笑。

酒菜很快摆上了桌。老泥鳅老伴儿问："村长咋还没到？他不到，这酒咋倒啊？"

老泥鳅说："再等等，好饭不怕晚。"

他老伴儿说："现在当官的都怕吃请，他不来咋办？"

老泥鳅说："村长算个球！咱这是在家里，又不是下啥大馆子。"说着，他自己先笑了。别人见他笑，也都跟着笑了。笑够了，他开始给人发烟，是他从那地方特意带回来的一种烟。盒子上印着一头牛，那牛低着头，两个犄角像两把刀向前抻得老长。

几个人把烟刚点着，吕新林披着一身雪花急匆匆地进了屋。老泥鳅见他来了，赶紧起来接过他的外衣挂到墙上，然后从屋后喊了一声："村主任来啦。还有啥菜？赶紧上。"

吕新林说："这才几点啊，你们就开喝。"

旱鸭子说："这大雪泡天的，不喝点儿酒还能干啥？"说着，他故作神秘地压低声音说："你来得正好，刚才有人骂你呢，说你算个球。"

见旱鸭子整事，老泥鳅隔着桌子捅了他一下，辩白道："你少扯淡，我可没骂他。我说村长算个球，他又不是村长，这咋是骂人呢？"

旱鸭子笑嘻嘻地说："对，你说的也对，你又不是骂村主任……那话咋说啦？是拿啥不当干粮啦？"

老泥鳅说："这么多年了，叫村长叫习惯了，俺们一时半会儿改不了。"

鸭球子说："还是叫主任好，叫主任听了舒服。"

吕新林说："让你们来商量点儿正事，你们咋尽扯些没用的。泥鳅大哥说到哪儿啦？稻田养殖的事儿说没说啊？"

听了吕新林的问话，老泥鳅忙说："正要说呢，这刚刚开了个头，你就进来了。"

吕新林说："你接着说，大家看看人家是咋干的，咱们好好学学，将来好有个奔头。"见吕新林这么待见自己，老泥鳅便把想说的话都说了出来。

老泥鳅介绍说那地方稻田里除了种稻子，还用来养鸭、养螃蟹，自打插完秧，待秧苗缓青之后那蟹苗就放下去，几天喂一次，那玩意儿在水田横行霸道地靠那些青苔水草养着，用不了几个月就养肥了。等螃蟹稍大一些，再把鸭子放到田里，那鸭子用扁嘴天天出溜着，稻苗不仅串根快，鸭粪也肥了田，肥了还没长大的螃蟹。

听了老泥鳅的介绍，几个人算了一笔账，说咱们一亩稻子满打满算打两千斤粮食撑死了，可人家那田除了种粮食一块收入，还有养螃蟹和养鸭子的进账。这三块加起来不用外出打工都能把腰包弄鼓溜了。算完账，旱鸭子说，"这就叫一个羊是赶，两个羊也是放，这羊也放了，其他活儿也没耽搁。"

几个人正一边倒地为稻田养殖拍巴掌，鸭球子突然提出个问题。鸭球子说："稻子地里养螃蟹，养了螃蟹还要放鸭子，那鸭子不吃螃蟹吗？还有那打药的事儿，稻子地里不撒化肥、不打药，那稻子就长不好，你都打药了，那药水泡出来的螃蟹还能吃吗？"

鸭球子的话刚刚落地，其他人似乎也醒过神来，也都跟着起哄似的帮腔，"这哥们说的对，那稻田里不能不打药，打了药就会有残留，那螃蟹还会有人买吗？""不愧是养过鸭子的，提出的问题就像上了鸭子粪似的。"

老泥鳅本来正说得高兴，被人一阵乱呛呛就有点儿蒙圈，吕新林见了就赶紧救场说："你们先让他把话说完，连话都不听囫囵，还咋干事儿？"见村主任说话了，那几个人便安静了许多。

老泥鳅说："鸭球子说的对，他不问，我也是要说的。稻子地养螃蟹，那稻子都是抗病虫害、抗倒伏的品种，那田里撒的都是农家肥，这样种出的稻子才叫绿色稻米，煮出的饭才好吃。稻田里养的螃蟹也才能卖出好价钱。"

旱鸭子说："你再说说，那鸭子吃螃蟹的事儿……"

鸭球子见大伙儿都只管乱嚷嚷连酒都没来得及倒，便觉得是自己搅局了，便连忙圆场说："都怪我没见过世面就瞎说，其实那鸭子吃东西也是有讲究的，那螃蟹只要长成硬壳了，鸭子嘴再硬也吞不下去的。"说着，他就张罗着给大伙儿倒酒，嘴里不停地说："喝酒，喝酒，咱还没给泥鳅老哥道喜呢。"听了他的话，大伙儿就都纷纷端起酒杯，满脸堆笑地说起喜气的话来。

大家刚喝了两口酒，就又有人提问题说："一家不打药，不等于别人家不打药，那稻田的水渠都是连着的，万一相邻的田里打了药该咋办？"见终于有人说到点子上了，吕新林便把话挑明了。

吕新林说："泥鳅大哥今天约大家来这就是要说这件事，稻田养殖是件好事，值得大伙儿试一试，但咱村人多地少，条条块块的，只有联合起来，才能成规模。今天要找的人也都是老把式。大家看看这样做行不？"

听了吕新林的话，大伙儿终于明白了老泥鳅邀酒的意思。鸭球子会养鸭子，旱鸭子开过收割机，其他几个人的地都和老泥鳅家的水田地相连着。老泥鳅要是搞稻田养殖就必须牵扯到其他几户人家。

因为已经把利害关系都说得很明白了，这稻田养殖的事儿立刻得到了响应。旱鸭子第一个举手同意，说："我家的田虽然不挨着你家的地，但我坚决支持你，如果有啥需要我出力的，就尽管言语一声。"其他几个人也都愿意跟老泥鳅一起养螃蟹、养鸭子。见别人都说话了，鸭球子想：我正愁着缺少放鸭子的地呢，哪有不参加的道理？便说："只要老少爷们不嫌弃我，有需要跑腿学舌的事儿，就只管吩咐好了。"说着，他举起酒杯，跟大伙儿碰了碰。

眼见老泥鳅带头搞稻田养殖的事儿有了眉目，吕新林想：老泥鳅这点儿酒总算没白请，趁着这热乎劲儿得把话说透了。想到这儿他提议说："百闻不如一见，如果大家同意一起稻田养殖，就跟泥鳅大哥再去参观参观，看看人家那新农村建设是咋搞的？等弄明白了，今年冬天做好准备，明年开春就动作起来。"

"咱们是不是得弄个协议啥的？"有个农户说。

"那还用说吗？人家小岗村当年分地时就签字画押啦。"又有人说。

269

"你真能扯淡，咱这能跟人家比吗？"旱鸭子说。

老泥鳅说："咋不能比，当年人家是分地，现在咱们是合伙干，虽然地早就是咱的了，但一起干就得有个章程。"

"那得啥章程啊？"有人问。

"啥章程？等咱们去看看不就知道了吗。"老泥鳅说。

见大家都说得差不多了，吕新林就提议等地都收割完了，几个人就组织人参观考察。如果还有愿意参加的，就把队伍扩大些，正好村里一直想组织村民进行红色旅游。顺路就好好学习学习。

至于旅游的费用问题，吕新林早就跟贺家富商量好了，钱由他出，他也跟着一块儿走，等跟大家熟悉了，那协议的事儿就水到渠成了。

四十六

自打来到吕家岗子陈晓冬就发现个问题，村子里人口虽然不是很多，并且水源也是有限的那么一条河流，但村子周边有许多方形、圆形的水池子。起初，她以为那都是自家挖的养鱼池。后来才发现，除了很少几户人家养了鱼，其他池子早就成了芦苇塘。经过调查才知道，那池子几十年前就有了，据老辈人讲在大帮哄那阵子，那些闲置的池子里沤过麻，也养过鸭子，养过鱼，因附近的水源常常断流，池塘便渐渐地干涸了。最让她感兴趣的是有关桦树皮的传说，有个老头说自己是这里的老户，几辈人都土生土长在这里生活，是打牲丁的后代。祖上是专门给皇上采剥桦树皮的。那些方的、圆的池塘，当年就是用来沤桦树皮的。

这老头的话让她猛然想起一件往事。还是在上大学时她就知道家乡附近有个叫桦皮厂的地方，起初，她以为那是个工厂的名字。后来才知道，那地方根本就没有什么跟桦皮有关的工厂，桦皮厂就是个地名。当初这里热闹非凡，是清代著名的桦皮加工集散地。当年在这里沤完晾干的桦树皮都要打包运到北京去，北京有个桦皮厂胡同，是专门接收桦树皮的。

那还是几年前的事儿，陈晓冬去北京学习，下了火车就在附近找了个地方住下了。傍晚，她沿着门前的路闲逛，突然路旁的门牌引起了她的注意：桦皮厂胡同某某号。这让她想到家乡的一个小镇，想到了一条车水马龙的胡同。这天晚上，陈晓冬在北京的桦皮厂胡同徘徊了很久。当她回到宾馆时月亮已经升起来了。

一棵老树像把大伞罩在被称为宾馆的院子里，一盏灯就吊在树上，明晃晃地让人兴奋。见几个人正坐在树下纳凉，陈晓冬便上前搭讪。当她提起这桦皮厂胡同的来历时，一白发老头用蒲扇拍了旁边的一个光头说："你问他吧，他才是地道的老北京呢。"

光头老人扶了扶眼镜问陈晓冬说："你是东北人吧？"陈晓冬回答说是。老头说："既然是东北人，你应该知道北京有这么个胡同啊。"老人介绍说北京冠有名字的胡同有数千个，许多胡同都是有典故的，桦皮厂胡同是唯一跟东北有直接关系的。当初，在这条胡同里，不仅有两个炮厂和火药局，更重要的是内务府在这里专门设立了桦皮厂，用来接收和贮存由大乌拉打贡来的桦树皮。

他说："如今在北京这地儿，除了喇叭沟门那儿能看到桦树林，桦树还真成稀罕物了。要不是听老辈人说起，没人知道什么叫桦皮厂，更不知道这胡同当年有多红火。"

陈晓冬说："我们那儿也有个桦皮厂，过去我只知道是专门给清朝皇帝进贡桦树皮的，却不知道要桦树皮干什么。"

他说："还能干什么？那就是一种文化，一种习惯，满族人打东北进关之前就喜欢桦树皮，格格们喜欢用它包东西，喜欢在桦树皮上画画，喜欢用它做些小玩意儿。据说当年给皇上进贡的人参就是用新鲜桦树皮包裹着的。更重要的是，因为桦树皮上有天然精美的图案，所以从努尔哈赤开始，就喜欢用桦树皮装饰弓箭。"

提起努尔哈赤，老人讲起了故事。他说满族人的祖先是女真人，他们擅长弓马骑射，兴起于长白山麓，在松花江边以狩猎为生。后来努尔哈赤统一了各部落，组建骑兵，这才开始进军中原。

善于弓马骑射的清兵与拥有枪炮队的明兵作战之所以能取胜，就是因为满族人发箭频率比技术不甚成熟的明军枪炮手发弹频率要快。在明兵点火发射后还没来得及装第二颗子弹前，清骑兵已杀至阵前了。在那个热兵器还很新鲜的时代，剽悍的女真人在努尔哈赤的带领下，凭借"弓矢夺天下"，建立了清王朝。

听了老人的介绍，陈晓冬猜测说："您是大学教授吧，要么就是学者，您知道的真多！"老人摘下眼镜擦了擦说，自己的祖上就是乌拉街的打牲丁，采过桦树皮，捞过东珠，也赶过大马车。他说他从没去过东北，但他知道那个叫桦皮厂的地方，知道那些关于采集的故事。从祖辈的描述中，那地方应该是个白桦林立、绿浪荡漾的鱼米之乡；是个店铺林立、兵来车往的繁华地方。陈晓冬问："那你的祖上怎么会来到北京呢？"他说祖上有一年往京城送贡品，在路上得了伤寒，到了北京就留在这儿了。后来病虽然好了，却伤了元气，因为干不了重活儿，便投奔亲戚到弓箭大院当了学徒。

说起弓箭大院，摇蒲扇老人插话说，这老北京原本有个弓箭大院，是专门给皇帝做弓箭的地方。他调侃光头老人说："打小听人说起过，那弓箭大院可不是随便去的，如果跟宫里搭不上点儿关系，门都进不去。跟你邻居了这么多年，咋没看出你也是皇亲国舅那伙儿的呢。"

第二天办完事陈晓冬顺便看了几个景点，回到小店见光头老人独自坐在树下喝茶，她便打了一下招呼。老人问她都去哪儿了，她说去故宫了，还参观了军事博物馆。听了她的话，老人为陈晓冬斟上茶，然后饶有兴趣地聊了起来。他说自己是搞历史研究的，曾多次去过故宫，故宫的武备库保存着许多皇帝用过的弓，那些弓装饰精美，都是用吉林桦皮厂镇进贡的桦树皮装饰的。说着他特意回到屋子里，找出一本泛黄的羊皮本子。他翻到一页指给她看，只见上面写着：

> 太宗用白面桦皮弓；
>
> 世祖用绿花面、黑面、葡萄面桦皮弓；
>
> 圣祖用通花面、特克面桦皮弓；
>
> 高宗用花牛角面桦皮弓……

在高宗用弓的后面，老人还特意抄录了两段注释："乾隆八年上在盛京围场用宝弓射中一熊数鹿""乾隆十九年上在吉林围场御用宝弓射中一熊数鹿"。

陈晓冬看了看那几行字说："我见过桦树，小时候也剥过桦树皮玩，却从没见过有黑面、绿花面和葡萄面的桦树皮。"老人说："这你就不懂啦，桦树皮剥下来是需要加工处理的。"

老人说有一本书叫《柳边纪略》，那里边就曾介绍过桦树皮的加工方法，说着还特意背诵了一段内容："桦木状类白杨，春夏间剥其皮入污泥中，谓之曰糟，糟数日乃出而曝之，地白而花成形者为贵，金史所谓酱瓣也。拉发北数十里，有桦皮厂，每岁打桦皮入内务府。辽东桦皮遂有市于京师者矣。"老人说文章不仅介绍了桦树皮的产地，东北的桦皮厂与北京桦皮厂胡同的关系，也介绍了桦树皮的一种加工方法。所谓的"糟"，就是用泥水泡。泡桦树皮的池子，就叫作"糟池"。

装饰弓箭的桦皮先是要放到水里浸泡，经过泥水的浸泡，桦皮不仅能增加韧性，还会像水墨画似的呈现出天然的花饰图案。而用来做遮阳帽檐和各种器皿的桦皮，不仅要用水泡，还要用水煮，甚至用木棒敲打。陈晓冬问老人："你见过加工桦皮吗？"老人说没见过，这都是文献记载的东西。

说到这里，他又习惯地摘下眼镜擦了擦，然后又翻开本子指给陈晓冬看。说这是抄录的嘉庆年间吉林将军给皇帝的一份庆贺表。上边清楚地记载着，每年从阴历四月开始送，一直到十二月大雪封路，每月都有特产送往京城，除了油煸白肚、鳟鱼肉丁、野猪肉、鹿肉、鲟鳇鱼、山韭菜、野蒜苗、黄花菜等山珍野味，还特别开列了出自桦皮厂的贡品：

"进上御览紫桦皮二百张，上用紫桦皮一千四百张，白桦皮改为紫桦皮一千四百张，官紫桦皮二千张。又应交下五旗官紫桦皮一万二千张，白桦皮三千张……"另外，还有"桦木箭杆二百根，白桦木箭杆二百根，杨木箭杆二百根，椴木箭杆二百根"。

老人说："我虽然没有亲眼看到过这些桦树皮贡品，但我相信只有东北那种高寒地区的白桦树，才会产生那样精美绝伦的图案。"

陈晓冬说："你真该回东北去看看。"

老人说："如果不是因为身体不好，我早就回去了。"

老人把手里的本子送给了她，说："留个纪念吧，等我回去了，你陪我去那个小镇看看。"

回到家里，陈晓冬曾真诚地等待过那个老人。

她曾认真地看过那个羊皮本子。本子前半部分记载着一些史料，都是跟桦皮厂有关的东西。后半部分是一些零散的日记，是对家乡的思绪，和对故人的怀念。

她曾带着那个本子去过那个叫桦皮厂的地方，想看看那些青砖铺地、苔满墙头的老房子，看看那些曾经香火不断的祠堂和寺庙，听听河流与白桦林间的呢喃细语。

事情已经过去了，现在这些池塘的发现让她有了灵感。她觉得吕家岗子应该是个有故事的地方。趁着这几天有些时间，陈晓冬跑到博物馆找了个专家咨询有关吕家岗子的历史，咨询那些池塘的用途。听到有关池塘的信息，博物馆十分重视，立刻派人来到现场考察。经过考察和论证，专家们一致认为吕家岗子属于桦皮集散地，是打牲乌拉的一部分，资料已经证明这里有着丰厚的桦皮文化遗存。专家组的论证，让陈晓冬丰富了地域文化的认知，也坚定了建设好吕家岗子的信心。

随着天气的逐渐变冷，吕家岗子的山林开始出现了雾凇。从黎明开始，随着大山的醒来，雾气便渐渐笼罩了村落。晨风嬉戏，雾霭缥缈，朝暾初上，气象万千。当人们走出屋子时，那清爽的气息便会扑面而来，宛如甘露般地沁人心脾，使人神情怡然。举目望去，仿佛置身于变幻莫测的天上人间，满眼的玉树银花，琼楼仙阁。那雾凇恰如千树万树梨花凄美壮丽，又好像晶莹剔透的冰蝶装饰着山村、树木。

虽然陈晓冬的家离这儿并不是很远，但她还是第一次看到这样美的村庄景色。这种玉洁冰清的美，让她联想到一个白桦林立的小镇，想到漫山遍野的暴马丁香，还有散发着野百合花香的山谷。

因为天气越来越冷了，陈晓冬心里惦记着村里的几家困难户，几天前她就开始挨家走访。看看房屋冷不冷，柴火够不够烧，柴米油盐地问了个遍。她最担心的是吕老蔫儿和张老大。吕老蔫儿虽然吃穿不愁，可这老头孤寡一人在家，身体多病，一到冬天就鼬了气喘的。自打救了贺知章之后，由于吸蛇毒造成神经系统损伤，身体状况更加不好，万一倒下了身边连个人都没有。村里曾打算把他送到养老院去，可他死活不愿意。说只要这房子不倒，他就要在老房子里住下去。

陈晓冬放心不下的是这老头的精神世界。许多年来，吕老蔫儿始终坚信儿子还活在世界上，对他的扶助不仅仅是让他吃饱穿好，口袋里有余钱，最重要的应该是精神上的，那就是想方设法帮助他找到丢失的儿子。

陈晓冬已经多次联系打拐办帮助寻找他儿子的线索，并且提取了他的DNA样本。她曾跟吕新林建议，让吕老蔫儿跟随老泥鳅一起去外地看看稻田养蛙、稻田养蟹，顺便让他开开眼界散散心。另外，被监视住院的贺知章终于良心发现，死活要感谢吕老蔫儿，不仅承担了吕老蔫儿的医疗费用，还愿意出钱让他出去找儿子。

而对于像张老大这样的人，她觉得既可恨又可怜，张老大虽然身体好，却懒得连被褥都不会叠，自打下了雪他除了喝大酒，就是猫在家里睡觉，连院子里的雪都不扫。前些天因为喝多了，炕烧得太热，竟然把屁股烫出了泡。

如果不是发现得及时，连人带房子早就烧没了。

为了让张老大戒酒，吕新林劝过他多少次，每次他都答应得好好的，可过不了几天他仍然喝得醉醺醺的。因为下了场大雪，张老大又没贮存多少烧柴，吕新林担心他一个人过不了冬，便想让他跟鸭球子一块儿住。这样鸭球子既有了帮手，两个人又有了说话的对象。更重要的是吕新林觉得一物降一物，只有鸭球子这样的人，才能管得了张老大这样的懒鬼。

经过商量协调，鸭球子同意张老大来给自己帮忙。因为养殖场刚刚建立，还没有多少收入，鸭球子只管住、管吃，再给点儿工资。虽然少点儿，但够他零用的了。鸭球子说等过了冬天，再卖掉一些鸭子，贷款问题解决之后，再商量工资问题。到那时，张老大出租土地可以有笔收入，给鸭球子帮忙再赚一笔钱，只要把酒戒了，脱贫应该不是问题。

这一天晌午，趁着晴天，吕新林和陈晓冬弄了台拖拉机，买了些粮食和生活日用品，又特意给弄了套新被褥，这才要把张老大送到养殖场去。

眼看要出门了，张家老二突然来了，非要接哥哥去他家住。

吕新林跟张家老二说："你想让他去你家住，为什么早不说？孩子死了来奶了……"

张家老二说："天太冷了，我怕他一个人没法住，这才来接他。你们这是要把他送哪儿去？"

还没等吕新林回答，张老大便很不耐烦接过话题说："你回去吧，我到养殖场去，那供吃供喝，还能打工赚钱。"说完这番话，见弟弟有些不理解，便又解释说，"你再怎么说，我也不能去你那儿，你哥都埋汰惯了，住你那一天、两天还行，时间长了弟妹就烦啦！"

张家老二听哥哥这么说，也就没再说什么。

吕新林和陈晓冬陪着张家老大很快就来到了养殖场。鸭球子早就给张老大准备好了房间，是山洞口的一栋平房里，跟鸭球子住的房间只隔了一道墙。那房子从外边看不出有什么特别的，就是过去那种红砖灰瓦的战备房，因为年代久了就好像几百年没洗脸似的。等进了屋子感觉就不一样了，屋子虽然不太大，但刚刚粉刷了墙面，地面也擦得很干净，那床是铁管焊的，床头还给准备了一张桌子。最重要的是一进屋就能感受到一股热乎气，是张老大从来没有感受到的温暖。

因为跑腿子没什么东西，屋子很快就摆置好了。吕新林、陈晓冬陪着张老大坐了一会儿，又磨豆腐似的叮嘱了一些内容。鸭球子也陪着说了一些话。鸭球子正要领着张老大看看鸭舍，领他到场内转转，吕新林却突然喊住了他。

吕新林说："没看见你烧锅炉，这暖气是哪儿来的？"

听到吕新林这样说，陈晓冬和张老大这才注意到屋子里是装了暖气管子的，用手摸一摸，果然是热乎的。听了吕新林的问话，鸭球子乐了，他把三个人领到屋外的院子里，来到离屋子十几米远的刚刚砌筑起来的小房里。因为那房子实在太小，几个人只能探着脑袋往里看。只见一个冒着热气的井口插着两根 PVC 管子，那包裹着一层保温材料的管子，一直延伸到他们住的平房里。

吕新林看了一会儿还是没弄明白咋回事儿，他问鸭球子说："这井再深水也是凉的，难道你往水里掺了什么能发热的东西？"鸭球子说："还掺啥啊，这水本身就是热的。"说着，他就把这井的来龙去脉讲了一遍。

鸭球子说他刚来到这就发现了这口井，当时因为被水泥盖板压着也就没怎么在意，以为是干涸了的废井。后来天冷了，那井口渐渐地开始往出冒热气，他这才知道这井里是有水的。因为离房子比较近，他便弄了台潜水泵下到井里，没想到水打上来竟然是热的，虽然有一股硫黄味不能饮用，但洗手、洗脸却是再好不过了。后来，天冷涉及取暖问题，他便买了几组暖气片，把热水通到房子里了。虽然多花点儿电费，但比起烧煤既干净又省钱，屋子还暖和。

鸭球子的话让吕新林脑洞大开，他想到多年前这一带探井找石油的事儿。那些年石油勘探部门在这一带打了许多探井，想找到石油和天然气，由于信息不够准确，便扔下许多没有油的废井。吕新林猜想，这井肯定是打在温泉带上了，从闻到那股硫黄味开始，他就特别兴奋。因为多年前就有人发现这一带比较特殊，夏天总是雾气蒙蒙的，冬天雾凇又特别好，有懂地质的人预测说这地下肯定是温泉带，一旦开发出来就会成为旅游热点。

鸭球子告诉吕新林，这井水取暖的事儿解决了大问题，等来年资金问题解决之后，他要把鸭舍也接上了暖气，因为不烧煤没污染，到那时这地方就成环保养殖场了。

见鸭球子信心满满，吕新林拍了拍他的肩说："到那时你再弄个洗澡堂子，弄个大浴盆，干活累了就好好泡泡。"听了吕新林的话陈晓冬笑了，她对鸭球子说："那你可真成皇帝了，历史上唐明皇曾给杨贵妃盖了个温泉池子，你们两个也可以给自己盖一个。"

几个人一边说着话一边围着场区走了一圈，看到养殖场基本不缺少什么了，吕新林这才放了心。临走之前他跟鸭球子说："等你有空的，你再好好找找，除了找到的这口热水井，看看别的地方还有没有。"

陈晓冬说："即使有恐怕也找不到了。因为井打废了一般都会填死埋掉，以防有人跌进去。这口井当时因为是在这厂区里，被人利用过，所以才能留存到今天。"

吕新林说："先找找看吧……"然后又交代说，这发现热水井的事先不要张扬，以免有人无事生非惹出什么麻烦来。

四十七

从养殖场出来，吕新林和陈晓冬让拖拉机司机先开车走了，两人围着北大坑又在雪地里转了一圈。虽然彼此并没有过多的交流，但似乎又都心照不宣地想着一件事。在临近村口的时候，吕新林停下脚步看了一眼陈晓冬，笑了。

陈晓冬说："这大冷天的，你领着我转了一大圈，我都快冻僵了，你还好意思笑？"

吕新林说："你应该知道我在找什么？"

陈晓冬说："还能找什么？找温暖、找感觉、找未来的温泉小镇……"

吕新林说："还是你了解我，咱们俩想到一块儿了。看来你那个小镇建设方案得增加新内容了。"

陈晓冬说："看到那眼热水井我就想到了这个问题，有了温泉井就有了小镇的灵魂，不仅热源得到了解决，许多项目都有了依靠。"

吕新林说："是啊，还有你发现的那些沤树皮的池子，再加上陨石文化，将来这地方看点多了……"

陈晓冬说："我们得找时间去地质勘探部门咨询一下，看看能不能查到当年的资料，如果能查到的话，就能按当年的施工图纸找到那些废弃的井，就能让这些井发挥意想不到的作用。"

两个人正说着话呢，迎面走来一个女孩儿，那女孩儿很热情地管吕新林叫了声"吕叔"。听到叫声吕新林迟疑地停下了脚步。见吕新林没有答应，那女孩儿也停下了脚步，她仍然很热情地说："吕叔，你不认识我啦？我舅是王大嗓，我们在山庄见过面。"听了女孩儿的自我介绍，吕新林这才想起来，这女孩儿是王大嗓姐姐的闺女，贺知章诬陷举报自己的匿名信就是她给抄写的。为了这事儿，他曾在王大嗓家特意跟她核实过。

吕新林问那小姑娘："这大雪天，你火急火燎地还跑啥啊？"

小姑娘说："去山庄要钱，都找好几次了，连个人影都见不着。我刚才去找我舅舅，他让我等一等，说等贺老板的案子有眉目了，他就能说上话了。"

吕新林说："他让你等你就等，听你舅的没错。"

小姑娘一路小跑地走远了，看着她渐行渐远的背影，吕新林一脸心思地说："这贺知章跑马圈地地忙活了这么多年，没想到却落了个人财两空的地步……"

陈晓冬说："啥叫人财两空啊？人虽然被看管起来啦，不是还没正式起诉他嘛！只要一天没有判决，那些房子、那些地，还有山庄，就都是他名下的财产。"

听了陈晓冬的话吕新林叹了口气说："还判决啥了，恐怕等不到那一天……人就没啦。"

陈晓冬说："人家吕老蔫儿替他吸蛇毒都出院了，他骨头摔裂个纹也该早好了，我看他就是装病呢。"

吕新林说："他过去咋装的我不知道，这回他可装不了啦。"说着，他就把贺知章被查出患上了肾癌，如果不及时手术的话，随时都可能发生癌细胞转移的事儿说了。

　　吕新林说贺知章住了这么长时间的医院，那腿伤和腰伤本来愈合得差不多了，公安局正打算对他进行正式逮捕，医院在体检时却发现他已患上肾癌。如不立即手术，随时都有转移扩散的危险。听到这个消息，贺知章的小媳妇竟然卷走所有的现金跑了，他的几个马仔也找不到了。因为案件还没有进入诉讼程序，他的那些资产已经冻结。他跟前根本就没有亲人，平时又做了那么多坏事，所以没有人愿意帮他筹集动手术的款项。

　　在这关键的时候，贺知章想到了吕新林。他托公安局的人捎话来，想让吕新林帮他一把。贺知章说先前看病已经花了不少钱，现在又遇到这样的事儿，希望看在认识一场的情面上，想方设法救他一命。

　　听了吕新林的话，陈晓冬联想到前几天吕新林说起过借钱的事儿，终于明白了他的良苦用心。陈晓冬想，贺知章平时尽给吕新林下绊儿，又做了那么多坏事，现在却又要吕新林救他，这事儿想想都有些荒唐。

　　陈晓冬问吕新林："筹到了多少钱？"

　　吕新林说："凑了十几万，已送到医院了，剩下的再想办法。"

　　陈晓冬说："这肾癌是很难治好的，如果人没了，你这钱可就没地方要去了。你想过没有，到时这笔钱算是扶贫呢，还是算捐助？"

　　吕新林说："说实话，过去我挺恨贺知章的，就凭他干的那些缺德事儿，我是不会帮他的。可现在他命在旦夕，咱就不能想那么多了。咱是党员，又是村干部，他找咱帮忙也是看到了这一点。他人都到这个时候了，无论是谁，都该帮一把。"

　　陈晓冬问："他什么时候做手术？到时告诉我一声，现在正是需要人手的时候。"

　　吕新林说："医院正在研究可行方案，先做手术准备，因为他刚做过脊柱手术需要恢复一段时间。另外，现在他们也在寻找肾源。但愿他能活下来，并且能重新做个好人……"

听吕新林这么说，陈晓冬笑了，她说："有你这么好的人帮助他，他肯定不会再做坏事了。你这不是在扶贫，而是在救赎，在救赎一个堕落的灵魂。"

陈晓冬的话让吕新林沉默了很久。自打从部队回到地方，又从城里回到乡村，像这样的事儿不知做过多少次，但做这些事儿的动机是什么？自己究竟又想得到什么？对于这样的问题，自己不仅没有想过，并且也根本就没有什么答案。尤其是对这些被扶助的人，有些人是能够扶起来的，有的人无论如何也是扶不起来的。有的人失去了站起来的勇气，有的人没了做人应有的精神，还有的人灵魂已经朽烂……

正午的太阳已经偏西了。陈晓冬说："都这个时候了，咱俩找个地方吃口饭吧。吃完饭我得去老泥鳅家看看，看看他儿子体检结果出来没。如果那孩子真有毛病，还真得劝劝，得优生优育呀……"

听了陈晓冬的话，吕新林看了她一眼说："瞧我这记性，你不说我还忘了……其实，我也早饿了。"又说，"一个人因残致贫好扶，家族性残疾就是大问题啦！走吧，咱俩到饭店边吃边聊。"

吕新林领着陈晓冬抄近路向一家小饭馆走去，洁白的雪地上留下几行深深的脚印。

四十八

儿媳送钱之后便再没来过，因为见不到儿子冬生闹起了情绪，整天嘴里呜噜着也不知说些什么，连饭都不想吃了。当娘的见了便害怕了，以为他不想活了。因为没法沟通，猜想他是想儿子了，于是便雇了台车把他又送到城里了。冬生见了儿子就高兴得有些手舞足蹈，儿子也只顾陪他玩，连作业都不写了。结果，仅仅过了两天，儿媳便又打车把冬生送了回来。这接来送去的，没几个来回儿媳就不干了，儿媳说："以后就不要送了，没别的意思，如果再这样下去，孩子就没法读书了，孩子不读书当妈的活着还有啥意思？"

朱洪福见了便只能打碎牙往肚子里咽，没让老伴儿再送冬生进城。说来也是朱洪福倒霉，这边冬生的事儿还没处理好呢，老伴儿突然接到姑爷的电话，说闺女的抑郁病症又犯了，整天哭哭啼啼的，连孩子都无法照顾。当娘的听了便为难得不知如何是好，她想放下电话就去看护闺女，这边又舍不下儿子。后来还是朱洪福放话了，让她只管去天津，让冬生留在家里，只要话说到了，冬生自然就不会再闹人了。

大话虽然好说，但老伴儿刚走没几天呢，朱洪福就有了天塌下了来的感觉。因为上一年猪肉的价格偏高，市场又有些缺少调控，许多人都一窝蜂似的扎堆养猪，导致今年的生猪市场饱和，不仅价格下滑，连猪肉都不好卖了。眼看着圈里的猪卖不出去，朱洪福眼睛都急红了，他拿着手机一个接一个地给老客户打电话，求爷爷告奶奶地让人来买猪买肉，一些人嘴上答应得好好的，却连个人影都见不着。他想上门去找人家，可把冬生一个人扔在家里他又放心不下。因为上火，他嘴上起了燎泡，连饭都要戒了。可那些猪却不管这些，每天会按时哼哼，按时叫唤，见了他仍然像见了亲爹似的摇头甩尾巴地要食吃。

在坚持了几天之后，朱洪福彻底崩溃了。如果再这样喂下去，不仅猪喂肥了没法卖，连老本也要赔光了。这一天早晨，朱洪福找到吕老蔫儿，让他帮忙照看一下冬生，说自己要去市里办点儿要紧的事儿。见他一副急火火的样子，老蔫儿也就没再说什么。

这一整天，他跟着雇来的一台面包车，从早晨跑到晚上，找遍了所有的老客户，也没卖出一头猪。这些客户不是人换了，就是另找了人家，好不容易找到两个感兴趣的，那价格却能宰死人。眼看着天就要黑了，他心里惦记着家里，便想给吕老蔫儿打个电话，哪曾想那手机早被他打没电了。

晚上，当他累得歪歪斜斜地回到家时，却见到屋里的灯亮着，吕老蔫儿正陪着冬生在门口坐着。院子里不时传来说话声，猪圈里不时有猪在号叫。见朱洪福回来了，吕老蔫儿说："你跑哪儿去了？可哪儿也找不着你，给你打电话也打不通，把人都急死了。"

朱洪福说："还能去哪儿，去城里找那些老关系，想把这些猪赶紧出手，再不出手我就得光屁股啦！"

吕老蔫说："卖得咋样啊？你这跑了大整天，总不会弄个白闹忙吧？"

听了吕老蔫的话，朱洪福"唉"的一声叹了口气，然后便瘪茄子似的没了言语。吕老蔫见了便拍拍他的肩说："摊上这么大的事儿，你咋不跟我说一声？我不能出钱还不能出点儿力。再说了，咱那村干部过去可没少帮助你，这时候你不找他们，你还能找谁去啊？"

朱洪福说："就因为这，我才谁也没告诉。帮一饥不能帮百饱，自己能解决的，干吗总要赖着别人。"

他们两个正说着话，院门突然被推开了，只见吕新林、陈晓冬从院里走出来，后边的三个人他都不认识，只有一个穿着破大衣的人见过，好像是山那边的一个杀猪匠。吕新林一见到朱洪福就说："你还知道回来啊？你再不回来，我就要报案了。"朱洪福见到他们便很疑惑，这么晚了，村干部领着人堵上门来，总不能是来帮自己卖猪吧？朱洪福正在犯嘀咕，吕老蔫儿总算醒过神来了，他猛然一拍大腿说："你看我这脑子，光顾着跟你瞎扯了，竟然忘了屋里还有这一帮子人呢。"说着，他就唠唠叨叨地把朱洪福早晨前脚刚离开村子，吕新林后脚就踩到他的家门口的事儿说了。吕新林听说朱洪福的老客户全掉链子了，几十头猪都剩到圈里卖不出去，便立刻约了陈晓冬、王大嗓帮着联系卖猪。为这事儿，陈晓冬和王大嗓还专门跑到市里，利用教委的老乡关系联系了几所大学的食堂，动员人家精准扶贫，赶快把朱洪福家的猪包销了。听说是卖猪，人家都摇头，说是再扶贫学校也不能买猪养。养出了猪瘟那麻烦就大了。另外，学生马上就放假了，买了也没多少人吃。听人家这样说，王大嗓赶紧改口说："我们卖的就是肉，都是难得一见的黑毛猪肉。"听说是黑毛猪，人家这才有了兴趣，非要亲眼看看圈里的猪。听说要现场验货，吕新林怕夜长梦多，便赶紧给朱洪福打电话，见电话打不通，便把大学的几个管理员都用车接到这了。王大嗓担心时间长了猪掉膘，还特意给请了个杀猪匠。

听说给找到买主了，朱洪福高兴的差点儿晕过去。他高兴地抓紧吕新林的手说："你说，你说……让我咋感谢你呢？老麻烦你，我实在是过意不去啊！"

吕新林说："你还说个啥！这人我都领来了，你赶紧领人到圈里看看猪吧。"

听了吕新林的话，朱洪福这才想起来，那猪舍的门钥匙在屋门后边挂着呢。他快走两步进了屋，顺手从门后摘下钥匙来到猪舍前。听到朱洪福的脚步声，圈里的猪便把猪食槽子拱出了动静。进了门，朱洪福好像忘了卖猪的事儿，赶紧拿起个水舀子，舀了些饲料放到槽子里。等看到猪不再哼哼了，这才想起旁边还站着客人呢。这时，吕新林已经领着那几个管理员看了另外几个栏里的猪。那些黑毛猪立刻成了亮点。

有人说："这么黑的黑毛猪，我还是头一次见到呢。"

吕新林说："这叫黑贵族，是新引进的品种。"

有人说："这黑贵族我早就听说过，今天还是头一次见到这种猪。不知道这猪卖不卖？"

吕新林说："肯定卖。价钱可能会贵一些。"他的话音刚落，朱洪福正好走了过来。听了吕新林的话，朱洪福说："既然都是朋友介绍来的，价格好商量。眼看就要过年了，谁都想吃点儿好肉。"说着，他又介绍起那些黑毛猪。他正说得兴奋，不知是谁说了句使他不高兴的话。

有人问："这猪的毛又黑又亮，猪也长得结结实实的，不会是喂'瘦肉精'了吧？"

听了这话，朱洪福把手里的水舀子往跟前的猪食槽子里一扔说："给猪喂'瘦肉精'，那还是人吗！你也不打听打听，俺老朱头喂了这么多年猪，连块发霉的豆饼都不往锅里扔。"听他这么说，问话的人赶紧解释说："没别的意思，你可别往心里去啊。"

几个人围在一起很快就拿定了主意，春节就要到了，要买就买点儿好的。黑猪珍贵，肉质也好，价钱再高也高不到哪儿去。所以，几个人决定都买黑毛猪肉。不仅给食堂买，还给亲戚朋友也订了一些。价格很快谈好了，几个人要走，朱洪福说什么也要留人家吃顿饭。这时，王大嗓插话说："既然都来了，就不要走了。那杀猪水都烧上了，杀猪匠我也请来了，大家帮帮手，咱们杀头黑毛猪先尝尝，吃好了你们就多买点儿带回去。"

见话都说到这分儿上了，几个人就不好意思再走了。大家说动手就一起抄家伙，才一会儿的工夫院子里就灯火通明、欢声笑语地热闹起来了。

四十九

因为头一天晚上睡得太晚了，吕新林起来都快八点了。他穿好衣服，连饭都没顾得上吃一口，就匆匆忙忙地往村部跑。昨天晚上都要睡觉了，战友来电话问他："你打电话找我有啥事儿吗？"吕新林说："你连电话都不接，还好意思问。"对方说："电话忘在车里了。这不，才找到便给你打回去了。"听了战友的解释，吕新林便把朱洪福要卖黑毛猪的事儿说了。

战友说："你这回算找对人了。我这几天正想找个地方杀头猪，好好犒劳一下手下的弟兄们。你那儿有黑毛猪咋不早说呢？早说，我看好了，再给你多推销几头出去，也算是扶贫啦。"

吕新林说："我就知道你是我的亲哥，啥时候都能帮兄弟一把。咱俩约好，你啥时候来看猪？看好了就在这儿现杀，吃饭的场地我提供，外加一箱小烧。"

战友说："眼看着就要过年了，哪有时间再约了，就明天吧。明天一早我就去你那儿，看好了现杀现吃，晚上热热闹闹地好好喝一顿。"

吕新林刚来到村部门口，战友开的那台路虎就跟着进了院子。因为头一天晚上忘了跟朱洪福打招呼，他便赶紧让陈晓冬先去通知老朱头，让他简单地把院子收拾一下。看见陈晓冬走远了，他这才把客人让到屋子里。吕新林想要给战友烧壶茶，那战友却是个急性子，屁股还没坐稳就急着要去看猪。

到了朱洪福家，吕新林陪着他进了猪舍，看到那几头皮毛发亮的"黑贵族"，战友的眼睛都亮了。他跟吕新林说："别的就不看了，就要这几头。先杀一头吃了，再给大伙儿分点儿肉。"

吕新林问："是不是得先谈谈价钱？"

战友说："还谈啥价格啊，都是家里事，老爷子往外卖啥价钱，咱照着给就是了。"

朱洪福说："到底是当过兵的人，办起事儿来爽快。你放心，新林的朋友就是俺的朋友，这肉你买吧，保证不会短斤少两的。"

买卖很快就谈妥了，杀猪匠因为昨晚喝大了根本就没走，所以立马就派上了用场。问好了要来的人数，吕新林又弄来了大桌面，正当他要去搬那箱小烧酒时，鸭球子来了个电话，让他赶紧把张老大弄走。

吕新林问："到底咋回事儿？"

鸭球子说："我好心收留他，他竟好意思偷我鸭子吃。另外，你给我弄来个懒大爷，除了喝，就是睡……你这不是给我弄个爹嘛！"鸭球子说完还没等吕新林回话呢，他就把电话撂了。

通过这段时间的接触，吕新林知道了鸭球子的脾气。放下电话他赶紧喊来了陈晓冬，让她先替自己照顾一下客人，然后顺便叫了辆摩托车，这才火燎腚似的进了北大坑。

到了养殖场，只见鸭球子正坐在屋里生闷气，地下扔了好几个烟头。鸭球子见了吕新林抬了一下头，然后打招呼说："主任来啦。"

吕新林说："来啦，啥事儿啊？值得你动这么大肝火！"

鸭球子说："你给我弄的这叫啥人啊？办起事儿来就像没长脑子似的。叫个有心的人，都不会像他这样办事。"见鸭球子气得发了疯似的，吕新林赶紧递给他一支烟。鸭球子抽了一会儿烟，这才心平气和地讲了事情的经过。

经过鸭球子的介绍，吕新林终于理出了事情的脉络。

昨天早晨鸭球子去市里办贷款的事儿，临走时交代张老大要看好鸭舍、喂好鸭子，趁着中午阳光足，还要把大鹅放出来活动活动翅膀。张老大说："你放心吧，这点儿事儿还用你操心。"

到了市里，因为要与办事人联络一下感情，鸭球子当晚就没回来。

鸭球子是今天早晨回到养殖场的。进了院子他先是听到鸭子的"嘎嘎嘎"的叫声，然后便是大鹅的"哦——哦——"的声音。这叫声把鸭球子拉扯到屋子里，只见那装饲料的槽子里早就空得光溜溜的了。鸭球子围着鸭舍喊了几声张老大的名字，见没人答应便来到他们住的地方。只见厨房的门开了一条缝儿，张老大住的房门虚掩着。他站在屋外又喊了两嗓子，见没人答应便想到张老大的房间看看。正要上前开门，无意间却发现从厨房里钻出一只大耗子，那耗子本来是要出来的，见了鸭球子就突然停住了，先是贼眉鼠眼地看了看，然后就像球似的瞬间滚得没影了。鸭球子最恨的就是老鼠，一只老鼠竟然从眼皮底下溜走了，这让他感觉到有些窝囊。他上前一脚踢开门，想着刨墙打洞也要将它找出来。可哪曾想，屋里的情况让他更为恼火。只见桌上摆着酒瓶，一个酒杯倒扣着；桌上还有两只碗，一个碗里剩了点儿葱酱，另一个只剩下没拔尽毛的鸭翅膀和几块骨头。鸭球子又瞥了一眼垃圾桶，里边是一团湿漉漉的鸭子毛。

从厨房出来，鸭球子先是在冰天雪地里喘了几口粗气，喘够了这才进了张老大的屋子。就在刚刚迈进门槛的刹那间，一股烟酒的混合臭味扑面而来，熏得鸭球子差点儿把早晨吃的那点儿东西吐出来。透过还没有散尽的烟雾，只见张老大半闭着眼，像一条老狗仰卧在床上。见他睡得正酣，鸭球子上前扒拉他的胳膊叫道："起来，快起来！"听到叫声那张老大哼哼两声，背过身去又打起了鼾。鸭球子本来是耐着性子的，这回见叫不醒他便来了脾气。他顺手拿起床头柜上装着水的杯子，照着他的脸泼下去，随着张老大"啊"的一声叫唤，只见他猛然翻了个身，然后便跌下床来。他揉了揉眼睛正要发火，见是鸭球子站在跟前，便说："这都啥时候了，你咋才回来？"

鸭球子说："你说啥时候了，天都大亮了，你还睡大觉，不喂鸭子不说，还……"鸭球子本来要说他偷吃鸭子的事儿，想想还是忍住了。他指了指满地烟头和痰迹说："你瞧瞧，这屋子让你祸害的，你都懒成啥样子了！"

听了鸭球子的话，张老大满不在乎地说："我一个跑腿子，猫一天、狗一天地混日子，这样过惯了。"

鸭球子说："猫狗也得有人喂，你一个大男人，得有点儿骨气，要点儿脸面，不能窝窝囊囊的总让人戳脊梁骨。"

看到张老大那漫不经心的样子，鸭球子觉得像他这样的人，脸皮厚得像牛皮，说也是白说，不如干脆让他卷被褥走人。所以，他赶紧给吕新林打了个电话。

听了鸭球子的讲述，吕新林心想好不容易送来了，可不能再弄回去啦。这冰天雪地的，张老大一个人本来就挺不了房，现在让他回家，他咋过这个冬啊！想到这儿，吕新林说："这张老大人懒、埋汰我是知道的，至于偷东西这事儿，我还是头一次听说。这里边是不是有啥误会？至于让他马上卷铺盖这事儿，你容我点儿时间，等我找他唠唠你再撵人。"

毕竟是村主任的话，尽管鸭球子不是很情愿，但这面子还是得给的。吕新林让鸭球子领自己去见张老大，鸭球子说："还是你自己去吧……"

吕新林来到张老大住的屋子，看到屋子已经收拾干净了。地扫了，被叠了，桌子也擦得很干净。因为与鸭球子的房间仅一墙之隔，吕新林想自己与鸭球子的对话他很可能都听到了。看见村主任来了，张老大很尴尬地站起来说："真是的，把你给折腾来了。"说着，就傻傻地站在那儿，也没说让吕新林坐下。见他有些蒙圈，吕新林笑着说："坐下吧，站着说话腰疼。"听了吕新林的话，张老大硬着脸干笑了一下，这才坐下了。

吕新林说："说说吧，咋回事儿？惹得人家不高兴。"

张老大说："自打来到这儿，我就按你说的，尽量多干活儿，少说话。老鸭让咱干啥就干啥。可有些事儿都习惯了……我也没办法。"

吕新林问："啥都习惯了？"

张老大说："那还有啥，爱喝点儿酒，喝了就迷糊……"

吕新林说："那碗里的鸭子是咋回事儿？"

张老大说："那就是个误会。我知道老鸭是为这生气，我本来要解释解释，可他就是不听。"张老大辩解说，昨天早晨去喂鸭子，突然发现有黄鼠狼在偷鸭子，因为发现得及时，那黄鼠狼被赶跑了。但经过查看，还是有两只鸭子被咬死了。因为那鸭子扔了实在可惜，张老大便趁着那鸭子还没冻硬，血还没凝固，赶快烧了些热水把两只死鸭子褪了毛。他本想等鸭球子回来跟他解释一下，然后再炖只鸭子吃。哪曾想，当他收拾完鸭子看到那两团鲜肉时，馋虫便被勾出来了。他赶紧弄了些花椒大料，还没等鸭球子回来就把鸭子炖上了。

对于张老大的话，吕新林有些将信将疑。

他问张老大："你在炖之前，为啥不给老鸭打个电话？跟他说一声，不就没这麻烦事了吗。"

张老大叹了口气说："原来有个二手货，让我喝酒给弄丢了。"

吕新林说："你啊，说你啥好呢？有点儿钱就灌猫尿，啥正事都耽误了。在这干活儿，没手机哪儿行？正好我刚买了一个，明天把换下来的给你送过来。虽然旧了点儿，但总比没有好。"

张老大说："我还是去取吧，要不……我这脸就更没地方放啦。"

从张老大屋里出来，吕新林看见鸭球子就在门前站着，看样子也是刚出屋。跟先前比，脸色明显缓和一些了。他拉着鸭球子的手又进了张老大的屋，让张老大把刚才说的话给鸭球子再重复一遍。张老大便吭哧瘪肚地又说了一遍。说完了又从冰箱里端出一大碗炖鸭肉，还拎出一只冻鸭子。

听了张老大的这番解释，又见到了冰箱里的东西，鸭球子自己也觉得有点儿错怪人家了。他想了半天也不知该咋圆这个场。他看看张老大，又看看吕新林，看来看去终于憋出一句话："那鸭子挺肥的，中午你就别走啦……"

吕新林说："还是留着你们自己吃吧。晚上你俩少喝点儿，沟通沟通感情。从今天起，这鸭场就是你俩的家，一家人可千万别说两家话。"

临走时，吕新林问鸭球子："咋不把媳妇找回来？"

鸭球子说："咋找啊？咋好意思找啊？好不容易赚了些钱，都让我败光了，如果不是你们扶着我，我咋活还不知道呢。"

吕新林说："别那么想，事情都过去了。将来这鸭场会越来越大，光靠你们两个咋行？总得有人给你洗洗涮涮，叠个被，铺个床，做个饭啥的。"

听了吕新林的话，鸭球子没吱声，跟在一边的张老大反倒偷偷笑了。吕新林见他笑，便瞅了他一眼说："还有你，都眼看奔五的人了，头发都白毛啦，总不能一个人混一辈子吧？"

张老大说："我也想找个女人过日子，可没人愿意给咱介绍啊。"

吕新林说："你好好干，多赚点儿钱，等你干好啦，自然就有人给你介绍啦。"说完，又像自言自语地说道："我就想不明白了，你说这人要个头有个头，要脸面有脸面的，应该招女人喜欢，你说你到底差到哪儿呢？"

听吕新林这么说张老大，鸭球子接过话题说："还能差在哪儿？说句掏心窝子的话，差在没志气上，差在给碗粥就知足了。主任，跟你说句实话吧，其实我早就知道我媳妇在哪儿呢，但知道在哪儿也不能去找。啥时候把养殖场办红火了，钱包鼓囊囊的了，知道自己半斤八两了，我再去找她，先郑重其事求把婚，等她同意了，然后再娶回家来。"

鸭球子的话感动了吕新林，他拉住鸭球子的手，又狠劲儿晃了晃，然后眼睛对眼睛地说："这可是你说的啊，我记住了。到时候我跟你去接媳妇。"

说完了，又拍了拍张老大的肩说："你傻看啥？你也得加把劲儿，事情都是干出来的。光站着看，能找到媳妇吗？"

五十

眼看着就要过年了，吕老蔫儿从里到外地开始收拾屋子。屋子打扫完了，趁着中午阳光足他开始擦窗户，因为窗户上有块总也擦不净的污渍，他便弄了点儿草木灰蘸着擦，可无论怎样擦，那污渍就像长到玻璃里面一样就是擦不掉。他以为是草木灰不好使，便又找来洗碗的"白猫"接着擦，但擦了一会儿还是没效果。看到那块像印上去的污渍他心里堵得慌，心想人老了就啥都不行了，连块玻璃都擦不干净。想到这儿，他索性扔掉抹布，一屁股坐在窗前开始胡思乱想。

吕老蔫儿坐了一会儿觉得有些饿了，便想找点儿东西垫巴一口。他挪了挪屁股正要起来，陈晓冬突然推门进来了，因为来得突然，老蔫儿反应便有些迟缓。

陈晓冬看了看窗台上的抹布问老蔫儿："咋不擦了？"吕老蔫便像孩子似的赌气说："不擦啦，咋擦都擦不净。"听了他的话陈晓冬笑着说："可能是你眼睛花了，看不清……"陈晓冬拿起抹布擦拭了两下，这才发现那块污渍沾在外边，从里边无论如何是擦不到的。陈晓冬擦完里边的玻璃，又从外边开始擦窗户，见里外都擦干净了这才开始说明来意。

陈晓冬说乡里给准备了一些年货，粮油自然少不了，除了这些还给弄了些鱼肉和蔬菜。因为怕准备重了，才特意提前来说一声。陈晓冬说："这些都是乡里要准备的，到时市里扶贫的也会来看你，你看看还缺点儿啥，我好提前告诉他们一声。"

听了陈晓冬的话吕老蔫儿想了想说："你回去跟领导说，照顾得够好的啦，吃喝拉撒睡的，还有看病吃药，你说哪儿没照顾到？都照顾到啦！就是亲儿子活着，也没这么精心伺候的啦。"

一说到儿子，吕老蔫儿就有些磕巴，眼泪也开始在眼圈里打转。吕老蔫儿似乎有种预感，他觉得儿子马上就要回来了，是领着儿媳妇和孙子一起回来的。一想起这些，他便立马又精神起来，他睁大眼睛满屋子找，从炕头找到炕梢，从门里找到门外，那神情就好像丢了什么东西似的。

陈晓冬默默地看着吕老蔫儿的那张脸，当那飘移的眼神落到那单薄的行李卷上，又游离到柜子上那台黑白电视机上时，她似乎读懂了老人的心思。她理解老人那期盼而又惶恐的心情。老人期盼能早日见到儿子，又害怕听到什么不好的消息。

前些日子，因为救贺知章的命，吕老蔫儿不得不在医院躺了一段时间。看到医生给自己验血，他问人家说："为了找到我儿子，公安局给我抽了血，抽了血就能找到人吗？"

医生知道他的遭遇，便解释说："抽血是为了比对DNA，有了DNA才能找到你儿子。"

吕老蔫儿虽然不懂DNA是个啥，但医生的话却让他知道了抽血的重要性。回到村里，他问陈晓冬寻找儿子的事儿，陈晓冬告诉他说相关的部门都在帮他找，只要他耐心地等，一定会找到的。听了她的话，老蔫儿不解地说："眼看都到年根底下了，这血都抽了，咋还没信儿呢？"

看到老蔫儿那焦急的眼神，陈晓冬明白给他送什么都不如送个好消息，别人过年是件快乐的事儿，而对吕老蔫儿来说，过年就像过关一样是件很痛苦的事儿。为了营造氛围安慰老人，陈晓冬早就给他准备了礼物，准备了两套新被褥、一套新的锅碗瓢盆。后来吕新林在给贺知章送救命钱时，还特意去商店给他弄了台彩色电视机。

为了给老蔫儿一个惊喜，陈晓冬和吕新林并没急着把事情告诉他，而是准备到了春节之前再把东西送过来。可现在看到老人的那种期盼，那种渴望团圆的神情，她真的不知如何是好。经过与吕新林商量，陈晓冬先把被褥和锅碗瓢盆送了过来，说大过年的，来了客人也好有个铺盖。

傍晚时分，吕新林把彩电也送来了。彩电很快就调试好了。看到那清晰的画面，听着自己爱听的二人转，吕老蔫儿的脸上终于露出了笑容。

这天晚上，吕老蔫儿弄了盘鬼子葱炒鸡蛋，还弄了盘土豆丝炒酸菜，弄完了又叫来朱洪福，两人一边喝着酒一边看电视，渐渐地两人便都兴奋起来。

吕老蔫儿说："快过春节了，你心里得有个数，得好好谢谢村主任，如果不是他帮你，那些猪还不得赔光啦。"

朱洪福说："我心里能没数吗？这些年，谁好谁坏我清楚着呢。可有些事儿再清楚也没用，你想报答人家，却找不到机会。"

吕老蔫儿问："那有啥没机会的？咱又不是拉拢干部。就是想谢谢人家，自己掏腰包吃点儿饭、喝点儿酒，能咋的？"

朱洪福说："那也不行，现在管得多严呢？现在都在讲啥不忘初心的，可马虎不得。你看那王大嗓，那么有名的酒漏子，现在都戒酒啦。"

吕老蔫儿说："现在的村干部跟以前就是不一样，啥都给你想在前头了。不说别人，就说陈晓冬那姑娘，到了家就像亲闺女似的。就在刚才，帮我擦玻璃不说，还给送来两套新被褥。"

朱洪福说："那哪是给你送的？那是给你儿子送的。为了帮你找到儿子，公安局全国大撒网，用那个什么 A 啊，一个个地比对。听说，快对上号啦！"

吕老蔫儿说："这小丫头，这么大的事儿，她咋没跟我说呢？"

朱洪福说："那咋跟你说啊？在事情没有办牢靠之前，她是不会说的。啥时候把血样对上了，把拍花子抓住了，这事儿才算板上钉钉了。"

听了这喜气的话，吕老蔫儿的嘴就有些瓢了。他连说："那、那，那可好了，来，喝酒。"说着，他拿起酒瓶还要给朱洪福满上。朱洪福说："别喝啦。好日子长着呢，你得悠着点儿啦。你要是病倒了，将来谁替你抱孙子啊？"听了这话，老蔫儿乐得更加合不上嘴了。

朱洪福把杯里剩下的酒喝了就要走。他说圈里的猪还没喂呢，又说吕新林给冬生联系了一家康复医院，说只要冬生去那儿住上一个冬天，病情就会好转。他磨磨叨叨地说要走，腿却始终没挪地方。最后还是老蔫儿的一句话提醒了他，使他撒丫子似的赶紧回了家。

老蔫儿问他："冬生去康复，那正经得一笔钱呢，你那钱准备好了吗？"听到问话朱洪福猛然想起，昨天收的卖猪钱还藏在柜子里呢。

朱洪福走了，剩下吕老蔫儿一个人坐在那儿发呆。电视里他喜欢的节目都播放完了，剩下的都是些白脸孩子在那儿乱蹦跶。他顺便按了几下遥控器，里面突然蹦出个光着屁股的外国女人。那张牙舞爪的样子吓得他赶紧关掉了电视机。看着那黑黑的画面，吕老蔫儿若有所失地眨眨眼，挪了挪屁股，又往杯里添了半杯酒，然后像喝茶似的闭眼揣杯地抿起酒来。他一小口、一小口地抿着，舌尖上那种辣而柔滑的滋味，很快就让他浑身有了松软的感觉，眼皮渐渐地就耷拉了。

　　吕老蔫儿躺在新浆洗的被褥上，闻到了一股熟悉的香皂味道，听到了一些熟悉的声音。他听到狗叫起来了，鸡也跟着叫起来了；有小孩儿在哭，那哭声让他心烦；随着哭声的响起，有女人开始唠叨。随着女人的唠叨声，风开始在外边"噼啪"地打起了拍子，这节奏声让他想起一扇没有关牢靠的木门。他翻身想起来去把门关上，这时有两只胳膊忽然搂住了他的脖子……

　　当他再次睁开眼睛时，发现自己竟然躺在病床上了。他旁边的床上还躺着一个人。他睁大眼睛想看清那个人的面目，眼皮却仍然懒懒的，像冰冻似的不听使唤。虽然看不到那人是谁，但屋子里传来的说话声并不陌生。他似乎听清楚了，屋子里来了许多人，有曾经给自己看过病的医生，有村主任吕新林，有那个大学生村官，还有他叫不出名字的人。

　　在一阵杂乱的脚步声之后，他感到旁边床上的人被抬走了。剩下的人在小声说话，在讨论着该怎样换掉一个人身上的零件。在这些人的议论中他闻到了酒精的味道，感觉到有人在向自己走来，有人掀起了盖在自己身上的被子，有人在用刀划自己的肚皮。这一连串的感觉吓到了他，他挣扎着猛然坐了起来，眼皮也瞬间挑了起来。他冲着眼前的人影喊："你们想干什么？你们把我儿子抬哪儿去了？"

　　当吕老蔫儿彻底清醒时天已经大亮了。医生告诉他，他是几天前被送来的。他又住进了曾经住过的房间。旁边的床就是贺知章住过的病床。当他问起贺知章的情况时，医生告诉他说因为需要肾移植，贺知章已经被转到重症病房了。

听说贺知章要动手术，他说什么也要去看一看。医生说重症病房不允许探视，老蔫儿说他是我儿子，当爹的看看还不行吗？

到了地方，特护人员只允许他从窗外往里看，虽然隔着一层玻璃，但两人还是相互认出了对方。吕老蔫儿默默地看着贺知章那张浮肿的脸。他注意到那脸上的一只眼睛也在盯着往外边看，慢慢地那只眼窝里便滚出一滴泪水来。看到贺知章哭了，老蔫儿不忍心再看下去，便像小脚女人似的挪着脚步走了出来。

过小年这天，从早到晚飘了一天的雪花。朱洪福去城里看孙子，顺便跑来看老蔫儿。来时还给拎了一保温饭盒猪头肉，他知道老蔫儿就好这一口。朱洪福打开饭盒说："趁着热乎劲儿，狠劲儿造几块，吃好了再给你送。"趁着吃饭的工夫，朱洪福说在医院门口看见吕新林和陈晓冬了，跟他们一块儿的还有两个穿警服的人。

其实，不用别人告诉，老蔫儿也知道贺知章的事儿。

自从贺知章被抢救过来之后，办案人员经过紧张的调查取证工作，掌握了他大量的犯罪证据。但考虑到没有人命和重大伤害，贺知章认罪态度也好，能积极揭发他人的犯罪事实，并且主动提出赔偿被侵害村民的经济损失。另外，还有多起民事纠纷还需他配合解决，为了避免风险发生，法庭抢在他手术之前进行了缺席审判。

朱洪福告诉他，吕新林他们来是给贺知章送审判结果的。听公安局的人说因为贺知章表现好，有揭发立功表现，吕新林又给说了好话，那贺知章便被少判了几年。

吕老蔫儿说："这送不送的还有啥意思？人都那样了，判多少年也没意义了。即使他命大能活下来，那也是一个废人了。"

朱洪福说："信不信由你，这几年贺知章说他妈丢了，花很多钱也没找见。这回他可打脸啦，人家公安局都调查过了，说她因为拐卖孩子，正在南方的大牢里蹲着呢。"

吕老蔫儿说："你看到了咋的？说的跟真事儿似的。"

朱洪福说："那还有假，是王大嗓亲口说出来的。"

听见朱洪福说起老贺婆子的事儿，吕老蔫儿的心病又犯了。他叨叨咕咕地说："人贩子都关到大牢里了，咋还找不到我儿子呢……"

看到老蔫儿又要犯癔症，朱洪福赶紧哄他说："那陈晓冬都说啦，北京那边早就来信啦，说公安局已经找到线索啦，就等着你去认人呢。因为你病着，怕你再激动出点儿啥事儿来，所以才瞒着你。等你病好了才敢告诉你。"

吕老蔫说："你瞎说，你为了哄人才编出瞎话来骗我。"

两个人正呛呛着，吕新林和陈晓冬进了屋。朱洪福像见了救星似的对吕新林说："你快劝劝吧，他就信你的话。"

吕新林上前拉住老蔫儿的手说："你们老哥俩儿都多少年啦，他能骗你吗！你儿子的事儿真的有线索啦。你好好养病，过两天等你好得差不多了，我领你去中央电视台。"

听说去中央电视台，还没等老蔫儿说话呢，朱洪福插话说："这回你知道咋回事儿了吧？人家主持人在等着给你爷俩录像呢。"看见几个人说得很实在，吕老蔫儿终于相信了。他紧紧地攥着吕新林的手，泪水慢慢地滚落下来。

吕新林没有急着摆脱那只满是疤痕和老茧的手。当老蔫儿终于感到累了，心有不甘地躺到床上安静下来时，他这才悄然离开这个命运多舛的老人，去探望就要进行手术的贺知章。

就在他来医院之前，贺知章托人给他捎了一张纸条，那纸条上写着：谢谢救命之恩！请转告老蔫儿大叔，我想活着，如果他能原谅我的话，我愿意当他的儿子……

尾声　花开的季节

转眼间就到了 2019 年的春天。

香草已经很长时间没回娘家了，现在病好了，孩子也都被婆婆照看着，香草就想跟着老妈一块儿回娘家看看。

这一天娘俩坐车回到村里，眼看着快到家门口了，远远地就看见冬生领着儿子在自家门前放鞭炮。走到跟前，那当娘的说："这不年不节的，你弄这么大个动静干啥？"正说着，村子里又零零星星地响起了鞭炮声。

等到那些鞭炮声响得差不多了，冬生这才跟娘和姐姐打了个招呼。当娘的看见儿子恢复得跟个健康人似的，便笑着流下了泪水。笑够了、哭够了，她接过冬生手里的大炮仗也要放个响。朱洪福见了急忙拉着冬生往旁边躲。

朱洪福老伴儿见了就唠叨说："明知道孩子病刚好，还让他放炮仗？"

朱洪福说："哪是我让他放的？这几天可真是过大年了！哪哪都是好事儿。你们娘俩又回来了，咋的也得听个响啊。"

说着，就像崩豆似的说出了许多新鲜事儿。

朱洪福说那贺知章被判了刑，因为刚刚换了肾，这才没进去。贺知章违法承包的山林和水库被村里收回来了，村里成立了农业生态合作社，咱家以土地入了股，以后再也不用为种地操心了。还有，家里的黑毛猪也被乡里看上眼了，被当成重点扶持的项目，连猪粪都给派上了用场。猪肉今年卖出了好价钱，因为猪舍有些搁不下，正准备再盖几间房子。朱洪福正说得起劲儿，突然来了几个人要买猪，他便赶紧跑了过去。

听说朱洪福老伴儿跟闺女一块儿回来了，书记老伴儿便领着几个女人特意跑来看看。因为都沾亲带故的，来的人便都带点儿小礼物。有的拿一篮子笨鸡蛋，有的拎几只刚捞出来的蟹，还有的给弄些去年刚刚收获的稻花香品牌米。除了那篮子的笨鸡蛋，剩下的都是香草没见过的。

七大姑八大姨的寒暄够了就散。见人都走了，香草就没了拘束，她用手捅了捅那些八爪蟹，又闻了闻稻花香，然后便扯着冬生的手非要去田里看看。

正是花开的季节。数不清的野花像星星闪烁在山野里，几株老柞树仍然站在她熟悉的山岗上，山雀在树林里唱着歌，几只黑蝴蝶在一条小溪旁翩翩起舞。眼前的一切让她感到亲切，让她想到了许多童年的往事。在不知不觉中她来到了吕老蔫儿的家门前，一阵沁人心脾的花香袭来，使香草神情迷离，似梦非梦，飘然若仙。循花香望去，只见暴马丁香花开万朵热烈芬芳，宛如白云朵朵飘落在小院，又如银蝶翩翩闪烁在石墙黑瓦之上。

香草是认识这屋子的主人的。她想进去看看曾经抱过自己的老人，冬生告诉她屋子的主人跟随别人去旅游了。现在是他儿子在打理暴马丁香园林基地。香草上前推了推门却没有推动，冬生说："别推了，肯定是在里边干活儿呢。走吧，我领你吃香蕉去。"

香草说："我不跟你去吃香蕉，那东西哪儿都有卖的。"

冬生说："是村里自己种的，温泉大棚里有很多南方的水果呢。"

香草没有去温泉大棚，因为她已经去过很多这样的地方了。她站在高处往山下看，看见许多条条块块的承包田被连成了片，绿色的庄稼像波浪在阳光下荡漾。

看见香草对温泉大棚不感兴趣，冬生又要领她去北大坑。他告诉香草说那里正在盖温泉旅游小镇，里边饭店、宾馆啥都有，还能泡温泉。香草说："才离家几年，这就认不出来啦。"

两个人边说话边走，在村边的几个水池边，只见吕新林正在领人砌石头。因为香草和吕新林在一个学校读过书，见了面就格外亲热。香草和他聊了几句。

香草问："你这是砌的啥啊？"

吕新林说："想立块文物保护的碑。"

香草说："这破水泡子都多少年了，有啥值得保护的？"

吕新林说："我也是后来才知道的，咱们这一带过去可有名啦，是一种文化的发源地。这些池子都是古代沤桦树皮的地方，叫'糟池'，是一种文化遗存。"

因为不懂这种文化，香草便没再聊下去。这时有人来找吕新林，说是有人在稻田里因为放鸭子吵起来了，非要村主任去评评理。吕新林听了就笑了。

吕新林说："我就像托儿所的大阿姨，得天天看着这些人，哄孩子、劝架就跟玩似的。"

冬生好奇地问："谁跟谁吵起来了？"

来人说："还能是谁？鸭球子跟张老大呗。两人几天一吵，不吵还难受，简直就是一对冤家。"

冬生正有些疑惑，突然听到有人喊"爸爸"，听到这喊声他知道儿子和媳妇回来了。他转过身去，看见儿子正向自己跑过来，媳妇就站在新买的汽车旁边，正笑盈盈地望着自己。姐姐看见了，就抢先抱住了那孩子亲了又亲，然后就急着喊了声"弟妹"。

媳妇拉着姐姐和儿子先走了，冬生却没有走，他围着那修整得像花园似的水塘绕起了圈，伸着脖子往山上看。可无论他怎样看，也没有看到压在吕老蔫儿屋后的那个石馒头。冬生奇怪地想，难道闹鬼了，那坟明明就摆在那山头上，怎么说没就没了？想到这儿，他又转回到那个刻有"糟池"的石碑前。他指了指山上问："贺知章他爹那坟咋没了？"

听了他的问话现场的人都笑了。有人对他说："你真是病糊涂啦。这都是清明时候的事儿了。贺知章让人搀扶着给他爹上坟。烧完纸就叫人把他爹的骨头挪走啦。"

"挪哪儿去啦？"冬生问。

"还能挪哪儿去？挪新建的公益墓地去啦。他让人在石头缝里挖了坑，灌满土，栽了几棵暴马子树，然后就把骨头埋下了，连个墓碑都没立。"